PESTILENCE

RESPIREZ SI VOUS OSEZ

BRIAN L. PORTER

TRADUCTION PAR
LUDIVINE HANNEQUIN

Ce travail est dédié à la mémoire de ma mère, Enid Ann Porter (1914 - 2004). Son amour et son soutien ne m'ont jamais fait défaut, et à ma femme Juliet, qui fournit ces denrées dans notre vie quotidienne ensemble.

REMERCIEMENTS

Pestilence a été initialement publié en janvier 2010. Récemment, l'éditeur d'origine du livre a malheureusement cessé ses activités et le livre s'est retrouvé seul et sans ressources dans le vaste monde, avec ma trilogie Jack l'Éventreur, également publiée par la même société. La majorité de mes livres ayant été publiés depuis cette époque par Next Chapter (anciennement Creativia), j'ai contacté Miika Hanilla de Next Chapter, qui a été ravi d'accepter que *Pestilence* et ma trilogie Jack l'Éventreur soient publiés par Next Chapter. Je lui dois donc un grand merci pour avoir publié cette nouvelle édition améliorée de *Pestilence*, avec la superbe nouvelle couverture, qui la différencie facilement de l'original.

Mes remerciements vont également à ma chercheuse et correctrice, Debbie Poole, qui a travaillé d'arrache-pied pour parcourir et vérifier le manuscrit original, page par page, et éliminer quelques erreurs qui s'étaient glissées dans l'édition originale du livre. C'est une tâche longue et difficile qui exige une attention méticuleuse aux détails, et je ne saurais trop la remercier pour ses efforts à cet égard.

Comme d'habitude, je dois remercier ma chère épouse, Juliet, qui a fait preuve d'une patience inouïe pendant que je travaillais à la mise à jour du livre, qui semble avoir une signification particulière alors que le monde se trouve actuellement aux prises avec la pandémie mortelle du coronavirus. À ceux qui ont lu l'édition originale de Pestilence, j'espère que vous apprécierez cette nouvelle édition mise à jour, et à ceux qui découvrent le livre pour la première fois, je souhaite la même chose.

La campagne anglaise n'est jamais aussi bien représentée que par la beauté des nombreux petits villages et hameaux qui se trouvent au milieu de ses terres agricoles. Ces villages, dont beaucoup remontent à l'époque de Guillaume le Conquérant ou à des époques antérieures, forment cette colonne vertébrale extraordinairement spéciale de l'"Anglicité" de la campagne. Dans de nombreux cas, ils n'ont pas été affectés par le progrès et n'ont pas changé au fil des ans. Ces îlots de paix au sein d'une économie par ailleurs frénétiquement industrialisée et axée sur l'industrie lourde rappellent souvent une époque où la vie était vécue à un rythme plus lent, où les voisins pouvaient laisser leur porte ouverte sans craindre d'être cambriolés, où tout le monde se connaissait et où la communauté prenait soin d'elle-même et des autres comme si le village lui-même était une entité vivante.

Cependant, il arrive parfois qu'un événement vienne bouleverser et perturber l'équilibre immuable de ces lieux idylliques. Qu'il s'agisse d'un incendie, d'une inondation ou de la peste, il va sans dire que lorsqu'un tel bouleversement survient, la vie dans ces havres de beauté et de tranquillité peut ne plus jamais être tout à fait la même.

Ce qui suit est l'histoire d'un de ces villages et de l'un de ces bouleversements. Nous devons donc faire un bref voyage dans le temps, jusqu'en 1958, à l'époque où tout a commencé, où la mort portait un nouveau manteau, suivait un nouveau chemin et où la terreur d'une époque révolue s'étendait pour glacer le cœur de ceux qui croisaient son chemin.

NOTE DE L'AUTEUR

Le moment de la publication de cette édition de Pestilence est une pure coïncidence avec le fait que le monde est actuellement en proie à la pandémie mondiale de coronavirus. Des centaines de milliers de personnes ont succombé à cette terrible maladie et il y a certainement des similitudes entre la réalité et la fiction telles qu'elles sont présentées dans une faible mesure dans ce livre. Certains dans mon entourage ont presque qualifié ce livre de prophétique, puisqu'il a été écrit plus de dix ans avant la pandémie actuelle. Toute similitude entre les événements fictifs relatés dans ces pages n'est que pure coïncidence, même si l'on ne peut nier que les sentiments et les émotions des habitants de ma ville fictive d'Olney St. Mary reflètent sans aucun doute de manière effrayante la réalité telle qu'elle est relatée dans la presse nationale et internationale, alors que nous regardons les horreurs de la réalité se dérouler. Si ce livre porte un message, c'est tout simplement... Restez en sécurité et bonne lecture !

CHAPITRE 1

LE VILLAGE PITTORESQUE ET PAISIBLE D'OLNEY ST. MARY s'était maintenu dans son cadre rural pendant près de neuf cents ans. Situé dans la campagne tranquille du Kent, entouré de vastes étendues de champs de houblon pour la production de la bière destinée à étancher mille soifs, il avait veillé sur le défilé des siècles, pratiquement épargné par le temps. Ses habitants avaient toujours pris soin de leur village, isolé comme il l'était par son environnement pastoral. L'agglomération la plus proche était le minuscule hameau de Bywater, à quelques quarante kilomètres à l'est, la ville la plus proche, Ashford, se trouvant à près de soixante-cinq kilomètres. La côte se trouvait au sud, à une distance d'un peu plus de soixante-dix kilomètres à vol d'oiseau.

Le village avait été un bastion Royaliste pendant les jours lointains de la Guerre Civile Anglaise, lorsque Cromwell avait, pendant une brève période de l'histoire, établi son Commonwealth puritain dans le royaume d'Angleterre. Pour autant que l'on sache, cependant, aucune bataille ou même escarmouche légère n'avait eu lieu dans un rayon de quatre-vingts kilomètres autour du village.

Des siècles plus tard, un mémorial avait été érigé pour commémorer et rappeler la vie des quinze hommes du village qui s'était sacrifié pour leur pays pendant la Grande conflagration mondiale de 1914-1918.

Plus tard, au cours de la Seconde Guerre Mondiale, Olney avait été témoin d'un combat aérien pendant la bataille d'Angleterre. Un Messerschmitt Bf110 avait été abattu par un Spitfire dans le ciel du village et s'était écrasé en flammes juste au-delà de la limite nord d'Olney, dans un champ appartenant à M. Simon Parkes. L'avion escortait une formation de bombardiers allemands Heinkel en route pour Londres, et les habitants avaient poussé de grands cris de joie en voyant l'avion s'écraser. L'exaltation de ceux qui étaient arrivés sur les lieux fut rapidement tempérée lorsqu'ils devinrent les témoins des luttes infructueuses des deux malheureux membres de l'équipage qui tentaient désespérément de s'échapper du bûcher en feu qu'était devenu leur avion. Les restes de l'équipage allemand furent ensuite enterrés avec le respect et la révérence qui leur étaient dus dans le cimetière de l'église Sainte-Marie. Allemands ou non, ils avaient été des êtres humains, et les habitants d'Olney étaient des gens décents, craignant Dieu, qui n'avaient plus rien à reprocher à leurs ennemis tombés au combat. Après tout, les morts ne pouvaient pas leur faire de mal, n'est-ce pas ? Par la suite, le village resta relativement épargné par la sauvagerie de la guerre, bien que le rationnement ait fait des ravages dans les commerces locaux, et après la guerre, vingt autres noms furent ajoutés au monument aux morts local. Les fils d'Olney St. Mary s'étaient une fois de plus tenus fièrement et avaient tout donné pour le Roi et le Pays.

Alors que les années cinquante voyaient le monde entrer dans une nouvelle ère relativement paisible, le village retrouvait son air de tranquillité, et peu de choses pouvaient être décrites comme dignes d'intérêt dans le village d'Olney. Les restes du Messerschmitt de la Luftwaffe qui s'était écrasé avaient été retirés du champ de Parkes par la Royal Air Force à la fin des hostilités, pour être exposés dans un musée, et le champ avait été vendu au conseil paroissial, où il avait été transformé en terrain de jeu pour les enfants du village. Les années cinquante annonçaient la nouvelle ère de consommation, avec les machines à laver, les téléviseurs et les voitures à moteur qui devenaient la norme, plutôt que d'être l'apanage des riches ou des classes moyennes. Le travail était abondant, et bien que petite, Olney St. Mary prospérait. La majorité de sa population active était impliquée dans l'une des deux principales industries locales : l'agriculture ou la fabrication de tonneaux. Une équipe de tonneliers fabriquait encore des tonneaux à la main pour l'industrie brassicole selon les méthodes établies des siècles plus tôt. En effet, il y aurait peu de différence entre un tonneau fabriqué à Olney au vingtième siècle et un produit à l'époque du Parlement de Cromwell.

La petite école, l'église et le pub local, The Beekeepers Arms, étaient les points centraux de la vie du village, et le garage de Sam Bradley était le seul endroit où les habitants pouvaient se procurer des voitures, des tracteurs et des pièces détachées pour les deux. Il avait également la seule pompe à essence à des kilomètres à la ronde, les bénéfices de la vente de cette essence faisant de Bradley l'un des hommes les plus riches d'Olney.

Bradley avait été dispensé du service militaire parce qu'il était né avec un pied bot, ce qui ne l'avait pas empêché de devenir un grand et beau jeune homme qui n'avait aucun problème dans ses relations avec le sexe opposé. Il s'était marié pendant la guerre et sa femme Emily avait donné naissance à leur premier enfant, un fils, en 1944. David Bradley tenait de son père ; c'était un beau garçon, plus grand que la plupart de ses contemporains, et l'enfant semblait toujours heureux, le sourire semblant peint sur son visage joyeux. Deux ans plus tard, une fille suivit, que le couple nomma Christine, et pour les Bradley, la vie était belle. Les affaires de Sam prospéraient et les enfants étaient tous deux en bonne santé et forts, et populaires parmi les autres enfants du village.

Le jeune David passait la plupart de son temps en compagnie de son meilleur ami Evan Parkes, son aîné d'un an. Evan était le petit-fils de Simon Parkes et vivait avec ses grands-parents à la ferme. Le père d'Evan, Michael, avait été l'un des malheureux fils d'Olney qui avait péri en combattant pour son pays pendant la conflagration de la Seconde Guerre Mondiale, abattu par un tir de mortier ennemi alors qu'il jouait son rôle dans la bataille pour libérer la France du joug de la tyrannie d'Hitler. Le nom de Michael était l'un des vingt noms fraîchement gravés sur le monument aux morts lorsque la paix revint en Europe et dans le monde. Deirdre, la mère d'Evan, qui n'avait jamais été une femme très forte, était tombée enceinte d'Evan pendant l'une des dernières permissions de son mari et Michael était mort au combat jamais sans avoir vu son fils. Deirdre avait trouvé la vie insupportable après l'annonce de la mort de son mari, et elle mourut en 1946 de ce que les habitants décrivirent les uns aux autres comme un cœur brisé. En fait, Deirdre avait contracté une grippe virale, et son corps n'avait pas pu faire face aux ravages de la maladie, laissant ainsi son jeune fils aux soins de ses grands-parents Simon et Ellen Parkes.

David et Evan jouaient ensemble presque tous les jours et étaient si souvent ensemble qu'un visiteur lambda aurait pu les prendre pour des frères. Football, cricket, jeux de faire-semblant, de cow-boys et d'Indiens, l'imagination des deux jeunes garçons les entraîna sur des montagnes russes tout au long de leur enfance. Ils devinrent deux des enfants les plus populaires de la petite école du village, où leur institutrice, Eileen Devenish, était toujours ravie de leur travail scolaire et de leur bonne conduite. Lorsqu'ils atteignirent l'adolescence, leur éducation devint la responsabilité de M. Eric Padley, qui enseignait aux enfants d'Olney en âge de fréquenter l'école secondaire. Les deux garçons continuaient à être les meilleurs amis du monde et à exceller dans leurs études.

À mesure que les garçons et leurs pairs atteignaient l'âge adulte, la vie à Olney se déroulait de manière idyllique pour ceux qui avaient la chance de vivre en son sein.

En 1958, le calme habituel d'Olney fut perturbé par la mort du médecin généraliste du village, le docteur Harold Meddings, à l'âge de soixante-dix ans. Meddings était le médecin du village depuis aussi longtemps que la plupart des gens pouvaient s'en souvenir et tout le bourg se déplaça pour assister à ses funérailles dans la petite église. Le service était dirigé par Timothy Grafton, le pasteur de St Mary. Trois semaines après les funérailles, le nouveau médecin arriva pour reprendre les fonctions du défunt Meddings. Envoyée à la demande du conseil paroissial, par l'autorité sanitaire locale basée à Ashford, l'arrivée du docteur Hilary Newton fit jaser à Olney dès son premier jour dans le village. Le docteur Newton était jeune, de sexe féminin et jolie, une combinaison qui ne manquera pas de faire grincer quelques dents dans ce village jusqu'alors très calme. Avec ses longs cheveux coiffés à la manière de la pin-up des films des années quarante Veronica Lake, le nouveau docteur devint instantanément l'objet de nombreux béguins d'écoliers, sans compter qu'elle faisait monter la tension artérielle de la plupart des adultes d'Olney. De nombreux habitants âgés du village firent des commentaires peu élogieux sur la nomination d'une femme comme nouveau médecin et, pendant de nombreuses semaines, le cabinet d'Hilary Newton fut marqué par une nette absence des patients âgés qui constituaient la majeure partie de la clientèle régulière du vieux docteur Meddings. La jeune médecin fut douloureusement consciente qu'elle aurait fort à faire pour gagner le respect et la confiance de ses nouveaux patients. Le temps jouerait bien sûr un rôle, car un jour ou l'autre, même les résidents âgés d'Olney auraient besoin des soins d'un médecin qualifié. Ils ne pourraient pas se soigner éternellement avec de l'aspirine et des remèdes de grand-mère.

Malheureusement pour la nouvelle titulaire du poste de médecin généraliste d'Olney St. Mary, le temps pressait. Ses services et ses connaissances médicales étaient sur le point d'être mis à l'épreuve et elle allait devoir travailler plus que durement si elle ne voulait pas faillir !

Malheureusement pour la nouvelle titulaire du poste de médecin généraliste d'Olney St. Mary, le temps pressait. Ses services et ses connaissances médicales étaient sur le point d'être mis à l'épreuve et elle allait devoir travailler plus que durement si elle ne voulait pas faillir !

CHAPITRE 2

Le premier signe des problèmes à venir à Olney St. Mary apparut lors d'un appel téléphonique de Sam Bradley au nouveau médecin, un mardi soir ensoleillé. Hilary Newton était en train de ranger les dernières fiches de ses patients après une soirée particulièrement calme. Deux maux de gorge, une grossesse récemment diagnostiquée et un dos douloureux constituaient la somme totale des appels reçus ce jour-là dans le cadre de sa formation médicale.

Elle tendit la main pour soulever le combiné du téléphone, sans se rendre compte que cet appel allait changer la vie de tous les habitants du village.

— Docteur Newton, dit-elle à son interlocuteur encore inconnu.

— Docteur, nous ne nous sommes pas encore rencontrés, mais je m'appelle Bradley, Sam Bradley. Je possède le garage dans le village.

— Je sais qui vous êtes, M. Bradley. Je vous ai déjà vu et quelqu'un m'a dit qui vous étiez au cas où j'aurais besoin de faire réparer ma voiture à l'avenir. Que puis-je faire pour vous ?

— C'est mon fils docteur, le jeune David. Il est rentré de l'école en se plaignant de ne pas se sentir bien et il semble avoir de la température. Il se plaint d'avoir froid malgré sa chaleur corporelle, il tousse beaucoup et semble avoir le souffle court.

— Hmm, on dirait qu'il pourrait avoir une bonne grippe, M. Bradley. Écoutez, gardez-le au chaud et donnez-lui beaucoup de liquide à boire. Je viendrai le voir dans quelques minutes. Je dois seulement terminer quelques petites choses ici au cabinet et j'arrive tout de suite. Vous vivez dans la maison derrière le garage, n'est-ce pas ?

— C'est exact Docteur, et merci.

— Ne vous inquiétez pas, M. Bradley. Je suis sûr que David ira très bien.

Cinq minutes plus tard, Hilary Newton prenait son incontournable "trousse de médecin" noire, ferma la porte du cabinet et se mit au volant de sa Ford Prefect. La petite voiture beige n'était pas aussi imposante que la vieille Austin Princess que Meddings avait conduite, mais elle lui convenait. Bien qu'il n'y ait que huit cents mètres entre le cabinet et la maison Bradley, elle pensait qu'il serait plus professionnel de se présenter à la consultation en voiture plutôt qu'à pied.

Sam Bradley l'accueillie à la porte de son domicile. Sa femme Emily, expliqua-t-il, était à l'étage, assise avec David dans sa chambre. Bradley l'informa que depuis quelques minutes, David avait commencé à se plaindre de douleurs dans les muscles de ses bras et de ses jambes, et qu'il se sentait faible. Hilary demanda à l'homme de la conduire à la chambre de son fils.

Le jeune David Bradley avait l'air mal en point ! Pour le docteur, il était évident que le garçon était mal à l'aise à cause des douleurs dont il se plaignait. Il semblait essayer de soulever du lit ses bras et ses jambes endoloris, comme si le contact avec le matelas mou était en soi une cause d'agonie pour le garçon.

— Voilà le docteur, David, tu vas bientôt te sentir mieux, mon garçon, lui dit sa mère pour le consoler.

Avec un peu d'embonpoint et une chevelure châtain terne qui avait désespérément besoin d'une permanente, Emily Bradley semblait sur le point de fondre en larmes. Son fils était malade, et elle arborait le regard inquiet et anxieux des mères du monde entier lorsqu'elles pensaient que leur enfant courrait un danger d'une source inconnue.

Allant au chevet du garçon, Hilary plaça un thermomètre sous sa langue avec sa main droite tout en plaçant sa main gauche sur son front. Elle eut à peine à attendre que le mercure monte dans le thermomètre pour constater que le garçon avait une forte fièvre. Lorsqu'elle retira le thermomètre et lut, elle fut consternée de constater que la température du garçon était de presque trente-neuf degrés. C'était un jeune homme vraiment très malade. David frissonnait malgré sa température.

— J'ai vraiment froid, docteur, dit-il en serrant les dents. J'ai mal partout.

— Ne t'inquiète pas David. On va bientôt te guérir.

— C'est la grippe alors, docteur ? demanda la mère du garçon.

— Très probablement, Mme Bradley. Je vais donner à David quelque chose pour faire baisser sa température et vous devrez vous assurer qu'il boit beaucoup de liquide pour éviter la déshydratation.

Elle donna une petite quantité de comprimés blancs à la mère du garçon.

— Panadol, dit le médecin. Ils contiennent du paracétamol, un nouveau médicament qui aide à faire baisser la fièvre. David est assez grand pour en prendre. Donnez-lui deux comprimés maintenant, deux autres au coucher, et la même dose à son réveil le matin. Je reviendrai le voir demain. Essayez de le garder calme,

Mme Bradley. Vous pouvez essayer d'essuyer son front avec une serviette humide et fraîche pour soulager les symptômes de la fièvre.

— Bien, Docteur et merci. Tu vois David, c'est juste une bonne grippe. Tu seras sur pied dès que les comprimés du docteur feront effet. N'est-ce pas, docteur ?

— Espérons simplement que David se sente mieux quand je viendrai le voir demain.

Alors qu'elle était sur le point de quitter la maison, Sam Bradley s'approcha d'elle et lui a demanda :

— Comment avez-vous dit que ces pilules s'appelaient, docteur ?

— Elles contiennent du Paracétamol, M. Bradley. C'est relativement nouveau et cela a été introduit il y a trois ans. Il a été testé cliniquement et croyez-moi, il est beaucoup plus doux pour l'estomac que l'aspirine, qui peut causer toutes sortes de problèmes chez quelqu'un d'aussi jeune que David.

— Bien, c'est vous le docteur. Je dois dire que nous n'avons pas l'habitude de toutes ces choses nouvelles dans cette partie du monde, Docteur Newton."

— C'est un simple anti-douleur M. Bradley, ce qu'on appelle un analgésique. C'est aussi le meilleur médicament sur le marché pour aider à réduire sa température. Je vous promets que ça ne fera aucun mal à David. Maintenant, pourquoi n'allez-vous pas voir votre fils ? Vous et votre femme devriez-vous relayer pour rester avec lui toute la nuit, juste au cas où sa température monterait encore. Si c'est le cas, vous devez me faire venir immédiatement, compris ?

Sam Bradley semblait apaisé par les paroles du médecin et se permit de se détendre un peu.

— Bien alors, si vous êtes sûre Docteur. Nous pouvons vous appeler à tout moment si son état s'aggrave ?

— À tout moment, M. Bradley, je le pense. Maintenant, je vous souhaite bonne nuit. Comme je l'ai dit, je reviendrai voir David demain matin, juste après l'opération.

— Oui, d'accord. Bonne nuit, Docteur Newton.

Il fallut moins de cinq minutes à Hilary pour faire les huit cents mètres qui la séparaient de son domicile. Pendant ces minutes, elle réfléchit à l'état de son dernier patient. Elle n'avait aucun doute sur le fait que David Bradley était malade. Qu'il s'agisse de la grippe, elle en était raisonnablement sûre, même si elle avait le terrible sentiment d'assister à la manifestation d'une nouvelle souche du virus mortel. La grippe avait été responsable de millions de morts à travers l'histoire de l'humanité et le virus de la grippe avait développé une étrange capacité à muter de temps en temps, développant des armes biologiques nouvelles et plus puissantes dans sa guerre globale contre la race humaine. Hilary savait que si c'était effectivement une nouvelle souche qui avait trouvé son chemin jusqu'à Olney, alors elle aurait besoin d'une aide extérieure. Bien sûr, elle savait aussi qu'il était encore tôt et que la dernière chose à faire était de paniquer. Demain était un autre jour, et elle verrait comment irait David Bradley dès que son opération du matin serait terminée.

Alors qu'elle déverrouillait sa porte d'entrée et la poussait, elle entendit la sonnerie incessante du téléphone à l'intérieur.

S'empressant de répondre au cas où ce serait Sam Bradley qui lui annoncerait une hausse soudaine de la température de David, elle arracha le téléphone de son socle.

— Allô ?

— C'est le docteur ? demanda une voix anxieuse et inconnue.

— Oui, c'est le Docteur Newton. Qui est à l'appareil, s'il vous plaît ?

— Docteur Newton. C'est Simon Parkes de la ferme Birtles. Pouvez-vous venir voir mon petit-fils tout de suite, s'il vous plaît, Docteur ? Il est très malade, il est bouillant et frissonne en même temps et...

— C'est bon, Mr Parkes. Écoutez, gardez-le au chaud et je serai là dans quelques minutes. Je viens de voir le petit Bradley et il a les mêmes symptômes. Je pense qu'il s'agit d'un cas de grippe. Je suis sûr que ça a l'air bien pire que ça ne l'est vraiment. Ne vous inquiétez pas, s'il vous plaît, je ne serai pas longue.

— David Bradley ? demanda le fermier. Lui et Evan sont les meilleurs amis, Docteur. Pensez-vous qu'ils ont tous les deux attrapé le même virus ?

— J'en saurai plus quand je serai là-bas, Mr. Parkes. Maintenant, si on peut raccrocher ?

— Oh oui, désolé Docteur. Nous vous attendons.

Le trajet jusqu'à la ferme Birtles prit un peu plus de temps que celui jusqu'au garage. Il fallut à Hilary Newton près de dix minutes pour atteindre le portail de la ferme, et trois minutes de plus pour se frayer lentement un chemin sur la longue allée de terre qui menait à la ferme. Simon Parkes attendait sur la marche qui menait à sa maison quand Hilary arrêta sa Ford Prefect et descendit de la voiture.

Les minutes qui suivirent furent une quasi-répétition de sa précédente visite chez les Bradley. Ellen Parkes était d'une autre trempe qu'Emily Bradley. Peut-être qu'étant la femme d'un fermier et habituée aux maladies occasionnelles des animaux de la ferme, elle était un peu plus endurcie et capable de faire face à la maladie de son petit-fils.

— Bien, Docteur, qu'en pensez-vous ? demanda-t-elle après qu'Hilary ait passé cinq minutes à examiner de près le jeune Evan Parkes.

— Je ne peux pas l'affirmer, Mme Parkes, mais je pense que c'est la grippe. Il présente les mêmes symptômes que David Bradley et votre mari dit qu'ils sont meilleurs amis. Ils ont pu attraper le virus de la grippe par la même source s'ils ont passé beaucoup de temps ensemble récemment.

— Beaucoup de temps ensemble ? Ces deux garçons sont pratiquement inséparables Docteur, ils l'ont toujours été.

— Cela expliquerait certainement qu'ils aient été touchés par le virus en même temps, Mme Parkes. Maintenant, je vais vous donner quelques comprimés qui devraient aider à faire baisser la température d'Evan et à soulager ses douleurs musculaires. Je rappellerai pour le voir demain matin, dès que je serai retourné voir le petit Bradley. Ne vous inquiétez pas, Evan sera bientôt sur pied.

Ellen Parkes acquiesça d'un hochement de tête et se tourna vers son petit-fils.

— Merci Docteur. Maintenant, sois un bon garçon et fais ce que le docteur te dit, Evan. Tu dois te reposer et prendre les comprimés qu'elle t'a prescrits.

— Oui, Nan, dit le garçon.

Sa voix semblait très faible et il était évident qu'il avait du mal à parler, peut-être à cause de la douleur dans sa gorge.

En s'enfonçant dans un fauteuil chez elle peu après, Hilary Newton leva les yeux vers l'horloge sur le mur. Il était vingt-deux heures. Entre les deux visites à domicile, elle avait passé trois heures à s'occuper de ses deux jeunes patients. Elle était épuisée après une longue journée, et maintenant elle était prête pour une boisson chaude avant d'aller au lit.

Après une tasse de chocolat chaud, Hilary Newton monta dans la salle de bains, où elle se lava et enfila sa nuisette rose préférée, accrochée à un crochet derrière la porte, avant de passer dans sa chambre. Allongée dans son lit, elle se demanda si elle n'avait pas manqué quelque chose qui aurait pu l'aider dans son diagnostic des deux jeunes garçons ce soir-là. Dans ses dernières secondes de réflexion, avant d'être envahie par la couverture sombre et bienvenue du sommeil, Hilary décida qu'elle avait fait tout ce qu'elle pouvait pour eux. Si c'était la grippe, et elle était relativement certaine de son diagnostic, alors elle était réconfortée par la pensée que la maladie était admirablement traitable. La science médicale avait progressé à pas de géant depuis la pandémie de grippe de 1918 qui avait balayé le monde comme l'un des quatre cavaliers de l'apocalypse, laissant des millions de morts dans son sillage. Non, les deux garçons seraient bientôt sur pied et de nouveau opérationnels. Elle en était sûre.

Les événements qui allaient suivre au cours des jours suivants allaient prouver qu'Hilary Newton avait catastrophiquement et tragiquement tort.

CHAPITRE 3

HILARY SE LEVA À SIX HEURES DU MATIN. SA NUIT N'AYANT PAS été perturbée par d'autres appels téléphoniques, elle supposa que les deux garçons qu'elle avait soignés la nuit précédente allaient mieux, ou du moins que leurs symptômes n'avaient pas empiré pendant les heures d'obscurité. Elle se lava les cheveux et fut reconnaissante d'avoir acheté le nouveau sèche-cheveux électrique dans un grand magasin d'Ashford avant de déménager à Olney. Le magasin général d'Olney St. Mary, le seul établissement de vente au détail du village, à l'exception d'un petit kiosque à journaux situé à côté du garage de Bradley, ne proposait pas ce genre de luxe. Le sèche-cheveux était bruyant mais efficace, et ses cheveux furent secs en quelques minutes.

En bas, elle remplit la bouilloire et la plaça sur la plaque à gaz de la cuisine. Pendant qu'elle chauffait, elle prépara son bol habituel de cornflakes, saupoudrés de sucre. Elle s'assit à la table de son petit déjeuner et avait presque terminé les cornflakes lorsque la bouilloire commença à siffler joyeusement sur la cuisinière pour l'informer que l'eau bouillait. Hilary versa l'eau bouillante sur les feuilles de thé qui attendaient au fond de la théière, et deux minutes plus tard, elle se versa une délicieuse tasse de son thé préféré du matin.

Elle remonta à l'étage dans sa chambre, s'arrêtant suffisamment longtemps sur le palier pour jeter un coup d'œil dans sa chambre d'amis, qui servait actuellement de dépôt pour ses affaires non encore déballées, toujours rangées dans des cartons sur le sol. La chambre contenait également le reste des objets ayant appartenu à feu le Dr Meddings. Ils seraient récupérés par sa nièce à une date dans un avenir proche, du moins c'était ce qu'on avait dit à Hilary. Elle nota mentalement de commencer à trier ses affaires très bientôt. Elle n'avait pas encore totalement personnalisé le cottage qui abritait son cabinet. Il était de taille convenable, avec deux chambres, une cuisine et trois salons au rez-de-chaussée, dont l'un servait de salle d'attente et l'autre de salle de consultation, qui contenait tout l'attirail médical associé au lieu de travail d'un médecin, jusqu'au squelette suspendu à un cadre métallique dans un coin de la pièce. Hilary avait remarqué que le squelette était positionné de telle sorte qu'il semblait "regarder" le tableau des tests oculaires qui était fixé au mur juste en face de son emplacement. Plus que tout, le loyer du cabinet médical était bon marché pour l'époque, à peine cinq livres par semaine, et Hilary n'avait été que trop heureuse d'accepter le poste de médecin généraliste dans le village d'Olney. Quel meilleur endroit pour commencer sa carrière solo de médecin généraliste ?

Dans sa chambre, elle s'habilla pour la journée à venir. Sachant qu'elle allait bientôt visiter la ferme Birtles, elle décida de renoncer à sa tenue formelle habituelle pour l'opération du matin. Laissant sa robe et sa veste sur leurs cintres dans l'armoire, elle choisit à la place un pull polo beige et un pantalon beige et compléta l'ensemble avec un cardigan brun pâle. Elle sortit du fond de son armoire une paire de bottes vertes à talon, encore inutilisées. Elle les mettrait à la ferme. Elle appliqua un soupçon de fard à paupières et de rouge à lèvres et vérifia son apparence dans le miroir qui se trouvait sur un support pivotant sur la coiffeuse. C'était parti !

L'opération du matin commença à huit heures et demie, et quand Hilary jeta un coup d'œil dans la salle d'attente, elle constata qu'elle n'avait que deux patients qui attendaient de profiter de ses services professionnels. Mme Eileen Docherty, soixante-dix ans, était venue voir Hilary la semaine précédente. Elle avait sans doute besoin d'être rassurée sur le fait que son arthrite n'était pas sur le point de la conduire à une mort soudaine. La deuxième personne qui attendait était aussi âgée que Mme Docherty, mais Hilary ne la connaissait pas. Elle découvrirait bientôt son nom, bien sûr, une fois que la consultation aurait commencé.

Hilary hocha la tête, lança un joyeux "Bonjour" à ses patientes et traversa la salle d'attente pour entrer dans son cabinet. Elle fut à peine assise sur sa chaise derrière le vieux bureau en acajou que le téléphone commença son infernal tintement.

— Docteur Newton, répondit-elle.

— C'est Sam Bradley, Docteur Newton. Je sais que vous avez dit que vous appelleriez après votre opération mais je pense que vous devriez venir maintenant si possible.

— David est-il plus mal en point, M. Bradley ?

— Oui, docteur. Il semblait aller bien toute la nuit, et puis ce matin, il a commencé à se plaindre que les douleurs dans ses muscles empiraient. Il ne peut s'empêcher de frissonner, bien que son corps soit rouge et chaud au toucher, et il a développé une toux qui donne l'impression que ses poumons sont pleins de liquide. Nous sommes très inquiets ; pouvez-vous venir immédiatement ? Sa mère est folle d'inquiétude.

Ce n'était pas seulement la mère, pensa Hilary. Elle pouvait sentir la peur de l'homme en l'écoutant décrire les symptômes du garçon.

— J'arrive tout de suite, M. Bradley. Dites à votre femme de ne pas paniquer. Je suis sûr que David sera bientôt stabilisé. Il se peut que la fièvre soit sur le point de tomber, un seuil critique après lequel sa température commencera à baisser et il commencera à se rétablir.

Au moment même où elle prononçait ces mots, Hilary craignait de s'être trompée dans son diagnostic initial du jeune David Bradley, mais si c'était le cas, quelle pouvait être la cause de ses symptômes ? Il avait montré tous les signes classiques d'une mauvaise grippe la nuit précédente, mais la toux et les sons étranges provenant de ses poumons l'inquiétaient plus qu'elle n'osait le dire au père du garçon.

— D'accord, Docteur, et merci, dit le garagiste en raccrochant le téléphone.

Qu'il lui fasse confiance ou non, Hilary ne pouvait pas en être sûr, mais Sam Bradley savait qu'à ce moment précis, Hilary Newton était la seule option qui s'offrait à lui dans ses efforts pour rétablir la santé de son fils.

—Je suis désolée mesdames, mais je dois partir pour répondre à une urgence. Puis-je vous demander de revenir et d'assister à la consultation du soir ?

Les deux vieilles dames dans la salle d'attente regardèrent avec effroi Hilary entrer dans la pièce avec son sac noir à la main.

— Mais, et mon arthrite ? demanda la vieille Mme Docherty, Et Mme Henshaw ici présente a de terribles problèmes avec ses varices.

Au moins Hilary connaissait maintenant le nom de la patiente mystère.

— Écoutez mesdames, je suis vraiment désolé, mais je dois m'occuper d'un jeune garçon très malade et je dois partir, maintenant ! Revenez plus tard, s'il vous plaît.

Hilary Newton ne se retourna pas en sortant de la salle. Elle savait qu'elle avait probablement causé des dommages irréparables à sa relation avec deux de ses patientes âgées, mais les varices et l'arthrite pouvaient attendre. À la voix de son père lors de l'appel, les problèmes de David Bradley ne pouvaient pas attendre. Après son départ, les deux vieilles dames restèrent assises dans la salle d'attente pendant quelques minutes avant de se lever pour partir. Rien de tel ne leur était jamais arrivé auparavant. Eileen Docherty fit remarquer à son amie de toujours Polly Henshaw que :

— Cela ne serait jamais arrivé s'ils nous avaient envoyé un homme pour remplacer le Docteur Meddings. On ne peut pas faire confiance à ces jeunes filles pour être aussi professionnelles qu'un homme, c'est ce que je dis.

— Tout à fait exact, Eileen. Qui a jamais laissé les femmes devenir médecins de toute façon ? La médecine est un travail d'homme, voilà ce que c'est. Tant pis pour le foutu Service National de Santé.

Il échappait aux deux femmes qu'elles partageaient le même sexe que la jeune femme qu'elles avaient tant l'intention de dénigrer. Il était vrai qu'elles auraient probablement répondu "C'est différent", si on les avait pressées à ce sujet ; telle était la mentalité de leur génération.

Alors que les deux femmes descendaient la rue en direction de leurs maisons respectives, Eileen Docherty cria à son amie au moment où elles se séparèrent.

— C'était la guerre, Polly, c'est pour ça. Pas assez d'hommes, alors ils ont laissé ces filles faire un peu de formation et maintenant elles peuvent s'appeler des médecins.

Son amie acquiesça et fit un signe de la main, et les deux femmes furent bientôt rentrées dans leurs confortables maisons, à infuser du thé et à se lamenter sur le fait qu'elles devaient gérer une femme médecin à Olney St. Mary.

Lorsqu'elle arriva à la maison des Bradley, Hilary fut directement conduite à la chambre de David par son père à l'air inquiet. Un seul regard sur le patient suffit à Hilary pour savoir qu'elle avait affaire à un jeune homme terriblement malade. Des gouttes de sueur perlaient sur son front, et le garçon frissonnait comme s'il était glacé jusqu'aux os. Lorsqu'elle prit sa température, elle constata qu'elle avait augmenté d'un degré par rapport à la nuit précédente, mais ce qui inquiétait le plus Hilary, c'était la toux. C'était comme son père l'avait décrit au téléphone. Le garçon avait développé une toux "liquide" qui indiquait une congestion pulmonaire massive.

— Regardez, Docteur.

La mère du garçon tendit une serviette à Hilary. Elle pouvait voir des taches de sang dessus.

— Il a commencé à tousser il y a quelques minutes, et il dit qu'il se sent étourdi.

La jeune médecin était maintenant sérieusement inquiète pour son patient. La détérioration rapide de son état indiquait à Hilary que le garçon souffrait de quelque chose de plus grave que la grippe, bien qu'elle se sentît incapable de comprendre ce que cela pouvait être à ce moment-là. Elle pouvait écarter la bronchite, la pneumonie et toute une série d'autres maladies ou infections affectant les poumons et les voies bronchiques, car ses symptômes étaient bien plus radicaux que ceux de ces maladies. C'était très bien d'être capable d'éliminer ce qui ne pouvait pas être, mais cela ne l'aidait pas à diagnostiquer la véritable nature de la maladie du jeune David Bradley.

Alors qu'elle le regardait, il devint évident que la respiration du garçon était de plus en plus laborieuse. Il toussa à nouveau, et le sang éclaboussa les draps. Hilary devait réfléchir rapidement. Ses options étaient extrêmement limitées. Devait-elle continuer à traiter le garçon "à l'aveugle" dans l'espoir de découvrir la cause de sa maladie et d'appliquer un remède, ou devait-elle appeler une ambulance et faire admettre David à l'hôpital d'Ashford, à 60 km de là ? Là, au moins, les médecins pourraient effectuer les tests cliniques et pathologiques nécessaires pour déterminer la nature de la maladie de David.

— Puis-je utiliser votre téléphone, M. Bradley ? demanda-t-elle. J'aimerais parler à quelqu'un de l'hôpital d'Ashford pour savoir si nous devons faire admettre David pour des examens.

— Vous pensez vraiment que c'est nécessaire, Docteur, de le faire admettre à l'hôpital ?

— C'est peut-être ce qu'il y a de mieux pour David, M. Bradley, et jusqu'à ce que je sois absolument certaine de ce à quoi nous avons affaire ici, je préfère ne pas prendre de risques avec la santé de votre fils.

Emily Bradley, assise sur une chaise à côté du lit de son fils, regarda son mari d'un air implorant.

— Sam, laisse le docteur l'envoyer à l'hôpital si elle pense que c'est mieux. Nous voulons juste que David se rétablisse, n'est-ce pas, mon fils ?

Elle adressa ses derniers mots au jeune David en lui serrant la main de façon rassurante.

David semblait presque trop faible pour parler, et se contenta de hocher faiblement la tête vers sa mère.

— Faites ce que vous pensez nécessaire, Docteur, dit Bradley.

Cinq minutes plus tard, Hilary fut mise en relation avec le docteur Paul Trent, consultant et spécialiste des maladies respiratoires à l'hôpital général d'Ashford.

— Je n'aime pas ça, Hilary, dit Trent, qui connaissait Hilary depuis l'époque où elle était médecin interne à l'hôpital, après avoir entendu la description complète des symptômes de David Bradley.

— Cela semble trop virulent et bien trop rapide dans son attaque physique sur le système du garçon pour être un simple cas de grippe. Écoutez, je vais faire en sorte qu'une ambulance se rende à Olney St. Mary tout de suite. Préparez le garçon, et nous l'admettrons pour des tests approfondis afin de déterminer la cause de cette maladie.

—J'ai oublié de mentionner que j'ai un deuxième cas, Paul.

— Quoi ?

— Oui, un autre garçon, âge similaire, les deux patients sont meilleurs amis, rarement séparés apparemment. Je vais lui rendre visite dès que j'aurai pu soulager un peu David. J'espère que son état ne s'est pas détérioré pendant la nuit.

— Écoutez Hilary, quoi que ce soit, je pense que vous devriez préparer les parents de l'autre garçon aussi. Dites-leur que nous pourrions avoir besoin de faire transférer leur fils ici à Ashford avec l'autre garçon. Les parents du second patient ont-ils un téléphone ?

— Oui, et ce sont les grands-parents en fait.

— Très bien. Voici ce que je veux que vous fassiez. Si le deuxième garçon est aussi mal en point que le premier lorsque vous arrivez, vous appelez la maison Bradley et leur dites de diriger l'ambulance vers l'endroit où se trouve le deuxième patient. Je m'assurerai que l'équipe de l'ambulance sache qu'elle pourrait avoir un deuxième ramassage à faire.

— Merci Paul, j'apprécie votre aide.

— Ce n'est rien, Hilary. S'il y a quelque chose de mauvais dans l'air autour de votre pittoresque petit village, nous ferions mieux de le découvrir et de nous en occuper le plus tôt possible, vous ne croyez pas ?

— Bien sûr. Je ne veux pas commencer à perdre des patients alors que je viens à peine de m'installer au village, n'est-ce pas ?

— Exactement. Maintenant, allez vous occuper de vos patients, docteur. Je vais mettre cette ambulance en route vers vous.

— D'accord, Paul. Comme je l'ai dit, merci.

Evan Parkes était dans un état bien pire que David Bradley quand Hilary arriva à la ferme. Il lui fallut moins d'une minute pour décider que lui aussi devait être envoyé à l'hôpital d'Ashford. Elle utilisa le téléphone des Parkes pour appeler la maison des Bradley et demanda à Sam Bradley de diriger l'équipe d'ambulanciers vers la ferme Birtles après avoir chargé David dans l'ambulance.

Deux heures plus tard, Hilary fit signe à l'ambulance de quitter la ferme avec ses deux jeunes patients à bord. Elle espérait que Paul Trent ne mettrait pas trop de temps à isoler et à identifier la cause de la maladie des deux garçons. Malheureusement, les événements étaient sur le point de prendre une mauvaise tournure.

Lorsque le téléphone sonna dans son bureau quatre-vingt-dix minutes plus tard, elle se précipita pour répondre, pensant qu'il s'agissait du docteur Trent avec un premier rapport sur l'arrivée des garçons à l'hôpital. C'était bien Trent au téléphone, mais les nouvelles qu'il avait à lui annoncer étaient les pires possibles.

— Hilary, je suis désolé, dit-il, mais Even Parkes est mort dans l'ambulance en venant ici. David Bradley s'accroche, mais je dois vous prévenir, ça ne s'annonce pas bien pour lui non plus. Je dois travailler rapidement pour essayer de découvrir ce que c'est, alors s'il vous plaît, je dois y aller. Je vous appellerai quand j'aurai plus de nouvelles.

— Oui, d'accord Paul. Merci.

Hilary parla dans le combiné, mais Trent était déjà parti.

Elle resta assise sur sa chaise pendant plus de vingt minutes, incapable de comprendre ce qui s'était passé. Deux jeunes garçons, en bonne santé et en pleine forme jusqu'à il y a quelques jours, avaient soudainement été terrassés par quelque chose qu'elle n'avait pas pu identifier ou traiter. Maintenant, l'un était mort et l'autre proche de la mort si les mots de Trent étaient exacts.

Finalement, Hilary Newton se leva et prit une profonde inspiration. Qu'elle le veuille ou non, et sans réelle idée de ce qu'elle allait dire, elle se dirigea vers la porte. Elle avait une visite terrible et non désirée à faire.

CHAPITRE 4

— MAIS JE CROYAIS QUE VOUS AVIEZ DIT QUE CE N'ÉTAIT qu'une grippe, s'écria Ellen Parkes, dont l'acceptation stoïque de la maladie d'Evan s'était totalement envolée avec la nouvelle de la mort de son petit-fils.

Son mari se tenait à ses côtés, un bras autour de sa femme et une expression de choc gravé sur ses traits robustes. Hilary s'était rendue directement chez eux après avoir reçu le coup de téléphone de Paul Trent et il n'y avait pas eu de moyen facile pour informer le couple que leur petit-fils bien-aimé était mort pendant le transport vers l'hôpital. Maintenant, elle devait faire face aux conséquences du chagrin que sa nouvelle avait généré.

— C'est ce que j'ai pensé au départ, Mme Parkes, et il se peut que ce soit la grippe.

— Je ne pensais pas que des gens en mouraient encore, dit Simon Parkes, parlant très calmement.

— La plupart du temps, ce n'est pas le cas, M. Parkes, mais certaines souches du virus de la grippe sont plus virulentes que d'autres, et nous découvrons seulement maintenant que de nouvelles variantes évoluent en permanence. On ne sait pas si ça pourrait être l'une d'entre elles. Nous en saurons plus quand les médecins d'Ashford auront pu faire des tests sur David Bradley et sur...

— Sur le corps d'Evan ? C'est ce que vous alliez dire, n'est-ce pas, docteur ?

— Oui, Mr. Parkes. Je crains qu'il ne soit nécessaire de procéder à un examen post-mortem. C'est la loi dans le cas d'une mort soudaine et inexpliquée. Sans cela, les médecins ne peuvent pas délivrer de certificat de décès, voyez-vous.

Ellen Parkes sanglota de façon presque incontrôlable. Hilary se rendit compte que cette femme avait perdu son fils et sa belle-fille dans les ravages de la guerre, et que maintenant leur héritage, leur fils, lui avait également été arraché par une maladie encore inconnue qui l'avait frappé si soudainement. Elle ressentait une énorme sympathie pour Ellen et son mari, en plus d'un lourd fardeau de responsabilité pour ce qui était arrivé à Evan.

Avait-elle manqué quelque chose dans son diagnostic initial ? Aurait-elle pu être plus approfondie dans son évaluation de son état ? Aurait-elle dû savoir ce dont souffrait le garçon ? Toutes ces questions lui trottaient dans la tête tandis qu'elle essayait de trouver les mots justes pour consoler le couple en deuil, si tant est qu'il y eut des "mots justes" à utiliser en de telles occasions.

— Il était si jeune, si en forme.

Cela venait de Simon Parkes.

— Il avait tout pour vivre, docteur, ajouta sa femme.

— Je sais, dit Hilary à voix basse, en essayant de garder le couple aussi calme que possible. Je sais aussi qu'il n'y a rien que je puisse dire pour l'instant qui puisse vous aider, mais l'important est d'essayer de trouver ce qui a causé cette chose affreuse à Evan et au pauvre David, et d'espérer que nous pourrons trouver un moyen d'empêcher que cela n'arrive à quelqu'un d'autre.

Simon Parkes était prêt à parler, mais à ce moment-là, Hilary remarqua qu'un frisson parcourait son corps, comme si l'émotion était trop forte pour sa façade impassible habituelle. Il avait beau être un fermier robuste et dur, il était humain après tout. Luttant contre les larmes qui avaient soudainement jailli de ses yeux, il fit de son mieux pour répondre aux derniers mots d'Hilary.

— Nous savons que vous avez raison, Docteur, mais quoi que ce soit qui ait tué notre Evan, le découvrir ne le ramènera pas, n'est-ce pas ? Je suis désolé que David souffre aussi, ne vous méprenez pas, mais je ne peux pas penser à autre chose qu'à Evan en ce moment, et ma femme non plus. Si ça ne vous dérange pas, je pense qu'on préférerait que vous partiez maintenant. Nous aimerions être seuls.

— Oui, s'il vous plaît Docteur, nous ne vous en voulons pas. Vous avez fait de votre mieux, je le sais, mais ce n'était pas suffisant, n'est-ce pas ?

Les mots d'Ellen Parkes frappèrent profondément le cœur d'Hilary. *Ce n'était pas suffisant, n'est-ce pas ?*

Elle ne pouvait pas trouver de réponse appropriée à cette accusation chargée de chagrin, même si elle se rendit compte que ce n'était pas méchant. Ce qu'elle avait appris très vite sur ces gens de la campagne, c'était qu'ils parlaient à peu près comme ils pensaient et que la diplomatie était souvent un concept étranger à leur mentalité. Non, Ellen Parkes n'avait pas été blessante dans ses remarques, elle avait simplement dit la vérité selon sa façon de voir les choses.

— Bon, eh bien, je vais y aller, dit Hilary après une pause. Je vous contacterai dès que l'hôpital me donnera des nouvelles des résultats des tests.

— Les résultats de l'autopsie, vous voulez dire le docteur ? demanda Simon Parkes.

— Eh bien, oui.

— J'aurais dû l'accompagner dans l'ambulance, sanglota Ellen alors que son mari raccompagnait Hilary à la porte.

Alors qu'elle parcourait les quelques mètres qui la séparaient de sa voiture, elle se retourna pour voir le fermier enlacer dans ses grands et forts bras sa femme en sanglots, et d'après le mouvement de ses épaules, il était clair qu'il avait attendu qu'Hilary ait quitté la maison pour laisser ses propres vannes émotionnelles s'ouvrirent.

Pensant qu'il était impossible de se sentir plus malheureuse qu'elle ne l'était à cet instant, Hilary conduisit lentement jusqu'à son cabinet. Craignant presque les conséquences de ce qu'elle pourrait entendre, elle se sentit néanmoins obligée de téléphoner à Ashford General dès son retour à la maison. Paul Trent n'était pas optimiste.

— Le garçon survit à peine, Hilary. Nous avons effectué toute une batterie de tests et j'ai demandé que les résultats soient transmis le plus rapidement possible, mais pour le moment, rien ne semble ralentir la progression de la maladie. Si c'est bien la grippe, c'est la souche la plus destructrice et la plus virulente que j'aie jamais vue de ma vie. J'ai demandé à Malcolm Davidson, le chef de mon service, de s'occuper du jeune David. Il vient de finir sa tournée quotidienne et il me rejoindra ensuite. J'ai une théorie folle à ce sujet, mais je préfère ne pas en parler avant d'en être sûr.

— Quelle sorte de théorie folle, Paul ? Vous ne pouvez pas me dire ça et vous attendre à ce que je ne veuille pas savoir ce que vous pensez.

— Écoutez Hilary, disons que si j'ai raison, et j'espère que ce n'est pas le cas, alors vous avez un sérieux problème sur les bras. Si j'ai tort, je serai le seul à mettre ridiculisé. Davidson m'aidera à confirmer ou infirmer ma théorie quand il verra le garçon, puis je vous recontacterai.

— *Paul, vous ne pouvez pas me faire ça !*

— Davidson sera bientôt là, Hilary. En attendant, sortez vos manuels scolaires. Cherchez les symptômes en détail, en particulier l'apparition et la progression rapides de la maladie. Vous aurez peut-être une idée de ce que je pense de cette façon. Je vous recontacterai bientôt, je vous le promets.

Avant qu'Hilary ne puisse protester davantage, Paul Trent raccrocha le récepteur et la ligne fut coupée.

— *Allez vous faire voir, Paul Trent,* cria-t-elle dans son cabinet de consultation vide.

Puis elle alla jusqu'à l'étagère derrière elle, où ses dictionnaires et manuels médicaux l'attendaient pour explorer cet étrange phénomène médical qui avait frappé les jeunes hommes d'Olney St. Mary et que Paul Trent semblait réticent, ou peut-être avait-il peur de mentionner par son nom. Hilary Newton commença à lire...

CHAPITRE 5

Le docteur Malcolm Davidson se tenait au chevet de David Bradley. À cinquante-six ans, il était de dix ans l'aîné de Paul Trent, bien qu'en apparence ils aient presque le même âge. Ce n'était pas parce que Trent avait considérablement vieilli, mais plutôt parce que Davidson s'était maintenu en bonne forme physique toute sa vie et que l'homme ne semblait pas avoir plus de quarante-cinq ans. C'était peut-être la raison pour laquelle de nombreuses infirmières des services de l'hôpital général d'Ashford avaient quelque chose qui ressemblait à un béguin d'écolière pour le chef du département des maladies pulmonaires et respiratoires.

Mais maintenant, tout comme Trent et les deux infirmières réunies au côté de David dans la salle d'isolement, il était vêtu d'une blouse verte informe et portait un masque chirurgical pour se protéger de... de quoi ? Il avait été intrigué par la demande du docteur Trent, transmise par sa secrétaire, de se rendre au chevet de David Bradley. Le diagnostic préliminaire de Trent, s'il était confirmé, pourrait s'avérer être le précurseur d'une situation qui était inimaginable lorsque Davidson s'était levé de son lit ce matin-là.

Davidson regarda le jeune patient. David Bradley avait du mal à respirer, mais sa respiration était facilitée par le masque à oxygène placé sur le bas de son visage. Un goutte-à-goutte de solution saline était fixé à son avant-bras gauche, afin que le garçon reçoive suffisamment de liquides pour maintenir son corps correctement hydraté. La sueur perlait sur les parties exposées de sa peau et le jeune David Bradley était à la limite de la conscience, ne sachant pas où il était ni qui était avec lui. Davidson demanda le dossier du garçon et l'une des infirmières le décrocha rapidement de son emplacement au bout du lit et le plaça dans la main du médecin. Après l'avoir étudié pendant une minute, le consultant senior s'approcha du garçon. Les mains dans des gants chirurgicaux, il commença à examiner le patient, qui ne semblait pas se rendre compte qu'on le touchait.

Davidson s'écarta du lit, et Trent le suivit. Parlant à voix basse, Davidson s'adressa à son collègue.

— Vous avez eu raison de m'envoyer chercher Paul. Tous les résultats de vos tests confirment ce que vous pensiez au départ, et mon propre examen le confirme malheureusement. Combien de personnes sont au courant jusqu'à présent ?

— Seulement vous et moi, monsieur, répondit Trent. Les infirmières savent seulement qu'elles s'occupent d'un garçon dont l'état est encore inconnu, et bien sûr votre secrétaire aurait lu mon message.

— Et le médecin qui nous l'a envoyé ?

— Hilary Newton monsieur, elle travaillait ici. C'est la nouvelle médecin généraliste d'Olney St. Mary, elle n'est là que depuis quelques semaines. Elle pense avoir affaire à une souche particulièrement virulente de la grippe, bien que j'aie laissé entendre qu'il pourrait s'agir de quelque chose de plus grave.

— Eh bien, je pense que le docteur Newton pourrait bientôt regretter d'avoir accepté le poste de médecin généraliste dans cet avant-poste perdu de l'humanité. J'y suis allé une fois il y a des années. C'est un endroit agréable à visiter et encore meilleur à quitter. Il faudra lui dire Paul, et il faudra l'aider. Je doute fort que ce garçon et celui qui est mort en venant ici soient les seuls cas dont elle aura à s'occuper. Elle ne peut pas gérer une épidémie potentielle toute seule. Je vais devoir le signaler au ministère de la Santé, bien sûr. Il s'agit d'une maladie contagieuse grave et ils voudront prendre des mesures pour empêcher sa propagation. Bon Dieu, Paul, si cela se répand dans la population, cela pourrait anéantir la moitié du pays en quelques semaines.

— Je sais, monsieur. C'est pourquoi je voulais votre confirmation avant d'informer quiconque de mon diagnostic. Et l'aide dont vous avez parlé pour le Docteur Newton ?

— Je suis sûr que le ministère enverra une équipe de spécialistes au village dès qu'ils recevront mon appel. En attendant, j'apprécierais que vous vous rendiez vous-même à Olney et que vous emmeniez deux infirmières de confiance avec vous, si vous en trouvez qui se portent volontaires. Soyez honnête avec elles, Paul, dites-leur les risques, laissez-les décider par elles-mêmes. J'ai besoin de vous pour être mes yeux et mes oreilles dans le village jusqu'à ce que le ministère décide de ce qu'il faut faire. Que cela nous plaise ou non, Olney St. Mary est couvert par notre autorité et nous devons faire ce que nous pouvons pour aider. J'espère seulement que nous pourrons isoler la source et stopper la propagation avant qu'elle ne fasse trop de victimes.

— Ne vous inquiétez pas, monsieur ; je suis sûr que je trouverai deux infirmières fiables qui m'accompagneront. Celles qui travaillent dans l'unité des maladies contagieuses seront bien conscientes de ce qui les attend et je suis sûr qu'elles ne reculeront pas pour essayer d'aider les habitants d'Olney.

Davidson avait l'air d'avoir à peine entendu le dernier commentaire de Trent.

—J'espère juste qu'il n'est pas trop tard.

— Trop tard, monsieur ?

— Pour prévenir une épidémie nationale ou peut-être internationale, Docteur Trent. Bon Dieu, mon vieux. La perspective qu'une telle chose se produise de notre vivant ne devrait pas exister. Comment cela a-t-il commencé, et en particulier dans un endroit aussi perdu qu'Olney ?

Paul Trent n'avait jamais vu le chef de son service aussi visiblement secoué. De par la nature même de leur métier, les médecins étaient toujours calmes et contrôlaient en apparence leurs émotions. S'il en était autrement, cela aurait un effet inquiétant et déstabilisant sur les patients qui confiaient quotidiennement leur vie aux soins des médecins. Mais la situation était différente. Peu de médecins dans la seconde moitié du vingtième siècle, et certainement aucun dans le monde occidental des années cinquante, avaient été confrontés à un tel diagnostic.

Alors que Paul Trent prenait congé de son supérieur et allait chercher les infirmières qui l'accompagneraient à Olney St. Mary, Malcolm Davidson, qui semblait soudainement faire son âge, s'assit lourdement derrière son bureau, dans l'intimité de son bureau et passa l'appel téléphonique qui allait changer la vie des habitants d'Olney pour toujours.

Dès qu'il fut mis en relation avec le plus haut fonctionnaire en poste au ministère de la Santé à Londres, Malcolm Davidson ne perdit pas de temps en civilités, préférant aller droit au but. Il savait que lui et les habitants d'Olney, ainsi que l'Angleterre dans son ensemble, n'avaient pas le luxe qu'exigeaient les civilités habituelles.

— Oui monsieur, c'est confirmé, j'en ai peur. Un mort et un autre à l'article de la mort pour l'instant. Il y a forcément d'autres cas.

À l'autre bout de la ligne, un silence fut suivi d'une autre question. Davidson répondit immédiatement, avec un léger tremblement dans la voix qui trahissait sa propre anxiété.

— Je suis désolé de devoir dire que des trois variantes de la maladie, la pire est de loin celle à laquelle nous avons affaire. C'est la peste pneumonique, monsieur, la forme la plus mortelle de la maladie. Nous pensions qu'elle avait été éradiquée dans ce pays, mais il semble que nous avions tort.

Alors que les autorités médicales et les autres services gouvernementaux concernés se mettaient lentement en action et que les rouages de l'administration tournaient mollement dans leurs efforts pour rassembler les personnes et les équipements nécessaires pour faire face à cette nouvelle urgence totalement inattendue et non préparée, Hilary Newton et les habitants d'Olney étaient sur le point de voir leur situation passer de mauvaise à bien pire.

CHAPITRE 6

En réponse à la demande de Malcolm Davidson, Paul Trent mit rapidement en place son équipe de volontaires. Les infirmières n'avaient pas manqué de s'avancer courageusement pour faire un saut dans l'inconnu avec Trent. Après tout, la peste était inconnue de leur vivant et elles étaient toutes conscientes des risques qu'elles couraient en le rejoignant dans sa mission de miséricorde à Olney St. Mary.

Il avait finalement choisi deux infirmières célibataires, Patricia Knowles et Christine Rigby, pour cette tâche. Trent pensait que leur statut de célibataires rendrait leur visite à Olney moins traumatisante pour leurs familles. Après tout, il aurait détesté que quelque chose arrive aux infirmières sous son commandement de toute façon, mais si elles avaient un mari ou des enfants, cela aurait rendu les choses bien pires, surtout en ce qui concernait sa propre conscience. Patricia, connue de tous sous le nom de Pat, et Christine étaient toutes deux des infirmières expérimentées et des filles très équilibrées. Il n'avait aucune inquiétude quant à leur engagement et leur fiabilité.

Après leur avoir donné deux heures pour rentrer chez elles et préparer tout ce dont elles avaient besoin pour le voyage à Olney,

Trent décrocha le téléphone. Il était temps de faire savoir à Hilary qu'il était en route, et pourquoi.

— Mais ce n'est pas possible, Paul. Pas à notre époque, bafouilla Hilary au téléphone lorsque Trent lui annonça la nouvelle.

— Je suis désolé Hilary, mais il n'y a aucun doute. C'est une épidémie confirmée de peste pneumonique. Nous devons prendre toutes les mesures possibles pour la confiner et empêcher toute propagation de la maladie. Je pars moi-même à Olney avec deux infirmières spécialisées pour vous assister, et le ministère de la Santé va réunir une équipe et la faire descendre au village dès que possible, probablement dans un jour ou deux. Maintenant, dites-moi, avez-vous eu d'autres cas depuis que nous avons parlé plus tôt ?

— Aucun qui m'ait été rapporté. Non. Paul, je n'arrive pas à croire que la peste a frappé ici, et que je l'ai diagnostiquée comme une grippe. Je me sens tellement incompétente.

— Ce n'est pas votre faute, Hilary. Vous n'étiez pas à l'affût de quelque chose d'aussi grave que la peste, et les premiers symptômes ressemblent dans une certaine mesure ceux de la grippe.

— Mais je suis un fichu docteur, Paul. J'aurais dû le savoir !

— Hilary, calmez-vous. Ce n'est pas le moment de s'auto-récriminer. Nous avons un travail à faire. Vous avez deux patients, jusqu'à présent, maintenant nous devons essayer de faire en sorte que vous n'en perdiez pas d'autres. Vous comprenez ?

— Oui, je sais Paul, je suis désolée. Écoutez, quand vous serez ici avec les infirmières, vous aurez besoin d'un endroit où rester, n'est-ce pas ?

— Je n'y avais pas vraiment pensé.

— Je pense que le meilleur endroit serait ici, au cabinet. Je peux faire de la place dans la chambre d'amis pour les filles et il y a un lit de camp que je peux installer pour vous en bas si ça ne vous dérange pas de vivre un peu à la dure.

— C'est parfait, merci. Cela pourrait faire jaser dans votre petit village, mais qu'importe. Maintenant, je dois y aller. Plus vite je serai avec vous, plus vite nous pourrons essayer de trouver la source de l'épidémie et éradiquer toute chance de nouveaux cas.

— Oui, bien, je vous verrai quand vous serez là, Paul, et merci.

— Remerciez-moi quand tout ça sera fini, Hilary. On risque d'avoir quelques jours difficiles avant que tout ça ne disparaisse.

— Je sais, mais merci quand même. Je sais que vous prenez tous un risque en venant ici.

— Ça fait partie du boulot, j'en ai peur, Docteur Newton. Cela fait partie du travail. Maintenant, je m'en vais. À bientôt.

— Oui, d'accord, à bientôt, répondit Hilary.

Et la ligne fut coupée, Trent était parti.

Une fois l'appel terminé, Hilary ressentit le poids d'un silence palpable qui semblait s'être abattu sur la pièce. La seule interruption de ce silence était le tic-tac de l'horloge sur le mur, qui semblait maintenant être grossièrement amplifié par le silence même qui flottait comme un voile et enveloppait la jeune médecin.

La peste pneumonique ! Hilary n'aurait pas pu imaginer que quelque chose d'aussi terrifiant lui arriverait si peu de temps après son entrée en fonction comme médecin généraliste du village. Elle devait trouver quelque chose pour s'occuper l'esprit jusqu'à ce que Trent et les infirmières arrivent. En l'absence de tout autre cas, elle décida de se documenter sur l'histoire et le traitement de la peste qui avait frappé son nouveau foyer. La plupart de ses manuels étaient encore dans des cartons dans la chambre d'amis et Hilary passa une bonne demi-heure à dénicher les volumes dont elle avait besoin.

Enfin, armée de deux épais tomes qu'elle jugeait appropriés à ses recherches, elle descendit les escaliers. Après s'être préparée une tasse de thé, elle s'installa dans son cabinet de consultation et se perdit rapidement dans les pages de texte qui détaillaient l'horrible histoire des épidémies de peste pneumonique et décrivaient les traitements, anciens et modernes, qui avaient été appliqués pour tenter de contrôler, puis d'éradiquer la maladie.

L'horloge continuait son tic-tac interminable sur le mur, les aiguilles se déplaçant lentement autour du cadran jusqu'à ce que Hilary lève enfin les yeux et se rende compte qu'elle lisait depuis plus d'une heure. Trent et les infirmières devraient arriver dans les soixante prochaines minutes, estima-t-elle. Elle posa le livre lourd et se leva de sa chaise. Retournant à l'étage, elle fouilla pendant quelques minutes jusqu'à ce qu'elle trouve ce qu'elle cherchait. Elle avait assez de draps et de couvertures pour les infirmières et pour Paul Trent, et maintenant elle les sortait tous et les suspendait à la corde à linge pour les aérer.

Ensuite, elle remonta les escaliers, portant le lourd aspirateur Hoover, une boîte de cire pour meubles et un grand plumeau jaune. La chambre d'amis sembla rapidement habitable. Elle poussa simplement la plupart des cartons contenant ses livres et ses draps sur les côtés de la pièce, contre les murs, et les vêtements qui jonchaient le lit d'appoint, toujours sur leurs cintres, furent bientôt transportés dans sa chambre, où elle les accrocha à l'extérieur de son armoire. Elle avait besoin d'une deuxième armoire et n'avait pas encore eu le temps d'aller en acheter une. N'étant pas dans le village depuis longtemps, elle n'allait pas faire le trajet jusqu'à Ashford juste pour regarder les armoires, pensant qu'elle aurait le temps de s'installer dans sa nouvelle maison. Elle réalisait maintenant qu'elle aurait peut-être dû en commander une avant de quitter la ville et la faire livrer avant son déménagement à Olney. Mais une fois de plus, la rétrospection n'allait pas l'aider dans sa situation domestique actuelle. Après vingt minutes de dépoussiérage, de polissage et d'aspiration, Hilary prit du recul pour admirer son travail. La pièce sentait le cirage frais et présentait un environnement bien plus habitable que quelques minutes auparavant. Bien que loin d'être parfaite, elle suffirait certainement comme base d'opérations temporaire pour les deux infirmières qui arriveraient bientôt.

Comme si c'était fait exprès, un klaxon de voiture retentit à l'extérieur de la maison. Hilary se rendit dans sa chambre, située à l'avant de la maison, et regarda par la fenêtre. Paul Trent et les deux infirmières sortaient de la voiture de Trent. Hilary constata qu'il conduisait toujours la même voiture depuis qu'elle le connaissait, une Ford Zephyr bleue. Elle ouvrit la fenêtre, cria un salut aux trois nouveaux arrivants et descendit rapidement les escaliers pour les accueillir chez elle. Leur arrivée n'avait certainement pas été prévue. Elle se déroulait dans des circonstances terribles, mais étant donné de ce qui pouvait arriver, Hilary était reconnaissante et très heureuse de voir les nouveaux arrivants sur le pas de sa porte.

CHAPITRE 7

Pendant qu'Hilary aidait Paul Trent et les infirmières Knowles et Rigby à transporter leurs bagages et leur matériel chez elle, à l'église Sainte-Marie, le révérend Timothy Grafton était occupé à travailler avec deux dames âgées de la paroisse. Emily Jones et Mabel Thorndyke étaient de ferventes supportrices de l'église depuis longtemps, avant que toutes deux ne deviennent veuves quelques années auparavant. Les deux femmes considéraient désormais qu'il faisait partie de leur routine de décorer la petite église avec des fleurs chaque semaine, en prévision des deux services célébrés par le révérend Grafton chaque dimanche. Aujourd'hui, comme toujours le vendredi, elles s'affairaient à disposer de nouvelles fleurs dans les six paniers suspendus qui ornaient les murs de l'église de St. Mary, après avoir déjà décoré les urnes sur pied qui accueillaient la congrégation lorsqu'elle franchissait les portes d'entrée. Plus tard, elles s'occuperaient des deux urnes assorties qui se trouvaient à droite et à gauche de l'autel. Enfin, elles termineraient par celle qui se trouvait juste devant la chaire d'où Grafton prononçait son sermon habituel du dimanche. C'était un rituel dans l'art de la progression logique. Elles suivaient le même ordre rigoureux chaque semaine, et le révérend les accompagnait toujours, sans interférer, mais juste en étant là pour offrir son aide et son assistance pour atteindre certains des paniers muraux les plus hauts.

Jusqu'à présent, la nouvelle de la mort d'Evan Parkes n'avait pas filtré parmi les villageois. Les familles Bradley et Parkes s'étaient tenues à l'écart, leur chagrin étant une affaire très privée. David Bradley s'accrochait encore à la vie, bien que par un fil, et sa famille priait pour un miracle. Cela dit, ils n'avaient pas ressenti le besoin de consulter leur pasteur local. Timothy Grafton n'en savait pas plus que les deux vieilles femmes qu'il côtoyait.

— J'ai entendu dire qu'ils étaient terriblement malades, dit Mabel Thorndyke.

— Ils les ont emmenés en ambulance, répondit son amie Emily. Je les ai vus emmener le jeune David Bradley et l'ambulance est partie en direction de la ferme, donc je pense qu'ils ont pris le jeune Evan en même temps.

— Que pensez-vous qu'ils aient, Révérend ? demanda Mabel.

— Je pense que nous ne devrions pas trop spéculer sur le sujet mesdames. Après tout, la santé des garçons est l'affaire de leurs familles et d'eux seuls. Nous ne devrions pas faire de commérages sur des choses qui ne nous concernent pas.

— Les choses nous concerneront bien assez tôt s'ils ont attrapé quelque chose de contagieux, prophétisa Emily Jones.

— Alors peut-être qu'une prière pour le rétablissement des enfants serait de mise, mesdames ?

Sachant que le pasteur les avait coincées, les deux femmes inclinèrent la tête pendant que Grafton prononçait une courte prière pour le rétablissement des garçons. Alors que leurs "amens" résonnaient jusqu'au toit de l'église presque vide, Mabel Thorndyke reprit le fil de sa conversation, sans se laisser décourager par le plaidoyer du révérend Grafton en faveur de l'absence de ragots sur le sujet.

—Je les ai vus tous les deux il y a quelques jours. Ce sont de bons garçons. Ils ont proposé de m'aider à enlever les feuilles mortes de mon jardin. Mon arbre est si beau au printemps et en été, mais à cette époque de l'année, il produit un véritable tapis de feuilles partout dans mon jardin. Les garçons ont été très utiles et ont débarrassé le terrain en une heure.

— J'avais cru les voir quand je suis passée devant chez vous, dit Emily.

— Oui, et vous savez ce qui est le plus agréable ? Ils n'ont pas voulu me prendre un centime pour le faire. Ils ont juste dit que c'était un plaisir d'aider et ont demandé un verre de limonade chacun avant de retourner faire ce qu'ils faisaient avant d'arriver.

—J'espère que vous avez bien lavé les verres après, prévint Emily Jones. On ne sait jamais quels germes ils ont pu transporter. Tu pourrais être la prochaine à être transportée en ambulance. Souviens-toi de ce que je dis, Mabel Thorndyke.

Timothy Grafton en avait assez entendu.

— Mesdames, je suis désolé, mais ça suffit. Je ne tolérerai pas davantage de bavardages dans l'église, merci. Quant à vous, Emily, vous me surprenez. Il n'est pas nécessaire d'effrayer la pauvre Mabel en supposant de telles choses. J'insiste pour que nous revenions à notre sujet et que nous oubliions toutes ces sottises et ces spéculations.

—Oui, Pasteur.

— Désolé Révérend.

Les deux femmes se turent, se sentant suffisamment réprimandées par le révérend, et le petit groupe retourna à son arrangement floral. Le travail se poursuivit dans ce que Grafton considérait comme un silence béni. Une demi-heure plus tard, ils terminèrent la dernière composition, un magnifique et enivrant mélange de couleurs et de parfums, juste devant la chaire.

Après avoir récupéré leurs chapeaux et leurs manteaux qu'elles avaient laissés suspendus dans la sacristie, les deux dames de la paroisse firent à Timothy Grafton un adieu chaleureux, bien que légèrement châtié, et se dirigèrent vers leurs maisons respectives.

Malheureusement, pour la prophétique Emily Jones et le révérend Timothy Grafton, et tragiquement pour la veuve Mabel Thorndyke, ce fut la dernière fois qu'ils la verraient vivante.

CHAPITRE 8

— JE CROIS QUE C'EST TOUT CE QU'IL Y A À DIRE, HILARY , DIT Paul Trent en portant les dernières valises des infirmières dans l'escalier puis dans la chambre d'amis.

Il avait fallu une demi-heure pour déballer la Zephyr, car tout le matériel médical avait d'abord été déchargé et placé soigneusement dans le cabinet d'Hilary en bas. Enfin, Trent avait apporté ses bagages et ceux des infirmières dans la maison, déposant d'abord ses propres valises dans le salon, puis s'occupant des affaires des filles.

— Bien joué Paul. Maintenant, venez vous asseoir une dizaine de minutes pendant que je nous prépare une tasse de thé.

Christine Rigby et Patricia Knowles étaient déjà dans la cuisine et avaient pris l'initiative de s'occuper de la préparation du thé. Hilary fut surprise de se retrouver inutile lorsque les deux filles la chassèrent de sa propre cuisine et la firent s'asseoir. Bientôt, tous les quatre furent assis confortablement et Paul Trent faisait les présentations officielles. Dehors, il avait simplement présenté les filles par leur nom. Maintenant, il voulait qu'Hilary sache exactement qui il avait amené avec lui d'Ashford pour vivre sous son toit le temps que durerait la crise actuelle.

— L'infirmière Knowles, Patricia est une spécialiste des soins aux patients atteints de maladies tropicales et transmissibles. Elle est à l'hôpital depuis environ cinq ans, n'est-ce pas, infirmière Knowles ?

— Oui, Docteur Trent, répondit la jeune femme.

Nous étions bien sûr en 1958, et il existait encore un certain degré de formalité dans les différents échelons du *National Health Service* qui, selon certains, fait cruellement défaut à l'époque moderne.

— Et l'infirmière Rigby a les mêmes qualifications mais est avec nous depuis plus de huit ans, je crois ?

— Ça fera neuf ans le mois prochain, docteur.

— Bien sûr, vous savez toutes les deux que le Docteur Newton était employé à Ashford jusqu'à récemment, avant de prendre le poste de médecin généraliste ici à Olney St. Mary.

Les deux infirmières hochèrent la tête en même temps.

— C'est à nous de faire ce que nous pouvons pour traiter les nouveaux cas et tenter de contenir cette épidémie jusqu'à ce que le ministère de la Santé envoie une équipe ici pour nous soutenir.

— Est-ce qu'on sait combien de temps ça va durer, Paul ? demanda Hilary.

— Pour le moment, j'ai bien peur que la réponse soit non. Jusqu'à ce que je fasse un rapport préliminaire sur l'étendue probable de l'épidémie, je pense que le ministère attendra avant d'envoyer une équipe de spécialistes.

— Mais c'est de la folie, assurément ! Cette chose pourrait se répandre comme une traînée de poudre en une nuit dans le village, et nous sommes censés rester assis ici et attendre que le ministère de la Santé décide quand c'est assez grave pour qu'il envoie de l'aide ?

— Vous devez voir ça de leur point de vue Hilary. Vous avez eu deux incidents jusqu'à présent, avec un décès. Ils peuvent s'avérer être des cas très isolés. S'il n'y a pas d'autres cas dans les prochaines quarante-huit heures, je pense que nous pouvons affirmer sans risque que l'épidémie est contenue et qu'il n'y a pas de danger imminent pour le village ou la population en général.

— Vous débitez de la propagande gouvernementale, Paul. Si vous croyiez vraiment ce que vous venez de dire, vous ou les filles n'auriez pas besoin d'être ici, n'est-ce pas ?

— Je ne fais que transmettre ce qu'on m'a dit, Hilary. Nous n'arriverons à rien en nous chamaillant entre nous, alors je suggère que nous nous mettions au travail.

— Puisqu'il n'y a pas de cas en cours, que suggérez-vous que nous fassions, Docteur Trent ? demanda Hilary, de manière tout à fait formelle, en essayant de contenir sa frustration.

— Écoutez, nous devons découvrir comment ces deux garçons ont contracté la maladie en premier lieu. Il est probable qu'ils l'aient contractée à partir de la même source d'infection. Nous devons découvrir où elle se trouve, ou se trouvait, et nous assurer que personne d'autre ne soit exposé au contaminant. Je suggère que vous et l'infirmière Rigby vous rendiez chez les Bradley pour chercher des indices et l'infirmière Knowles peut m'accompagner chez les Parkes si vous me fournissez les indications nécessaires.

Au moment où Hilary s'apprêtait à répondre, le téléphone se mit à sonner. Les quatre personnes présentes dans son cabinet se regardèrent toutes dans l'expectative. Il fallut à Hilary cinq bonnes secondes pour trouver le courage de traverser la pièce et soulever le lourd téléphone en bakélite de son socle.

— Docteur Newton, dit-elle doucement.

Puis elle écouta attentivement la voix à l'autre bout de la ligne. Elle resta silencieuse pendant plus d'une minute, puis répondit simplement "Merci" à son interlocuteur.

Replaçant le téléphone, elle se tourne vers Paul Trent et les deux infirmières. Le visage blême, elle s'adressa à eux gravement.

— C'était Malcolm Davidson à Ashford. Il y a deux morts à présent, Paul. David Bradley nous a quitté il y a vingt minutes.

Un silence terrifiant accueillit ses propos. C'était comme si quelqu'un, ou quelque chose, avait aspiré l'air de la pièce. Tout le monde semblait retenir son souffle, attendant que quelqu'un parle. Finalement, ce fut Paul Trent qui brisa l'affreux silence.

— Nous devrions peut-être renoncer à la visite de la ferme des Parkes. Ce serait une bonne idée que je vous accompagne chez les Bradley, Hilary.

— Non Paul. Vous devriez aller à la ferme. Il est important que nous commencions à traquer la source le plus tôt possible. J'ai déjà annoncé la nouvelle de la mort du petit Parkes à ses grands-parents, je suis sûr que je peux faire de même avec les Bradley. L'infirmière Rigby peut toujours m'accompagner chez les Bradley. Elle sera d'une grande aide, à la fois avec les parents et pour commencer nos recherches.

— Je ne suggérais pas que vous ne pouviez pas le faire, Hilary.

— Je le sais, Paul, et j'apprécie l'offre de votre soutien, mais il est important que vous alliez à la ferme. Vous le savez aussi bien que moi. Je me moque de ce que disent les hommes du Ministère, cette chose n'est pas contenue, et ce ne sont pas des cas isolés. Je doute que nous ayons vu le dernier cas de cette épidémie, et il ne faudra pas longtemps avant que nous en ayons d'autres sur les bras, peut-être trop pour que nous puissions tous les quatre y faire face.

— Écoutez Hilary, je vais vous faire une promesse. Si nous trouvons encore un seul cas qui n'est pas lié aux familles Bradley ou Parkes, j'appellerai Davidson et lui demanderai de faire pression sur le ministère. Si nous pouvons montrer que la maladie circule parmi la population générale d'Olney, alors il y a une chance qu'elle puisse bientôt se répandre dans la campagne et infecter des milliers de personnes.

— Je vous la rappellerai, Paul, dit Hilary en enfilant son manteau et en faisant signe à Christine Rigby de la suivre.

— Hilary, la rappela Trent alors qu'elle franchissait la porte d'entrée avec l'infirmière Rigby.

— Oui ?

— J'ai besoin de l'itinéraire pour aller à la ferme.

— Oh oui, bien sûr, pardonnez-moi.

Elle donna rapidement à Trent les indications simples pour se rendre à la ferme des Parkes et n'oublia pas de lui donner un double de la clé de la porte d'entrée au cas où lui et l'infirmière Knowles reviendraient avant elle.

Sur ce, elle fit un signe d'au revoir à ses collègues et, avec Christine Rigby, parcourut la courte distance qui la séparait de la maison des Bradley. Pour la deuxième fois en moins de vingt-quatre heures, le docteur Hilary Newton était sur le point d'être l'annonciatrice de mauvaises nouvelles dans le village où elle avait espéré faire tant de bien.

CHAPITRE 9

SAM BRADLEY AVAIT UNE MINE AFFREUSE QUAND IL OUVRIT LA porte pour accueillir Hilary et Christine Rigby. Manifestement, quelque chose d'autre que la maladie de son fils le tracassait. Dès qu'il vit qui étaient ses visiteurs, il établit une connexion presque télépathique avec Hilary Newton, et il sut sans qu'elle dise un mot exactement ce qu'elle était venue lui dire.

— Il est parti, n'est-ce pas, Docteur Newton ? Nous avons perdu notre garçon.

Le visage de Bradley était blanc, presque fantomatique.

—Je suis désolé, M. Bradley. L'hôpital a fait tout ce qu'il pouvait, mais...

— C'est bon Docteur, vous n'avez pas besoin de me le dire. Je suis sûr qu'ils ont fait tout ce qu'ils pouvaient pour le garçon. Je suis juste content que sa sœur ne soit pas là pour voir ça.

Hilary se creusa la tête pendant une minute, puis se rappela avoir vu une référence à une fille dans la famille dans les dossiers de son cabinet.

— Sœur ? Bien sûr, vous avez aussi une fille, n'est-ce pas ? Où est-elle, M. Bradley ?

— Carol est une fille très intelligente, docteur. Elle a obtenu une bourse d'études pour le Kent Ladies College quand elle avait 11 ans. Elle ne rentre pas à la maison avant la fin du trimestre scolaire. Elle se débrouille très bien. C'est peut-être une chance qu'elle n'ait pas été là quand David a attrapé ce truc. Maintenant sa mère va y passer aussi, et j'ose dire que je ne vais pas tarder à être le prochain sur la liste.

Ignorant le sujet de Carol Bradley pour le moment, Hilary se concentra plutôt sur les derniers mots de Sam Bradley.

— Vous me dites que Mme Bradley est malade maintenant ?

— Elle est malade depuis une heure environ. C'est arrivé très soudainement. Elle a semblé s'effondrer d'un seul coup. Elle est allongée à l'étage. J'étais sur le point de vous appeler en fait, puis j'ai vu votre voiture arriver et j'ai su que vous m'apportiez de mauvaises nouvelles. Comment lui parler de David alors qu'elle est si malade ?

— Écoutez, chaque chose en son temps, M. Bradley. Nous devons voir votre femme. Au fait, voici l'infirmière Rigby.

— Bonjour, dit Bradley presque mécaniquement, remarquant à peine la jolie jeune femme aux cheveux noirs qui se tenait à côté du médecin.

Il avait l'air d'un homme qu'on avait vidé de toute substance. Son fils était mort, sa femme avait peut-être la même maladie que lui et Hilary pensait que Bradley avait raison dans sa déclaration précédente. Il pourrait être le prochain.

Sam Bradley escorta Hilary et l'infirmière dans l'escalier jusqu'à la chambre principale, où sa femme Emily était allongée sur le lit. Hilary put constater que la pièce était bien meublée, avec deux armoires doubles en acajou véritable et une coiffeuse assortie. Le tapis était un velours épais, tissé à l'Axminster dans un motif floral, d'une qualité évidente. Mais pour l'instant, tout l'argent de Sam Bradley ne pouvait pas ramener son fils, et ne pouvait pas faire grand-chose pour aider sa femme.

— Emily, les médecins sont là, mon amour, dit Bradley à la femme sur le lit.

Emily Bradley leva les yeux, le mouvement lui causant apparemment un certain degré de douleur.

— C'était rapide. Je ne savais pas que tu avais déjà passé l'appel, Sam.

Hilary n'avait pas le choix. Elle devait se débarrasser de la mauvaise nouvelle avant de pouvoir continuer.

— Votre mari ne m'a pas appelée Mme Bradley. Je suis venue avec l'infirmière Rigby pour vous donner des nouvelles de David.

— Oh, comment va-t-il, Docteur Newton ? Est-ce qu'il va mieux ?

Le silence d'Hilary en réponse à la question dit à Emily Bradley tout ce qu'elle avait besoin de savoir.

— Non, s'il vous plaît, mon Dieu, non, fut tout ce qu'elle dit.

Son visage fut inondé par en une rivière de larmes. La pauvre femme, déjà malade, enfouit sa tête dans son oreiller et sanglota de façon incontrôlable.

Sam Bradley se dirigea vers le lit, prit place à côté de sa femme prostrée et posa une main apaisante sur son épaule. La jambe de son pantalon remonta et Hilary vit pour la première fois la chaussure spéciale très renforcée que Bradley portait pour compenser son pied bot. Elle connaissait son problème après avoir lu son dossier, mais elle avait pensé qu'il gérait très bien son handicap. À tous les autres égards, il dégageait une aura de force et de fiabilité. C'était un peu étrange de voir la preuve de son incapacité si près de soi.

— Elle avait trop chaud pour se coucher sous les couvertures, dit-il à Hilary, comme pour expliquer la place d'Emily sur le dessus du lit plutôt que sous les draps.

Hilary sentit que Sam était sur le point d'entrer en état de choc. Elle devait le faire se concentrer sur autre chose pendant quelques minutes, le temps qu'elle examine sa femme. Elle se rendit compte qu'il n'avait même pas demandé ce qui avait tué son fils. Et puis, donner un nom à la maladie aiderait-il Sam Bradley en ce moment ? Elle ne le pensait pas.

— M. Bradley. Pourriez-vous descendre et mettre la bouilloire à chauffer ? Je suis sûr qu'une tasse de thé nous ferait du bien, surtout à vous et à Mme Bradley. Je suis sûr que l'infirmière Rigby sera heureuse de vous aider, n'est-ce pas, infirmière ?

— Bien sûr, docteur. Venez, M. Bradley, vous allez devoir me montrer où sont les choses.

En infirmière expérimentée qu'elle était, Christine Rigby avait pratiquement lu dans l'esprit d'Hilary. Elle savait exactement ce que le docteur essayait de faire, et elle mettait à présent à profit ses années d'expérience pour s'assurer de garder Sam occupé.

— Oui, c'est vrai, je suppose, bégaya Bradley, peu sûr de lui pour la première fois depuis qu'Hilary l'avait rencontré.

Il permit à Christine Rigby de le faire sortir doucement de la chambre et de descendre l'escalier où lui et l'infirmière commenceraient le rituel de la préparation d'une grande théière de thé chaud et fumant. Alors que la porte de la chambre se refermait tranquillement derrière le duo, Hilary se tourna vers Emily Bradley.

Elle posa une main rassurante sur l'épaule de la femme en pleurs. Emily continua à pleurer doucement dans son oreiller, la tête détournée du docteur, loin de la cruauté du monde qui l'entourait.

— Mme Bradley, je suis désolée pour David, vraiment, mais je dois vous examiner maintenant. Votre mari dit que vous vous êtes soudainement sentie faible, avez chaud et au bord de l'effondrement. Est-ce exact ?

À travers ses larmes, la femme sembla retrouver la volonté de hocher la tête presque imperceptiblement, mais suffisamment pour que Hilary puisse glaner une réponse affirmative à sa question.

— S'il vous plaît, Mme Bradley, j'ai besoin que vous vous retourniez pour que je puisse vous voir et vous examiner correctement. Pouvez-vous faire cela pour moi, s'il vous plaît ?

Lentement, la mère éplorée de David Bradley se retourna jusqu'à ce qu'elle puisse voir la silhouette du docteur Newton à côté du lit. Lorsqu'elle vit qu'Hilary avait revêtu un masque vert protecteur, elle retomba dans un nouvel accès de larmes incontrôlables. Après une minute de sanglots, Emily Bradley se ressaisit et respira profondément. Les larmes se calmèrent et Hilary commença son examen.

———

Paul Trent et Patricia Knowles se salissaient vraiment. Simon et Ellen Parkes, bien que profondément affligés par la mort de leur petit-fils Evan, avaient été très coopératifs jusqu'à présent. Parkes et sa femme n'avaient pas encore fait le long voyage jusqu'à Ashford pour voir le corps d'Evan. Faisant preuve de bon sens et de courage, Parkes avait informé Trent qu'il pensait qu'il était préférable de reporter cette visite au lendemain, lorsque lui et sa femme seraient mieux préparés pour faire face à une telle épreuve. Paul Trent fut impressionné par Simon Parkes. Son stoïcisme face à la tragédie en disait long sur la robustesse des habitants de ce petit avant-poste de la vie villageoise anglaise. Bien que lui et sa femme soient profondément affligés par la perte d'Evan, ils acceptèrent sans hésiter la demande de Trent de fouiller la ferme pour trouver une source possible de l'infection qui avait terrassé les deux garçons. Ils furent choqués, bien que pas vraiment surpris, d'apprendre la mort de David Bradley. Ils avaient presque cru que c'était inévitable après avoir été informés de la mort d'Evan sur le chemin d'Ashford.

À présent, Simon Parkes faisait visiter la ferme à Trent et Patricia Knowles, leur indiquant les endroits où il savait que les garçons passaient beaucoup de temps. Ils avaient fouillé la grange, le hangar où Parkes gardait son tracteur, sa charrue et d'autres équipements mécaniques nécessaires au fonctionnement quotidien de sa ferme, et ils étaient maintenant presque jusqu'aux chevilles dans la boue humide et collante alors que Parkes leur montrait l'étang au fond de son "champ numéro deux", où les garçons pêchaient souvent des épinoches avec un filet fait maison. C'était dans ce champ qu'il gardait son petit troupeau de six vaches laitières. Les frisonnes fournissaient non seulement Parkes, mais aussi de nombreux villageois en lait frais. Parkes assura à Simon Trent que sa salle de traite était propre et de très bonne qualité. Après le champ, ce serait la prochaine étape de leur visite. La présence des vaches avait également pour conséquence que plusieurs bouses se trouvaient comme des mines terrestres, parsemées autour du champ. Jusqu'à présent, personne n'avait pu éviter de mettre au moins un pied dans l'un de ces tas, qui s'accrochaient à leurs chaussures lorsqu'ils marchaient autour de l'étang.

— Est-ce des rats que vous allez chercher ? avait demandé Parkes quand Trent avait expliqué qu'ils devaient fouiller sa ferme. On ne peut jamais être totalement débarrassé des rats dans une ferme, Docteur Trent.

Trent avait commencé à donner à Parkes un bref aperçu de la maladie et de ses causes.

— Il peut s'agir de rats, ce qui est la croyance générale, mais il pourrait y avoir d'autres sources d'infection, M. Parkes. La peste est transmise par une petite bactérie appelée Yersinia Pestis. Le bacille est porté par les puces qui infestent les rats, et les puces peuvent sauter sur un être humain, mordre l'hôte et l'infecter avec la maladie. Comme il s'agit d'une ferme, il se peut que les puces aient réussi à piquer ou à infecter d'autres rongeurs présents sur votre propriété, peut-être des souris, des campagnols ou autres. Où que les garçons aient joué, ils ont pu entrer en contact avec un rongeur porteur de puces et être infectés de cette manière.

— Vous avez mentionné d'autres sources, Docteur ?

— Oui. Nous devons envisager la possibilité qu'un étranger soit venu dans votre village, peut-être juste de passage, et qu'il est été porteur de la maladie. Il aurait pu être porteur de l'infection sans présenter lui-même de symptômes, mais infecter toute personne avec laquelle il entre en contact. Une toux, un éternuement ou une respiration à proximité d'une autre personne peuvent être responsables de la transmission de la maladie. Connaissez-vous des étrangers qui ont été à Olney au cours des deux dernières semaines ? Ils auraient pu s'arrêter pour demander leur chemin aux garçons, ou pour faire le plein d'essence, quelque chose comme ça ?

— Je quitte rarement la ferme Docteur, sauf pour visiter le magasin du village, et une fois par mois pour aller à Ashford m'approvisionner. Quant à quelqu'un qui s'arrête pour prendre de l'essence, vous devriez demander à Sam Bradley. Il possède la station-service après tout, et les garçons passaient presque autant de temps ensemble là-bas qu'ici.

— Je suis sûr que le docteur Newton posera la question à M. Bradley. Elle est là-bas en ce moment. En attendant, il serait utile que nous trouvions un rat mort ou un rongeur quelconque. Nous pourrons alors l'envoyer au laboratoire d'Ashford pour le tester.

Ils eurent beau chercher, Paul Trent et Patricia Knowles ne trouvèrent rien à la ferme qui pouvait révéler une source de l'infection qui avait terrassé les deux garçons. Deux heures plus tard, ils quittèrent la ferme et retournèrent au cabinet d'Hilary, où les attendaient la jeune généraliste et Christine Rigby, revenues de chez les Bradley une demi-heure plus tôt.

Laissant leurs chaussures boueuses et plutôt malodorantes sur le paillasson devant la porte d'entrée, Trent et Knowles se dirigèrent vers le cabinet où Hilary et Christine les accueillirent avec des visages sinistres.

— L'ont-ils mal pris ? demanda Trent.

— Pire que ça, nous avons un autre cas, répondit Hilary. Mme Bradley est maintenant infectée. Elle a présenté les premiers symptômes peu avant notre arrivée. Je l'ai traitée à la streptomycine, son mari aussi, et j'espère que nous nous y sommes pris à temps dans son cas.

Découverte en mille neuf cent quarante-trois, la streptomycine s'était révélée efficace dans le traitement de la peste bubonique et pneumonique. Les deux médecins et les infirmières avaient pris des doses prophylactiques du médicament avant de partir pour leurs visites aux Parkes et aux Bradley dans l'espoir qu'il les protégerait contre la maladie.

— Je l'espère aussi, répondit Trent aux nouvelles d'Hilary. J'ai aussi laissé une réserve chez les Parkes. Il se peut que nous ayons à traiter tout le village, Hilary. Même dans ce cas, nous ne pouvons pas supposer une immunité totale. L'infection peut déjà s'être installée et un certain nombre de personnes peuvent être en train d'incuber la maladie pendant que nous parlons. Nous n'avons rien trouvé à la ferme, d'ailleurs.

— Ni chez les Bradley. J'ai demandé à M. Bradley s'il se souvenait d'étrangers de passage récemment et il n'a vu personne qu'il ne connaisse depuis plus d'un mois. Seuls les habitants du coin ont fréquenté son garage et sa station-service dernièrement. Écoutez Paul, si nous devons donner des antibiotiques à toute la population d'Olney, nous devrons leur dire pourquoi, et cela pourrait provoquer une sorte de panique, vous ne pensez pas ?

— Vous avez raison. Nous devrons peut-être demander l'aide de la police.

Hilary hésita un moment avant de répondre. Puis, avec un regard désabusé, elle expliqua à Paul Trent.

— Écoutez Paul. Votre théorie est assez solide et je suis d'accord pour dire que la police devrait, dans des circonstances normales, être en mesure de nous aider. Malheureusement, Olney St. Mary, qui n'est pas un foyer de criminalité, n'a qu'un seul agent de village chargé de veiller au respect de la loi et de l'ordre. J'ai rencontré l'agent Greaves à quelques reprises. Il a environ cinquante-cinq ans, il est proche de la retraite et est probablement encore agent en raison d'un manque d'ambition au début de sa carrière. Je pense qu'il voit son affectation à Olney comme un moyen agréable et confortable d'arriver jusqu'à la retraite. Je doute qu'il soit le meilleur homme au monde pour faire face à une panique dans tout le village. Nous pourrions avoir besoin de renforts.

— Ce sur quoi nous ne pouvons pas compter à ce stade, Hilary. Jusqu'à ce que je puisse convaincre quelqu'un que nous avons besoin de plus de ressources, nous en sommes là, en ce qui concerne Olney.

— Mais je croyais que vous aviez dit que s'il y avait un autre cas...

— Oui, un autre cas en dehors des familles initialement infectées. Jusqu'à présent, cela ne s'est pas produit. Pour le ministère, il s'agit d'une épidémie locale et isolée. Il n'y a pas eu de propagation au reste du village.

— J'espère pour le bien de tous que ça restera comme ça Paul. Mais qu'en est-il des antibiotiques ? Nous devrions les distribuer à tout le monde.

— Je suis d'accord. Que nous le voulions ou non, l'agent Greaves est notre seule option d'aide pour le moment. Je suggère que nous allions le voir et que nous essayions de convoquer une réunion d'urgence pour les habitants. Y a-t-il une salle des fêtes ou quelque chose que nous pourrions réquisitionner à cet effet ?

— Derrière l'église. Nous devrions obtenir la permission du pasteur.

— Très bien. Allons voir l'agent de police. Il peut aider à expliquer l'urgence au ministre.

Vous, mesdames, pouvez commencer à préparer des doses individuelles de streptomycine pendant que nous sommes partis , dit Trent aux deux infirmières. C'est une bonne chose que nous soyons venus préparés.

Christine Rigby et Patricia Knowles commencèrent à ouvrir deux des caisses métalliques qu'elles avaient déchargées de la Zephyr de Trent plus tôt dans la journée. Les caisses contenaient suffisamment d'antibiotiques pour traiter tout le monde à Olney. Malcolm Davidson s'était assuré qu'ils avaient une semaine d'antibiotiques. Il avait promis plus si c'était nécessaire.

Laissant Christine et Patricia à leur tâche, Hilary Newton et Paul Trent sortirent par la porte d'entrée et entamèrent la courte marche vers le poste de police local où ils espéraient trouver l'agent Greaves. Ils étaient sur le point de placer une grande responsabilité sur les épaules de l'agent de police.

À son crédit, et au grand soulagement de toutes les personnes présentes dans la salle, lorsque la situation à Olney St. Mary atteindrait son paroxysme, l'agent Keith Greaves ne les décevrait pas.

CHAPITRE 10

DANS SON BUREAU, SITUÉ DANS UNE ANNEXE TRANQUILLE DU ministère de la Santé, juste derrière Whitehall à Londres, Douglas Ryan était assis derrière son bureau en chêne massif, entouré par le matériel qui l'identifiait comme un homme de médecine. Les murs lambrissés de chêne étaient ornés de peintures à l'huile représentant des grands noms de la recherche médicale tels qu'Edward Jenner, Marie Curie et Louis Pasteur. Sur son bureau étaient posés plusieurs articles médicaux anciens, dont beaucoup devraient, et le feraient probablement un jour, figurer dans les salles d'un musée. La première place revenait à un microscope victorien qui avait appartenu au grand Victorien Walter Reed, l'homme qui avait découvert le lien entre les moustiques et la propagation de la fièvre jaune. Cette seule pièce d'équipement témoignait du domaine d'expertise de Ryan. En tant que virologue en chef du ministère de la Santé, il avait été chargé, à soixante ans, d'enquêter sur l'épidémie de peste pneumonique signalée à Olney St. Mary et de préparer un plan d'action qui permettrait d'abord de contenir la maladie, puis de prévenir toute propagation.

Assis dans de confortables fauteuils en cuir, en face de Ryan, se trouvaient les deux hommes qu'il avait choisis pour l'aider à formuler son plan. Dans son élégant costume bleu marine à rayures, Charles Macklin avait tout de l'"homme du ministère". En tant que numéro deux de Ryan, c'était exactement ce qu'il était. Le deuxième homme portait l'uniforme de la Royal Air Force. Le Colonel Donald Forbes occupait un poste de direction au sein du principal établissement de recherche biologique et chimique du ministère de la Défense, à Porton Down, dans le Wiltshire. À eux trois, les hommes présents dans le bureau de Ryan en savaient probablement plus sur les virus en général, et sur la peste en particulier, que n'importe quel autre trio de cerveaux en Angleterre.

Douglas Ryan leva les yeux des papiers qu'il feuilletait depuis une minute ou deux. Son expression était sérieuse, reflétant la gravité de la situation.

— Messieurs, nous avons entre les mains une situation potentiellement sérieuse. Le docteur Malcolm Davidson, que je connais personnellement, m'a envoyé ce rapport de l'hôpital où il travaille actuellement, à Ashford, dans le Kent. Deux cas de peste pneumonique ont été confirmés. Les deux victimes étaient des adolescents et venaient d'un village appelé Olney St. Mary, situé au milieu de la campagne du Kent.

— Jamais entendu parler, répondit Forbes.

— Moi non plus, jusqu'à aujourd'hui, poursuivit Ryan. Il semble que l'endroit soit aussi rural que possible. Cela en soi pourrait s'avérer notre salut, car son isolement même des villes et villages environnants devrait rendre le confinement d'autant plus facile.

— Savons-nous comment et où les deux garçons ont contracté l'infection ? demanda Macklin.

— Non, nous ne le savons pas. Le médecin généraliste local, le docteur Hilary Newton, est un ancien membre de l'équipe de Davidson à Ashford. Elle n'a repris que récemment la pratique générale dans le village, et elle a d'abord soupçonné une souche très virulente de la grippe d'être la cause de la maladie des garçons. Lorsqu'ils ont présenté d'autres symptômes, elle a appelé une ambulance. L'un des garçons est mort lors de son transport vers l'hôpital d'Ashford, l'autre peu après son admission. Davidson et l'un de ses hommes les plus expérimentés, Paul Trent, ont conjointement confirmé le diagnostic de peste et, à l'heure où nous parlons, Trent et deux infirmières spécialisées sont avec le docteur Newton à Olney St Mary, essayant d'offrir toute l'aide possible pour contenir la situation. La raison pour laquelle je vous ai convoqués ici ce soir, messieurs, est que nous pouvons avoir à décider des mesures à prendre si la situation dans ce petit village s'aggrave et devient incontrôlable.

Les visages des deux hommes assis en face de Ryan reflétaient son expression grave. Ils étaient bien conscients du potentiel désastre national si la peste pneumonique se répandait dans la population générale. Même avec les antibiotiques disponibles en 1958, le taux de mortalité d'une épidémie de peste pneumonique pourrait atteindre 90 %. En bref, une telle épidémie, si elle se propageait à l'échelle nationale, pourrait potentiellement dévaster le pays et tuer des millions de personnes. Il était clair que les trois hommes présents dans la pièce savaient qu'ils ne pourraient jamais permettre qu'une telle chose se produise. Des mesures devaient être prises pour éradiquer l'épidémie à sa source.

— La première chose que nous devons faire est d'établir la source originale de l'infection, déclara Forbes. Ensuite, nous devons agir pour isoler le village du monde extérieur autant qu'il est humainement possible. Seul le personnel médical et les civils chargés de jouer un rôle dans l'opération de confinement doivent être autorisés à pénétrer dans Olney St Mary. Nous devons établir un périmètre de, disons, quinze kilomètres autour du village, et établir une zone d'exclusion. Rien ni personne n'entre ou ne sort sans l'autorisation expresse des autorités médicales.

— Cela semble raisonnable, Donald, répondit Charles Macklin.

— Très certainement, acquiesça Ryan. Ensuite, nous devons mettre en place un plan de traitement, pour ceux qui sont déjà infectés. Je vais demander à Malcolm Davidson de mettre son homme Trent en charge sur place. Il peut diriger la situation de l'intérieur pour le moment et passer toutes les commandes de médicaments par Davidson. De cette façon, nous devrions être en mesure de garder le contrôle autant que possible et éviter toute sorte de panique générale. Je ne veux pas que la radio ou les journaux mettent la main sur cette information pour le moment. Après tout, nous ne connaissons pas l'étendue de l'épidémie, il n'est pas nécessaire de déclencher une panique générale.

— Et les gens de la télévision, monsieur ? Ils sont de plus en plus agressifs avec leurs reportages ces derniers temps. La BBC est toujours à la recherche de sujets plus gros et meilleurs. Si quelqu'un de ce village diffuse des informations par téléphone, par exemple, nous pourrions nous retrouver avec des cameramen de la BBC essayant d'entrer dans le village et ils ne réagiraient pas bien au fait d'être coupés du reste du pays.

— Bon point Charles. J'y ai réfléchi. Nous ne pouvons pas couper les lignes téléphoniques du village, car cela priverait également le personnel médical déjà sur place. Nous devons être en mesure de rester en contact permanent avec eux au fur et à mesure que cette affaire progresse.

— Quelle est la population d'Olney St. Mary ? demanda le Colonel.

— Environ cent cinquante, répondit Ryan.

— En supposant que ce total inclut les maris, les femmes et les enfants, nous pouvons sans risque supposer qu'il n'y a pas beaucoup de téléphones dans le village, poursuivit Forbes. Il ne devrait pas être trop difficile d'obtenir du service des Postes et Télécommunications qu'il coupe les lignes téléphoniques individuelles de toutes les maisons et entreprises privées du village, sauf celles que nous spécifions.

— Bien sûr, dit Ryan. Charles, ayez la gentillesse de leur téléphoner et de prendre les dispositions nécessaires. Dites-leur que nous voulons seulement que le numéro du médecin local reste actif, et peut-être le poste de police local, s'ils en ont un. Il se peut que nous devions demander l'aide de la police locale avant que tout cela ne soit terminé. Cela va effectivement isoler le village. Personne ne pourra téléphoner aux gens de la radio ou de la télévision.

—Je m'y mets tout de suite, monsieur, dès qu'on a fini ici.

La réunion se poursuivit pendant encore cinq minutes, les trois hommes se mettant d'accord sur les décisions qui affecteront bientôt la vie de tous les habitants d'Olney. En clôturant la réunion, Douglas Ryan reprit son expression grave en s'adressant à Forbes et Macklin.

— Messieurs, il y a à peine plus d'une décennie que notre grande nation est sortie meurtrie d'une guerre mondiale qui a causé des ravages indicibles à notre population. Cette conflagration a été plus que suffisante pour qu'une génération ait à l'endurer. Je *ne veux pas*, je le répète *ne veux pas*, voir ce pays ravagé par un fléau alors que nous avons dans nos mains la possibilité de l'éradiquer à un stade précoce. Nous prendrons toutes les mesures nécessaires pour aider les habitants d'Olney St. Mary à survivre à cette épidémie. Nous ferons tout ce qu'il faut pour éradiquer la peste à l'intérieur des frontières du village, mais je ne la laisserai pas s'échapper dans le pays. En fin de compte, messieurs, si la santé de notre grande nation semble menacée par une épidémie catastrophique de peste pneumonique, je préfère voir les habitants d'un petit village isolés dans un établissement hospitalier sécurisé où ils peuvent être soignés ou mourir, loin des feux de la publicité. Les gens du Moyen-Âge avaient un respect sain pour les médecins de peste, et même s'ils ignoraient la véritable cause de la maladie, ils disposaient d'un moyen drastique pour assurer son éradication d'une ville ou d'un village. La purification par le feu était un moyen radical mais efficace pour détruire la vermine et l'infection dont elle était porteuse. S'il le faut, nous instaurerons une politique de terre brûlée qui verra tous les bâtiments du village rasés. Est-ce que je me fais bien comprendre ?

— Parfaitement monsieur, répondit Charles Macklin.

— Absolument, reprit le Colonel. Puis-je poser une seule question, monsieur ?

Ryan pouvait voir que le Colonel Forbes avait quelque chose en tête.

— Bien sûr. Allez-y.

— Ce plan a-t-il l'approbation du ministère, docteur Ryan ?

Ryan s'attendait à ce que Forbes ou Macklin pose une telle question. Il aurait parié sur Forbes. Macklin, en tant qu'assistant, aurait été moins enclin à remettre en question la stratégie de son patron.

— Le ministre de la Santé a été informé qu'un petit et insignifiant foyer de peste pneumonique a été découvert dans un village isolé. Je continuerai à le tenir au courant de la situation, mais je lui ai dit qu'il n'y a actuellement aucune raison de s'inquiéter et que nous avons tous les espoirs de contenir la situation sans craindre que la maladie se propage en dehors des limites d'Olney St. Mary.

— Et si ça se propage, monsieur ?

— Alors, Colonel, je suis sûr que le ministre informera le Premier ministre s'il le juge nécessaire. Nous espérons tous qu'une telle éventualité ne se produira jamais, bien sûr. Cette question relève simplement des autorités médicales du pays, dont nous sommes les représentants désignés dans la gestion de cette épidémie. Cela répond-il à votre question ?

— Oui, bien sûr, monsieur.

— Bien, alors je suggère que nous mettions un terme à cette réunion. Il se fait tard et je suis sûr que nous avons tous des foyers à rejoindre. Je vous remercie pour votre temps messieurs. Nous nous reverrons très bientôt. Je suggère que nous nous retrouvions ici à dix-sept heures demain.

Ryan ramassa les papiers sur son bureau, les empila de façon ordonnée et les plaça dans une chemise en papier brun. La réunion était terminée.

En moins de deux minutes, Macklin et Forbes avaient enfilé leurs manteaux et quitté le bureau, souhaitant bonne nuit au virologue en chef du gouvernement. Seul avec ses pensées, Douglas Ryan s'approcha de l'élégant décanteur en cristal Waterford et des verres à whisky assortis qui ornaient le centre de son bureau et se versa un grand verre de whisky écossais Teachers finest. Soupirant doucement, il se laissa tomber dans son luxueux fauteuil en cuir bien usé. La réunion s'était bien passée. Forbes et Macklin n'hésiteraient pas à faire ce qui devait être fait. Pour les habitants d'Olney St. Mary, les dés étaient jetés. Il ne pouvait y avoir de retour en arrière face à l'inévitable. Ils vivront ou mourront, mais la peste ne quittera jamais le village, sur ce seul point, Ryan était déterminé.

Alors que la circulation dans le centre de Londres s'apaisait avec la fin de l'heure de pointe du soir, Ryan se leva de son bureau, prit son pardessus sur le porte-chapeaux qui se trouvait dans le coin de son bureau et descendit les quatre étages jusqu'au parking souterrain réservé aux cadres supérieurs du ministère de la Santé. Là, il déverrouilla la berline Humber noire rutilante qu'il avait récemment acquise et parcourut les vingt-cinq kilomètres qui le séparaient de son domicile, situé dans une banlieue tranquille et verdoyante de la grande métropole. Bientôt, il fut assis devant un repas préparé par celle qui était sa femme depuis trente ans, Margaret. La tourte au gibier avec des légumes rôtis était exactement ce dont il avait besoin après une longue journée au bureau. La bouteille de Clairet qui l'accompagnait était superbe. Après une heure agréable passée à discuter avec Margaret, Ryan bâilla. Il était fatigué. Peu de temps après, le couple quitta le confort de son salon et se dirigea vers le lit. Margaret n'était pas aussi fatiguée que son mari et décida de lire un peu à la lumière de sa lampe de chevet. La tête de Ryan toucha à peine l'oreiller qu'il s'endormit d'un sommeil profond et paisible. Cette nuit-là, Douglas Ryan dormit exceptionnellement bien.

CHAPITRE 11

S'IL Y AVAIT UNE CHOSE QUE L'AGENT DE POLICE KEITH
Greaves appréciait, c'était un petit déjeuner copieux. Ce matin-
là, sa femme, Tilly, lui avait préparé un festin digne d'un roi.
Bacon, saucisses, œufs, champignons, tomates grillées et pain frit
ornaient l'assiette qu'elle avait placée devant lui. En signe de
respect envers sa femme, et parce qu'il aimait sa nourriture, il
commença à dévorer le tout avec ardeur. Tilly, qui avait été
baptisée Mathilda, mais qui avait toujours détesté ce nom, était
mariée à Greaves depuis plus de trente ans. C'était Keith qui, au
début de leur fréquentation, l'avait appelée pour la première fois
du nom sous lequel elle était maintenant universellement
connue. Tilly, pensait-elle, avait une consonance bien plus
sympathique que son prénom.

Son apparence contrastait fortement avec celle de son mari.
Alors que Keith s'était alourdi au fil des ans grâce à un tour de
taille plus important et que ses cheveux s'étaient affinés et
avaient commencé à grisonner, Tilly avait conservé la silhouette
élancée de sa jeunesse. Ses cheveux avaient conservé les mêmes
reflets auburn qui avaient attiré Keith lorsqu'il l'avait aperçue sur
la piste de danse du Hackney Emporium, il y avait de

nombreuses années. En vérité, Tilly semblait avoir au moins dix ans de moins que ses quarante-huit ans.

Comme à l'accoutumée, elle s'était assise pour regarder l'homme qu'elle aimait prendre son petit-déjeuner, tandis qu'elle prenait elle-même un repas plus simple composé de deux œufs durs, de deux toasts et d'une tasse de thé. Ils parlaient peu. Ils se sentaient à l'aise l'un avec l'autre et appréciaient tous deux le silence complice qui planait habituellement à la table du petit-déjeuner. Ils auraient tout le temps de parler après avoir débarrassé.

Le silence laissa Keith Greaves libre de réfléchir à ses pensées. Il avait été surpris de trouver le nouveau médecin sur le pas de sa porte l'après-midi précédent, accompagné d'un étranger, qu'elle avait présenté comme un autre médecin de l'hôpital d'Ashford. Lorsqu'ils lui avaient expliqué la raison de leur visite, il avait montré peu de surprise et aucune panique à laquelle ils auraient pu s'attendre à la mention du mot "peste". Greaves était flic depuis longtemps, et il en fallait plus pour l'effrayer. Après tout, il avait perdu son propre père lors de la grande pandémie de grippe espagnole en 1918, avait servi comme agent de police à Londres pendant les pires bombardements du Blitz, et avait vu son lot d'horreurs dans la vie. Il n'avait peut-être pas beaucoup progressé dans l'échelle des promotions, mais il était un membre stable et durable de sa profession, exactement ce dont on avait besoin dans un moment comme celui-ci. Il avait immédiatement accepté de faire tout ce que les docteurs Newton et Trent lui demandaient pour aider à contrôler la propagation de la peste et toute panique potentielle parmi les résidents d'Olney.

Il les avait accompagnés pour rendre visite au Révérend Grafton et avait aidé à obtenir l'utilisation de la salle des fêtes pour une réunion qui devait se tenir à dix-sept heures le jour suivant. C'était ce jour-là bien sûr et son prochain travail était de visiter chaque maison et ferme dans et autour du village et de s'assurer que tout le monde y participait. Ils avaient mis le pasteur dans la confidence, et il avait promis de ne rien dire jusqu'à ce que les médecins aient informé les habitants d'Olney de la situation dans leur village. Sam Bradley et les Parkes s'étaient mis d'accord pour ne révéler à personne la cause de la mort des garçons pour le moment. Ils diraient qu'ils attendaient les résultats des "tests". Le docteur Newton lui avait donné une provision de comprimés pour lui et sa femme avec l'ordre d'en prendre un deux fois par jour pour aider à combattre toute infection potentielle. Elle avait expliqué qu'il n'y avait pas de sérum disponible pour immuniser contre la peste. Les comprimés ne les protégeraient pas forcément de la maladie, mais ils pourraient les aider à ne pas mourir s'ils étaient infectés. Ce n'était pas le meilleur scénario possible mais, dans ces circonstances, Greaves pensait que c'était mieux que rien.

Alors qu'il essuyait le reste de jus de ses tomates avec une tranche de pain frit, le policier souriait à sa femme de l'autre côté de la table.

— Tu m'as rendu fier ce matin, petite Tilly. C'était excellent mon amour.

— Eh bien, d'après ce que tu m'as dit hier soir, j'ai pensé que tu aurais besoin de faire le plein avant de sortir ce matin. J'ai l'impression que tu vas faire pas mal de vélo aujourd'hui.

— Bien sûr, Tilly. Je dois voir tout le monde au village et m'assurer qu'ils viennent ce soir.

— J'espère que les comprimés qu'elle nous a donnés fonctionnent, Keith. C'est terrible ce qui est arrivé à ces pauvres jeunes garçons. J'espère et je prie pour que ça n'affecte personne d'autre, surtout pas toi et moi.

— Ne t'inquiète pas pour ça. On va s'en sortir. Souviens-toi juste de ce que le docteur a dit. Si tu rencontres quelqu'un pendant que tu es dehors aujourd'hui, tu ne dois pas dire un mot au sujet de ce soir, ou de ce qui a tué les garçons. Le docteur veut être celle qui informera tout le monde, et c'est comme ça que ça doit être.

— Keith Greaves ! le réprimande Tilly. Quand ai-je brisé une confidence qui m'a été faite grâce à ton travail ? Je ne dirais jamais un mot à personne, et tu devrais le savoir.

— Je le sais, Tilly. Il fallait juste que je le dise, c'est tout. C'est une affaire très sérieuse après tout.

— Eh bien, vaque à tes occupations et ne t'inquiète pas de ce qui pourrait sortir de ma bouche. Mes lèvres sont scellées.

— Je sais, ma chère. Je n'ai jamais douté de toi une minute. Maintenant, je ferais mieux de me mettre en route.

Il ne fallut que deux minutes à Keith Graves pour nouer sa cravate, enfiler sa veste et son brassard de service, après quoi il se dirigea vers la porte arrière de la maison, mise à disposition par la police pour son agent de village. Sa bicyclette était garée dans le jardin, appuyée contre l'abri de jardin. Il avait deviné avec justesse qu'il n'aurait pas beaucoup de temps pour jardiner dans les prochains jours.

Tilly embrassa son mari en lui ouvrant la porte du jardin, et Keith Graves partit pour son tour à vélo du village et des fermes environnantes. Alors qu'il disparaissait dans la ruelle en direction de la maison la plus proche de la sienne, celle d'Emily Jones, il tourna la tête pour regarder derrière lui et salua joyeusement sa femme. Tilly lui rendit son salut, essayant de refléter sa joie et son optimisme. Mais en vérité, elle était inquiète. Elle avait essayé de ne pas le montrer à Keith, mais le seul mot de peste avait suffi à effrayer Tilly Greaves. Le cœur lourd et l'esprit plein d'inquiétude, Tilly retourna dans la maison où elle espérait que les tâches ménagères de la journée occuperaient son esprit jusqu'à ce que son mari rentre pour le déjeuner.

———

Après avoir été dérangée pendant qu'elle époussetait le piano dans le salon par quelqu'un qui frappait à sa porte, Emily Jones eut la surprise de trouver l'agent de police du village sur le pas de sa porte.

— Bonjour Keith, dit-elle.

Elle tutoyait son proche voisin et sa femme depuis de nombreuses années.

— Bonjour, Emily. J'ai quelque chose d'important à te dire. Je peux entrer une minute ?

Emily Jones fut intriguée par l'histoire que Keith Greaves lui raconta. Elle ne réussit cependant pas à lui faire révéler la nature de la réunion spéciale de ce soir-là. Il lui avait fait promettre d'y assister et, en vérité, sa nature curieuse ne lui aurait jamais permis de la manquer. Dans le but de se rendre utile, et peut-être de lui donner l'occasion de transmettre quelques ragots, elle demanda au gendarme si elle pouvait informer son amie Mabel Thorndyke de la réunion. Elle lui assura que ce ne serait pas un problème et que cela lui éviterait un trajet sur la liste des nombreux qu'il devait faire ce jour-là. Keith Greaves remercia Emily et accepta volontiers. Il se remit bientôt en route, refusant l'offre d'une tasse de thé. Il avait de nombreux arrêts à faire et voulait repartir rapidement. Laissant Mme Jones transmettre la nouvelle de la réunion à son amie, Greaves prit congé et fut bientôt hors de vue, pédalant le long de la voie vers son prochain arrêt.

Moins d'une heure après que Keith Greaves ait quitté le domicile d'Emily Jones, la veuve frappa bruyamment à la porte de la maison du gendarme. Tilly Greaves trouva une femme désemparée et inquiète devant sa maison. Emily avait frappé et frappé, raconta-t-elle à Tilly, mais n'avait pas réussi à obtenir de réponse de son amie Mabel Thorndyke. Les portes avant et arrière étaient toutes deux verrouillées et Emily ne pouvait pas entrer pour voir si son amie allait bien. C'était une femme vraiment inquiète et anxieuse. Mabel n'avait pas le téléphone, elle ne pouvait donc rien faire. Peut-être, avait-elle demandé, Keith pourrait-il aller voir si Mabel allait bien ?

Malheureusement, le temps qu'Emily arrive chez lui, Keith Graves se trouvait à deux miles du village proprement dit, dans la ferme appartenant à George Askew. Il faudrait encore trois heures avant que Greaves ne retourne chez lui pour être informé du problème chez Mabel, et une demi-heure de plus avant qu'il ne défonce enfin la porte d'entrée et n'y pénètre, pour trouver le corps de Mabel Thorndyke dans son lit, où elle était morte, seule et incapable d'appeler à l'aide.

Lorsqu'il annonça la nouvelle à Emily Jones, qui avait attendu dehors sur ses ordres, la pauvre femme fut folle de chagrin pour son amie. Keith Greaves raccompagna la veuve en sanglots jusqu'à son domicile et laissa Emily aux bons soins de sa femme pendant qu'il partait à la recherche du docteur Newton. Il n'était pas un expert, mais il doutait que la mort d'Emily soit totalement étrangère aux décès précédents des deux garçons, surtout quand Emily avait mentionné la limonade que Mabel leur avait donnée quand ils avaient nettoyé les feuilles de son jardin. C'était un lien qui ne pouvait pas être ignoré !

CHAPITRE 12

MICHAEL SWEENEY ÉTAIT UN HOMME AUX MULTIPLES TALENTS et aux multiples occupations. Dans un village de la taille d'Olney, c'était souvent une nécessité, et encore plus dans le cas de Sweeney. En tant qu'entrepreneur de pompes funèbres, ses services n'étaient pas toujours demandés. Il gagnait donc aussi sa vie en tant que tailleur de pierre, jardinier et fleuriste à temps partiel. Par conséquent, en ce qui concernait les funérailles, Michael Sweeney avait la mainmise sur le marché à bien des égards. Son entreprise de jardinage lui assurait un revenu régulier, car de nombreux résidents âgés du village étaient très heureux de payer une somme raisonnable régulière pour faire entretenir leur jardin, et Michael Sweeney avait naturellement la main verte. À quarante ans, la vie était agréable pour lui et il appréciait le rythme lent de la vie à Olney, ayant vécu dans le village pendant la majeure partie de sa vie. Il n'avait quitté l'endroit que pour servir son pays pendant la guerre, et même maintenant, il parlait rarement de son service pendant ces jours sombres. En fait, les habitants du village auraient été surpris d'apprendre que leur croque-mort local avait reçu la médaille des actes de bravoure pour son courage sous le feu de l'ennemi pendant le débarquement. Il avait sauvé son peloton d'une mort certaine lorsque, en tant que caporal du Royal Engineers, il avait, à lui seul, chargé et détruit un poste de mitrailleuse allemand qui les avait cloués au sol, lui et ses hommes. Michael n'était pas marié et ses parents étaient morts avant la guerre. Modestement, il avait décidé que la médaille ne signifierait rien pour quiconque chez lui, et il n'en avait donc jamais parlé à ses amis ou à ses voisins après avoir été démobilisé.

Même l'habituellement imperturbable Sweeney fut un peu surpris quand il trouva l'agent de police local et le nouveau médecin à sa porte avec une demande étrange. Keith Greaves était déjà venu chez lui une fois ce matin-là pour lui annoncer la réunion dans la salle des fêtes.

On l'informait à présent qu'il devait aller récupérer le corps de Mabel Thorndyke dans sa maison. Rien d'étrange à cela, mais il devait porter une blouse et des gants de protection fournis par le médecin. On lui dit que la vieille dame était peut-être morte d'une maladie très contagieuse et qu'il y avait un risque qu'il soit infecté par la transmission de tout type de fluides corporels. Ce qu'il trouva le plus étrange, c'était que le médecin l'informe qu'elle et un collègue devaient procéder à une autopsie d'urgence de la vieille dame et qu'ils devaient utiliser sa chambre funéraire pour effectuer la procédure.

— Ils emmènent généralement les corps à Ashford s'ils ont besoin de faire une autopsie, répondit-il lorsque le médecin eut fini de parler.

— Je sais, M. Sweeney, mais c'est une urgence. Mon collègue, le docteur Trent, sera bientôt là pour effectuer la procédure. Nous devons savoir ce qui a causé la mort de Mme Thorndyke. En attendant, une ambulance sera là pour rendre le corps dès que nous aurons terminé. Je veux que vous le conserviez dans votre chambre froide jusqu'à ce qu'on vienne le chercher. Vous devez le garder bien enfermé jusqu'à ce qu'on vienne le chercher. Est-ce que vous comprenez ?

— Je vois, et oui, je comprends. Dites-moi docteur, cela a-t-il un rapport avec la réunion de ce soir et ce qui est arrivé aux Parkes et aux Bradley ? Tout le village est au courant de leur décès.

— Ça peut être lié, Mr Sweeney. C'est pourquoi nous devons faire l'autopsie d'urgence. Maintenant, pouvons-nous compter sur votre discrétion ? Nous ne voulons pas que cela se sache dans tout le village.

— Personne n'entendra un mot de moi, docteur.

— Bien. L'agent de police vous accompagnera jusqu'à la maison et veillera à ce que vous ne soyez pas dérangé.

Greaves et Sweeney se rendirent à la résidence Thorndyke. Hilary Newton rentra chez elle, parla à Patricia Knowles, puis se rendit rapidement chez les Bradley où Paul Trent et Christine Rigby rendaient visite à Mme Bradley.

— Elle réagit bien aux antibiotiques, dit Trent quand Hilary entra dans la chambre des Bradley.

— Bonjour Mme Bradley.

Emily Bradley lui sourit faiblement depuis le lit. Trent emmena Hilary sur le côté et lui parla doucement.

— Je ne peux pas encore dire qu'elle va s'en sortir, mais il n'y a pas eu d'autre détérioration. Elle tient bon, c'est sûr.

— Bien. Le corps de Mme Thorndyke devrait être prêt dans une demi-heure, Paul. J'ai demandé à l'infirmière Knowles de réunir tout le nécessaire et elle nous retrouvera aux pompes funèbres. Et encore une chose, Paul, vous vous souvenez de ce que vous avez promis si nous avions un décès sans rapport ?

— Déjà fait, Hilary. J'ai utilisé le téléphone de Bradley pour appeler Malcolm Davidson dès que vous avez téléphoné ici pour nous annoncer la nouvelle. Ce qui est étrange, c'est qu'il a déjà prévenu le chef virologue du ministère et qu'il est apparemment en train de prendre des mesures pour aider. Davidson ne pouvait pas dire quelles étaient ces mesures, malheureusement, mais, en attendant, il va envoyer un autre médecin et une infirmière pour nous aider jusqu'à ce que les gens du ministère arrivent. Ils devraient arriver plus tard dans l'après-midi. Il nous a demandé de leur trouver un logement.

— Logement ? Bon sang Paul, c'est un tout petit village. Nous ne sommes pas vraiment envahis d'hôtels vous savez. En fait, nous n'en avons même pas un seul ! On va devoir essayer le pub. Ils ont peut-être une chambre à louer.

Cinq minutes plus tard, après s'être assurés qu'Emily Bradley allait bien , les deux médecins descendirent les escaliers et trouvèrent Sam Bradley dans sa cuisine.

— Comment va-t-elle, docteur ? demanda-t-il à Paul Trent.

— Elle tient le coup, M. Bradley. Si son état ne s'aggrave pas dans les douze prochaines heures, je pense que votre femme a de bonnes chances de se rétablir complètement.

Bradley poussa un énorme soupir de soulagement.

— Merci, docteur. Et la pauvre Mme Thorndyke ? Vous pensez que c'est la même chose que ce qui a tué David et Evan ?

— Nous le saurons bientôt, M. Bradley. Nous partons faire l'autopsie de Mme Thorndyke. Veuillez nous informer de tout changement dans l'état de votre femme.

— Bien sûr, je le ferai. S'il vous plaît, si vous la voyez, présentez mes condoléances à Mme Jones.

— Mme Jones ? demanda Hilary.

— Oui, Emily Jones. C'était la meilleure amie de Mme Thorndyke. Ces deux vieilles dames étaient presque inséparables. Elle a le même nom que ma femme, vous savez. Emily Jones et Emily Bradley, les deux Emily. Mme Jones et

Mme Thorndyke avaient toutes deux un faible pour les garçons, et Mme Jones et ma femme se sont toujours bien entendues, probablement parce qu'elles partagent le même nom. Mme Jones s'arrêtait toujours pour discuter dans la rue si elle voyait mon Emily.

— Oui, eh bien, si nous la voyons, nous lui transmettrons votre sympathie, M. Bradley. Maintenant, vraiment, le Docteur Newton et moi devons y aller.

Paul Trent s'impatientait. Il savait qu'avec ce dernier cas, lui, Hilary et tous les habitants d'Olney St. Mary seraient confrontés à une course contre la montre. La maladie était en marche, et ils devaient faire tout ce qu'ils pouvaient pour l'arrêter avant qu'elle n'ait une emprise décisive sur la population du village. Plus ils tardaient, plus les chances de réussir à éradiquer l'infection s'amenuisaient.

Ils roulèrent jusqu'aux locaux de Michael Sweeney dans la voiture d'Hilary. Elle le déposerait plus tard chez Bradley pour récupérer la Zephyr. Alors qu'ils parcouraient la courte distance, Paul Trent exprima une inquiétude majeure, quelque chose qui le dérangeait beaucoup dans tout le scénario d'Olney.

— Vous savez ce que je trouve terriblement étrange, Hilary ?

— Non, mais vous êtes sur le point de me le dire.

— Oui. Entre nous, vous, moi et les deux infirmières, nous avons fouillé les maisons et les propriétés des deux garçons morts et nous n'avons trouvé aucun signe d'une source d'infection.

— Tout ce que ça veut dire, c'est qu'ils ont attrapé l'infection ailleurs dans ou autour du village.

— C'est vrai Hilary, et cela signifie aussi que nous pourrions avoir toute une série de cas d'ici peu si nous ne trouvons pas où ils ont été infectés. Mais il n'y a pas que ça. Il y avait quelque chose à la ferme des Parkes.

— Continuez, Paul. Vous m'intriguez.

— D'accord. Eh bien, ce n'est pas tant une question de ce qu'on *a* trouvé, mais plutôt de ce qu'on n'a *pas* trouvé, si vous voyez ce que je veux dire.

— Paul, vous m'avez perdu. Laissez tomber les énigmes et dites-moi de quoi vous parlez, s'il vous plaît.

— C'est une ferme, Hilary, d'accord ? Eh bien, quand on fouille une ferme comme nous l'avons fait, la seule chose que l'on s'attend à trouver, vivante ou morte, ce sont des rongeurs ; des souris, des rats, vous voyez ce que je veux dire. Le fait est que, et je suis sûr que cela doit être significatif, bien que je n'aie pas trouvé comment, nous n'avons pas trouvé un seul rat ou une seule souris dans cette ferme, pas même dans la grange. J'ai regardé autour de moi aujourd'hui et pour un village de campagne, il semble qu'il n'y ait pas beaucoup d'animaux sauvages. Je n'ai pas vu une seule souris traverser la route, ni un écureuil grimper dans un arbre ou quoi que ce soit d'autre.

— C'est curieux, je vous l'accorde, mais je ne vois pas en quoi cela nous aide, répondit Hilary.

Malheureusement, ils n'eurent pas le temps de poursuivre la conversation. Hilary freina et coupa le moteur. Ils étaient arrivés chez Sweeney, et l'examen post-mortem de Mabel Thorndyke était sur le point de commencer.

CHAPITRE 13

— C'EST CONFIRMÉ, J'EN AI PEUR. ELLE A DÛ SE SENTIR MAL ET se mettre au lit, où elle est probablement restée jusqu'à la fin, incapable d'appeler à l'aide, la pauvre femme.

Paul Trent venait de terminer l'autopsie rudimentaire de la dépouille de Mabel Thorndyke. Il en avait vu assez pour révéler la cause de la mort de la vieille dame. Hilary Newton fixait la cage thoracique ouverte de la femme qui avait dû mourir dans un état de peur et de désarroi, sans parler de la douleur qu'elle avait dû endurer. En tant que médecin, Hilary avait vu la mort en de nombreuses occasions, mais quelque chose dans la façon dont Mabel avait connu sa fin lui semblait plus que cruel. Elle était couchée dans son lit, dans sa maison, à quelques mètres des gens qui passaient devant sa porte à pied, à vélo ou en voiture, et pourtant elle était si malade qu'elle n'avait pas pu appeler ou même se lever de son lit et peut-être tituber à l'extérieur. Sa meilleure amie Emily ne l'avait pas vue depuis un jour et demi, mais cela n'avait rien d'inhabituel selon elle. Elles étaient proches mais elles n'étaient pas nécessairement collées l'une à l'autre.

— La progression de la maladie a dû être extrêmement rapide dans son cas, dit Hilary, revenant enfin du monde intérieur de ses pensées.

— Très rapide, je pense, répondit Trent. Son âge l'a probablement aidée. Son corps, et son système respiratoire en particulier, n'a pas pu faire face à l'infection massive et la maladie s'est répandue dans tout son système. Elle aurait été réduite à l'immobilité totale quelques heures après le début de la fièvre.

— Une mort affreuse, Paul.

— Très. La pauvre femme a dû être terrifiée, et j'espère qu'elle a perdu connaissance bien avant la fin.

— Malgré cela, c'était quand même très rapide. D'après mes propres recherches, j'aurais pensé qu'entre le début de la maladie et la phase terminale, il aurait fallu au moins trois à quatre jours. D'après ce que nous a dit Emily Jones, Mabel était en assez bonne santé la dernière fois qu'elle l'a vue. Elle ne s'est pas plainte de douleurs ou de maux, ni d'un quelconque malaise. Si c'est le cas Paul, il ne s'est pas écoulé plus de 48 heures entre le début de la maladie et la mort. C'est effroyablement rapide.

— Vous avez raison, Hilary, et ça fait surgir le spectre d'une autre chose à laquelle je pense.

— Qui est ?

— Et si la maladie a muté ?

— Muté ? Mais comment ?

— Je ne sais pas, Hilary. C'est juste une idée pour l'instant. Écoutez, même les deux garçons sont morts trop vite à mon avis. Ils ont montré les premiers signes mais ne sont morts qu'après seulement un peu plus de temps que Mme Thorndyke.

— Mais, comment pourrait-il muter ? A-t-on déjà constaté que le bacille de la peste en avait la capacité ?

— En tout cas rien dont j'ai entendu parler, et je suis sûr que je l'aurais vu si cela avait été écrit dans des journaux ou des articles médicaux.

— Alors comment aurait-il pu... ?

— Je ne sais pas si c'est le cas, Hilary. Comme je l'ai dit, ce n'est qu'une idée, mais cela expliquerait la vitesse à laquelle la maladie se répand une fois qu'elle a atteint ses victimes.

— Alors vous pensez que vous devriez parler à Davidson de votre théorie ?

— Je n'ai rien pour l'étayer, ni même pour la fonder, à part une intuition. Il se peut que les gens d'ici aient une tolérance exceptionnellement faible à l'infection. Après tout, la peste pneumonique n'a pas été vue par ici depuis de très nombreuses années. Il serait difficile d'imaginer que quiconque à Olney porte des anticorps naturels pour aider à combattre la maladie. C'est presque comme introduire le virus du rhume dans un monde étranger. Cela anéantirait probablement toute la population en un rien de temps en raison d'un manque de résistance naturelle au virus.

— Alors, que faisons-nous, Paul ?

— Nous faisons du mieux que nous pouvons, jusqu'à ce que les secours arrivent. Nous devons nous assurer que tous les habitants du village, ou du moins la grande majorité, soient présents à la réunion de ce soir. Si nous pouvons distribuer suffisamment d'antibiotiques prophylactiques, nous pourrions au moins être en mesure d'éviter une épidémie généralisée. Cela permettrait peut-être de minimiser le taux d'infection global.

— Sauf s'il a vraiment muté, auquel cas les antibiotiques pourraient s'avérer inutiles.

— Nous en saurons peut-être plus quand je retournerai chez les Bradley. Si Mme Bradley montre des signes d'amélioration, alors nous pouvons supposer que les médicaments l'aident.

— Ou, qu'elle a une certaine résistance naturelle ; ou que, comme prévu, la maladie ne tue pas tous ceux qui la contractent. Vous avez dit que le taux de mortalité permettait la possibilité d'un nombre automatique de survivants.

— Oui, eh bien, c'est aussi une possibilité. Mais je préfère penser que les médicaments aident.

— Je sais Paul, mais vous ne voyez pas ? Nous ne saurons jamais ce qu'il en est. Si Mme Bradley survit, ce sera ou non grâce à la streptomycine.

— Quoi qu'il en soit, nous devons traiter les habitants d'Olney comme si le médicament allait les aider. Si le taux de mortalité dépasse largement le taux prévu, nous aurons alors une indication que les médicaments ne fonctionnent pas. En attendant, nous devons avoir confiance en ce que nous faisons.

— Vous dites cela comme si vous attendiez beaucoup plus de cas Paul.

— Malheureusement, Hilary, c'est exactement ce à quoi je m'attends. Allez, on va refermer cette dame et la mettre dans la glace. Nous devrions retourner à la maison des Bradley. Nous devons nous concentrer sur les vivants et essayer de les garder ainsi si nous le pouvons.

Après que Paul Trent eut fini de recoudre la cage thoracique de la défunte Mabel Thorndyke, Hilary alla chercher Michael Sweeney dans son bureau. Il avait attendu patiemment que les médecins terminent leur travail et on avait maintenant besoin de lui pour placer le corps au frais en attendant l'arrivée de l'ambulance, qu'Hilary avait commandée avec son téléphone avant de quitter le bureau.

Trent donna à Sweeney des instructions pour sceller le corps dans un film plastique, puis pour l'enfermer dans un cercueil temporaire, qui serait normalement utilisé pour abriter les corps en attente d'embaumement. Le cercueil devait ensuite être placé sur un côté de la chambre froide de Sweeney, où il devait le laisser tranquille jusqu'à l'arrivée de l'ambulance d'Ashford, dans environ deux heures. Il avait reçu l'ordre de porter des vêtements de protection et un masque pendant qu'il manipulait le corps, et de se désinfecter et de jeter la blouse et le masque une fois sa tâche terminée. L'équipe d'ambulanciers devait bien sûr retirer le cercueil avec le corps à leur arrivée. Trent demanda à Sweeney de désinfecter également la pièce. Il avait déjà appliqué un désinfectant puissant sur la dalle mortuaire sur laquelle il avait effectué l'autopsie, mais il demanda à Sweeney de le refaire lorsque l'ambulance serait repartie avec le corps.

Sweeney, imperturbable comme toujours, écouta attentivement les instructions de Trent et assura au médecin que ses instructions seraient exécutées à la lettre. D'une certaine façon, Trent savait que Sweeney ferait exactement cela. Quelque chose dans cet homme inspirait confiance et Paul Trent pensait que Sweeney serait un homme bon à avoir à ses côtés en cas de crise. Il ne pouvait pas le savoir à l'époque, mais son analyse sur le caractère de Michael Sweeney était en effet correcte, comme le prouveraient les événements futurs. Pour l'instant, Hilary Newton et lui dirent au revoir à Sweeney et furent bientôt de retour dans la voiture d'Hilary, en direction de la maison des Bradley.

CHAPITRE 14

L'Austin A40 Somerset, de couleur saumon pastel, sillonnait les étroites routes de campagne qui serpentaient au cœur de la campagne du Kent, en direction d'Olney St Mary. Construite en 1953, la Somerset était censée ressembler aux modèles transatlantiques du marché automobile américain, même si la plupart des gens la trouvaient un peu trop guindée pour tenir tête aux Packard et aux Chevrolet des proches alliés de guerre de la Grande-Bretagne.

Au volant de la Somerset, le docteur Guy Dearborn regarda sa passagère et sourit à la jolie fille à ses côtés. Edith Kinnaird s'était avérée être une compagne de voyage agréable, même si, de temps en temps, il avait du mal à comprendre son accent. Originaire d'un village près d'Aberdeen, Edith n'avait jamais perdu le dialecte légèrement guttural de son pays natal, mais Guy pensait que cela ajoutait à son charme.

Malcolm Davidson n'avait eu aucun scrupule à sélectionner Dearborn pour le rôle d'assistant de Trent et Newton à Olney. Âgé d'à peine vingt-huit ans, Dearborn était employé à Ashford en tant qu'interne principal. Bien que possédant un titre à consonance grandiose, un interne n'était en fait rien d'autre qu'un médecin nouvellement qualifié, qui apprenait son métier "sur le tas" à l'hôpital pendant deux ou trois ans avant de passer à des choses plus importantes. Dearborn était cependant un peu différent de la majorité de ses collègues. Tout d'abord, il descendait d'une longue lignée de médecins, son père Miles ayant à une époque travaillé en étroite collaboration avec Davidson. Deuxièmement, le jeune Guy était une étoile montante dans sa profession, et avait déjà été remarqué comme ayant le potentiel de réaliser de grandes choses dans n'importe quel domaine de la médecine dans lequel il déciderait de se spécialiser. Tous ceux qui avaient travaillé avec lui à Ashford s'accordaient à dire que Guy Dearborn avait un esprit brillant et incisif, et un instinct inné pour l'art du diagnostic. Il semblait toujours calme et imperturbable et possédait un don pour la pensée logique et la déduction. Il avait acquis une réputation de rigueur dans son travail et de souci du détail, exactement ce qu'il fallait dans la situation actuelle à Olney. Enfin, Guy Dearborn possédait une voiture. À une époque où la plupart des jeunes médecins se rendaient à l'hôpital à pied ou à vélo depuis leur logement, ou au mieux en scooter ou en motocyclette, la richesse naturelle de Guy, sans être prodigieuse, lui permettait d'avoir une situation financière plus sûre que celle de la plupart de ses pairs. Le fait que Dearborn puisse transporter lui-même et l'infirmière qui l'accompagnait, ainsi qu'une grande quantité de matériel médical jusqu'à Olney, avait constitué un gros avantage en faveur de sa sélection.

Quant à Edith Kinnaird, la jolie infirmière écossaise qui s'était portée volontaire en même temps que Patricia Knowles et Christine Rigby, était tout aussi qualifiée et partageait le statut de célibataire des autres filles. Davidson aurait aimé envoyer plus de monde, mais les ressources en personnel dont il disposait étaient limitées, et il devait penser à ses responsabilités envers l'hôpital.

C'était ainsi que le duo se rapprochait d'Olney à chaque kilomètre qui passait. Dearborn et Kinnaird avaient tous deux apprécié le voyage, la campagne du Kent restant verte et agréable malgré la période de l'année. Peut-être en raison d'un été exceptionnellement chaud et prolongé, la plupart des arbres avaient conservé leurs feuilles, et seuls quelques-uns commençaient à montrer des signes d'automne. Bientôt, le vert se transformerait en nuances de brun et de roussâtre au fil des saisons et les champs et les haies seraient décorés d'un tapis bruissant de feuilles mortes. Le ciel était d'un bleu azur limpide. Pas un seul nuage en vue ne venait troubler le panorama qui s'offrait à leurs yeux alors que la Somerset atteignait le sommet d'un long tronçon de route en pente, flanqué de part et d'autre de ces mêmes haies qui abritaient une telle pléthore d'oiseaux et d'animaux sauvages. Lorsque la voiture se stabilisa au sommet de la colline, un panorama à couper le souffle s'ouvrit devant eux. Dearborn ralentit la vitesse de la voiture à seulement trente kilomètres par heure et, voyant une aire de repos juste devant lui, il arrêta la Somerset.

— Un bon endroit pour se dégourdir les jambes, je pense, dit-il en souriant à la très séduisante Edith Kinnaird. Nous pourrions aussi bien prendre cinq minutes pour profiter de la vue. Je doute que nous ayons beaucoup d'occasions plus tard.

— C'est une bonne idée, j'en suis sûre, répondit Edith, tandis que Dearborn descendait rapidement de la voiture et se déplaçait du côté du passager, ouvrant la portière et tendant la main en gentleman pour l'aider à sortir du véhicule.

— Regardez cette vue, s'exclama-t-il alors qu'ils se tenaient côte à côte à regarder l'horizon.

— C'est beau, n'est-ce pas ? répondit Edith.

À perte de vue, la campagne vallonnée du Kent s'étendait devant leurs yeux. Un patchwork de teintes variées de verts et de bruns marquait les innombrables champs appartenant aux nombreuses fermes qui composaient ce magnifique "jardin de l'Angleterre".

Ici et là, de petits groupes d'arbres se dressaient comme des sentinelles silencieuses de la terre, gardant les champs qui les abritaient. On pouvait voir des fermes et leurs dépendances, qui semblaient être des miniatures sur un modèle de paysage, leur réalité solide n'étant trahie que par les volutes de fumée qui indiquaient les feux brûlant dans les foyers de leurs cuisines. De minuscules moutons et vaches se déplaçaient comme au ralenti dans le lointain, où une ferme d'élevage occasionnelle s'immisçait dans le paysage essentiellement arable. Au milieu de ces étendues de couleurs, un serpent d'asphalte gris foncé semblait se faufiler dans le paysage. Il s'enroulait autour et apparemment à travers les fermes et les champs jusqu'à ce qu'il entre dans un grand groupe de maisons et de structures solides, sortant à l'extrémité et continuant son voyage vers l'infini apparent alors qu'il s'étendait jusqu'à l'horizon lointain.

Guy Dearborn désigna le petit village qui n'avait qu'une seule route pour y entrer et pour en sortir.

— Regardez là, dit-il en indiquant le village à Kinnaird. Ce doit être Olney St. Mary. Il n'y a pas d'autre village à des kilomètres à la ronde. Nous devrions y être dans une vingtaine de minutes, je pense.

— Ça a l'air idyllique, n'est-ce pas, docteur ?

— Je suis sûr que ça l'est, infirmière, dans des circonstances normales. Malheureusement, ce ne sont pas des circonstances normales comme nous le savons tous les deux.

— C'est vrai, docteur. Pensez-vous que nous pourrons faire beaucoup pour aider ?

— C'est la raison de notre présence, infirmière. Nous ferons ce que nous pouvons parce que c'est notre travail, n'est-ce pas ?

— Bien sûr. Je ne pensais pas voir un jour un cas de peste pneumonique de près, je dois l'admettre.

— C'est le problème de notre profession d'infirmière. On ne sait jamais à quoi s'attendre d'un jour à l'autre. Pour ce qui est de la peste, je pensais comme vous que je ne la verrais jamais de près, mais il semble que nous nous soyons tous deux trompés dans nos estimations. Il semble que nous allons voir non pas un seul cas, mais peut-être un village entier infecté par le bacille.

— Cela ne vous effraie-t-il pas, Docteur Dearborn, même pas un tout petit peu ?

— Cela ne me fait pas peur, mais je peux vous dire que nous ferions mieux d'avoir un respect sain pour la maladie que nous combattons, ou elle pourrait se retourner et nous mordre au moment où nous nous y attendons le moins.

Sur cette note de sombre avertissement, Guy Dearborn et Edith Kinnaird remontèrent dans la Somerset. Dearborn démarra la voiture, passa la vitesse et entama une lente descente de la colline, dans la vallée, et sur le serpent d'une route qui menait au village d'Olney, *dans les mâchoires de la mort,* pensa Dearborn alors qu'ils approchaient de leur destination.

CHAPITRE 15

— Tout est en place, monsieur, déclara le Colonel Donald Forbes.

Lui et Charles Macklin étaient à nouveau assis en face de Douglas Ryan, qui avait demandé à Forbes une mise à jour du plan qu'ils avaient conçu la nuit précédente. Forbes poursuivit :

— Vous n'avez qu'un mot à dire, et je peux avoir une équipe d'infanterie en place dans les deux heures. Ils fermeront les seules routes d'entrée et de sortie du village et mettront en place des patrouilles constantes aux limites du village pour empêcher toute entrée non autorisée à Olney. Une deuxième équipe maintiendra la zone d'exclusion de 15 km que vous avez spécifiée, ce qui nous donnera une double barrière contre une éventuelle pénétration extérieure de notre périmètre désigné. J'ai également une équipe médicale en attente qui peut être transportée par hélicoptère jusqu'au village et qui pourrait être sur le terrain dans l'heure qui suit l'appel.

— Bien. Et qu'avez-vous à rapporter, Charles ?

— Les employés des postes et télécommunications ont été très coopératifs, monsieur. Nous n'avons qu'à leur donner les numéros des téléphones que nous souhaitons voir rester actifs à

Olney St. Mary, et ils veilleront à ce que toutes les autres lignes du village soient déconnectées dès que nous en donnerons l'ordre. Je peux isoler le village de toute communication extérieure en un clin d'œil. Vous n'avez qu'à donner l'ordre.

— Excellent, messieurs. Vous avez eu une bonne journée de travail. J'ai parlé avec Malcolm Davidson et il me dit qu'il y a eu un autre décès dans le village. Une vieille femme est morte seule sans avoir eu l'occasion d'appeler à l'aide, donc nous ne savons pas depuis combien de temps elle était infectée, ni où et comment elle a été contaminée. Elle pourrait avoir été exposée au même contaminant que les deux garçons ou avoir attrapé la maladie à leur contact. Une autre femme, la mère de l'un des garçons, est atteinte de la maladie mais s'en sort jusqu'à présent grâce à de fortes doses de streptomycine. On n'a toujours aucune idée de la source de l'infection. Davidson a envoyé un autre médecin et une infirmière au village pour aider les médecins déjà sur place.

— Alors, allons-nous isoler le village, monsieur ? demanda Forbes.

— Oui. Le docteur Trent est apparemment en train d'organiser une réunion avec les habitants du village pour ce soir, au moment même où nous parlons, pour les informer de la situation, nous devons donc agir rapidement pour éviter toute propagation d'informations préjudiciables. Charles, auriez-vous l'amabilité de téléphoner à votre contact aux postes et télécommunications et faire en sorte que tous les téléphones d'Olney soient immédiatement déconnectés, à l'exception de celui du docteur Newton et du poste de police ?

—Je vais le faire, monsieur.

Macklin se leva pour partir, puis hésita.

—Un problème, Charles ?

— Juste une ou deux choses, monsieur. Le médecin du village et l'agent de police savent-ils que nous sommes sur le point de couper les téléphones ? Nous devons aussi être conscients que si les téléphones sont coupés, les gens ne pourront plus téléphoner au médecin pour obtenir de l'aide. Il y a aussi le bureau de poste local à considérer. Les gens pourraient encore envoyer des télégrammes.

— Charles, nous devons agir rapidement. Je suis sûr que je peux demander à Davidson d'appeler le docteur Trent après la réunion du village pour expliquer la nécessité de ce que nous avons fait. Le bureau de poste d'Olney est apparemment un sous-poste dans les magasins du village. Ils doivent envoyer tous les télégrammes par téléphone à Ashford, et bien sûr, leurs téléphones seront aussi coupés. Quant aux villageois, c'est un endroit minuscule, et ils devront simplement envoyer de l'aide en personne s'ils ont besoin du médecin.

— Mais, les fermes périphériques, monsieur ?

— Charles, allez passer cet appel, maintenant s'il vous plaît.

— Oui monsieur, bien sûr, répondit Macklin.

Il se leva et quitta la pièce pour se retirer dans son propre bureau où il passerait l'appel téléphonique qui isolerait véritablement Olney St. Mary du monde extérieur jusqu'à ce que l'épidémie de peste puisse être résolue. Pendant qu'il était hors du bureau, Forbes informa Ryan des options militaires disponibles pour résoudre la situation si l'épisode de peste actuelle devenait une épidémie.

Lorsque Charles Macklin revint dans le bureau de Ryan quelque cinq minutes plus tard pour lui faire part du succès de son appel aux Postes et Télécommunications, Ryan ordonna que le village soit bouclé le lendemain matin. Forbes s'occuperait des arrangements et ferait venir le personnel médical par avion à 9 h 30. Alors même que les habitants d'Olney se retiraient dans leur lit cette nuit-là, des mesures étaient prises pour assurer l'isolement complet et total de leur village.

Les mesures draconiennes discutées vingt-quatre heures auparavant par les trois hommes du ministère furent mises en place et aucun retour en arrière ne serait possible.

———

Dans la minuscule salle des fêtes d'Olney, la réunion d'urgence s'enflamma.

— La peste ? cria une voix du milieu de la salle. Vous dites qu'ils sont morts de la peste, mais comment ont-ils pu Docteur, à notre époque ?

— La peste n'est pas et n'a jamais été totalement éradiquée du monde, répondit Paul Trent. Nous faisons tout ce que nous pouvons pour découvrir où et comment les garçons et Mme Thorndyke ont été infectés. Nous avons bon espoir de pouvoir contenir la propagation de la maladie avant qu'elle ne s'attaque à un trop grand nombre de personnes ici au village.

— Donc vous dites qu'il y aura d'autres victimes, quoi que nous fassions ?

Cette question venait d'une jeune femme assise près de l'avant avec une petite fille d'environ cinq ans assise à côté d'elle.

— Il n'y a pas de vaccin ? dit une autre voix désincarnée à l'arrière.

— Pourquoi ne pouvons-nous pas être évacués jusqu'à ce que la situation nous permette de revenir ? s'exclama un autre.

Trent poursuivit en expliquant qu'il n'existait pas encore de vaccin contre la peste et que l'évacuation ne ferait qu'entraîner un risque potentiel de propagation de la maladie sur une zone plus étendue. Pour la jeune femme avec l'enfant, il essaya d'être aussi rassurant que possible.

— Il est vrai qu'il y aura probablement d'autres cas avant que l'épidémie ne soit définitivement éradiquée, mais nous pouvons minimiser l'étendue et la gravité de ces infections en vous administrant à tous ce que nous appelons des doses prophylactiques d'un antibiotique dont l'efficacité contre la peste est prouvée. Les infirmières à la table au fond de la salle avec le docteur Dearborn et le docteur Newton distribueront les médicaments à chacun d'entre vous, en quantité suffisante pour toutes vos familles, lorsque vous quitterez la salle.

Tous les regards se tournèrent vers l'arrière de la salle des fêtes, où Hilary, le nouveau Guy Dearborn et les trois infirmières attendaient la fin de la réunion. Hilary avait décidé de laisser Paul Trent délivrer le message aux habitants, car il était le médecin le plus ancien et, en tant qu'étranger, ses paroles pouvaient être considérées comme ayant plus de poids que celles du médecin généraliste local.

La réunion se termina peu après, et Hilary, Guy et les infirmières distribuèrent rapidement leur stock de streptomycine aux villageois inquiets. Lorsque quelques habitants tentèrent d'intimider Hilary et Guy pour qu'ils leur donnent quelques comprimés supplémentaires "au cas où", ils furent rapidement repoussés par l'intervention de l'agent de police Greaves, qui, à la surprise d'Hilary, était aidé dans ses efforts par nul autre que Michael Sweeney, et qui se rangeait rapidement derrière Greaves pour maintenir l'ordre. Ce ne serait pas la dernière fois qu'Hilary Newton aurait l'occasion de remercier Michael Sweeney au cours des prochains jours.

Ce soir-là, plusieurs habitants inquiets d'Olney St. Mary essayèrent de téléphoner à des amis et à des parents dans d'autres villes et villages pour les informer de la terrible nouvelle que la peste pneumonique s'était déclarée dans leur village. Ils furent tous surpris et frustrés de constater qu'en plus de la terrible nouvelle de la maladie, les téléphones étaient également hors service. S'il avait fait jour, alors que les gens vaquaient à leurs occupations quotidiennes, la perte du service téléphonique aurait rapidement été découverte dans tout le village. En fait, la coupure nocturne avait permis de retarder cette découverte jusqu'au lendemain, date à laquelle la zone d'isolement de Douglas Ryan serait en place et le personnel médical du ministère serait déjà arrivé.

Alors que les habitants d'Olney St. Mary, inquiets, craintifs et appréhensifs, se couchaient cette nuit-là, leur exclusion du reste de la société avait déjà commencé. Personne ne le savait à l'époque, mais la vie des habitants de ce petit village paisible ne serait plus jamais la même.

CHAPITRE 16

HILARY NEWTON FUT RÉVEILLÉE À SIX HEURES ET DEMIE DU matin par la sonnerie incessante du téléphone, au rez-de-chaussée, dans le cabinet médical. Frottant ses yeux gonflés de sommeil, elle enfila sa chaude robe de chambre en laine et se dépêcha d'aller répondre à l'appel, pensant qu'un autre habitant d'Olney avait peut-être contracté la maladie et avait besoin de ses services. Au lieu de cela, elle fut surprise d'entendre la voix d'un homme qui s'identifia comme étant Charles Macklin, assistant de Douglas Ryan, le virologue en chef du gouvernement au ministère de la Santé. Macklin ne voulait pas dire à Hilary la raison de son appel, insistant plutôt pour parler à Paul Trent. Laissant Macklin attendre au bout du fil, Hilary traversa le couloir jusqu'au salon, frappa et entra dans la pièce pour trouver Trent debout, manifestement réveillé, comme elle, par la sonnerie du téléphone.

Dix minutes plus tard, Trent termina sa conversation avec Macklin et se tourna vers Hilary avec un air légèrement choqué sur le visage.

— Paul, qu'est-ce qu'il y a ? Qu'est-ce qui ne va pas ? Qu'a dit cet homme ?

— Tous les téléphones du village, à l'exception du vôtre et de celui du poste de police, ont été déconnectés.

— Pourquoi ? Pour quoi faire ?

— Parce que le ministère de la Santé ne veut pas que quelqu'un à Olney contacte le monde extérieur et révèle que nous avons une épidémie de peste dans le village.

— Mais c'est de la folie. Ils ne peuvent pas garder ça secret, Paul. De toute façon, nous pourrions avoir tout sous contrôle d'ici peu. Pourquoi cette panique ?

— Il semble que le virologue en chef tienne à éviter une panique générale. Il estime que cela ne fait que dix ans que le pays a été ravagé par la guerre, puis il y a eu la Corée, et que cela ne fait que deux ans que le rationnement a pris fin pour de bon, et que la dernière chose dont les habitants de ce pays ont besoin est d'être informés qu'une épidémie de peste potentiellement mortelle est sur le point de les frapper. Il pense qu'un petit désagrément pour les habitants d'un petit village comme Olney St. Mary est un prix raisonnable à payer pour maintenir l'équilibre psychologique de la nation.

— Mais comment les gens nous appelleront-ils s'ils ont besoin de nous ?

— J'ai posé la même question. Macklin dit qu'ils devront faire ce que les gens faisaient à l'époque d'avant le téléphone et nous transmettre un message en personne.

— C'est ridicule ! Ne se rendent-ils pas compte que le retard avec lequel nous apprendrons de nouveaux cas pourrait s'avérer fatal pour certains de nos patients potentiels.

— J'ai eu le sentiment qu'ils se fichent de perdre un nombre important de patients Hilary, tant que la maladie ne peut pas sortir d'Olney. Il y avait autre chose aussi.

— Quoi encore ?

— Dans quelques heures, ils enverront une équipe de médecins du ministère. Ils arriveront par hélicoptère. En attendant, l'armée met en place une zone d'exclusion de 15 km autour du village pour empêcher toute entrée ou sortie. Elle restera en place jusqu'à ce que l'infection soit contrôlée et éradiquée.

— Bon sang, Paul ! On se croirait dans un cauchemar. Ils nous traitent, nous et les gens du village, comme les lépreux des temps bibliques. Et si ces gens devaient être hospitalisés ?

— Apparemment, il y aura des hélicoptères en attente si nous en avons besoin. Les cas graves pourront être transportés par avion vers un hôpital militaire désigné par le ministère pour les recevoir. Ils seront placés dans un service d'isolement sécurisé et traités par des spécialistes de l'équipe de gestion des crises du ministère.

— Je n'aime pas la tournure que prend les choses, Paul.

— Pour être honnête, moi non plus, Hilary, mais nous n'avons pas le choix. Nous allons juste devoir faire de notre mieux dans les circonstances données.

À ce moment-là, un léger coup frappé à la porte du cabinet signala l'arrivée de Patricia Knowles et de Christine Rigby. Les deux infirmières avaient l'air fatigué et les yeux rougis.

— On a entendu le téléphone sonner, dit Christine. Il y a un problème ?

Les deux infirmières reçurent bientôt la nouvelle de l'appel de Macklin, et Paul Trent décida de parcourir la courte distance jusqu'au Beekeepers Arms où Guy Dearborn et Edith Kinnaird avaient réussi à trouver des chambres pour la durée de leur séjour. Il voulait informer Dearborn et l'infirmière de l'arrivée imminente de l'équipe du ministère de la Santé, et de l'apparent isolement du village. Il se lava et se rasa rapidement avant de se rendre au pub, tandis qu'Hilary et les filles commençaient à préparer le petit-déjeuner. Bien que personne n'ait eu envie de manger après les nouvelles de Macklin, Trent avait insisté pour qu'ils prennent tous un petit déjeuner copieux. Ils auraient besoin de toute leur énergie pour la journée à venir, avait-il dit. Malgré leur manque d'appétit collectif, les trois femmes savaient qu'il avait raison.

———

Guy Dearborn réagit avec un calme prévisible lorsque Paul Trent frappa bruyamment à la porte arrière du Beekeepers Arms. Toujours lève-tôt, il était déjà debout quand Trent arriva et il ouvrit la porte lui-même. Charlie Peace et sa femme Peg étaient occupés à nettoyer le pub pour la journée et Edith Kinnaird était dans la salle de bain, se préparant pour la journée de travail.

— Eh bien, c'est un retournement de situation digne d'un roman, déclara l'imperturbable Dearborn. Je suppose que nous devrions nous préparer et venir vous rejoindre, vous et les autres, au cabinet. Nous devrions être prêts à les accueillir quand les gens du ministère arriveront.

— Merci Guy. On vous attend pour le petit-déjeuner au cabinet dans quelques minutes, d'accord ?

— Dix minutes devraient suffire, répondit Dearborn. Edith et moi, enfin l'infirmière Kinnaird, avons déjà mangé l'un des meilleurs petits déjeuners de Mme Peace. Superbe !

Ignorant la brève marque de familiarité manifestée par Dearborn à l'égard de la jolie Edith Kinnaird, Trent quitta le jeune médecin pour le laisser interrompre les ablutions matinales de l'infirmière et les emmener tous les deux au cabinet d'Hilary Newton au pas de course. Fidèle à sa parole, à peine dix minutes s'écoulèrent avant que Dearborn et Kinnaird ne rejoignent les autres et commencent à se préparer à l'arrivée de l'équipe médicale aéroportée.

Avant leur arrivée, Hilary et Christine rendraient visite aux Bradley pour vérifier les progrès d'Emily Bradley, tandis que Paul Trent et l'infirmière Knowles prépareraient un inventaire de leur équipement et de leurs fournitures. Guy Dearborn remplacerait Hilary au cabinet et traiterait tous les patients qui se présenteraient ce matin-là, tandis qu'Edith Kinnaird l'assisterait en cas d'arrivée de patientes nécessitant des examens intimes.

Tout allait bien jusqu'à ce que Guy reçoive son deuxième patient de la matinée. Gareth Potts était le boucher local. Célibataire, comme beaucoup d'autres à Olney en raison du manque de femmes éligibles, il s'était senti mal toute la nuit, rapporta-t-il. Il avait assisté à la réunion de la veille au soir, avait pris les comprimés que lui avait donnés le docteur Newton et pensait qu'il faisait peut-être une réaction à ceux-ci. Quelques secondes après avoir examiné l'homme, Guy Dearborn su qu'il ne s'agissait pas d'une réaction aux médicaments. Un autre cas de peste pneumonique venait de se présenter à Olney St. Mary. N'ayant pas les moyens de contacter ses collègues plus expérimentés, Guy Dearborn montra pourquoi il était si bien considéré. En l'absence de tout établissement médical désigné dans le village, il renvoya Potts directement chez lui, accompagné de l'infirmière Kinnaird qui devait le mettre à l'aise et lui administrer une nouvelle dose d'antibiotiques. Dearborn promit de les rejoindre dès qu'il pourrait fermer le cabinet. Dix minutes plus tard, il partit, laissant une note sur la porte du cabinet indiquant que le médecin était "en visite". Au lieu de se rendre directement chez les Potts, il s'arrêta au presbytère, où il demanda et obtenu la permission du pasteur d'utiliser la salle des fêtes comme centre de traitement d'urgence si le nombre de cas de peste venait à augmenter. Il était sûr que Trent et Hilary Newton ne lui en voudraient pas d'avoir fait preuve d'initiative et, en vérité, lorsqu'ils revinrent quelque temps plus tard, ils furent ravis qu'il ait fait preuve d'autant d'ingéniosité. Trent avait cependant une question à poser à Dearborn. Avoir l'usage de la salle était une chose, mais où trouver les lits pour la remplir s'ils devaient mettre en quarantaine une partie importante de la population du village ?

Guy avoua volontiers qu'il "n'avait pas encore trouvé la solution" et, pour la première fois de la journée, Paul Trent et Hilary Newton s'autorisèrent à rire un peu du manque évident de prévoyance du jeune médecin quant à l'efficacité globale de son idée. Imperturbable face au problème apparent des lits, Dearborn promit qu'il y travaillerait. Sans trop savoir pourquoi, Trent et Newton avaient toute confiance en lui pour résoudre le problème.

Alors qu'Emily Bradley continuait de se remettre, bien que lentement, de sa lutte contre la peste, et que Gareth Potts était pris en charge par Edith Kinnaird, le reste de l'équipe n'avait rien d'autre à faire que d'attendre l'arrivée de l'équipe médicale aéroportée. Ils avaient attendu moins d'une demi-heure avant que le bruit et le claquement des pales du rotor n'annoncent l'arrivée imminente des "hommes du ministère".

CHAPITRE 17

Ceux des habitants d'Olney qui étaient à l'extérieur ne purent s'empêcher de voir et d'entendre les hélicoptères s'abattre sur le village comme un essaim de libellules en colère, le bruit de leurs rotors s'amplifiant au fur et à mesure que les engins s'approchaient du sol. Le bruit était tel que le directeur de la petite école du village regardait fixement par la fenêtre de son bureau et la rareté d'un tel événement était telle qu'il autorisa rapidement les élèves de l'école à s'échapper brièvement de leurs cours pour sortir et assister à la surprise du jour.

Les quatre hélicoptères Bristol Type 171 "Sycamore" décrivirent un large arc de cercle avant de se poser sur la place du village, le seul endroit approprié pour que les quatre appareils n'atterrissent au même endroit. On avait rapidement peint sur les quatre appareils des croix rouges en plus de leur peinture de camouflage habituelles, et la présence de ces symboles eut un effet immédiat sur le moral des villageois assiégés, qui saluèrent et acclamèrent les nouveaux arrivants lorsque, l'un après l'autre, les pilotes s'approchèrent et que les patins des hélicoptères touchèrent la terre ferme. Construit pour transporter le pilote et trois autres personnes, chacun des quatre Sycamore crachèrent rapidement une douzaine de médecins et d'infirmières hautement qualifiés de l'équipe de réponse aux crises du ministère de la Santé, ainsi qu'un stock plus que suffisant de médicaments et d'équipements.

Le premier à descendre de l'hélicoptère de tête fut un petit homme à lunettes vêtu d'un costume marron à rayures, avec des patchs en cuir hors de propos appliqués sur les coudes de la veste. Se baissant pour éviter les pales du rotor, il se dirigea rapidement vers l'endroit où Paul Trent et ses collègues attendaient. Ils devaient avoir l'air de médecins, car aucun d'entre eux ne reconnut le nouvel arrivant qui venait tout droit vers eux comme s'il n'avait aucun doute sur son identité.

Au-dessus du bruit des moteurs de l'hélicoptère et dans le souffle des pales qui tournaient encore, le petit homme tenta de se présenter.

— Je suis le docteur Angus McKay, cria-t-il, et je présume que vous êtes le docteur Trent.

Paul Trent tendit sa main droite, serra celle du nouveau venu et répondit,

— Oui, c'est exact, et voici le docteur Hilary Newton, et le docteur Guy Dearborn.

— Oui, eh bien, nous aurons le temps de mieux faire connaissance une fois que ces hélicoptères nous auront laissés en paix. Je vois que mon équipe a presque tout déchargé, donc je doute que ces monstruosités nous dérangent encore longtemps.

Paul regarda vers l'aire d'atterrissage improvisée où, sans l'aide de leur chef, les autres membres de son groupe avaient rapidement déchargé leur équipement et leur matériel et se tenaient à l'écart, saluant les pilotes qui les avaient amenés à Olney. Un grondement sourd fendit à nouveau l'air lorsque les quatre pilotes des Sycamore augmentèrent le régime de leurs moteurs. En moins d'une minute, les quatre hélicoptères s'élevèrent dans les airs, tournèrent autour du village une seule fois, puis s'inclinèrent à gauche et se dirigèrent vers l'ouest. En moins d'une minute, les bruits des hélicoptères en partance s'estompa et devint un bruit sourd dans le ciel, jusqu'à ce que, alors que les appareils eux-mêmes n'étaient plus que de minuscules taches aux yeux des observateurs, l'air redevienne calme et silencieux. Les seuls signes de leur présence étaient les onze personnes qui, avec leurs sacs et leurs valises, se tenaient à présent sur la pelouse du village, attendant les instructions de leur patron chauve et à lunettes, Angus McKay.

Après avoir consulté Trent et Hilary Newton, McKay demanda à son équipe de transporter leur équipement jusqu'à la salle des fêtes, où ils installeraient leur base d'opérations. La suggestion initiale de Guy Dearborn d'utiliser la salle comme centre de traitement avait été légèrement modifiée, mais il était néanmoins heureux que son idée ait été acceptée. McKay avait été réticent lorsque Trent lui avait demandé ce que lui et son équipe avaient l'intention de faire à court terme.

— Pour quelle autre raison, nous sommes ici pour aider, Docteur Trent, quoi d'autre ?

En dehors de cela, il semblait réticent à ce moment-là à expliquer exactement quelle forme prendrait cette aide. Ce ne fut que lorsque tout le matériel de son équipe fut transféré à la salle des fêtes que McKay sembla se détendre un peu et accepta l'invitation d'Hilary Newton à l'accompagner, elle et les autres, à son cabinet pour faire le point sur la situation à Olney, et prendre une tasse de thé ou de café, selon son choix. Lorsqu'on lui demanda quels étaient les besoins de son équipe en matière d'hébergement, il montra simplement quatre très grands sacs de toile verte bombés, que Trent avait identifiés comme des tentes militaires pour huit personnes. De toute évidence, les nouveaux arrivants dormiraient sous la toile, mais avec de la place pour trente-deux personnes au total dans les quatre tentes, ils auraient beaucoup d'espace personnel.

— Nous avons quatre médecins, dont moi-même, six infirmières et deux épidémiologistes dans notre groupe, commença McKay en sirotant un café dans le cabinet d'Hilary.

Trent et Dearborn écoutaient attentivement ; Hilary Newton était assise derrière son bureau. Il poursuivit.

— Mes instructions sont de veiller à ce que l'épidémie de peste pneumonique que vous avez signalée au ministère de la Santé ne se propage pas en dehors des limites d'Olney St. Mary.

Hilary Newton pensait qu'Angus McKay semblait un peu guindé et avait l'air un peu vieux jeu.

— Et comment comptez-vous "interdire" à la maladie de quitter le village ? demanda-t-elle, un peu en colère devant cette déclaration presque ridicule.

— Comme vous le savez certainement tous, des mesures ont été prises pour isoler et exclure Olney et ses habitants du reste du pays jusqu'à ce que la situation soit résolue. Des troupes sont en place à des endroits stratégiques dans les environs. Elles empêcheront, je vous le promets, quiconque d'entrer ou de sortir du village jusqu'à ce que le feu vert soit donné. À ce sujet, je suis désormais, sur ordre du ministre de la Santé, le seul et unique responsable de l'initiative médicale à Olney St. Mary. Vous travaillerez directement sous mon contrôle et en tandem avec mon propre personnel. J'espère que vous comprenez ces ordres et qu'ils ne vous posent aucun problème.

Trent, Newton et Dearborn acquiescèrent d'un hochement de tête. Tous trois trouvaient que le petit Écossais était zélé, autoritaire et plein de suffisance, mais il avait l'autorité du gouvernement derrière lui et ils n'avaient d'autre choix que de s'y plier. Après tout, ils supposaient que lui, comme les autres, avait à cœur la santé et le bien-être des habitants d'Olney St Mary. Après tout, cela devait être leur priorité numéro un. La vérité était que les médecins en poste allaient tous se sentirent légèrement dépassés par la rapidité des actions qui se dérouleraient autour d'eux. Alors même que McKay était assis à expliquer les mesures draconiennes qu'il avait l'intention de mettre en place, ce qui, selon Hilary, revenait à déclarer la loi martiale dans le village, ils pouvaient entendre à l'extérieur les bruits d'activité de l'équipe médicale du ministère qui plantait des piquets de tente dans le sol. Bientôt, le village de tentes miniatures serait assemblé sur la place du village et McKay et ses hommes seraient prêts à se mettre au travail. Le petit Écossais les informa ensuite qu'un autre hélicoptère devrait arriver dans moins d'une heure, transportant un grand chapiteau qui serait installé et utilisé comme hôpital de campagne d'urgence si le nombre de cas d'infection atteignait les proportions prévues. Hilary se demanda comment lui ou ses supérieurs étaient arrivés au "nombre attendu" de cas, mais elle ne pensait pas qu'il fut sage de le demander. Elle doutait qu'il lui donnerait une réponse. En bref, il y avait quelque chose chez le docteur Angus McKay qu'Hilary trouvait profondément troublant. Elle n'aimait pas cet homme. Quand il partit peu après pour superviser son équipe et attendre l'arrivée de l'hélicoptère, elle ne fut pas surprise de constater que ses collègues ressentaient exactement la même chose qu'elle à propos de McKay.

— Petit homme repoussant, s'exclama-t-elle dès que la porte d'entrée se referma sur lui.

— Je dois dire que je suis d'accord avec vous, Docteur Newton, dit Guy Dearborn.

Étant le plus jeune médecin, il ne pouvait se résoudre à utiliser le prénom d'Hilary, bien qu'elle le lui ait demandé.

— Il est presque reptilien.

Paul Trent ajouta sa contribution à la conversation en exprimant ses soupçons sur les motivations de McKay. Trent était parfaitement conscient que les choses étaient sur le point de dégénérer à Olney. Ce n'était pas la réponse qu'il attendait des responsables du ministère de la Santé.

— C'est un peu fort, Guy, mais je dois dire qu'il n'a pas l'air d'être la personne la plus sympathique. Il est aussi évasif. Avez-vous remarqué qu'il n'a jamais expliqué ce que lui et ses hommes ont l'intention de faire ici ? S'il s'agissait simplement de fournir de l'aide et de l'assistance à nous trois, il aurait proposé de faire ce que nous pensions nécessaire, plutôt que de prendre pompeusement le commandement du village comme il l'a fait. Il y a plus qu'il n'y paraît, j'en suis sûr. Je veux savoir ce qu'ils ont l'intention de faire maintenant qu'ils sont ici. Quant à une zone d'exclusion militaire, c'est de l'exagération selon moi.

— C'est la chose la plus effrayante, Paul. Pourquoi ressentent-ils le besoin de nous couper du monde comme cela ?

— Je ne sais pas, Hilary. C'est presque comme s'ils craignaient que nous ne déclenchions une épidémie qui décimerait le pays, et ils sont prêts à faire tout ce qui est nécessaire pour sceller ce qu'ils considèrent comme la source de l'infection.

Alors que les mots de Trent faisaient mouche, Guy Dearborn fut le premier à répondre par une évaluation verbale de ce qu'il avait dit.

— Bon sang ! Ce que vous dites, Docteur Trent, bien que pas avec autant de mots, c'est que par 'tout ce qui est nécessaire' vous pensez qu'ils seraient prêts à éliminer tout Olney s'ils pensaient que cela empêcherait la peste de se répandre dans le reste du pays, n'est-ce pas ?

— Je ne suis pas sûr qu'ils iraient aussi loin, Guy, mais je pense que McKay et son équipe, en plus d'aider à traiter tous les cas que nous rencontrerons dans les prochains jours, pourraient avoir un plan en parallèle dont nous ne savons encore rien.

Hilary regarda avec effroi les deux hommes alors qu'elle écoutait la conversation.

— Vous ne pouvez pas penser que le gouvernement approuverait quelque chose d'aussi radical que la destruction d'un village juste pour contenir une petite épidémie de peste, Paul. N'est-ce pas ?

— Je ne sais pas, Hilary ; je ne sais pas, c'est tout.

Toute autre conversation fut interrompue par le bruit sourd des pales d'un rotor au-dessus de leurs têtes. Trent se leva et se dirigea vers la fenêtre, regardant vers le ciel.

— On dirait que notre hôpital est sur le point d'arriver, dit-il alors qu'un autre Sycamore, probablement un de l'escadron précédent qui était revenu à la base pour récupérer le chapiteau, faisait le tour du village avant d'atterrir, le courant descendant de ses rotors projetant une pluie de poussière et de feuilles sur les bords de la place.

Se demandant ce qui allait se passer ensuite dans le village sinistré, et ce qu'ils pouvaient faire pour maintenir une situation calme et stable parmi les habitants, les trois médecins sortirent pour observer le déchargement des grands sacs verts en toile et en bâche qui contenaient l'hôpital de campagne. Quelques minutes plus tard, dans un autre crescendo de bruit et de poussière, le Sycamore décolla et, en quelques secondes, le silence revint sur la place du village. Les habitants d'Olney regardèrent l'hélicoptère disparaître au loin, et quelques-uns restèrent pour assister au montage du chapiteau qui se dressa lentement sur la place. Les autres essayèrent, dans la mesure du possible, de poursuivre les activités normales de leur journée.

Trent, Newton et Dearborn rejoignirent Angus McKay pour être présentés aux médecins, aux infirmières et aux deux épidémiologistes nouvellement arrivés. Malgré leur aversion pour l'homme, ils furent tous deux impressionnés par son niveau de professionnalisme et d'organisation. Il expliqua rapidement ses plans pour traiter les nouveaux cas de peste et pour tenter de localiser et d'identifier la source primaire de l'infection. Rapidement, les infirmières de McKay furent envoyées à des endroits stratégiques du village, armées d'affiches qui détaillaient les procédures à suivre au cours des prochains jours, alors que les médecins tentaient de contenir et d'éliminer l'infection de leur village. À ce moment-là, certains villageois découvraient que leurs téléphones étaient hors service, et comme certains d'entre eux commençaient à se rencontrer, à parler ensemble et à échanger des informations, cela et l'arrivée d'étrangers parmi eux commencèrent à avoir un effet inquiétant sur certains des résidents. Cette inquiétude n'allait pas tarder à s'amplifier, car à la fin de la journée, les premiers lits du nouvel hôpital d'urgence commenceraient à être remplis.

À la grande horreur des médecins et des habitants d'Olney St. Mary, ce qui s'était passé auparavant n'était qu'un précurseur de la véritable terreur de la peste, qui était sur le point d'être libérée !

CHAPITRE 18

LE COLONEL DONALD FORBES ÉTAIT UN HOMME INQUIET. Perturbé par ce qu'il avait considéré comme une réaction excessive de Douglas Ryan à la situation à Olney St. Mary, il avait demandé un entretien privé avec le virologue. À présent, il était assis face à Ryan dans le bureau de ce dernier. Charles Macklin n'était pas présent.

— Pourquoi avez-vous demandé à me voir ce matin, Colonel ? Nous avons une réunion prévue pour ce soir, comme vous le savez. Vous n'auriez pas pu attendre jusque-là, quoi que vous ayez envie de discuter ?

— Non monsieur, ça ne pouvait certainement pas attendre. Je suis mécontent de la façon dont la situation d'Olney est gérée. J'ai parlé avec mon commandant, l'Air Commodore Bright, tôt ce matin et il a passé quelques coups de fil. Il semble, M. Ryan, que vous agissiez indépendamment du gouvernement dans cette affaire, et cela nous place, moi, mon équipe et toutes les personnes concernées par la gestion de l'épidémie d'Olney St. Mary, dans une position très délicate si les choses tournent mal.

— Tournent mal, Colonel ? Qu'est-ce qui pourrait mal tourner ? Nous répondons simplement à l'apparition d'une maladie hautement contagieuse sur nos terres. J'ai la seule intention d'empêcher la propagation de cette maladie par tous les moyens que je peux employer pour le faire. Qu'est-ce qui, s'il vous plaît, dites-moi, est si odieux à ce sujet ?

— Le fait, monsieur, est que vous êtes prêt à aller jusqu'aux limites extraordinaires que vous avez précédemment décrites. Pour l'amour de Dieu, Docteur Ryan, vous avez parlé de détruire le village entier si nous ne parvenons pas à éradiquer la source de l'infection. Ce n'est pas le Moyen-Âge, vous savez !

— Cela, comme vous le savez bien, est simplement une option de dernier recours. Pour ce qui est d'être "extraordinaire", je n'ai pas besoin de vous rappeler que le grand incendie de Londres a été considéré comme le facteur le plus important pour débarrasser Londres de la grande peste au XVIIe siècle. Si nous devons raser un petit village pour empêcher une épidémie similaire ici et maintenant au vingtième siècle, j'aurais pensé que vous réaliseriez qu'une telle action serait un petit prix à payer pour protéger la population de la Grande-Bretagne d'une épidémie désastreuse. Oh oui, et en ce qui concerne la sanction du gouvernement, je n'ai pas besoin de vous rappeler, à vous ou à l'Air Commodore Bright, que je travaille sur les instructions expresses et directement sous les auspices du ministre de la Santé. Toute action que je prends est entreprise sous son autorité, et je suis responsable devant lui et lui seul.

— C'est peut-être le cas, Docteur, mais pourquoi moi ? Dites-moi pourquoi vous avez demandé que moi et mon équipe soyons impliqués dans cette affaire. Je suis sûr que vous n'avez pas besoin que l'on vous rappelle que je travaille à Porton Down, et que Porton est essentiellement une installation de recherche et de test d'armes. Je joue cartes sur table quand je dis que je crois que vous me cachez des informations. S'agit-il d'une arme biologique, quelque chose que moi et mon équipe ignorons ?

Douglas Ryan se pencha en arrière sur sa chaise, rejeta la tête en arrière et, dans une démonstration d'émotion inhabituelle, il rit aux éclats. Le rire dura à peine dix secondes, mais il suffit à déstabiliser l'officier de la Royal Air Force. Ryan retrouva rapidement son calme et regarda le Colonel avec dureté.

— Vraiment, Colonel Forbes ? Pour qui me prenez-vous ? J'aurais pensé que si des armes biologiques étaient impliquées, vous et votre équipe à Porton Down l'auriez su bien avant moi. La réponse à votre question est bien plus simple et bien plus logique que cela, je vous l'assure. Charles Macklin et moi mis à part, vous êtes probablement le plus éminent virologue actuellement en vie dans ce pays. Cela faisait de vous un candidat idéal et logique pour l'opération de secours. Deuxièmement, en tant que militaire, vous disposez d'un personnel et d'un matériel de premier ordre. Lorsque j'ai demandé votre détachement pour cette affaire, j'étais également conscient que vous seriez en mesure d'organiser l'approvisionnement du matériel militaire nécessaire sous forme d'hélicoptères et de personnel, sans oublier que vous seriez capable d'organiser les troupes requises pour boucler le village si besoin. Le ministère de la Santé a pour mission principale de fournir des soins de santé à la nation. Nous n'avons ni la main-d'œuvre ni les ressources à notre disposition pour fournir l'excellent soutien logistique que vous avez contribué à mettre en place pour le secours d'Olney St. Maintenant, s'il vous plaît, pourriez-vous avoir la gentillesse d'accepter que vous avez été choisi pour cette tâche parce que vous êtes le meilleur homme pour ce travail, et oublier votre théorie complètement folle ? Des armes biologiques, en effet ! Balivernes, je vous l'assure, de pures balivernes !

Forbes n'avait plus grand chose à dire. D'une certaine façon, Ryan avait descendu ses théories en flèche. Il semblait avoir une réponse parfaitement logique à chacune de ses questions concernant la gestion de l'affaire Olney. Ayant du mal à pousser l'homme plus loin, Forbes n'eut d'autre choix que d'accepter de continuer à jouer son rôle de liaison militaire pour l'opération de secours, et il sortit rapidement du bureau de Ryan, avec un "A ce soir" en guise d'au revoir.

Forbes retourna à sa propre base en se sentant tout sauf satisfait de la réunion. Il était toujours convaincu que Ryan cachait quelque chose, mais malgré ses réserves et celles de son propre commandant, il n'avait pas d'autre choix, en tant qu'officier en service, que d'obéir à ses ordres. Pour l'instant, il continuerait à faire ce qu'on lui demandait, mais il sentait que le docteur Douglas Ryan méritait d'être surveillé de très près. Forbes se promit qu'au premier signe d'irrégularité, il ferait part de ses préoccupations une fois de plus. En tant qu'officier en service, il conservait au moins ce droit, mais s'il pouvait faire quoi que ce soit pour interrompre le plan de Ryan, et il était sûr que l'homme avait un tel plan, il ne le saurait que le moment venu.

Mais pour l'instant, le Colonel avait du travail à faire. La phase suivante de l'opération visant à contenir et à éliminer la peste était sur le point d'être lancée, et cette fois, il n'avait aucun scrupule ni aucune inquiétude quant à l'action requise.

CHAPITRE 19

HILARY NEWTON ET PAUL TRENT ÉTAIENT SATISFAITS DES progrès d'Emily Bradley. Les antibiotiques semblaient avoir combattu et gagné leur bataille contre la peste, et lentement d'abord, puis avec une plus grande rapidité à présent, Emily avait commencé son voyage sur le chemin de la guérison. Sam Bradley s'était dit très soulagé de l'amélioration de l'état de santé de sa femme, mais il avait maintenant un autre souci en tête. La perte du service téléphonique l'avait empêché d'appeler l'école privée de sa fille Carol. Il avait voulu appeler la veille pour s'assurer que l'école ne renverrait pas la jeune fille chez elle comme prévu pendant le week-end. Il avait d'abord pensé que sa fille rentrerait à la maison à temps pour l'enterrement du jeune David, mais sa femme étant tombée malade, Bradley avait oublié d'appeler. Il était terrifié à l'idée que sa fille puisse se retrouver, sans le savoir, dans une épidémie de peste. Sagement, il n'avait pas révélé la cause de la mort de David à l'école, se contentant de leur dire que c'était une maladie soudaine qui avait tué son fils. Ne voulant pas révéler que son téléphone était encore opérationnel, Hilary dit que les nouveaux arrivants du ministère avaient un radiotéléphone avec eux, ce qui était vrai, et qu'elle transmettrait un message à l'école au nom de Sam.

Laissant un Sam Bradley reconnaissant soigner sa femme dont l'état s'améliorait progressivement, Hilary et Trent prirent congé du garagiste et firent le court trajet jusqu'au cabinet médical. À leur retour, ils furent accueillis par une Christine Rigby à l'air inquiet. Elle les informa que Guy Dearborn était sous le chapiteau de l'hôpital avec McKay et son équipe. Patricia Knowles était partie avec Dearborn. Apparemment, peu après le départ d'Hilary et de Trent pour la maison Bradley, un messager de McKay était arrivé pour leur dire que pendant qu'ils affichaient les "directives" pour les résidents du village, certaines de ses infirmières avaient été approchées par des habitants inquiets. Maris, femmes et enfants tombaient apparemment malades dans tout Olney, et ils voulaient que les infirmières leur disent quoi faire. Suivant les instructions de McKay, ces dernières leur avaient dit d'attendre chez eux et que les secours seraient envoyés.

Par la suite, les infirmières firent un rapport à McKay, qui envoya des équipes à chacune des maisons de ceux qui avaient signalé des malades aux infirmières. Sur les huit équipes envoyées, six étaient revenues avec des patients pour le nouvel hôpital, les deux autres avec des rapports d'affections mineures, sans lien avec la peste. Depuis l'afflux initial, quatre autres personnes étaient arrivées, dont Gareth Potts, le boucher, ce qui faisait un total de dix cas en l'espace de quelques heures.

Paul Trent fut horrifié d'apprendre une telle nouvelle, tout comme Hilary, qui déplora à nouveau la perte du service téléphonique.

— S'ils n'avaient pas coupé ces maudits téléphones, quelqu'un aurait pu nous joindre chez Sam Bradley et nous informer de ce qui se passait, protesta-t-elle à personne en particulier.

—Je sais Hilary. Vous avez raison bien sûr, mais ça ne sert à rien de se lamenter maintenant. Ce qui est fait est fait. Nous ferions mieux d'y aller et de voir ce que nous pouvons faire pour aider.

Infirmière Rigby, vous feriez mieux de rester ici et de garder le fort au cas où quelqu'un viendrait chercher de l'aide au cabinet.

— Oui, bien sûr, docteur, répondit Christine.

Laissant l'infirmière au cabinet, les deux médecins se précipitèrent vers l'hôpital où un spectacle effroyable les attendait.

Conduits par McKay dans ce qu'il appelait l'aile "d'isolement" du grand chapiteau, ils furent confrontés à la vue des dix nouveaux patients, qui avaient tous l'air d'avoir souffert de la peste pendant des jours, plutôt que d'avoir tout juste contracté la maladie, ou du moins, d'avoir tout juste présenté les signes de l'infection.

— C'est terrible, dit Hilary. On dirait qu'ils sont sur le point de mourir, tous. Étaient-ils dans cet état quand vous les avez fait venir ?

— C'est justement ça.

McKay avait l'air perplexe.

— Ils n'étaient pas du tout dans cet état il y a deux heures. Dès que nous les avons amenés ici, leur état a commencé à se détériorer rapidement et jusqu'à présent, des doses massives de streptomycine n'ont pas réussi à ralentir la progression de la maladie chez aucun d'entre eux. Je ne comprends pas.

— J'ai eu une idée hier, docteur McKay, dit Trent, alors qu'une pensée lancinante revenait au premier plan dans son esprit.

— Oui, et de quoi s'agit-il, Docteur Trent ?

— Eh bien, et si, et je ne dis pas que c'est certain bien sûr, mais...

— Oh, allez-y, dit le petit Écossais avec impatience.

— Ok, bien, et si la maladie a muté ?

— Muté, comment ?

— Je ne sais pas comment. Mais, disons juste pour le bien de l'argument que c'est le cas. Alors nous pourrions être confrontés à une souche de peste pneumonique résistante à nos antibiotiques modernes.

— Mais Paul, Emily Bradley va mieux, protesta Hilary.

— Oui, répondit Trent, mais comme vous le savez, dans toute épidémie, il y aura toujours des survivants. Il se peut qu'Emily Bradley soit l'une des chanceuses qui aident à constituer le quota de survivants de l'équation.

— Il a tout à fait raison, vous savez, Docteur Newton, dit McKay. Même au plus fort de la peste noire au XVIIe siècle, il y avait en fait plus de survivants que de morts.

— Mais ce n'est pas la peste bubonique, n'est-ce pas ? C'est pneumonique, et le taux de mortalité est généralement beaucoup plus élevé, environ neuf sur dix. Jusqu'à présent, nous avons perdu trois personnes et en avons sauvé une parmi les cas dont nous avons connaissance. En soi, ça ne semble pas très bon, n'est-ce pas ?

— Oui, eh bien, ce n'est qu'un sur quatre, en effet, mais c'est un échantillon trop petit pour pouvoir faire des projections. Nous devrons attendre et voir comment ces derniers cas s'en sortent après un jour ou deux. Nous aurons alors une meilleure idée. Quant à votre théorie de la mutation, Docteur Trent, je ne pense pas que nous ayons encore de preuves pour soutenir une idée aussi folle, mais je reconnais qu'elle ne peut pas être rejetée d'emblée. Mais je n'ai jamais entendu dire que le bacille de la peste avait la capacité de changer son génome, ou de muter de quelque façon que ce soit. Allons examiner de près les patients. Ensuite, vous pourrez tous deux me donner votre avis.

Les trois médecins enfilèrent des blouses et des masques pris dans une armoire portative située à côté du bureau de fortune de McKay et se dirigèrent vers le cœur du service. En s'approchant du premier lit, ils identifièrent un Guy Dearborn masqué qui s'occupait du patient alité. Hilary, choquée, mais peut-être pas si surprise, découvrit que la patiente n'était autre qu'Emily Jones, l'amie proche de feu Mabel Thorndyke.

— Bonjour, Guy.

— Bonjour, Docteur Newton. Désolé, je n'ai pas pu vous transmettre un message plus tôt.

— Ce n'est pas grave. Ce n'était pas votre faute. Bonjour, Mme Jones. Comment vous sentez-vous ?

— Oh, Docteur Newton, je vais bien mal. C'est la chose qui a emporté la pauvre Mabel, n'est-ce pas ? Je suis en train de mourir aussi, n'est-ce pas ?

— Allons, allons, Mme Jones, ne soyons pas si pessimistes, répondit Hilary. Votre homonyme Emily Bradley se porte bien et se remet gentiment. Il y a toutes les chances que vous vous rétablissiez complètement vous aussi. Il suffit de faire ce que les médecins disent, et nous ferons tout ce que nous pouvons pour vous. S'il vous plaît, concentrez-vous sur votre rétablissement et laissez-nous faire le travail difficile.

— Je ne savais pas qu'Emily l'avait aussi, et pourtant vous dites qu'elle va mieux ?

Hilary hocha la tête.

— Eh bien, je ferais mieux de faire tout ce que je peux pour rester avec vous, n'est-ce pas ?

— C'est la bonne attitude, Mme Jones, dit Dearborn.

McKay fit une sorte de bruit de gorge pour signaler qu'il voulait continuer. Dix minutes plus tard, ils avaient terminé leur bref tour du service. En dehors d'Emily Jones, il y avait deux enfants, des filles qui semblaient avoir moins de dix ans, quatre femmes, toutes âgées de moins de quarante ans, et trois hommes, dont aucun n'était personnellement connu d'Hilary, bien que Dearborn l'ait rapidement présentée à Potts. Tous semblaient être en grande détresse en raison de leurs symptômes, et chacun d'entre eux était assisté par l'un des médecins ou l'une des infirmières de McKay, Patricia Knowles étant employée au chevet de l'un des enfants. Hilary et les autres n'avaient pas encore été présentés à certains des nouveaux arrivants et n'avaient aucun moyen de savoir si ceux qui travaillaient étaient les médecins de McKay ou les épidémiologistes. Au moins, les infirmières étaient facilement identifiables par leurs uniformes, qui montraient qu'elles étaient membres du service infirmier de la Princesse Mary's Royal Air Force, par opposition aux infirmières régulières employées par le National Health Service. Lorsque Hilary parla de ce fait à McKay, le petit homme s'empressa de répondre.

— Oui, Docteur Newton, ce sont en effet des infirmières militaires. Le ministère de la Santé a demandé l'aide de certaines sections des forces armées afin de monter cette opération aussi vite que possible. De cette façon, ils ont pensé que nous pourrions organiser les secours pour les habitants de ce village bien plus rapidement que si nous avions dû attendre des volontaires au sein du NHS. Ces braves gens viennent tous de l'hôpital de la RAF à Wroughton et constituent donc une équipe toute prête, habituée à travailler ensemble sous pression et prête à faire tout ce qui est nécessaire. Sans l'aide de l'armée, nous n'aurions jamais été en mesure de réunir une telle équipe ou d'obtenir la main-d'œuvre et les ressources dont nous disposons aujourd'hui. Vous devez comprendre que la rapidité est essentielle pour tenter d'éradiquer cette maladie, et la rapidité est ce que nous avons obtenu grâce à ces personnes de qualité.

Hilary et Paul Trent connaissaient tous deux l'hôpital de la RAF à Wroughton, près de Swindon dans le Wiltshire, et la logique de McKay semblait assez solide.

— Oui, je vois, dit Hilary. Je suis sûre que nous sommes tous incroyablement reconnaissants, Docteur McKay. Ils ont tous l'air très professionnels, je dois dire.

— Les meilleures, docteur Newton, c'est ce qu'elles sont, les meilleures infirmières disponibles, et elles sont à nous pour toute la durée de cette urgence.

— Dans ce cas, je suis sûr que nous sommes tous très reconnaissants de leur présence ici.

Leur conversation fut interrompue par le bruit d'un autre hélicoptère approchant du village. Le son inimitable des pales du rotor fendant l'air, puis le changement de tonalité alors que l'appareil survolait le village, pénétrèrent dans le chapiteau, attirant l'attention de tous, personnel et patients confondus.

— Ah, ce seront les chercheurs, dit McKay de façon énigmatique.

— Chercheurs ? questionna Paul Trent.

— Oui, Docteur Trent, des chercheurs. Quelque part dans les environs, il doit y avoir une source de cette infection. Nous devons la trouver rapidement. Le Colonel Forbes, qui est détaché au ministère, a fait en sorte qu'une partie des troupes du régiment de la RAF passe au peigne fin le village et les fermes d'Olney afin de retrouver la population locale de rongeurs. Il est presque certain qu'il y a des rats infectés par ici, et nous devons les trouver rapidement, et les détruire tous.

Ce fut à ce moment précis que Paul Trent se souvint de quelque chose que lui avait dit un des villageois, mais il ne se souvenait plus qui. Ce dont il se souvenait, c'était que la fouille de la ferme de Simon Parkes avait été remarquable en ce sens qu'elle n'avait pas permis de trouver le moindre rat, la moindre souris, ni même le moindre signe de vie d'un rongeur. Il en parla à McKay alors qu'ils sortaient pour accueillir l'hélicoptère.

— Y a-t-il un dératiseur ? demanda l'Écossais.

— Je vous demande pardon ?

Le bruit cacophonique de l'hélicoptère qui descendait pour atterrir provoqua une brève pause dans leur conversation. Trois hommes descendirent de l'appareil, chacun portant l'uniforme et les insignes d'épaule inimitables du régiment de la RAF. L'un des médecins de McKay courut à leur rencontre et les informa qu'il les brieferait personnellement dix minutes plus tard. Dès que les trois hommes posèrent pieds et sacs à dos sur le sol, le pilota fit décoller le Sycamore et repartit rapidement.

Lorsque le silence fut revenu sur la piste d'atterrissage improvisée, Trent se tourna une fois de plus vers McKay.

— Vous disiez, Docteur McKay ?

— Je disais ?

— Quelque chose à propos d'un dératiseur ?

— Oui, c'est ça. Y a-t-il un dératiseur dans le village ? Dans ces petits endroits, il y a souvent un homme qui fait des rondes pour débarrasser le village des rongeurs indésirables. S'il y a un nid de ces petites bestioles dans le coin, c'est à lui qu'il faut demander où les trouver. Cela éviterait à nos hommes une longue et fastidieuse chasse s'ils savaient au moins où commencer leurs recherches.

— J'ai peur de ne pas pouvoir vous le dire, je ne suis pas dans le village depuis assez longtemps. Je peux demander au docteur Newton. Elle a peut-être rencontré un tel homme depuis son arrivée à Olney.

— Je dirais, Docteur Trent, que la meilleure personne à qui demander arrive fortuitement dans notre direction en ce moment même.

Paul Trent regarda que ce que désignait la main tendue d'Angus McKay : l'agent de police Greaves s'approchant sur son vélo.

— Comme vous le dites, une arrivée opportune, répondit-il à McKay, qui avait l'air satisfait de lui-même, presque comme si Greaves était apparu par une réponse divine à sa question concernant le dératiseur.

Greaves s'approcha le plus possible de leur position avant de descendre de sa bicyclette et de l'appuyer contre l'un des bollards peints en noir et blanc qui délimitaient la place du village. Il se baissa, enleva les pinces à vélo de ses chevilles et, les gardant en main, il marcha vivement jusqu'à l'endroit où les médecins l'attendaient.

— Bonjour à tous, dit-il avec entrain.

Il affichait la force de caractère stoïque avec la rigidité de sa lèvre supérieure, typique de son éducation difficile dans l'East End et de ses expériences dans le Blitz. La peste circulait peut-être dans son village, mais Keith Greaves n'avait pas l'intention de la laisser l'empêcher d'être le bobby local joyeux et serviable. Pas question !

— Je me suis dit que j'allais passer voir comment vous vous en sortez et comment ceux qui sont malades s'en sortent.

— Eh bien, officier, vous n'auriez pas pu apparaître à un moment plus opportun, en l'occurrence. Nous allons très bien, merci, et vos collègues villageois reçoivent tous les meilleurs soins et attentions que nous pouvons leur donner. Ce que je veux savoir de vous, c'est s'il y a un dératiseur dans le village.

— C'est drôle que vous demandiez ça, Docteur McKay. Le fait est que l'homme que vous recherchez est à quelques mètres de l'endroit où nous nous trouvons.

McKay et Trent tournèrent tous deux la tête dans les deux directions, s'attendant à voir l'homme indiqué comme étant proche d'eux, mais à part les trois hommes du régiment de la RAF qui étaient escortés vers le chapiteau par l'un des hommes de McKay, il n'y avait personne d'autre en vue.

— Pouvez-vous expliquer cette dernière remarque, officier ? demanda McKay.

— Quoi ? Oh oui, je vois. Eh bien, l'homme que vous cherchez est Nobby Clark, et pour l'instant, autant que je sache, il est allongé dans l'un des lits de cette tente surdimensionnée que vous appelez un hôpital.

— Eh ? Je n'ai aucune trace d'un homme avec cette profession dans mon registre des admissions, ou ce nom. Attendez une minute, il y a un Clark je crois, mais son prénom est...

— Robert, l'interrompit Greaves. C'est lui Docteur. Robert 'Nobby' Clark.

— Mais je suis sûr qu'il s'est inscrit comme homme à tout faire quand il a été admis.

— C'est exact, Doc. Homme à tout faire, ramoneur, électricien, dératiseur, Nobby s'en occupe. C'est un vrai touche-à-tout.

— S'il vous plaît, venez avec nous, officier, dit McKay, tandis que lui et Trent conduisaient Greaves dans l'hôpital.

Après s'être rapidement masqués une fois de plus et s'être assurés que Greaves faisait de même, ils entrèrent dans la salle d'isolement. Un membre du personnel de McKay vint les accueillir et McKay parla rapidement à l'homme qui s'approchait.

— Docteur Naylor, dit McKay, veuillez nous conduire au lit de l'homme appelé Clark. Il est important que nous lui parlions tout de suite.

— Je crains que ce ne soit pas possible, monsieur, répondit le médecin.

— Pourquoi pas, Naylor ? C'est d'une importance vitale. Il peut nous aider à trouver la source de l'infection.

— Il ne peut pas, monsieur, ni maintenant ni jamais, j'en ai peur. Je suis désolé, mais Robert Clark est mort il y a environ dix minutes.

CHAPITRE 20

— Bon sang, Doc. Pauvre vieux Nobby.

— En effet, officier. C'est aussi un cas de 'pauvre vieux nous', j'en ai peur. J'avais plutôt espéré que M. Clark aurait pu nous aider à localiser les rats qui pourraient être la cause de cette infection qui gangrène votre village.

Cela faisait deux bonnes minutes que le docteur Naylor leur avait annoncé la nouvelle choquante de la mort du dératiseur du village. Keith Greaves avait été le premier à rompre le silence qui avait suivi cette nouvelle. Personne ne semblait avoir été capable de dire quoi que ce soit alors qu'ils réalisaient qu'ils avaient peut-être perdu une grande opportunité de localiser la source de l'infection. La réponse de McKay mit tout cela en perspective. Désormais, le personnel du régiment de la RAF chercherait à l'aveugle et beaucoup de temps et d'efforts précieux pourraient être dépensés à chercher au mauvais endroit. Après tout, les nouveaux arrivants n'auraient pas la moindre idée de l'endroit où commencer leurs recherches.

L'agent Greaves, cependant, ne semblait pas partager le pessimisme de l'homme du ministère.

— Oh, je ne dirais pas que c'est aussi grave que ça, Doc.

— Non ? Alors à quel point pensez-vous que c'est grave, officier ? demanda McKay avec une pointe de sarcasme dans la voix.

— Eh bien, si j'étais vous, monsieur, je frapperais à la porte de Michael Sweeney.

— Le croque-mort ?

Hilary se joignit à la conversation.

— C'est exact, Docteur.

Greaves s'expliqua :

— Chaque fois que le pauvre vieux Nobby se trouvait un peu occupé, il faisait appel à son ami le croque-mort pour l'aider. Michael Sweeney est un homme intelligent et plein de ressources. Il connaissait une chose ou deux sur les infestations de rongeurs avant de s'associer à Nobby. Il semble qu'il avait l'habitude de suivre l'un des fermiers locaux quand il était jeune et qu'il était très doué pour poser des pièges et des poisons. Quoi qu'il en soit, si Nobby Clark semblait parfois se trouver à deux endroits à la fois en cas d'infestation importante dans le village, c'est parce que ce bon vieux Sweeney lui donnait un coup de main. Voilà, Docteur, tout n'est pas encore perdu pour vous à cet égard, à moins que Michael Sweeney ne soit lui aussi malade.

— Il n'est certainement pas ici, j'en suis sûr, dit McKay. Savez-vous où l'on peut trouver cet homme ?

Il posait la question à Hilary Newton.

— Oui, bien sûr, répondit-elle. Il garde pour nous le corps d'une victime antérieure dans la glace, à sa morgue.

— Alors je pense que vous et le docteur Trent devriez vous y rendre immédiatement et m'amener ce Sweeney. Pendant que vous y êtes, vous pouvez organiser le transfert du corps par hélicoptère à l'hôpital d'Ashford. Nous devons le sortir d'ici dès que possible et procéder à une autopsie détaillée.

— J'ai fait une autopsie d'urgence pour déterminer la cause du décès, dit Trent.

— Oui bien sûr, mais nous devons obtenir un rapport plus détaillé sur le reste. Nous devons découvrir si le bacille a muté d'une manière ou d'une autre pour le rendre plus résistant, et ce qui lui permet de tuer si rapidement.

— Nous nous mettons en route, dit Trent en attrapant Hilary par le bras et en l'entraînant loin de l'hôpital de campagne, laissant McKay à côté de Keith Greaves, surpris de leur départ rapide.

Alors qu'ils marchaient rapidement en direction de la morgue de Sweeney, Hilary exprima à Paul Trent sa surprise de le voir quitter brusquement McKay et Greaves.

— Pour être honnête Hilary, dit Trent, je trouve qu'Angus McKay est un homme qu'il faut apprendre à apprécier, mais j'ai bien du mal à le faire. C'est un bon médecin, c'est sûr, et il semble savoir ce qu'il fait, mais c'est aussi le petit homme le plus égocentrique et égoïste que j'ai jamais rencontré. Je ne peux pas supporter d'être en sa compagnie trop longtemps. Même quelques minutes à communier avec les chers défunts dans la chambre froide de Sweeney seront bien plus agréables que de passer dix minutes de plus en présence de McKay.

— On dirait qu'il va falloir s'assurer que vous ne receviez que de petites doses d'Angus McKay pour le moment, lui dit-elle en souriant.

— Je sais qu'on doit travailler avec lui, Hilary, mais il n'y a rien dans le règlement qui dit que je dois l'aimer, n'est-ce pas ?

— Rien du tout, acquiesça-t-elle.

———

Michael Sweeney se montra plus que serviable lorsque les deux médecins expliquèrent leur problème. Après avoir exprimé son regret quant à la mort de son ami Nobby Clark, il réfléchit un instant, puis entreprit de leur fournir les informations dont ils avaient besoin, du mieux qu'il le put.

— C'est drôle, vous savez. Nobby a eu beaucoup de travail jusqu'à récemment. Comme c'est un petit village presque au milieu de nulle part, il y a toujours eu une grande population de rats, souris, campagnols, taupes et autres autour. Ils étaient plus répandus autour des fermes, bien sûr, mais ils empiétaient souvent sur le village lui-même et ils se mettaient invariablement en travers de notre chemin, nous les humains, et de nos vies confortables. C'est alors que Nobby était appelé pour se débarrasser de ces petites bestioles. Parfois, si l'infestation était importante, il me demandait de lui donner un coup de main, ce que j'étais toujours heureux de faire. Puis, il y a environ, oh, je dirais trois ou quatre mois, il m'a dit que le commerce avait disparu. Personne ne semblait avoir de problème de rats, pas même dans les fermes. Il est même allé les chercher une ou deux fois, mais il m'a dit qu'il n'avait pas trouvé un seul rat, vivant ou mort. Quand je lui ai demandé ce qui avait pu causer leur disparition, il n'a pas pu me répondre avec certitude. Il pensait que quelque chose les avait peut-être tous tués, mais ensuite il a dit qu'il aurait dû être capable de trouver les cadavres. Quelque chose les aurait fait fuir ? Un prédateur, peut-être, un nouveau venu dans le village ? Nobby pensait que c'était peu probable. Les rats sont peut-être de la vermine, mais c'est de la vermine déterminée et courageuse, c'est ce qu'il disait toujours, et il avait raison. Les rats sont sacrément courageux. Ils attaquent un ennemi cinq ou dix fois plus grand qu'eux, et n'abandonnent pas avant d'avoir gagné le combat ou d'être morts en essayant. Puis, il y a environ deux semaines, il a trouvé quelque chose qui l'a effrayé, et effrayer Nobby Clark ce n'est pas facile, je vous le dis.

Les oreilles des deux médecins se dressèrent aux derniers mots de Sweeney. Trent posa la question.

— Qu'est-ce que c'était, M. Sweeney ? Qu'est-ce qui a effrayé un homme comme Nobby Clark ?

— Des rats bien sûr, Docteur, voilà ce que c'était. Mais des rats morts, des douzaines de rats. Il avait trouvé étrange qu'aucun cadavre n'ait été trouvé pour expliquer leur disparition, et puis il a déniché un véritable cimetière de rats, comme il me l'a expliqué. Vous savez, un peu comme un de ces endroits où les éléphants vont mourir. Je l'ai lu dans des livres.

— Où était ce cimetière ? demanda Hilary Newton.

— Eh bien, il y a ce vieux fossé de drainage juste en face, de l'autre côté du village. Il traverse la limite Est d'Olney, et faisait autrefois partie du système d'irrigation d'un champ qui n'existe plus. Le champ appartenait autrefois à Simon Parkes, mais il l'a vendu au village après la guerre, et ils y ont construit un terrain de jeu. Quoi qu'il en soit, Nobby avait l'habitude de débarrasser le fossé des débris, sous contrat avec le conseil paroissial, juste pour s'assurer qu'il ne se bouche pas et n'inonde pas le village en hiver lorsque les fortes pluies le remplissent parfois. Cette fois-ci, quand il est venu comme d'habitude pour le nettoyer, il a trouvé les rats.

— L'a-t-il signalé au conseil de la paroisse ? demanda Trent.

— Non. Il pensait que ça dérangerait les gens de savoir qu'il y avait tous ces rats morts si près du terrain de jeu des enfants et à part moi, je doute qu'il y ait une autre âme dans le village qui le sache.

— Qu'a-t-il fait des cadavres, le savez-vous ?

— Oui, docteur Trent, je sais très bien. Il les a brûlés. Il a emballé tous les cadavres des petits bougres dans des sacs de jute, je l'ai aidé à les porter dans son jardin où il a fait un grand feu et s'est débarrassé de tout. Il a mis de l'essence sur le feu pour aider à se débarrasser de l'odeur des rats en train de brûler, et de toute façon, la maison de Nobby est suffisamment éloignée de celle des autres pour que ça ne dérange personne.

— C'est tout ? demanda Hilary. Il n'en a jamais trouvé d'autres ?

— Il ne m'a rien dit, répondit Sweeney. Pourquoi ? Il y en aurait eu d'autres ?

— Je ne sais pas, Mr Sweeney. C'est juste un peu étrange que tous les rats du village soient morts au même endroit. Il pourrait y avoir d'autres "cimetières" que votre ami Nobby n'a pas trouvés. Il y a aussi la question des souris et des autres petits rongeurs. Que leur est-il arrivé ?

— Eh bien, Docteur Newton, je ne peux pas vous répondre avec certitude. Le fait est que, en ce qui concerne les souris, etc.... il y a beaucoup de hiboux, de renards et autres dans le coin, et il est probable qu'ils s'emparent rapidement de toute souris ou campagnol mort ou mourant qu'ils rencontrent. Il n'y aurait aucune trace de ces petites bêtes après que les grands prédateurs et charognards s'en soient occupés. Les rats, bien sûr, sont une autre paire de manches. S'il y a d'autres morts dans le coin, j'ai bien peur de ne pas pouvoir vous aider, mais...

— Mais quoi, M. Sweeney ? demanda Trent.

— Eh bien, l'autre jour, Nobby a dit qu'il avait trouvé quelque chose d'étrange. Quand je lui ai demandé ce qu'était cette chose "étrange", il semblait ne pas vouloir en parler. Il est devenu un peu vague, vous voyez ? C'était comme s'il ne me faisait pas confiance concernant ce qu'il avait trouvé. Je l'ai un peu pressé et tout ce qu'il a dit, c'est qu'il avait trouvé "l'ennemi parmi nous". Nobby aimait son brandy, Docteur, et je vais vous dire, je pensais qu'il avait un peu trop bu et qu'il pouvait être un peu ivre, si vous voyez ce que je veux dire. Il n'a pas voulu en dire plus, si ce n'est qu'il s'inquiétait qu'"ils aient laissé ça derrière eux", peu importe ce qu'"ils" et "ça" étaient. J'ai reçu un appel téléphonique à ce moment-là et j'ai dû interrompre la conversation. Quand je suis revenu à l'endroit où je l'avais laissé, il était parti. Je n'ai plus jamais parlé à Nobby.

Trent et Hilary quittèrent Sweeney peu après. Ils n'avaient plus rien à apprendre de lui. Alors qu'ils retournaient vers le chapiteau de l'hôpital, Trent se tourna vers Hilary en fronçant les sourcils.

— Vous savez quoi, Hilary ?

— Non. Quoi, Paul ?

— J'ai le sentiment que la meilleure chance que nous avions de découvrir la véritable source de l'infection ici à Olney est morte sous nos soins il y a peu.

— Vous pensez vraiment que Nobby Clark a trouvé ce qui a causé cette épidémie ?

— Je ne pense pas seulement qu'il l'ait *trouvé,* Hilary. Je pense qu'il l'a trouvé, peut-être sans même savoir ce que c'était, et que ça l'a tellement effrayé qu'il n'a pas voulu en parler. Je ne serais pas du tout surpris si nous apprenions un jour que ce qu'il a trouvé est responsable de la maladie qu'il a contractée.

— Vous réalisez ce que vous suggérez, Paul ?

— Oh oui, Hilary, je ne réalise que trop bien ce que je dis. Si j'ai raison dans mon hypothèse, alors ce que Nobby Clark a trouvé est responsable de ce qui n'est plus seulement quelques cas mais une épidémie de peste à Olney St Mary. Il a parlé de "ça" et "ils", ce qui signifie qu'il a trouvé quelque chose qui n'aurait pas dû se trouver ici, et qui a pu y être laissé, peut-être par accident. En d'autres termes, Docteur Newton, je dis, comme vous le savez, que si l'on croit l'histoire de Nobby, telle qu'il l'a racontée à Michael Sweeney, alors la source de cette foutue infection a été amenée à Olney St. Mary *de l'extérieur*. Quelqu'un ou quelque chose l'a amenée ici. Si c'est vrai, alors on doit supposer que ce n'est pas une épidémie naturelle !

Hilary le regarda, choquée, la bouche ouverte jusqu'à ce qu'elle parvienne à formuler deux mots qui semblaient résumer leurs sentiments à ce moment-là.

— Bon sang !

CHAPITRE 21

— Vous n'êtes pas sérieux ! C'est la théorie la plus absurde que j'aie jamais entendue, Docteur Trent. Vous pensez vraiment que quelqu'un a délibérément infecté ce village avec la peste pneumonique ? Ce ne serait pas seulement téméraire, ce serait d'une stupidité sans nom. Comment celui qui a fait une telle chose pourrait-il espérer contenir une épidémie sans risquer d'infecter tout le pays, et quel pourrait être son mobile ?

Angus McKay avait écouté, incrédule, Trent et Hilary Newton le confronter à la théorie farfelue de Trent selon laquelle un agent extérieur était responsable de l'épidémie. Sa réaction était prévisible, sa colère et son rejet de la théorie étant exactement ce que Trent avait prévu. Maintenant, Paul Trent allait faire un pas de plus vers le risque d'une guerre totale avec l'Ecossais. Sa réponse au rejet de McKay était sûre de susciter une réponse agressive de la part du petit homme.

— Docteur McKay, vous demandez comment quelqu'un pourrait contenir une telle épidémie. Eh bien, ils feraient exactement ce que vous faites maintenant ! Pour être honnête, je ne parle pas de vous personnellement, mais vous travaillez pour le Ministère, n'est-ce pas ? Quant à ce ministère, dites-moi pour lequel vous travaillez. Êtes-vous employé par le ministère de la Santé ou par le ministère de la Défense ? Après tout, vous vous présentez avec tout ce personnel militaire, vous donnez des ordres comme si vous aviez l'habitude d'être obéi, et vous semblez avoir un accès illimité à des fournitures médicales, sans parler de la possibilité de convoquer des hélicoptères de la RAF à la minute près. Allez Docteur McKay, pour qui travaillez-vous vraiment ?

— Mon Dieu, Trent, à qui croyez-vous parler, jeune homme ? Si ce n'était pas pour moi et les gens que j'ai amenés avec moi, tout le village serait probablement mort à la fin de la semaine.

— Vous en êtes sûr, n'est-ce pas, docteur ?

— Que diable suggérez-vous, Trent ? Que je fais partie d'une grande conspiration visant à anéantir Olney St. Mary ? Que le Ministère de la Défense ou le Ministère de la Santé ont comploté pour infecter le village dans une sorte d'expérience biologique ? Vous êtes complètement fou si vous pensez une telle chose. On est là pour vous aider, vous et ces gens, Trent. Vous ne comprenez pas ça ? Qu'est-ce qui pourrait motiver une action aussi téméraire et imprudente de la part d'une agence gouvernementale ? Vous avez perdu la tête si vous croyez cette théorie ne serait-ce qu'une minute.

— Je ne sais pas. Peut-être que l'infection était une erreur, quelque chose s'est échappé qui n'aurait pas dû, et maintenant vous et vos hommes devez effectuer un exercice de limitation des dommages pour effacer toute trace de votre erreur. Cela pourrait expliquer votre motivation n'est-ce pas ?

— Bon sang, Trent ! Je ne suis pas la cause de cette infection, ni le gouvernement de ce pays, que ce soit directement ou indirectement.

— Alors comment expliquez-vous la réponse exagérée. Ce n'est sûrement pas la façon normale de contrôler une épidémie de peste.

— Je réponds aux ordres que j'ai reçus de mes supérieurs, Docteur Trent, et leurs ordres viennent du Ministère de la Santé, transmis par le Ministère de la Défense, pour lequel il est vrai que je travaille.

— Ah, donc vous admettez travailler pour le Ministère de la Défense.

— Oui, Docteur Trent, bien que cela n'ait aucun rapport avec l'épidémie ici à Olney. Comme je l'ai dit, nous sommes simplement là pour aider et nous avons été envoyés parce que nous pouvions répondre à l'urgence plus rapidement que les services de santé eux-mêmes.

Sentant qu'il avait mis le petit Écossais dans une situation délicate, Paul Trent décida de donner le coup de grâce. Il était temps de parler franchement.

— D'accord, Docteur McKay, dit Trent avec détermination. Si vous voulez vraiment que je vous croie et que je vous fasse confiance, alors soyez honnête avec moi. Dites-moi la vérité. Vous admettez que vous travaillez pour la Défense, alors dites-moi exactement ce que vous faites pour eux, et où vous travaillez.

Angus McKay regarda Trent et vit la résolution dans les yeux de l'homme qui l'avait affronté en face à face, ce que peu de gens faisaient. Il devait admettre qu'il avait un certain respect pour lui, qu'il gardait bien enfoui en lui alors qu'il répondait à la question de Trent avec une solennité tranquille et une voix lente, visant à maintenir sa propre dignité. En ce qui le concernait, il n'aurait jamais pu montrer publiquement qu'il avait été battu par un homme comme Paul Trent. McKay savait cependant qu'il devait donner à Trent des informations s'il voulait continuer à bénéficier de la coopération non seulement de l'homme lui-même, mais aussi des médecins et des infirmières qui avaient travaillé avec lui depuis le début de l'épidémie.

— Très bien, Docteur Trent. Je ne suis pas vraiment autorisé à vous dire ceci, mais je vais le faire dans l'espoir que cela aidera à mettre fin à votre hypothèse stupide et à la perte de temps que de tels arguments causent alors que nous devrions traiter les villageois. Tout d'abord, je travaille pour le ministère de la Défense en tant que consultant sur les effets de certaines toxines biologiques et nerveuses et d'autres agents artificiels sur le corps humain.

— Guerre biologique ! s'exclama Hilary.

— S'il vous plaît, Docteur Newton, si je peux continuer.

Hilary se tut.

— Je suis un expert dans la manipulation et le traitement de nombreuses maladies "exotiques" et je suis employé pour aider à prévenir la propagation de ces maladies si jamais, Dieu nous en préserve, elles se déchaînaient contre notre propre peuple. Donc vous voyez, docteurs, je travaille *pour les* gens de ce pays, *pas contre* eux. C'est pourquoi moi et mon unité de réponse rapide avons été envoyés ici. On pensait évidemment que nos procédures de confinement et d'éradication pourraient contribuer à mettre fin à cette épidémie et, si vous m'aidez en me laissant faire mon travail, c'est précisément ce que j'ai l'intention de faire. Maintenant, ai-je votre coopération ou non ?

— Vous n'avez pas encore répondu à toutes mes questions, docteur. Vous alliez me dire exactement où vous êtes normalement employé pour faire ce travail qui est le vôtre ?

McKay hésita. Il savait que malgré ce qu'il venait de dire, ses prochains mots allaient probablement jeter un pavé dans la mare une fois de plus en ce qui concernait Trent. Il redressa autant que ce que sa petite taille le lui permettait et regarda Trent droit dans les yeux en parlant.

— Docteur Trent, je ne veux pas que vous voyiez quelque chose de sinistre dans ce que je vais vous dire. Je pense que vous avez entendu parler de l'endroit où je travaille habituellement. Ça s'appelle Porton Down.

Ça y était ! Le chat était sorti du sac. Trent ne put s'en empêcher, il se mit à rire. Hilary Newton, peut-être moins bien informée que Paul Trent, eut l'air surprise de sa réaction.

— Paul ? demanda-t-elle, l'inquiétude se lisant sur son visage. Qu'est-ce qui est si drôle ? Qu'est-ce que tu trouves de si drôle à Porton Down ? Sais-tu quelque chose que je ne sais pas ?

— Hilary, cet homme travaille dans un endroit où sont menées des expériences et des recherches sur les effets de la guerre biologique et chimique. C'est la principale source de recherche du gouvernement sur les horribles armes sanglantes qu'ils peuvent créer pour détruire les gens tout en laissant les bâtiments debout. Si vous voulez trouver une réserve de n'importe quelle toxine ou bactérie mortelle, alors c'est à Porton Down qu'il faut aller, et cet homme veut nous faire croire qu'ils n'ont rien à voir avec ce qui se passe ici ?

À ce moment-là, Guy Dearborn passa la tête par-dessus le rabat de toile qui séparait l'espace de travail de McKay du reste du chapiteau.

—Je suis désolé, dit-il, mais j'ai entendu des voix s'élever. Est-ce que tout va bien, docteurs ?

— Entrez, Guy, l'invita Trent. Le docteur McKay nous a expliqué quelque chose. Vous pourriez trouver cela très intéressant.

McKay grogna intérieurement et commença une fois de plus à justifier sa présence à Olney, et à nier toute implication du gouvernement dans une prétendue conspiration visant à infecter le village. Il lui fallut un certain temps, mais il parvint finalement à apaiser les trois médecins en leur promettant de laisser Trent parler au Colonel Forbes la prochaine fois que McKay serait en contact avec lui par radio. Trent et les autres n'étaient pas encore entièrement convaincus de l'innocence de McKay, mais comme il le leur rappelait, ils avaient des patients à soigner, et ils acceptèrent momentanément une sorte de trêve, jusqu'à ce que Trent puisse parler au patron de McKay, et à son propre supérieur, Malcolm Davidson, pour obtenir des conseils.

La première chose que McKay fit lorsque les autres s'en allèrent pour faire le tour de la zone d'isolement fut d'envoyer chercher les hommes du régiment de la RAF. Ils furent rapidement déployés à divers endroits du village avec l'ordre de chercher des "cimetières" de rats. Au moins McKay semblait avoir pris à cœur certaines des paroles de Trent. Croyait-il en certaines parties de la théorie de Trent ou réagissait-il à quelque chose qu'il soupçonnait déjà, personne ne pouvait le savoir, du moins pas à ce moment-là.

CHAPITRE 22

LE LENDEMAIN, LA QUESTION DU TEMPS COMMENÇA À PESER lourd dans l'esprit de tous ceux qui tentaient d'endiguer la propagation de la peste. Bien que toujours localisée dans la commune d'Olney St. Mary, les signes n'étaient pas bons. Le temps était devenu l'ennemi, presque autant que la maladie, car le chapiteau de l'hôpital continuait à se remplir de nouveaux cas avérés et suspects, et les statistiques de guérison restaient à un. Jusqu'à présent, Emily Bradley était la seule survivante parmi ceux qui avaient contracté la peste, ce qui rendait l'avenir sombre pour ceux qui languissaient dans les lits du petit hôpital de campagne.

Une autopsie pratiquée rapidement avait révélé que Nobby Clark souffrait d'une maladie cardiaque et pulmonaire non diagnostiquée qui aurait rendu ses chances très minces de résister à l'attaque du bacille de la peste. Cela avait au moins permis aux médecins de savoir que la maladie elle-même n'était peut-être pas, après tout, une souche super virulente à action rapide de la peste, et que Nobby avait simplement joué de malchance.

Tard dans la soirée de la veille, à la tombée de la nuit, les chercheurs de la RAF avaient découvert un deuxième "cimetière de rats" dans un autre fossé sec, presque parallèle à celui découvert précédemment par Clark. Le fossé se trouvait de l'autre côté de l'aire de jeu des enfants, bien qu'à l'extérieur des limites de la zone, qui était fermée par une clôture métallique verte, et il fallait y entrer par une porte du même matériau. S'ils n'avaient pas été informés de ce qu'ils devaient chercher, les hommes du régiment de la RAF auraient pu manquer les restes recroquevillés de trente rats qui s'étaient glissés dans une crevasse d'un côté du fossé. Le sous-officier supérieur de l'équipe de la RAF, le sergent de section Eric Taylor, pensait que la crevasse pouvait mener à un tunnel, qui lui-même les conduirait à un nid de rats situé quelque part sous terre. La mauvaise lumière les empêcha de vérifier sa théorie jusqu'au lendemain. Au moins, ils avaient pu fournir aux médecins des preuves physiques. Peut-être que les cadavres des rats pourraient fournir un indice sur la cause de l'épidémie. Le docteur Harry Blaine, l'un des épidémiologistes de McKay, avait volontairement indiqué qu'il avait reçu une petite formation de vétérinaire. Il avait donc été chargé de procéder à des examens post-mortem sur une quantité représentative de cinq rats. Si cela pouvait s'avérer nécessaire, McKay lui avait ordonné d'examiner chacun des rongeurs morts.

De retour à l'hôpital de campagne, vingt-cinq des quarante lits de camp fournis par les gens de Porton Down étaient maintenant occupés, et pas un seul des patients qui gisaient dans ces lits ne montrait le moindre signe de réaction au traitement offert par les médecins. Avec seulement quinze lits disponibles, et avec la perspective qu'ils auraient besoin de beaucoup plus avant que l'épidémie ne soit contenue, McKay avait commandé un approvisionnement supplémentaire de cinquante lits qui seraient transportés par les airs dans le courant de la journée.

Les personnes déjà hospitalisées fournissaient aux médecins et aux infirmières une répartition assez homogène de l'éventail des générations à Olney. La maladie ne semblait pas avoir de préférence pour les jeunes, les vieux ou ceux qui se trouvaient entre les deux. Pire encore, la période d'incubation entre le premier contact et l'apparition des symptômes ne pouvait pas être déterminée tant que la source de l'infection n'était pas connue, ce qui rendait la tâche de ceux qui essayaient de traiter la maladie encore plus difficile.

Paul Trent attendait toujours de parler au Colonel Forbes. McKay avait essayé de contacter son patron la veille au soir, mais on lui avait répondu que Forbes était en réunion au ministère de la Santé et qu'il ne serait pas disponible avant le matin. Le matin s'était levé, et Trent était impatient de parler à l'officier supérieur de la RAF. Il avait encore besoin d'être rassuré. Ses propres instincts continuaient à envoyer des signaux d'alerte à son cerveau, et il lui était impossible de faire entièrement confiance à McKay, malgré les tentatives d'honnêteté de l'homme la veille.

Ce fut donc une grande surprise pour toutes les personnes concernées lorsque, ce jour-là, peu après neuf heures du matin, une berline Wolseley noire s'arrêta au centre du village. Alors qu'une légère bruine commençait à tomber, un caporal du WRAF sortit par la porte du conducteur et ouvrit la porte du passager arrière. La jeune femme salua l'officier qui descendait de la voiture. L'homme plaça son chapeau sur sa tête avant de lui rendre son salut. Le Colonel Forbes était venu en personne !

———

Lors de sa réunion avec Ryan et Macklin la veille au soir, Forbes avait insisté pour prendre personnellement en charge l'opération à Olney St Mary. C'était pour lui la seule façon pour qu'il puisse encore soutenir cette opération. Comme Paul Trent à Olney, l'homme de la RAF avait encore des doutes sur le rôle qu'on lui avait demandé de jouer dans la situation actuelle. Au moins, en étant "sur place", il pourrait superviser les développements au fur et à mesure qu'ils se produisaient, et serait mieux placé pour agir sur tout événement imprévu qui pourrait survenir. À sa grande surprise, Ryan avait accepté sa proposition sans discuter, convenant qu'il pourrait être avantageux d'avoir un homme expérimenté en place pour contrôler l'opération de secours. Forbes resterait en contact avec sa base à Porton Down grâce à la radio de sa voiture personnelle, et une liaison serait établie depuis Porton pour lui permettre de communiquer directement avec Ryan à son bureau, si nécessaire.

Du haut de son mètre quatre-vingt-dix et dans son uniforme imposant et resplendissant, Forbes avait tout du modèle de l'officier supérieur des forces armées de Sa Majesté. Alors qu'il traversait la place du village en direction de l'hôpital de campagne, les quelques habitants qui se trouvaient dans la rue ne purent s'empêcher de tourner la tête pour regarder le grand homme qui était soudainement apparu. D'une certaine manière, son apparence, sa façon de marcher et son uniforme eurent un effet rassurant sur ceux qui le virent ce matin-là. Après tout, la RAF avait sauvé le pays d'une invasion grâce à ses exploits lors de la bataille d'Angleterre, quelques années auparavant. Peut-être cet homme pouvait-il sauver le village des ravages de la maladie en son sein. Du moins, c'était ainsi que le petit groupe d'habitants le voyait. Quant à savoir s'il parviendrait à convaincre Paul Trent, Hilary Newton et les autres de sa capacité à contrôler la situation, c'était une toute autre affaire.

Quant à Paul Trent, son humeur s'était assombrie lorsque, peu après huit heures du matin, l'infirmière Patricia Knowles avait rejoint les rangs des infectés. Elle gisait maintenant dans l'un des lits de l'hôpital, toussant et souffrant avec les personnes déjà admises. Patricia avait fait un travail remarquable en aidant à soigner d'abord Emily Bradley et, depuis, les autres habitants du village. Aujourd'hui, bien qu'elle ait pris les doses prophylactiques de streptomycine, elle était elle aussi victime de la maladie.

Alors que Forbes entrait dans le chapiteau, dirigé par l'une des infirmières de Porton Down vers le "bureau" de McKay, Trent et Hilary étaient présents au chevet de Patricia Knowles, aidés par Christine Rigby. Tous les quatre étaient devenus une équipe soudée en peu de temps, et Trent et les autres étaient déterminés à faire tout ce qu'ils pouvaient pour essayer de sauver Patricia de ce qui semblait être l'issue fatale de l'infection.

McKay était penché sur son bureau, perdu dans ses pensées alors qu'il consultait les résultats des deux premières autopsies de rats pratiquées par Harry Blaine. Il était tellement absorbé qu'il ne remarqua pas que le rideau qui délimitait son espace personnel dans le chapiteau fut tiré vers lorsque Forbes entra.

— Bonjour, McKay.

La voix du Colonel résonna dans le petit espace.

— C'est quoi ce bordel ? Oh désolé Monsieur. Bonjour. Je ne vous attendais pas ici aujourd'hui.

— Si vous m'aviez attendu, hein, McKay ? Eh bien, je suis là et d'après ce que je vois, nous avons beaucoup de travail sur les bras.

McKay avait réagi avec stupeur à l'arrivée inattendue de son patron mais réussit à se ressaisir un peu avant de poursuivre.

— Oui Monsieur, j'admets que je ne m'attendais pas à ce que vous vous présentiez en personne, mais je suis content que vous l'ayez fait. J'aurais besoin de votre expertise et de vos opinions sur certains sujets, c'est certain.

— Eh bien, je suis heureux que vous approuviez ma décision de vous rejoindre.

— Oui, bien sûr, j'en suis heureux, monsieur. Puis-je vous demander comment vous êtes arrivé ici ? Je n'ai pas entendu le bruit d'un hélico qui arrivait.

Lorsqu'il était nerveux, l'accent écossais de McKay avait l'habitude de se manifester plus que d'habitude. L'arrivée inopinée de Forbes avait suffisamment perturbé son équilibre pour ramener une telle manifestation à la surface.

— Ah, c'est bien vous, McKay. Je peux encore vous surprendre. Je suis venu en voiture. J'ai pensé tester l'efficacité de nos périmètres extérieurs. J'ai été heureux de constater que les hommes en patrouille et qui surveillaient les barrages routiers étaient en alerte et faisaient un sacré bon travail.

— C'est bien, Monsieur. Puis-je demander quelle raison ils donnent aux personnes qu'ils refoulent de la zone ?

— Des exercices militaires avec des munitions réelles ! C'est plutôt bon, vraiment, McKay. La seule mention d'obus réels et de balles qui volent est généralement suffisante pour dissuader quiconque de s'aventurer au-delà d'un point de contrôle militaire. Le commandant des troupes a également mis en place des patrouilles dans la campagne, au cas où des randonneurs, des ornithologues ou autres s'aventureraient dans la zone d'exclusion. Je pense qu'on peut dire sans se tromper qu'Olney St. Mary est assez bien isolée. Maintenant, tout ce qu'il nous reste à faire est de trouver la cause de cette épidémie meurtrière et de trouver un moyen de contrôler et de guérir ceux qui en sont affectés.

— Je suis content que vous soyez satisfait de la sécurité, dit McKay. Et votre chauffeur, monsieur ? Aura-t-elle besoin d'un logement ? Je présume que c'est Sally Hughes, votre chauffeur habituel, qui vous a amené ici ? Les choses sont un peu tendues dans ce département en ce moment.

— Ne vous inquiétez pas, McKay. J'ai renvoyé le Caporal Hughes à la base avec la voiture. Il n'est pas nécessaire qu'elle soit exposée inutilement à la peste. Si je dois partir, je demanderai à un Sycamore de m'évacuer par les airs. En l'état actuel des choses, j'ai l'intention de rester ici jusqu'à ce que cette affaire soit réglée d'une manière ou d'une autre.

— Oui, monsieur. Eh bien, laissez-moi vous dire que trouver la source de la peste et découvrir le moyen de la contrôler pourrait être un peu plus difficile que nous l'avions imaginé au départ.

— Oh, comment ça, McKay ?

En montrant les documents sur son bureau, McKay donna à Forbes un rapide compte rendu de la découverte des rats morts et des examens post-mortem des rongeurs, effectués jusqu'à présent par Harry Blaine. Il donna ensuite à Forbes un bref aperçu des premières conclusions de Blaine.

— Vous voyez, Monsieur, Blaine a découvert des faits remarquablement intéressants, bien qu'inquiétants, sur nos petits amis rongeurs. Il semblerait que les rats eux-mêmes aient été tués par la peste, ce qui est assez normal, car les puces des rats se déplacent ensuite vers un nouvel hôte, généralement les victimes humaines. Cependant, dans le cas des deux rats autopsiés jusqu'à présent, Blaine n'a trouvé aucun signe d'infestation par les puces. La peau du rat, une fois la fourrure enlevée, devrait présenter des traces de la présence de la ou des puces par des marques de morsure et des gonflements sur la peau, là où les puces se seraient nourries. Chez nos rats, cependant, il n'y a pas le moindre signe. Blaine dit que, sous un microscope, il serait facilement capable d'identifier les morsures de ces petites bêtes, et il jure qu'elles ne sont présentes sur aucun des deux rats.

— La peste aurait-elle pu simplement être transmise aux rats par d'autres animaux infectés, comme la version pneumonique le fait avec les humains ?

— Eh bien, Monsieur, selon Blaine, c'est presque impossible. Il faut que le rat soit directement infecté pour qu'il succombe à la maladie. Blaine dit aussi que la plupart des rats portent un certain nombre de puces et que comme ces rats sont morts depuis un certain temps, il devrait y avoir quelques puces mortes dans leur pelage. Elles n'auraient pas toutes pu trouver de nouveaux hôtes quand les rats sont morts. Ce n'est pas logique. Il y a autre chose monsieur, quelque chose de plus inquiétant.

— Allez-y McKay, dites-moi le pire.

— Eh bien, quand Blaine a examiné certaines des cellules de rat sous le microscope, il n'était pas sûr de ce qu'il voyait au début.

— Comment ça ?

— La peste s'attaque normalement au système respiratoire d'une manière assez prévisible, comme nous le savons tous. Dans le cas des deux rats, cependant, il semble que les organes respiratoires aient été littéralement rongés de l'intérieur, comme si la peste elle-même avait été aidée d'une certaine manière par une autre maladie incorporée au bacille. La seule façon dont cela aurait pu se produire aurait été que quelqu'un modifie la nature des protéines du bacille de la peste.

Alors que McKay parlait, Forbes sentit le sang se glacer dans ses veines. Il repensa à la réunion privée qu'il avait eue avec Douglas Ryan, et les craintes qu'il avait nourries ce jour-là revinrent le hanter une fois de plus.

— Vous réalisez exactement ce que vous insinuez, McKay ?

— Oui, monsieur, je le sais. Et ce qui rend la chose encore plus difficile à avaler, c'est que le docteur Trent est venu me voir hier avec une théorie folle selon laquelle la peste aurait été introduite à Olney par une agence extérieure. Il a sous-entendu que c'était un essai ou une expérience du gouvernement qui avait mal tourné. J'ai essayé de lui dire qu'aucun gouvernement ne mettrait sa population en danger de cette façon, mais je ne sais pas si j'ai réussi à le convaincre. J'ai réussi à l'apaiser en lui promettant que vous lui parleriez à la radio et que vous le rassureriez en lui disant que le gouvernement britannique n'a aucun rôle à jouer dans cette épidémie.

— Je vois. Eh bien, je vais devoir faire ce que je peux McKay, n'est-ce pas ? En ce qui concerne le gouvernement, je pense que nous pouvons supposer sans risque que les Britanniques ne sont pas impliqués dans cette affaire.

— Alors vous pensez que ça pourrait être l'œuvre d'une puissance étrangère ? Les Russes peut-être ?

La guerre froide battait son plein en 1958. La méfiance et l'hostilité presque ouverte entre les nations qui composaient le Pacte de Varsovie et celles de la convention de l'OTAN avaient laissé le monde dans un état d'attente, car la peur d'une guerre nucléaire, ou pire, menaçait l'existence quotidienne des personnes des factions opposées.

— Je ne sais pas McKay. Je ne sais pas, c'est tout. Je suis sûr que les Soviétiques sont aussi avancés que nous dans l'art de la guerre biologique, mais je ne crois pas qu'ils iraient jusqu'à lancer une attaque biologique contre ce pays. S'ils le faisaient, je suis sûr qu'ils voudraient que nous le sachions, et je doute qu'ils choisissent un endroit comme Olney St. Mary comme terrain d'essai pour tester une nouvelle arme. Ils viseraient une ville ou un village où les effets seraient plus importants et où ils pourraient évaluer l'arme à grande échelle.

— *Alors d'où vient-il, bon sang ?*

La question fut criée par un Paul Trent furieux, qui se tenait dans l'entrée de la zone des bureaux. Il avait manifestement entendu la dernière partie de la conversation entre les deux hommes, et maintenant il voulait une explication, et il la voulait rapidement, surtout quand il annonça :

— Quelqu'un a intérêt à avoir des réponses pour moi, McKay, parce que je veux savoir qui diable est responsable de la mort d'une de mes infirmières. Patricia Knowles a montré les premiers symptômes il y a deux heures, et elle est morte, elle est morte, bon sang !

Un silence s'abattit sur le petit espace, un silence qui aurait pu être coupé avec un couteau chirurgical. Paul Trent baissa la tête. Malgré son emportement, il avait l'air d'un homme vaincu. McKay avait l'air stupéfait, et Donald Forbes savait qu'il avait des explications à donner à Trent, bien qu'en vérité, il n'ait pas la moindre idée de ce qu'il pourrait expliquer, ni par où commencer.

CHAPITRE 23

Lᴀ ʙʀᴜɪɴᴇ s'ÉTAIT TRANSFORMÉE EN UNE PLUIE BATTANTE lorsque Paul Trent sortit du chapiteau/hôpital après sa conversation avec le Colonel Forbes. D'une manière ou d'une autre, l'homme de la RAF avait réussi à convaincre Trent qu'ils travaillaient tous dans le même camp. Comme il l'avait souligné, Douglas Ryan était le virologue en chef du gouvernement. Son travail consistait à protéger et à indemniser le peuple de Grande-Bretagne contre une éventualité telle que celle à laquelle ils étaient confrontés à Olney St Mary. Toute idée de complot sinistre derrière les cas de peste actuels devait être écartée et toute l'attention et les ressources devaient être consacrées au traitement des personnes infectées et, si possible, à la prévention de nouveaux cas. Au fur et à mesure que Forbes avait parlé, Trent avait réalisé que l'homme était sincère dans ses propos, et dans son engagement à résoudre la crise. Quant à la théorie selon laquelle les Russes ou une autre intervention étrangère auraient provoqué l'épidémie de peste, Forbes n'avait pas voulu confirmer ou nier quelque chose dont il n'avait aucune connaissance, ni aucune preuve sur laquelle fonder une telle théorie. Il avait cependant clairement fait savoir à Trent qu'il pensait qu'un tel événement était hautement improbable. Les Soviétiques, avait-il expliqué, savaient que les puissances occidentales étaient tout aussi bien armées en termes d'armes biologiques, aussi horribles soient-elles, et ils étaient certainement conscients que s'il était prouvé qu'ils avaient lancé une telle attaque contre le Royaume-Uni, il y avait de fortes chances que les alliés de l'OTAN ripostent de la même manière. Non, il s'était finalement rangé du côté de l'extrême improbabilité de l'implication des Russes. Cependant, il reconnaissait que la source de l'épidémie et la nature des symptômes présentés par les personnes infectées suggéraient qu'une nouvelle souche du bacille de la peste était à l'œuvre à Olney, et que la priorité numéro un de tous ceux qui travaillaient à contenir l'épidémie devait être de découvrir cette source. Après avoir obtenu la promesse de Trent de coopérer pour atteindre ses objectifs, Forbes avait demandé à McKay de lui faire visiter le service afin qu'il puisse évaluer la situation et constater par lui-même les effets de la peste.

Paul Trent se tenait donc sous l'auvent à l'avant du chapiteau, la pluie tombant sans discontinuer, lui donnant l'impression que le monde et peut-être Dieu lui-même pleurait la perte de la pauvre Patricia Knowles et des autres personnes qui avaient déjà succombé à la peste. Il sentit une présence bouger derrière lui et se retourna pour voir Hilary Newton à moins d'un mètre derrière lui. Elle s'était approchée de lui sans bruit et, le voyant apparemment perdu dans ses pensées, s'était arrêtée, ne souhaitant pas s'immiscer dans ses pensées intimes.

— Hilary.

Il prononça son nom doucement.

— Je suis désolé, Paul. Préférez-vous être seul ?

En voyant les cernes rouges qui trahissaient les larmes qu'elle avait versées elle-même pour Patricia Knowles, Trent fit de son mieux pour produire un semblant de sourire.

— Je regarde juste la pluie. C'est drôle, n'est-ce pas, comme certaines choses ne changent jamais ? Il n'y a pas si longtemps, l'infirmière Knowles était vivante et respirait et la pluie tombait tout comme maintenant. Maintenant, elle est partie pour toujours, mais la pluie continue de tomber comme avant, comme si rien n'avait changé.

— D'une certaine manière, ce n'est pas le cas, Paul. Patricia est morte en faisant ce qu'elle voulait faire, ce qu'elle aimait plus que tout au monde. Elle me l'a dit hier soir, vous savez ? Que de toutes les choses qu'elle aurait pu faire en grandissant, le métier d'infirmière avait toujours été sa seule et unique ambition. La chance de venir ici et d'aider à essayer de guérir une épidémie de peste était, pour elle, la chose la plus gratifiante qu'elle ait jamais faite, c'est ce qu'elle m'a dit Paul, honnêtement.

—Je suis sûr que vous avez raison Hilary, mais quand Davidson a demandé des volontaires pour venir à Olney, je suis sûr qu'aucun de ceux qui ont levé la main n'a pensé qu'il y avait une réelle chance qu'ils ne rentrent pas chez eux.

— Je sais, mais c'est un risque que nous prenons tous lorsque nous entrons dans cette profession, n'est-ce pas ? Il y a toujours une possibilité que nous soyons touchés par les maladies que nous essayons de traiter et de guérir, et cela vaut autant pour le personnel infirmier que pour nous, les médecins. Nous devons continuer comme avant, Paul, comme si rien n'avait changé, car c'est ainsi que Patricia l'aurait voulu.

Pendant une minute ou deux, ce fut comme si leurs rôles avaient été inversés. Paul Trent était après tout le médecin principal. Hilary n'était qu'une simple interne dans l'équipe d'Ashford lorsqu'ils travaillaient ensemble. Et maintenant, elle était là, à le réconforter et à essayer de lui donner la volonté d'aller de l'avant malgré la perte d'une de ses infirmières. Elle comprenait son sens des responsabilités envers Patricia Knowles, mais elle comprenait aussi la nécessité d'avoir un Docteur Paul Trent parfaitement concentré et fonctionnel à ce moment-là.

Trent regarda Hilary pendant un long moment, puis se retourna et regarda le ciel sombre, les nuages qui continuaient à disperser leur charge liquide sur la terre. Il disparut dans le monde de ses propres pensées pendant quelques secondes, puis sourit de nouveau à Hilary.

— Vous savez, Docteur Newton, vous feriez un excellent psychologue, vous le saviez ?

— Je m'en souviendrai si l'activité de médecin généraliste tourne mal pour moi. Au train où vont les choses ici à Olney, il se peut que je n'aie plus beaucoup de patients à servir si nous ne trouvons pas un moyen d'arrêter la propagation de cette satanée peste.

— Vous avez raison, bien sûr, Hilary. Venez, allons voir ce que ce nouveau gros bonnet de la RAF a trouvé pendant que je m'apitoyais sur mon sort.

Ils rentrèrent ensemble dans le chapiteau, et pendant un instant fugace, peut-être pas plus de deux ou trois secondes, Trent prit la main gauche d'Hilary dans sa main droite. Elle ne put résister à cette petite intimité, mais elle se termina presque aussi vite qu'elle avait commencé, quand ils virent Guy Dearborn marcher vers eux.

— Bonjour Guy.

— Bonjour, Docteur Trent, Docteur Newton. Ce nouveau type, le Colonel, a fait en sorte qu'une petite flotte d'ambulances vienne enlever les corps des défunts. Il veut que des examens post-mortem complets et exhaustifs soient effectués sur eux, au plus vite. Ils doivent être emmenés à Ashford, où M. Davidson travaillera avec le médecin légiste pour superviser les autopsies.

— Et comment êtes-vous devenu si vite au courant des plans du Colonel, jeune Guy ?

— Ah, eh bien, vous voyez, Monsieur, la question n'est pas de savoir ce que vous connaissez, mais qui vous connaissez, comme cela arrive souvent. Le Colonel m'a demandé mon nom et m'a surpris en me disant qu'il connaissait plutôt bien mon père. Après cela, le vieux Colonel s'est montré très expansif et a semblé très heureux de me faire part de ses projets immédiats. Après tout, nous n'allons pas nous enfuir en courant pour le dire à quelqu'un, n'est-ce pas ?

— C'est un bon point, Guy. Comme vous le dites, nous n'allons nulle part, dit Trent en souriant.

— Au moins, il semble faire quelque chose de positif, ajouta Hilary. Et il a l'autorité nécessaire pour faire bouger les choses bien plus vite que n'importe lequel d'entre nous, ou du moins c'est ce qu'il semble.

— Vous avez raison, Hilary. La dernière fois que j'ai parlé à Malcolm Davidson, il m'a dit que le ministère avait sélectionné quelques personnes de haut niveau pour résoudre la situation d'Olney, mais je n'aurais jamais pensé que le directeur adjoint des projets spéciaux de Porton Down ferait une apparition personnelle ici.

— Et comment connaissez-vous le titre du poste de cet homme, si je puis me permettre ?

— Ah, je dois avouer que je ne suis pas un grand Sherlock Holmes à cet égard. En sortant de l'hôpital, j'ai simplement demandé à l'un des employés de McKay ce que le Colonel faisait à Porton down. Il me l'a dit, c'est tout. Il n'y a pas de mystère, j'en ai peur. Si seulement j'avais des capacités psychiques, je pourrais peut-être trouver un moyen de mettre un terme à tout ça.

Guy Dearborn resta là à écouter ce petit échange, puis, comme s'il avait l'impression de s'immiscer dans leur chagrin privé, il se racla la gorge pour attirer l'attention et parla très doucement.

— C'est vraiment dommage pour Patricia, euh, je veux dire l'infirmière Knowles. Je la connaissais à peine, certainement pas aussi bien que vous deux, mais c'était une fille très gentille d'après ce que j'ai pu voir, et elle travaillait certainement dur et ne méritait pas que cela lui arrive.

— Merci Guy, dit Trent, et Hilary hocha en signe de reconnaissance de sa sympathie.

Trent retrouva son sang-froid et assuma à nouveau le rôle de chef.

— Elle faisait partie de l'équipe, et nous connaissions tous les risques avant de venir ici. C'est pourquoi Davidson a demandé des volontaires. Nous savions tous que quelque chose comme ça pouvait arriver.

— Bien sûr, Docteur Trent. C'est quand même tragique.

— Oui, Guy. Maintenant, nous devons faire tout ce que nous pouvons pour éviter qu'un tel destin n'arrive à quelqu'un d'autre.

Alors qu'ils parlaient, la silhouette facilement reconnaissable de Michael Sweeney apparut à l'entrée du chapiteau. Il y avait peut-être une épidémie, mais il semblait que l'indomptable croque-mort local ne soit pas du genre à se laisser décourager par de telles "futilités".

— Bonjour, docteurs, dit-il.

— Bonjour, M. Sweeney, répondit Trent en leur nom commun. Je crains que ce ne soit pas le meilleur des moments. Une de mes infirmières est morte il y a peu de temps.

— Oh mon Dieu, je suis désolé d'entendre ça. Y a-t-il quelque chose que je puisse faire pour aider ?

— Pas cette fois, Mr Sweeney. Le corps va directement à Ashford avec les autres pour un examen post-mortem immédiat, dès que les ambulances arrivent.

— Qui était-ce, Docteur Trent ?

— Patricia Knowles.

— Quel gaspillage d'une jeune vie, dit Sweeney. Ce sont toutes deux de gentilles filles, celles que vous avez amenées avec vous, docteur. Vous devez être choqué qu'une telle chose se produise.

— Choqué ? Oui, c'est une bonne façon de le dire. Nous sommes tous très choqués qu'elle soit partie, mais particulièrement parce que c'est arrivé si vite. Maintenant, y avait-il quelque chose de spécifique dont vous vouliez nous parler, ou était-ce juste une visite de courtoisie ?

— Eh bien, maintenant que vous le dites, il y a quelque chose que je voulais vous dire. J'ai appris par la rumeur du village que vous avez trouvé un autre groupe de rats morts, n'est-ce pas ?

— On ne peut pas garder un secret pendant plus de dix minutes ? gémit Trent.

— Pas par ici, j'en ai bien peur, Doc, dit Sweeney. Les tambours de la jungle locale ont annoncé la nouvelle environ cinq minutes après que vos gars de la RAF aient trouvé les corps des petites créatures. Quoi qu'il en soit, le point est le suivant. Je ne sais pas si c'est important ou pertinent, et je sais qu'il ne vous le dirait pas lui-même, mais au pub l'autre soir, je parlais à Billy Wragg et...

— Billy qui ? demanda Hilary.

— Billy Wragg, Docteur, et la raison pour laquelle il ne veut pas vous parler directement est qu'il gagne sa vie comme braconnier. Tout le monde est au courant, mais il pense qu'il vaut mieux ne pas se montrer trop souvent au grand jour, si vous voyez ce que je veux dire.

— D'accord, et quelle était cette discussion que vous aviez avec lui ? demanda Trent en ramenant la conversation sur les rails.

— Eh bien, si quelqu'un sait ce qui se passe avec la faune locale, c'est bien le braconnier local. Selon Billy, aucun lapin vivant n'a été vu dans la région depuis plus de deux semaines. Il en a trouvé quelques-uns morts, mais ils étaient trop atteints pour être comestibles, comme il dit.

— Des lapins ? commenta Dearborn.

— Oui, les lapins. Ce sont des rongeurs au même titre que les rats, n'est-ce pas Docteur ? Maintenant, ma question pour vous, messieurs et madame, est la suivante. Je ne suis pas un expert de la peste, bien sûr, c'est votre domaine, mais, d'après ce que j'ai lu dans les livres, et j'en ai lu pas mal, je n'ai jamais entendu parler de la peste frappant la communauté animale en général, à part les rats bien sûr. Maintenant, pouvez-vous me dire si j'ai raison ?

— Je suis désolé de vous décevoir, M. Sweeney, mais il est tout à fait possible que les lapins soient porteurs des puces de la peste, tout comme les rats, répondit Trent. J'admets cependant qu'il est étrange que toute la faune de la région semble mourir avant que la peste ne frappe la population humaine. Normalement, je me serais attendu à ce qu'elle sévisse en même temps dans les deux communautés. Pensez-vous que ce Billy Wragg pourrait être persuadé de venir nous parler ?

— Je vais essayer de le convaincre, Docteur. Si je lui dis que c'est important et qu'il n'aura pas d'ennuis, il se laissera peut-être persuader de venir vous parler. Mais à part ça, mes informations ne servent pas à grand-chose ? demanda le croque-mort.

— Loin de là, Mr Sweeney. Vous nous avez au moins fourni un autre maillon de la chaîne pour trouver la source de l'infection. Il semble maintenant clair que, quel que soit le déclencheur de la série d'événements qui a abouti à l'épidémie ici dans le village, il a d'abord touché les animaux, puis les humains quelque temps après. Cela pourrait être très significatif. Merci. Je vais transmettre l'information au nouveau responsable.

— Vous voulez dire le Colonel ?

— Comment diable avez-vous su pour... ne me dites pas, je sais, les tambours de la jungle.

— Vous apprenez vite, Docteur Trent, je vous l'accorde, dit Sweeney en se retournant et en faisant un joyeux au revoir d'un signe de la main en quittant les trois médecins et l'hôpital, avec l'intention de vaquer à ses occupations quotidiennes.

— Voilà un homme que j'aimerais avoir à mes côtés en cas d'urgence, dit Hilary. Je pense que M. Michael Sweeney est bien plus que ce que l'on croit. Il semble bien trop intelligent pour vivre sa vie en tant que croque-mort de village ou quoi que ce soit d'autre qu'il fasse par ici.

— Il est certainement assez enthousiaste pour nous aider dès qu'il le peut, et il n'a pas peur de se mettre en danger. Regardez la façon dont il s'est approché de nous dans cet endroit. Aucun des villageois n'ose mettre les pieds sur la place du village, et encore moins entrer dans l'hôpital, de peur d'attraper la maladie, déclara M. Dearborn.

Avant qu'ils ne puissent discuter plus avant, le bruit des moteurs de véhicules qui s'approchaient annonçait l'arrivée des ambulances appelées par Forbes. Quelques minutes plus tard, et avant qu'ils ne puissent parler à Forbes des informations fournies par Sweeney, le Colonel sortit de la tente avec McKay pour superviser le chargement des corps. Moins d'une demi-heure plus tard, les premiers morts d'Olney St. Mary's quittaient le village pour leur rendez-vous avec le scalpel des médecins légistes. La pluie s'était transformée en averse. Cela semblait convenir à l'humeur de la matinée.

CHAPITRE 24

LA PLUIE INCESSANTE AVAIT JETÉ UN VOILE DE MOROSITÉ SUR LE village d'Olney St. Mary, déjà en proie à des difficultés. La plupart des habitants avaient pris la décision de rester chez eux. Les activités quotidiennes du village furent suspendues car la peur s'était emparée du cœur et de l'esprit des gens. Des légions de nuages sombres et menaçants défilaient dans le ciel et la fumée des cheminées des maisons et des cottages s'élevait à travers les gouttelettes qui tombaient pour les rencontrer. Peu à peu, un épais brouillard s'était formé, enveloppant toute la communauté. Pour le monde extérieur, c'était comme si Olney St. Mary avait été transporté dans un monde souterrain, un endroit où les sons étaient étouffés par le brouillard, et où les rues détrempées par la pluie étaient vides et désertes, un village fantôme, habité par les morts et les mourants.

Même ceux qui avaient trouvé le moyen d'exprimer leur colère face à la perte de leur service téléphonique s'étaient tus, et les seuls signes d'activité dans le village se trouvaient sous le chapiteau de l'hôpital et dans le cabinet du médecin. Même les affiches de McKay nouvellement collées énumérant les choses à faire et à ne pas faire et les règles d'urgence pour les villageois avaient commencé à s'affaisser et à tomber, la pluie dissolvant la colle qui les retenait aux murs et aux poteaux télégraphiques jusqu'à ce qu'elles pendent comme des chiffons mous, désespérément illisibles.

Les arbres, dont la plupart avaient gardé leurs feuilles longtemps après la fin de la saison, cédaient maintenant aux assauts des nuages, et les feuilles mouillées et détrempées tombaient en cascade sur les routes et les champs du village et des environs. Bientôt, un tapis délavé de couleur rousse et brune s'étendait tout autour, et de nombreux arbres finirent par être dénudés de leurs vêtements d'été, leurs branches nues pointant comme des doigts accusateurs vers les nuages de pluie incessante.

Le bruit de la pluie qui tambourinait sur le toit du chapiteau de l'hôpital devint une symphonie de chagrin pour ceux incarcérés sous la toile. Ils avaient beau être au sec sous la bâche, ils étaient tous des captifs qui ne pouvaient échapper au bruit sourd et cauchemardesque de la cascade aérienne au-dessus de leurs têtes.

En quelques heures, l'apparence de carte postale d'Olney St. Mary s'était transformée. Les habitants, qui étaient habitués à de tels événements à cette époque de l'année, auraient accueillis une telle journée sans problème si la peste ne les avait pas tous menacés, mais pour les nouveaux arrivants, cela ne faisait qu'ajouter à la misère de leur situation. Non seulement ils étaient jusqu'à présent incapables de trouver un moyen d'arrêter la propagation de la peste, mais la tempête qui faisait tomber la pluie sur le village empêchait également les chercheurs de poursuivre leur tâche. En dehors des soins qu'ils pouvaient prodiguer aux personnes déjà infectées et à celles qui continuaient d'affluer toutes les heures à l'hôpital, le personnel médical ne pouvait pas faire grand-chose en attendant que la pluie cesse. Même la livraison promise de lits de camp par hélicoptère fut mise en attente jusqu'à ce que le temps s'éclaircisse. Dans le simple jardin de la maison de feu Mabel Thorndyke, comme dans beaucoup d'autres jardins du village, les derniers vestiges des fleurs d'été qui avaient tenu bon à la lumière de la dernière période de beau temps avaient maintenant relâché leur emprise sur la vie. Les pensées, les dianthus et les pétunias baissaient la tête et s'abandonnaient à la puissance de l'averse torrentielle.

Alors que les médecins et les infirmières travaillaient fébrilement pour tenter de retarder les symptômes de la peste chez les personnes déjà touchées, une âme courageuse s'aventura hors de chez elle et se rendit sous le chapiteau de l'hôpital. Timothy Grafton avait décidé qu'il était temps de rendre visite à ses paroissiens souffrants. Le pasteur avait enfilé ses galoches et un long imperméable fauve ceinturé, coiffé d'un chapeau trilby marron plutôt usé, et avait traversé la rue principale en pataugeant, emprunté le meilleur chemin possible pour traverser la place du village détrempée et se tenait maintenant, trempé, dans l'auvent qui formait l'entrée de l'hôpital.

S'étant d'abord vu refuser l'entrée dans la salle d'isolement par l'une des infirmières de McKay, le pasteur avait fait un tel tapage que sa voix s'était répandue jusqu'au bureau où McKay, Forbes et Trent étaient en réunion. Les trois médecins apparurent quelques secondes plus tard, et il fut finalement convenu, avec un peu de pression de la part de Trent, que le pasteur soit autorisé à exercer son ministère auprès de ses ouailles à condition qu'il porte la protection nécessaire contre les infections transmises par l'air. Bien qu'il ait d'abord résisté au port d'un masque et d'une blouse, en disant que ses paroissiens devaient voir que leur pasteur n'avait pas peur de la maladie dont ils souffraient, il accepta finalement lorsque Forbes lui fit comprendre avec virulence que le port du masque était le seul moyen pour qu'il puisse voir les malades.

Alors qu'il conduisait Grafton dans la salle, Paul Trent prit le temps de saisir le bras du pasteur pendant une seconde, le stoppant dans son élan.

— Avant d'entrer, Pasteur, je peux vous poser une question ?

— Bien sûr, Docteur Trent, qu'y a-t-il ?

— Eh bien, la vôtre est la seule église à Olney, non ?

— C'est exact. Qu'en est-il ?

— C'est juste que la vôtre est une église anglicane, au service de l'Église d'Angleterre, alors qu'en est-il de ceux de la population qui sont catholiques, ou d'autres confessions ? Où pratiquent-ils leur culte ? C'est de la simple curiosité, c'est tout.

— Maintenant Docteur, laissez-moi vous éclairer. Dans un endroit aussi petit qu'Olney St. Mary, il y a peu de temps pour des choses comme l'intolérance et la division religieuses. Bien que je sois sûr que le Pape ne serait pas tout à fait d'accord avec cette pratique, beaucoup de catholiques du village, et ils sont très peu nombreux d'ailleurs, assistent occasionnellement à mes services, s'ils ressentent le besoin de se rendre dans une église. Pour ce qui est de la confession, je crois que ceux qui prennent leur religion très au sérieux se rendent de temps en temps à l'église catholique la plus proche. Malheureusement, elle se trouve à plus de trente kilomètres, dans le village de Hopwood, et la plupart des habitants d'Olney ne possèdent pas de voiture, comme vous le savez. Les visites à St. Saviours sont donc assez rares. Hopwood est d'ailleurs plus petit qu'Olney, et je me suis toujours demandé comment une église catholique avait pu y voir le jour. Cela répond-il à votre question ?

— Oui, merci, sauf pour les autres confessions.

— Oui, eh bien, pour autant que je sache, nous n'avons aucun membre de la foi juive ici, et les quelques méthodistes et presbytériens sont heureux d'utiliser ma petite église. Nous avons même une famille, les McIvers, qui sont membres de l'Église épiscopale d'Écosse. Je ne pense pas qu'il y ait des adeptes d'autres religions dans le village, Docteur, et comme je le dis toujours, nous suivons tous le même Dieu de toute façon. Ce n'est que dans le format contradictoire prescrit par des hommes de foi que la façon dont nous L'adorons diffère. Maintenant, puis-je aller servir mes ouailles ?

— Bien sûr, Pasteur. Juste un moment s'il vous plaît.

Trent appela discrètement Edith Kinnaird qui était postée au bureau qui servait de poste d'infirmières pour le quartier d'isolement. Elle reçut l'ordre d'accompagner le pasteur dans sa tournée. Bien qu'il soit sur le point de protester qu'il n'avait pas besoin de chaperon, Grafton décida rapidement de tenir sa langue. La jeune Edith Kinnaird avait promis d'être aussi discrète que possible, et Trent venait d'informer Grafton que certains patients étaient beaucoup plus malades que d'autres. Edith veillerait à ce qu'il reste à une distance de sécurité nécessaire du chevet de ceux qui semblaient être au stade le plus infectieux de la maladie. Grafton n'était pas assez stupide pour croire que sa vocation le protégerait de la peste, et alors qu'il commençait sa tournée du service, il était reconnaissant de la présence réconfortante de la jeune infirmière écossaise à ses côtés. Bientôt, le son d'une prière murmurée se fit entendre au chevet du premier patient à qui Grafton rendait visite.

Laissant le Révérend et Edith à leur tâche, Trent se déplaça lentement le long de l'allée centrale du service, saluant et souriant de manière rassurante aux patients qui restaient suffisamment conscients pour répondre par une brève tentative, souvent douloureuse, de retourner le geste. Alors qu'il traversait la cloison de toile suspendue qui séparait la salle du reste du chapiteau, il s'arrêta et regarda vers le haut. Bien qu'il ne puisse pas voir à travers le toit de toile, ses oreilles lui disaient que la pluie avait considérablement diminué d'intensité depuis l'arrivée de Grafton. En retirant la bâche qui lui permettait de pénétrer dans le sanctuaire du bureau de McKay, Paul Trent se demanda à quel point le Révérend Timothy Grafton entretenait une relation étroite avec le Tout-Puissant. Aussi forte ou ténue qu'elle puisse être, Paul Trent pensa que toute prière était bonne à prendre en ce moment et s'autorisa une supplique silencieuse au Dieu auquel il avait peu pensé ces dernières années. La raison de sa question précédente au pasteur était claire alors qu'il répétait le début d'une prière catholique romaine, "Ave Maria, Mère de Dieu...".

CHAPITRE 25

Douglas Ryan se sentait clairement mal à l'aise, ce qui n'était pas courant entre les quatre murs de son propre sanctuaire. Aujourd'hui, cependant, il se trouvait dans la position d'être surclassé et surpassé par l'homme assis dans le fauteuil en cuir du côté visiteurs de son bureau. Sir Robert Blake était le sous-secrétaire d'État à la santé, et l'expression sévère de son visage renforçait l'atmosphère de la réunion.

— Des inquiétudes sont exprimées dans divers quartiers du gouvernement, Douglas, des rumeurs qui semblent avoir émané en partie de votre département. On parle de quelque chose qui se passe dans le Kent, et que vous utilisez une quantité démesurée de ressources pour garder le contrôle sur la situation qui s'est développée.

— Je suis désolé, Sir Robert, mais je ne peux pas être tenu responsable de toutes les rumeurs qui émanent des couloirs de Whitehall.

—Je n'ai jamais dit que vous le deviez, mais ce que je veux savoir, c'est s'il y a du vrai dans ces rumeurs.

— Peut-être que si vous me dites ce qu'elles disent, Monsieur, je pourrais être capable de confirmer ou d'infirmer ce dont je suis supposé être responsable.

— Très bien, Douglas. En résumé, il est dit que vous avez une épidémie sur les bras dans le Kent, et que cette épidémie est une peste très virulente et potentiellement désastreuse qui pourrait se répandre dans la population générale. De plus, vous avez demandé l'aide du Ministère de la Défense et vous employez du personnel militaire pour maintenir une grande partie du comté isolée du public. Les services téléphoniques ont été coupés, et les morts s'entassent dans les rues parce que vous n'avez pas prévu d'enterrement ou de crémation sur place, et qu'il n'y a pas d'ambulances pour transporter les corps à la morgue la plus proche, à Ashford. Des soldats armés patrouillent dans la campagne du Kent et vous avez même fait appel au directeur adjoint des projets spéciaux de Porton Down pour coordonner vos opérations sur le terrain. Ai-je manqué quelque chose, Douglas ?

Ryan était abasourdi. Alors qu'il était fermement convaincu d'avoir agi comme on l'attendait de lui, en l'espace de quelques minutes, Sir Robert Blake avait réussi à lui donner l'impression qu'il avait pris part à une grande conspiration et qu'il devait baisser la tête de honte ou, à tout le moins, s'excuser à genoux pour ses actions. Il chercha une réponse adéquate aux accusations de Blake, car c'était en fait ce à quoi les mots de l'homme se résumaient.

—J'attends, Douglas, dit Blake avec impatience.

—Je suis désolé, Sir Robert, répondit-il. Je me demandais juste qui vous a rempli la tête d'allégations aussi calomnieuses.

— Aucune "allégation", comme vous dites, n'a été faite, Douglas. Si vous voulez le savoir, l'Air Commodore George Bright, le chef de la recherche à Porton Down, m'a contacté parce qu'il était préoccupé par la sécurité et la situation juridique de son personnel. Après tout, ce sont eux que vous avez apparemment mis le plus en danger en les envoyant à Olney St. Mary.

Donc, non seulement Blake savait quelque chose de ce qui se passait, mais il savait aussi *où cela se passait*. Ryan se sentit lésé par le fait que Forbes avait manifestement fait un tel cas de ses plans que Bright avait ressenti le besoin de s'adresser à une autorité supérieure, comme si on ne pouvait pas faire confiance à Ryan lui-même pour gérer la situation. Douglas Ryan avait oublié que le code d'éthique militaire signifiait que des personnes telles que Bright et Forbes agiraient pour se protéger et se couvrir mutuellement avant de le faire pour un bureaucrate civil tel que lui.

— Écoutez, dit Ryan, tout d'abord, Sir Robert, il est vrai que le médecin généraliste d'Olney St. Mary a envoyé deux patients à l'hôpital d'Ashford lorsqu'ils ont présenté des symptômes qu'elle pensait être une forme très sévère de grippe. L'un des patients, un adolescent, est mort sur le chemin de l'hôpital, l'autre peu après son admission. Le docteur Malcolm Davidson, que je connais depuis de nombreuses années, et son assistant, le docteur Paul Trent, ont découvert que les garçons ne souffraient pas de la grippe, mais de la peste pneumonique.

Ryan marqua une pause, attendant une réponse, mais Blake ne dit rien, attendant plutôt que le virologue continue. Il se racla la gorge et poursuivit.

— Dans le but d'empêcher une épidémie massive de peste, dont vous savez certainement qu'elle est bien plus mortelle que la souche bubonique, j'ai pris ce que je pensais être les mesures appropriées pour la contenir dans la zone locale où elle s'était manifestée. Pour ce faire, j'ai fait appel à l'homme qui, après moi-même et Charles Macklin, est réputé être le principal expert en matière de contrôle épidémique dans le pays. Cet homme est le Colonel Donald Forbes. C'est un virologue exceptionnellement brillant et je savais qu'il aurait le pouvoir de mobiliser les ressources dont j'aurais besoin pour obtenir les résultats escomptés. Son expérience militaire m'a permis d'utiliser rapidement des hélicoptères et du personnel qui ont été mis à contribution pour traiter les malades et tenter de découvrir la source de l'épidémie afin de prévenir toute propagation à la population générale. Je peux affirmer catégoriquement qu'il n'y a pas de "corps qui s'entassent dans les rues" d'Olney St Mary. Les malades sont soignés dans un hôpital de campagne, certes primitif mais adéquat, fourni grâce aux efforts de Forbes, et Paul Trent ainsi que le médecin généraliste local travaillent avec une équipe d'experts de Porton Down pour éradiquer la peste de la communauté. Il est vrai que j'ai demandé au directeur des postes et télécommunications de couper les téléphones du village, à l'exception de ceux du médecin local et du commissariat de police, mais cela a été fait dans le but d'éviter que des informations non autorisées sur une épidémie de peste ne parviennent au grand public et ne provoquent une panique générale. Les troupes sont positionnées dans la campagne du Kent pour essayer d'éviter que les étrangers ne tombent sur l'épidémie, tout en empêchant ceux qui pourraient être infectés de partir et de propager cette infection. Ma priorité est de protéger la vie et la sécurité de tous les habitants du village. Je n'ai jamais eu l'intention d'induire en erreur le Ministre, vous, ou qui que ce soit d'autre, Sir Robert. J'ai pris toutes les mesures que j'ai jugé nécessaires pour protéger les citoyens de ce pays, y compris ceux d'Olney St. Mary, et je continuerai à le faire au mieux de mes capacités, à moins que vous ou toute autre autorité ne décide de me relever de mes fonctions.

Les derniers mots de Ryan avaient fait mouche, et il le savait. Il n'y avait personne au Royaume-Uni de mieux qualifié pour gérer une telle épidémie, et il avait maintenant placé Blake dans une position telle qu'il devrait approuver ses méthodes ou le renvoyer. Le sous-secrétaire d'État plongea dans une profonde réflexion pendant quelques secondes avant de répondre aux explications de Ryan.

— Écoutez très attentivement, Douglas. Il y a d'autres "réserves", dirons-nous, qui ont été exprimées concernant votre gestion de cette situation. Je ne vais pas en parler pour l'instant. Il suffit de dire qu'il y a des gens mieux placés que moi dans la hiérarchie gouvernementale qui ne veulent pas entendre les rumeurs selon lesquelles il y a ou il y a eu une sorte de conspiration pour tromper ou détourner le peuple britannique de la vérité. Si je découvre plus tard que c'est le cas, peu importe que vous soyez l'homme le plus important dans votre domaine et que vous ayez beaucoup de pouvoir au sein du Ministère, vous serez sommairement licencié et vous aurez probablement du mal à trouver un emploi de chercheur junior dans un laboratoire pharmaceutique. Est-ce que c'est bien clair ?

— Vraiment, Sir Robert, il n'y a pas besoin de telles menaces. Je ne trompe personne et n'ai jamais eu l'intention de le faire. Cela dit, votre menace est tout à fait claire, bien qu'inutile.

— Bien ! Alors, Douglas, je pense que je vais vous laisser faire ce que vous avez à faire, mais gardez à l'esprit que cette affaire a maintenant été portée à l'attention de M. MacMillan lui-même, qui a exprimé de sérieuses inquiétudes quant aux répercussions possibles si votre stratégie s'avère, comment dire, inappropriée ?

La mention du nom du Premier Ministre n'échappa certainement pas à Douglas Ryan. Harold MacMillan était le chef du nouveau gouvernement conservateur et il ne serait certainement pas ravi d'avoir à expliquer à la Chambre des Communes, ou au public d'ailleurs, tout type de scandale ou d'incompétence du Ministère de la Santé dans la gestion d'une épidémie de peste pneumonique potentiellement désastreuse. Sir Robert Blake avait peut-être été mis sur la touche par la tactique — soutenez-moi ou renvoyez-moi— de Ryan, mais la ruse et l'intelligence politiques de l'homme étaient telles qu'il avait réussi à retourner la situation une fois de plus. Ryan n'avait désormais plus aucun doute sur le fait que si son plan devait échouer de quelque manière que ce fut, le Premier Ministre aurait besoin d'un bouc émissaire qui pourrait être offert en sacrifice aux médias et au peuple. Blake venait d'indiquer très clairement qui serait ce bouc émissaire et Douglas Ryan, malgré toute sa richesse, son pouvoir et ses connaissances, avait soudain l'impression de savoir ce que ressent une chèvre attachée lorsqu'elle était offerte comme appât pour attraper un lion déchaîné.

Blake prit bientôt congé de Ryan, qui saisit sa carafe dès que la lourde porte se referma derrière le Chevalier du Royaume. Tandis que le whisky écossais s'écoulait dans sa gorge, Ryan espérait qu'on lui donnerait raison dans l'affaire de la peste à Olney. Pour de nombreuses raisons, dont une qu'il n'avait pas divulguée à Sir Robert, il savait maintenant combien il avait à perdre.

CHAPITRE 26

UNE SEMAINE S'ÉTAIT ÉCOULÉE DEPUIS QUE LES JEUNES EVAN Parkes et David Bradley étaient devenus les premières victimes de la peste d'Olney. Pour les médecins et les infirmières qui luttaient pour sauver le village des ravages de la maladie, cela ressemblait plutôt à un mois. Malgré tous leurs efforts, les équipes de recherche du personnel du régiment de la RAF, aidées par les connaissances locales de l'agent de police Greaves et par l'assistance bénévole du toujours volontaire Michael Sweeney, n'avaient rien trouvé qui puisse fournir un indice sur l'origine de la peste à Olney. Au vu du nombre croissant de morts, même le braconnier local Billy Wragg avait été persuadé par Sweeney de participer à la chasse à tout ce qui pourrait expliquer comment la maladie s'était infiltrée dans la communauté. Après tout, comme Wragg l'avait dit quand il avait été présenté à un Paul Trent reconnaissant :

— Oui, eh bien, je n'ai pas grand-chose d'autre à faire dans le village, n'est-ce pas ? Un homme ne peut pas attraper ce qui n'est pas là, et en ce moment l'endroit est vide de tout ce qui vaut la peine d'être mis dans une marmite.

Trent pensait que Wragg serait le mieux placé pour localiser tout ce qui sortait de l'ordinaire. En tant que braconnier, il devait connaître des coins et des recoins qui pouvaient échapper aux yeux des chercheurs de l'extérieur ou même des habitants qui n'avaient pas son sens aigu de ce qui pouvait être considéré comme déplacé dans les champs et les haies qui entouraient Olney St Mary. Pourtant, jusqu'à présent, même Wragg était revenu les mains vides. Bien sûr, le fait de ne pas savoir ce qu'ils cherchaient exactement n'aidait pas.

Jusqu'à présent, Forbes avait ordonné la fermeture de l'école du village et du bureau de poste, interdit au Pasteur Grafton de célébrer des offices à l'église et, à la grande horreur de la plupart des hommes du village, le Beekeepers Arms avait reçu l'ordre de fermer ses portes jusqu'à ce que l'épidémie soit déclarée terminée. Les habitants d'Olney, terrifiés, restaient pour la plupart chez eux et n'osaient s'aventurer dehors qu'en cas d'absolue nécessité. Alors que le magasin général et la boucherie commençaient à manquer de nourriture fraîche, et que les réserves de conserves et d'aliments secs s'épuisaient, le Colonel Forbes avait ordonné un largage aérien de vivres, et quatre hélicoptères Sycamore firent leur approche désormais familière du village, atterrissant et décollant en moins de dix minutes et, pour un temps, la situation fut stabilisée. Pendant la durée de l'épidémie, les habitants d'Olney devraient se réhabituer aux vieux goûts lait en poudre et la viande en conserve des temps de guerre.

Forbes savait que si la situation se prolongeait, les ravitaillements aériens devraient être répétés fréquemment. Pour les pilotes qui transportaient ces fournitures indispensables dans ce village apparemment désert, Olney St. Mary, vu du ciel, ne ressemblait guère plus qu'à une ville fantôme.

Guy Dearborn et Edith Kinnaird avaient rejoint une petite équipe qui travaillait avec le docteur Naylor pour effectuer autant d'autopsies de rats que possible. Jusqu'à présent, ils avaient réussi à conclure que les rats étaient tous morts de la même souche de la maladie, mais ils ne pouvaient pas expliquer le changement apparent dans la composition biologique du bacille tel que présenté dans les restes des rats. Dearborn, aussi brillant fut-il, ne pouvait que revenir à la théorie déjà écartée de la contamination extérieure. Le Colonel Forbes lui avait dit de regarder plus profondément, d'explorer plus loin, et aidé par Edith Kinnaird, il avait décidé de le faire. Ses recherches avaient pris une nouvelle direction, qu'il gardait pour l'instant pour lui et Edith.

Trent et les autres, y compris Forbes et McKay, étaient de plus en plus préoccupés par le nombre croissant de morts dans le village. Bien qu'aucun autre membre du personnel médical n'ait rejoint la malheureuse Patricia Knowles sur la liste nécrologique, les chiffres étaient désastreux. Sur les quatre-vingt-cinq cas signalés jusqu'à présent, soixante étaient morts, vingt-deux étaient encore sous traitement dans le chapiteau de l'hôpital et, en plus d'Emily Bradley, seules deux autres personnes semblaient avoir commencé à se remettre complètement de la peste. La pauvre Emily Jones avait été réunie dans la mort avec sa grande amie Mabel Thorndyke, mais pour les médecins, le plus dur à supporter de tous les décès avait été celui des quatorze enfants qui avaient péri jusqu'à présent. Les statistiques n'étaient pas réconfortantes. John Dempsey et Alice Tate, les deux autres survivants, présentaient exactement les mêmes symptômes que les autres, et avaient reçu le même traitement, mais ils avaient survécu alors que les autres étaient morts. La grande question que les médecins se posaient maintenant, alors qu'ils se réunissaient non pas dans le petit "bureau" du chapiteau mais dans le cadre plus confortable du cabinet d'Hilary Newton, était la suivante : pourquoi ?

— Le taux de mortalité est bien plus élevé que ce à quoi je me serais attendu, déclara Forbes en sirotant un thé Earl Grey dans une tasse en porcelaine qui faisait partie du meilleur et unique service à thé d'Hilary. Cela ressemble plus au taux de mortalité de la peste bubonique pendant l'âge des ténèbres qu'à une épidémie dans la Grande-Bretagne du XXe siècle avec tous nos antibiotiques modernes et notre savoir-faire et expertise cliniques.

— Il y a définitivement quelque chose de pas normal dans la façon dont la maladie affecte ceux qui la contractent.

Ce commentaire venait de Paul Trent, qui avait écouté les théories de Guy Dearborn juste avant le début de la réunion.

— Oui, je dois dire que le Docteur Trent a raison, dit McKay, qui ne semblait plus aussi pompeux que lors de sa première apparition au village.

L'ampleur de la situation n'avait pas échappé à McKay, qui savait maintenant que lui et les autres étaient impliqués dans une guerre totale contre le bacille de la peste, une guerre qu'ils ne pouvaient pas se permettre de perdre s'ils voulaient le contenir et l'éradiquer.

— Je suis d'accord, fut la réponse de Forbes. Pour une raison inconnue, et plus tôt nous découvrirons cette raison mieux ce sera, le bacille a changé de tactique par rapport à la méthode établie de progression de la maladie que nous connaissions auparavant. Il est impératif que nous découvrions comment et pourquoi, puis que nous trouvions un moyen de l'arrêter. Jusqu'à présent, il semble que les antibiotiques n'aient aucun effet, ou que tout au plus, ils retardent l'inévitable pour une courte période.

— Vous voulez dire que ceux qui ont survécu l'ont fait *en dépit de* la streptomycine et non *grâce à elle* ? demanda Hilary, qui buvait elle-même un café chaud dans une tasse Horlicks.

—Je ne sais vraiment pas, Docteur Newton. Il est possible qu'ils seraient morts si nous ne leur avions pas donné l'antibiotique, auquel cas il leur a sauvé la vie, ou peut-être ont-ils simplement une résistance intrinsèque à cette souche de la maladie. N'oubliez pas que vous et les autres personnes ici présentes avez administré des doses prophylactiques à tout le village juste avant que la maladie ne se déchaîne. Nous ne pouvons donc pas dire avec certitude si les médicaments sont utiles ou non.

— Euh, monsieur, tenta Dearborn.

Paul Trent prit son parti.

— Colonel Forbes, je pense que vous devriez écouter ce que le jeune docteur Dearborn a à dire. Il a une théorie qui peut sembler un peu folle, mais c'est mieux que pas de théorie du tout, et c'est certainement mieux que tout ce que nous avons trouvé jusqu'à présent, c'est-à-dire absolument rien.

— OK, jeune Dearborn. Écoutons ce que vous avez à dire.

— C'est simplement que, Monsieur, il y a quelques jours, Seigneur cela semble des années, quelqu'un a eu l'idée que l'épidémie pourrait être le résultat d'une attaque biologique.

— Je sais tout ça, Dearborn. C'était une idée absurde et rapidement écartée.

— Oui, je sais Monsieur, mais attendez. Je ne dis pas qu'il s'agit d'une attaque biologique en tant que telle, mais qu'en est-il si elle est basée sur la biologie dans le passé ?

— Bon Dieu, vous ne pouvez pas être un peu plus clair, Dearborn ? Qu'est-ce que vous essayez de dire ?

— Ce que j'essaie de dire est ceci monsieur. Nous savons tous que l'Angleterre a été ravagée par la peste il y a des centaines d'années. En fait, il y a des preuves que la peste était encore assez courante dans de petits groupes jusqu'à la fin du siècle dernier. Je ne connais rien de l'histoire d'Olney St. Mary, mais voici ce que je pense qui a pu se passer.

Quand Dearborn reprit son souffle, le Colonel regarda le jeune médecin, hocha la tête et dit :

— Continuez, Dearborn.

— Eh bien monsieur, supposons juste pour le bien de l'argument qu'Olney St. Mary a été touché par la peste il y a des centaines d'années, peut-être à l'époque de la peste noire. Les habitants du village, tel qu'il était à l'époque, auraient probablement fait comme tout le monde au début. Ils auraient enterré les morts dans le cimetière avec tout le respect dû. Puis, quand les décès ont commencé à devenir incontrôlables, les rites funéraires normaux ont été suspendus. J'ai entendu parler de chariots de peste qui circulaient dans les villes et les villages et dans lesquels les morts étaient jetés lorsque le chariot passait devant les maisons. C'est de là que vient l'expression 'sortez vos morts'.

— Oui, oui, nous le savons tous. Alors quoi ?

— Comme vous le savez, lorsque l'épidémie atteignait de telles proportions, les morts étaient enterrés dans des fosses communes ou — fosses de peste— souvent pas aussi profondes ou aussi bien creusées que ce que nous considérerions aujourd'hui comme sain. Maintenant, c'est ma théorie, et bien sûr, ce n'est qu'une théorie, monsieur.

— Nous comprenons, Dearborn. Veuillez continuer.

— D'accord. Supposons que le scénario que j'ai décrit ait vraiment eu lieu. Nous savons tous que les bactéries peuvent, dans certaines circonstances, survivre presque indéfiniment jusqu'à ce qu'elles trouvent un jour un nouvel hôte et puissent recommencer leur cycle d'infection. Et si quelque chose comme ça se produisait ici, mais avec une différence ? Le bacille de la peste bubonique repose en sommeil dans le sol, peut-être dans les restes d'une fosse de peste, ou même dans une crypte du cimetière, quelqu'un qui n'a pas été identifié plus tôt comme étant une victime de la peste peut-être, et qui n'a pas été enterré mais simplement déposé dans un cercueil en pierre. Puis, au fil des ans, le monde moderne empiète sur Olney, et les méthodes agricoles modernes commencent à être appliquées au sol. Je sais que les engrais et les pesticides modernes contiennent souvent de petites quantités de produits chimiques. Et si l'un de ces produits chimiques déclenchait une renaissance du bacille, et provoquait également un changement chimique à un niveau fondamental, faisant muter le bacille et le rendant très virulent dans sa variante pneumonique ?

>> Puis, un jour, l'un de nos rats ou lapins locaux vient perturber ces restes, se nourrissant des os d'un cadavre peut-être, et libérant ainsi la peste une fois de plus dans le monde. Le rat infecte ensuite sa propre espèce et les autres rongeurs de la région et ce n'est que lorsque les deux garçons entrent en contact avec l'un des rats que la peste se retrouve à nouveau dans la population humaine du village. Parce qu'elle a changé de visage, pour ainsi dire, la peste agit maintenant différemment, à la fois dans la façon dont elle tue les rats et dans la façon dont elle se présente chez ses victimes humaines. Je sais que cela semble fou, monsieur, mais je crois qu'il y a une chance qu'une telle chose ait pu se produire. La raison pour laquelle la maladie nous semble différente est qu'elle *est* différente ! Elle a changé, grandi, évolué en quelque chose d'encore plus mortel que ce que nous aurions pu imaginer auparavant. C'est à peu près tout, monsieur. C'est ma théorie.

Le silence accueillit la fin de l'hypothèse de Dearborn. Tout le monde dans la pièce semblait retenir son souffle en attendant une réponse du Colonel Forbes. L'homme de la RAF semblait lui aussi retenir son souffle, puis il soupira et regarda Dearborn dans les yeux. Lorsqu'il prit la parole, Donald Forbes le fit avec une pointe d'admiration dans la voix.

— Je ne sais pas si votre théorie est proche de la vérité, jeune Dearborn. Mais, Seigneur, c'est ce qui se rapproche le plus d'une théorie viable sur ce qui se passe dans ce village perdu. Brillant, jeune homme. Tout à fait brillant. Maintenant, avant de pouvoir explorer votre idée, nous devons savoir s'il y a effectivement un lien entre Olney et les précédentes épidémies de peste. Une idée, quelqu'un ?

Ce fut Hilary Newton qui fournit la réponse qui pourrait les rapprocher d'une solution pour cette énigme.

— Les registres paroissiaux, Monsieur. S'ils remontent assez loin, ils devraient nous dire s'il y a eu une épidémie de peste ici dans le passé, grande ou petite. Les décès de tous ceux qui remontent à plusieurs années devraient y être enregistrés.

— Alors, Docteur Newton, Messieurs, je pense qu'il est temps que nous allions tous à l'église.

CHAPITRE 27

Le Pasteur Timothy Grafton ne fut pas peu surpris de voir une délégation de médecins se tenir à la porte du presbytère. Le cottage pittoresque qui servait de domicile au titulaire du poste de pasteur de St. Mary's se trouvait dans un petit jardin clos, à moins de vingt mètres de l'église. Il avait ouvert la porte d'entrée de sa maison avant que quelqu'un n'y frappe, ayant vu les quatre hommes et Hilary Newton marcher dans l'allée de son jardin.

Sans prendre le temps de s'enquérir de l'objet de leur visite, il les invita poliment à entrer. Il les emmena jusqu'au salon qui lui servait de bureau et de lieu de rencontre avec les paroissiens qui pouvaient avoir besoin d'aide et de conseils spirituels.

— Maintenant, que puis-je faire pour aider tous les éminents et savants médecins que vous êtes ? demanda-t-il en souriant.

— Nous devons voir les registres paroissiaux remontant à... peut-être au XVIIe siècle, s'ils remontent aussi loin.

Le Colonel Forbes s'était déclaré porte-parole du groupe, bien qu'il ait demandé à Dearborn de relater certaines parties de son hypothèse, si nécessaire, au pasteur.

— Vous recherchez des documents qui indiquent des incidences de la peste dans le passé, je présume ? dit Grafton.

— Vous êtes très rapide à comprendre, Pasteur, je dois dire. Pourquoi pensez-vous cela ?

— C'est logique, Colonel. Après tout, nous sommes en plein milieu d'une épidémie de peste ici à Olney. J'aurais pensé que vous cherchiez un document historique sur la peste dans le village, bien que je ne sache pas quel rapport la peste du XVIIe siècle pourrait avoir avec ce qui se passe aujourd'hui.

— Je vais laisser le Docteur Dearborn clarifier ce point, si vous le permettez, déclara Forbes, en passant le relais au jeune médecin.

Guy Dearborn expliqua sa théorie aussi simplement que possible et cinq minutes plus tard, Grafton s'assit sur sa chaise, l'air découragé. Il fixait le groupe de médecins, puis parla lentement et gravement, chaque mot étant clair et frappant comme des flèches, perçant progressivement la théorie de Dearborn.

— Je suis désolé de vous décevoir, commença-t-il, mais les registres paroissiaux remontent en effet à la période que vous avez mentionnée, et même plus loin en fait. Malheureusement, ils ne font aucune mention de la peste noire, ou de la peste dans le village. Je suis sûr que si quelqu'un à Olney St. Mary avait été victime d'une maladie aussi pernicieuse, cela aurait été enregistré par le prêtre en place à l'époque.

— À moins que le prêtre lui-même n'ait aussi été une victime, dit Dearborn, essayant de sauver les restes de sa théorie.

— Il y aurait toujours eu quelqu'un de disponible pour enregistrer un tel décès, dit Grafton. Vous êtes tous les bienvenus pour lire les registres, mais je vous assure qu'il n'y a rien qui puisse vous aider.

— Comment pouvez-vous en être si sûr, Pasteur ? demanda Forbes.

— Je suis un sacré historien, Colonel. Quand je suis arrivé à Olney, j'ai fait tout ce que j'ai pu pour rechercher l'histoire du village et de ses habitants au fil des siècles. La première chose que j'ai faite a été de lire les registres paroissiaux. Ils sont toujours une source précieuse d'informations locales pour un nouveau prêtre. Ils vous indiquent quelles familles ont vécu ici pendant des siècles ou juste pendant une ou deux générations. Ils peuvent informer le lecteur sur des choses comme celles que vous recherchez. La grande épidémie de grippe d'il y a dix-huit ans, par exemple, a coûté la vie à de nombreuses personnes dans le village. La peste aurait été enregistrée de la même manière, je vous l'assure.

— Pouvons-nous les voir quand même ? demanda le Colonel déçu.

— Certainement, répondit le pasteur.

Il les mena par la porte arrière de sa maison dans l'église, par une porte latérale. Là, il présenta les documents qu'ils voulaient consulter et les laissa à leurs recherches en leur demandant de fermer la porte latérale et de lui rendre la clé lorsqu'ils auraient terminé. Le lourd volume relié de cuir brun qui contenait les archives de la paroisse d'Olney St. Mary était prêt à révéler ses secrets, s'il en existait.

— Le pasteur a raison, dit Guy Dearborn, inconsolable, après une heure et demie de recherche dans les archives. Il n'y a absolument aucune mention de quoi que ce soit qui puisse indiquer une épidémie de peste, et nous sommes remontés plus de cinq cents ans en arrière. Il y a la tuberculose, la grippe, les décès dus à l'infection de plaies ouvertes, presque tout ce qui existe, mais rien qui puisse indiquer une épidémie de peste, aussi petite soit-elle.

— Vous dites qu'il y a une mention de la grippe, dit Hilary. Auraient-ils pu confondre les symptômes de la peste avec ceux de la grippe, comme je l'ai fait au départ ?

— Nous parlons de peste bubonique plutôt que pneumonique dans la période que nous couvrons. Je doute qu'ils aient manqué les différences évidentes dans les symptômes physiques, même à l'époque, répondit Dearborn.

— Je suppose que vous avez raison, Guy, poursuivit Hilary. Je ne pense pas qu'on puisse faire mieux ici, n'est-ce pas, Colonel ?

— J'ai bien peur que non, Docteur Newton. Nous avons fait chou blanc, j'en ai peur. C'était un bon essai, jeune Dearborn. Je suggère que nous retournions au cabinet et que nous essayions de trouver une autre voie à explorer. McKay, pourquoi ne retourneriez-vous pas à l'hôpital avec le Docteur Dearborn pour voir ce que vous pouvez faire là-bas ? Le reste d'entre nous va réunir notre groupe de réflexion et essayer de trouver un autre moyen de découvrir la source de cette maudite peste.

— Oui, Monsieur, répondit McKay.

Il fit un signe de tête à Dearborn qui le suivit hors de l'église vers le chapiteau. Dès que les deux hommes furent partis, le Colonel Forbes se tourna vers les deux médecins restants et leur dit, très calmement, comme pour respecter leur environnement cloîtré.

— Je ne pensais pas vraiment que l'idée du jeune Dearborn porterait ses fruits, même si elle méritait d'être explorée. J'ai juste pensé que lui, peut-être comme nous tous, aurait besoin de se concentrer sur quelque chose en dehors des limites de l'hôpital pendant une heure ou deux. Sa théorie selon laquelle le bacille a survécu dans le sol pendant des siècles et a ensuite muté au contact des produits chimiques modernes n'avait pas vraiment de chance, j'en ai peur, mais cela lui a permis de garder espoir, et c'est forcément un point positif, vous ne pensez pas ?

— Une petite thérapie, hein ? demanda Trent.

— Il a travaillé très dur, trop dur en fait, dit Forbes. Je l'ai observé dans ce service. L'énergie de cet homme est sans limite. Je ne sais pas quand il a dormi pour la dernière fois. Je n'ai que de l'admiration pour lui. Le problème, c'est que s'il ne fait pas une pause, il va s'épuiser et cela n'aidera ni Dearborn ni le reste d'entre nous qui avons certainement besoin d'hommes de sa trempe en ce moment.

— Peut-être que le moment est venu pour tout le monde de faire une pause, dit Hilary.

Les deux hommes la dévisagèrent comme si elle était devenue folle et elle nuança rapidement sa remarque.

— Je ne veux pas dire tous en même temps bien sûr, mais je pense que nous devrions envisager la possibilité de donner du repos à certains de nos collaborateurs. Ils ne peuvent pas donner le meilleur d'eux-mêmes s'ils continuent à travailler au rythme actuel. Nous devrions leur faire prendre quelques heures de repos à la fois, au lieu d'une pause rapide ici et là comme c'est le cas actuellement. S'ils avaient la possibilité de rafraîchir et de recharger leur esprit, ils seraient peut-être plus concentrés lorsqu'ils retourneraient dans le service. Guy n'est pas le seul à se tuer à la tâche. Cette jeune infirmière, Edith Kinnaird, a été à ses côtés presque constamment, s'occupant des malades, et la plupart de vos hommes ont travaillé sans relâche également, Colonel.

— Je pense que vous avez raison, Docteur Newton, bien que je pense que la proximité de la jeune infirmière Kinnaird avec le Docteur Dearborn pourrait avoir ses racines dans un attachement plus personnel.

Hilary et Paul Trent se regardèrent et sourirent. Ils avaient également pensé que le jeune médecin et la jolie infirmière pouvaient être attirés l'un par l'autre et ils étaient heureux que le

Colonel ait également vu les signes. Au milieu de la terreur engendrée par la peste, ils étaient tous simplement heureux que l'attraction humaine puisse encore opérer sa magie entre deux personnes.

En accord avec la suggestion d'Hilary, Forbes demanda à Trent de se mettre en relation avec McKay pour établir un planning de repos et de relève pour les médecins et les infirmières employés dans le chapiteau de l'hôpital. Bien qu'il n'y ait nulle part où aller et peu de chance d'avoir des activités récréatives dans le village frappé par la peste, au moins quelques heures de repos pourraient aider ces gens à recharger leurs batteries, prêts pour un nouvel assaut contre la maladie qui affligeait tant de personnes.

Alors que Paul Trent tournait la clé en fer ornée qui verrouillait la lourde porte en bois de l'église Sainte-Marie et que les trois médecins se préparaient à retourner à leur tâche pour soigner des malades, Donald Forbes posa une main sur le bras de Trent. Ce dernier se retourna pour voir le Colonel lui sourire.

— Quoi que vous fassiez, Docteur Trent, lorsque McKay et vous établirez le planning de repos, assurez-vous que le Docteur Dearborn et l'infirmière Kinnaird aient leur temps libre ensemble, n'est-ce pas ?

Trent ne dit rien mais hocha la tête et fit un clin d'œil au Colonel en signe d'approbation. Peut-être que pendant la peste, bien que le village soit le centre d'une misère et d'une mort indicibles, les flèches de Cupidon pourraient être aidées à atteindre leur cible.

CHAPITRE 28

— PENSEZ-VOUS QUE NOUS ALLONS GAGNER, GUY, OU LA PESTE va-t-elle vaincre toutes nos tentatives pour en débarrasser le village ?

Edith Kinnaird se sentait un peu mal à l'aise d'utiliser le salon de la maison d'Hilary Newton et d'y être seule avec Guy Dearborn. Elle essayait de garder la conversation triviale, impersonnelle, bien qu'elle sache qu'elle ressentait quelque chose de bien plus personnel pour le jeune docteur que ne le permettaient les convenances.

—Je pensais que nous étions d'accord pour ne pas mentionner la peste pendant que nous sommes ici, Edith.

— Je sais, mais, eh bien, que penseraient les gens ? Vous êtes docteur et je suis...

— Une femme incroyablement belle Edith, voilà ce que vous êtes. Pensez-vous vraiment que quelqu'un à Olney se soucie du fait que nous soyons ici ensemble ? Vous n'êtes pas dans la maison des infirmières à Ashford maintenant, et il n'y a pas de matrone qui vous surveille de près pour voir si vous n'allez pas respecter le couvre-feu ou si vous passez du temps avec un médecin ou n'importe qui d'autre. Ils ont tous vu comment nous sommes ensemble, et n'oubliez pas que c'est le Docteur Newton elle-même qui a suggéré que nous utilisions sa maison pour passer un peu de temps ensemble. Nous n'avons pas beaucoup de temps, Edith. Pourquoi ne pas le passer en nous détendant et peut-être apprendre à se connaître un peu mieux ?

Guy Dearborn avait été surpris lorsque Hilary Newton lui avait pratiquement ordonné de sortir Edith de l'hôpital et de s'assurer qu'elle se détende un moment. Sa surprise avait été encore plus grande lorsqu'elle lui avait dit que sa maison serait disponible pour qu'ils puissent se reposer et se détendre ensemble, sans être dérangés, pendant les quatre prochaines heures. Paul Trent se tenait derrière Hilary quand elle avait donné ses instructions à Guy et il avait approuvé d'un signe de tête. Il avait dû travailler dur pour qu'Edith accepte de le rejoindre à la maison, mais finalement son charme et sa personnalité, ainsi que le fait que la jeune fille avait des sentiments forts pour lui, avaient réussi à l'emporter sur sa réticence, née des convenances de l'époque. À présent, ils étaient assis ensemble sur le canapé d'Hilary, lui dans sa blouse blanche et son costume gris froissé, Edith dans son uniforme amidonné composé d'une robe bleue et tablier blanc. Même ses bas avaient un léger défaut sur la jambe gauche, mais Guy n'aurait pas remarqué si elle avait porté un sac. Il était enfin seul avec la fille de ses rêves. Il alluma la radio d'Hilary et attendit qu'elle se réchauffe, en même temps qu'il attendait qu'Edith parle.

Alors que les accents de la chanson *Magic Moments* de Perry Como commençaient à remplir la pièce, Edith sourit et Guy sentit que certaines des barrières qui existaient entre eux se brisaient.

— Vous avez raison Guy, dit-elle.

Elle avait été si scrupuleuse en s'adressant à lui en tant que "Docteur" ou "Docteur Dearborn" lorsqu'elle était en service, essayant de dissimuler ses sentiments pour le beau jeune homme, qui, elle le savait, avait ensorcelé son cœur. Elle n'avait manifestement pas réussi à camoufler ses sentiments, si l'on en croyait les regards complices d'Hilary et de Paul Trent.

— Je ne veux pas que cela cause d'ennuis quand on rentrera à Ashford, c'est tout.

— Écoutez Edith, je me fiche de ce que les gens disent, surtout l'infirmière en chef. Le vieux dragon n'a probablement jamais eu une pensée romantique pour qui que ce soit dans sa vie, mais je veux bien être damné si elle se met entre nous maintenant que nous savons tous les deux ce que nous ressentons.

— Est-ce que nous, Guy, savons ce que nous ressentons ?

— Je sais certainement ce que je ressens Edith, et je ne vais pas laisser une petite chose comme une épidémie de peste m'empêcher de passer du temps avec vous dès que nous en aurons l'occasion. Je pense plutôt que les docteurs Newton et Trent essaient de jouer les cupidons pour nous, et pour dire la vérité, j'aime plutôt l'idée, pas vous ?

— Eh bien, oui, je suppose que oui, répondit-elle timidement.

— Je pense que c'est la bonne chanson pour nous, n'est-ce pas ? demanda-t-il soudainement. *Magic Moments*. N'est-ce pas ce que c'est, Edith, un 'moment magique' pour nous deux ?

Guy franchit la courte distance qui les séparait sur le confortable canapé et prit la main d'Edith dans la sienne. Elle ne fit aucune tentative pour l'arrêter ou pour retirer sa main. La voix de Perry Como commença à s'estomper en arrière-plan alors que le disque touchait à sa fin, mais les deux jeunes gens le remarquèrent à peine. Ils restèrent assis, se tenant la main pendant ce qui semblait être une éternité, se regardant dans les yeux, jusqu'à ce que Guy Dearborn s'approche enfin d'Edith, place sa main de libre autour de sa nuque et attire doucement et amoureusement la jeune fille vers lui. Lorsqu'ils s'embrassèrent, ce fut comme si toute la tension et la peur qui s'étaient infiltrées en eux au cours des terrible derniers jours avaient tout simplement disparu. Edith lui rendit son premier baiser timidement, puis se recula, peu sûre d'elle-même. Guy l'attira à nouveau vers lui, et cette fois, elle ne recula pas. Le second baiser sembla durer une éternité, et lorsqu'ils se séparèrent enfin, ils restèrent assis à se regarder intensément dans les yeux.

La voix de Connie Francis émanait maintenant de la radio sur le buffet, avec la chanson *Who's Sorry Now*.

— Je ne suis pas désolé, et vous ? demanda Guy en reconnaissant l'air.

— Non Guy, je ne suis pas du tout désolée.

— Que faisons-nous maintenant ? s'enquit-il auprès de la jeune femme.

Elle répondit d'un air penaud :

— Je ne suis pas sûre de comprendre ce que vous voulez dire.

— Oh, je pense que tu sais très bien ce que je veux dire, ma chère, dit Dearborn avec un clin d'œil. Le docteur Newton n'a-t-elle pas dit que nous avions l'endroit pour nous tout seuls pendant quatre heures ?

— Guy, vraiment ! dit Edith, essayant d'avoir l'air aussi choqué que possible, mais ne réussissant pas vraiment à tromper Guy Dearborn, même pendant une seconde.

Alors que Guy conduisait la belle jeune infirmière hors du salon et qu'ils commençaient à monter les escaliers, le son de *Secret Love* de Doris Day commença à filtrer dans la pièce.

— Ne devrions-nous pas aller l'éteindre ? demanda timidement Edith.

— Inutile, répondit Guy. Après tout, comme le dit la chanson, *'Notre amour secret n'est plus un secret'*, et il ne l'est pas, n'est-ce pas Edith ?

Levant les yeux vers lui avec de l'amour et de l'admiration dans le regard, Edith répondit :

— Non, Guy. Ce n'est plus un secret, n'est-ce pas ?

En refermant la porte de la chambre derrière eux, Guy regarda sa montre. Ils avaient encore deux heures et demie à eux !

CHAPITRE 29

Avant la fin de la semaine, la population d'Olney s'était habituée à la vue du personnel militaire, des médecins, du chapiteau géant et de ses petits cousins qui avaient grandi pour former le complexe hospitalier et les logements de ceux qui y travaillaient. Ceux qui s'aventuraient dans les rues presque désertes du village avaient établi une relation presque extraterrestre avec ceux de l'extérieur, saluant poliment les médecins et les infirmières sans vraiment les reconnaître. Les nouveaux arrivants n'étaient certainement pas traités comme des amis, même si le but de leur présence dans le village était d'aider et, si possible, de protéger les habitants de la maladie qui avait ravagé leur communauté. Ils étaient traités presque comme des étrangers, là pour accomplir une tâche tout en restant suffisamment détachés de la vie quotidienne du village, bien que la "vie quotidienne" ne fût certainement plus ce qu'elle était.

Quant aux villageois eux-mêmes, ceux qui vivaient dans des foyers qui n'avaient pas encore été touchés par la peste essayaient de se tenir à l'écart des familles dont certains membres étaient à l'hôpital. De cette façon, il était devenu peu à peu évident qu'une mentalité "eux et nous" se développait dans le village. Le Colonel Forbes et Paul Trent étaient tous deux très préoccupés par cette évolution, car ils s'accordaient à dire que de telles attitudes pouvaient conduire à des frictions et peut-être même à la violence. La ségrégation forcée n'était pas quelque chose que les deux hommes auraient aimé voir se produire, certainement pas lorsqu'elle était imposée pour de mauvaises raisons. Bien que Sweeney leur ait assuré que les habitants d'Olney étaient trop proches les uns des autres pour qu'une telle chose se produise, aucun d'entre eux ne l'avait cru, et Forbes aurait donné à Sweeney une bonne leçon sur son "sens de la naïveté paysanne". Forbes prenait l'affaire tellement au sérieux qu'il demanda à McKay de préparer un dépliant qui serait distribué dans chaque foyer, informant les habitants d'Olney que la maladie se transmettait par l'air et que l'isolement à la maison n'offrait pas nécessairement une protection complète. Le dépliant exhortait les habitants à continuer à prendre les doses prophylactiques d'antibiotiques et à chercher de l'aide dès les premiers signes de maladie. Il restait à voir si cela serait utile, mais Forbes pensait, et Trent était d'accord, qu'ils devaient faire tout ce qu'ils pouvaient pour favoriser un sentiment d'unité parmi les gens, plutôt que de les laisser s'aliéner les uns des autres. C'était le moment de se rassembler, pas de s'éloigner.

Dans un effort pour restaurer un sentiment de normalité dans le village, Forbes accepta la suggestion de Trent d'autoriser l'ouverture du Beekeepers Arms pendant une courte période chaque jour, et ce fut ainsi que le pub local rouvrit ses portes, bien que d'une durée limitée à deux heures le midi et le soir. Forbes espérait qu'en limitant le temps disponible pour la consommation d'alcool, le problème supplémentaire de l'ivresse alimentée par l'ennui dû au manque d'activités intéressantes pendant la journée serait évité.

L'hôpital était maintenant rempli à pleine capacité, et d'autres lits commandés par Forbes devaient arriver par hélicoptère à tout moment. Le nombre de morts ne cessait d'augmenter, le seul point positif étant la guérison de deux des patients, tous deux des enfants. Avec un total de trois guérisons sur quatre-vingt-seize cas, le pronostic pour le village dans son ensemble n'était pas bon.

— Nous ne pouvons pas maintenir ce taux de mortalité plus longtemps, déclara Trent, accablé.

Lui, Forbes et McKay tenaient une nouvelle réunion de crise dans le cabinet d'Hilary. Hilary et Guy travaillaient d'arrache-pied à l'hôpital avec l'équipe de Forbes, pour tenter d'endiguer la vague de peste qui se déchaînait.

— Oui, je suis d'accord avec vous, mais qu'est-ce qu'on peut faire ? Nous avons échoué lamentablement jusqu'à présent. Tout ce qu'on peut faire, c'est mettre ces pauvres diables à l'aise, puis rester en retrait et les regarder mourir sous nos yeux.

— On dirait que vous abandonnez, messieurs, dit Forbes, avec une expression de colère sur le visage. Et abandonner est la seule chose que je refuse absolument de faire. Nous avons une responsabilité envers ces gens, et par Dieu, nous allons nous acquitter de cette responsabilité au mieux de nos capacités. Compris ?

— Nous sommes bien conscients de nos responsabilités, Colonel, répondit Trent avec la même colère. Le docteur Newton, moi-même et Guy Dearborn, plus nos trois infirmières étaient ici avant que vous, McKay et son équipe n'arriviez, je vous prie de vous en souvenir, et l'une de ces braves infirmières a également perdue la vie à cause de la peste. Je n'ai certainement pas besoin qu'on me rappelle mes satanées responsabilités, merci.

— Je ne voulais pas non plus insinuer un manque de détermination, s'excusa McKay auprès de son supérieur, mais il est vrai que nous ne semblons pas avancer dans notre recherche de la source de la peste ou des moyens de combattre ce qui semble être une version hautement virulente et presque inarrêtable de la maladie. Nous avons besoin de réponses, et peut-être d'une aide plus importante que celle dont nous disposons. Peut-être que le Ministre de la Santé serait prêt à détourner plus de ressources vers nous ?

— Vous avez raison bien sûr, McKay, et vous aussi, Docteur Trent. Je m'excuse si je vous ai donné l'impression de remettre en question votre engagement. Je sais que vous voulez tous deux trouver un moyen d'arrêter cette maladie avant qu'elle ne fasse plus de victimes.

Trent et McKay acceptèrent d'un hochement de tête les excuses de Forbes. Le Colonel hésita, réfléchissant un moment avant de compléter sa réponse. Lorsqu'il reprit la parole, c'était avec une nouvelle détermination et un soupçon d'autorité dans la voix. Forbes en avait assez. Il était temps d'adopter une approche plus positive du dilemme auquel lui et les autres étaient confrontés. Pesant ses mots avec soin avant de parler, il prit une profonde inspiration et poursuivit.

—Je pense qu'il est temps que je me rende à Londres, messieurs. Quand l'hélico arrivera avec le nouveau lot de lits, j'en profiterai et j'irai voir notre ami Douglas Ryan. Le chef virologue du ministère n'a pas été très honnête sur certaines choses, j'en suis sûr, et il est temps que j'obtienne des réponses. Cette fois, je ne quitterai pas son bureau tant qu'il ne m'en aura pas donné !

C'était la première fois que Trent détectait quelque chose qui ressemblait à une fissure dans l'apparence normalement imperturbable et posé du Colonel. Sentant que Forbes pouvait savoir quelque chose qu'il ignorait lui-même, Trent essaya d'en savoir plus.

— Vous pensez que ce Ryan nous a caché quelque chose ? demanda-t-il.

— Je ne devrais pas vraiment vous dire cela, Trent, mais j'ai déjà fait part de mes inquiétudes concernant cette opération à mon propre supérieur, et à une occasion j'ai abordé Ryan lui-même dans son bureau. En apparence, il m'a donné des raisons parfaitement plausibles pour justifier ses actions, mais quelque chose m'a toujours tiraillé l'esprit à propos de toute cette situation ici à Olney. Mon patron a même fait part de mes inquiétudes à un niveau plus élevé du gouvernement et je crois que Ryan a reçu la visite de quelqu'un ayant beaucoup plus d'autorité que moi. Je ne suis pas au courant de ce qui s'est passé lors de cette réunion, donc je n'ai aucune idée de ce qui se passe à Londres, mais je vais essayer de le découvrir.

— Mais c'est un médecin, comme nous, n'est-ce pas ? Il ne serait sûrement pas impliqué dans quelque chose de suspect ou de sournois, n'est-ce pas ?

— Écoutez, Trent. La première chose que vous devez retenir à propos de Douglas Ryan, c'est qu'avant tout, c'est un foutu fonctionnaire, un administrateur qui a oublié ce que c'est que d'avoir affaire à des patients en chair et en os. Oui, il est le meilleur virologue du Ministère de la Santé et il n'y a pas de meilleur homme dans le pays quand il s'agit de la connaissance globale de ce à quoi nous avons affaire, mais Douglas Ryan cache quelque chose, je le sais, bien que je n'aie aucune idée de ce que cela pourrait être. Je veux dire, pourquoi tous ces secrets sur cette épidémie ? Ce n'est pas comme si nous n'avions jamais eu d'urgences médicales dans le pays auparavant, et je suis sûr que le peuple anglais n'aurait pas été pris d'une panique aveugle si la nouvelle d'une petite épidémie de peste dans la campagne du Kent avait circulé. Ryan a estimé que nous n'étions pas encore remis de la guerre et que de telles nouvelles seraient trop démoralisantes pour que la nation les accepte. Je trouve que c'est une raison ridicule et totalement inadéquate pour expliquer sa réaction. Fermer le village et couper les communications avec le monde extérieur, puis placer des troupes aux points stratégiques pour assurer de son isolement revient à déclarer la loi martiale à Olney St. Mary, et je ne vois aucune justification à ses actions.

— Vous pensez vraiment que vous pouvez obtenir quelque chose en allant le voir à nouveau, Monsieur ? demanda McKay, se sentant plus courageux maintenant que la colère de Forbes s'était dissipée.

— Que je puisse, ou non, McKay, je suis sûr que je vais essayer.

— Vous pensez vraiment qu'il y a quelque chose qui cloche dans cette situation, n'est-ce pas, Colonel ? dit Trent, qui s'inquiétait de voir que l'homme en charge commençait à remettre en question ses propres ordres et les raisons qui les sous-tendaient.

— Je ne l'ai pas fait au début et j'étais tout à fait prêt à croire qu'il s'agissait d'une simple mission médicale, mais les choses ont changé. Nous ne sommes pas près de trouver une solution au mystère de l'apparition de la peste, nous avons des rats morts en quantité, des gens qui meurent à un rythme alarmant, et malgré ce que nous avons ici en termes d'équipement et de personnel, c'est loin d'être suffisant pour faire face à ce que cela devient. Si nous ne faisons pas attention, Olney St. Mary cessera d'exister en tant qu'habitat viable pour ses résidents. Je continue à me demander pourquoi Ryan n'a pas simplement lancé les procédures normales de quarantaine lorsque cette épidémie a été signalée pour la première fois, ou pourquoi il semble déterminé à garder le secret.

— Nous pourrions toujours appeler la presse nous-mêmes depuis le téléphone d'Hilary, suggéra Trent.

— Ce qui accomplirait quoi exactement ? rétorqua le Colonel. Il est trop tard pour cela, j'en ai peur, Trent. Nous aurions juste un Ryan très en colère sur le dos parce qu'il saurait exactement d'où vient l'appel, et nous devons compter sur le fait d'obtenir au moins un certain soutien de l'homme alors que nous essayons de gérer la situation ici. Non, la presse n'est plus une option viable pour nous. C'est d'un soutien médical et logistique d'experts dont nous avons besoin. Je ne sais pas combien de temps mes hommes peuvent encore tenir dans ces conditions. Ils travaillent 24 heures sur 24, ne dorment pratiquement pas, et la fatigue est le premier ennemi de l'efficacité, selon moi. Si nous ne trouvons pas rapidement un moyen de remonter le moral des troupes, nous aurons des médecins et des infirmières très démoralisés sur les bras, et des erreurs seront commises. Je veux éviter une telle situation si je le peux.

— Alors, que suggérez-vous de faire ensuite, pendant que vous êtes à Londres ?

— Continuez à faire ce que vous avez fait, Docteur Trent. Faites de votre mieux pour les pauvres âmes du service et mes chercheurs vont continuer à essayer de trouver un indice sur la nature de la source d'infection originale.

Avant que toute autre conversation ne puisse avoir lieu, le son des hélicoptères en approche annonça l'arrivée du dernier lot de lits de camp. Les trois hommes se levèrent et se dirigèrent vers la porte du cabinet médical, levant les yeux pour voir les quatre appareils en forme de libellule qui s'approchaient à nouveau de la place du village. Lorsque le premier Sycamore se posa, Trent regarda Forbes, hocha la tête et dit simplement :

— Votre taxi est arrivé, je crois, Colonel.

Forbes lui serra la main, toucha le sommet de sa casquette dans un rapide salut d'encouragement à Trent, et traverse la place humide jusqu'à l'hélicoptère. Deux minutes plus tard, son chargement déchargé, il décollait avec son passager à bord, en direction de son rendez-vous avec le de plus en plus mystérieux Douglas Ryan. Trent regarda l'appareil disparaître au loin, et il savait que Forbes avait raison. Quelque chose ne tournait pas rond à Olney, et il partageait le sentiment de Forbes que Douglas Ryan savait exactement ce que c'était.

CHAPITRE 30

ALORS QUE LE BRUIT DU SYCOMORE PORTANT DONALD FORBES s'éloignait et que le soleil perçait les nuages pour répandre une aura de chaleur et de clarté sur le village, dans la maison de l'agent de police Keith Greaves, le policier et Michael Sweeney levèrent les yeux pendant une seconde, bien que leurs regards ne trouvent que le plafond de la cuisine. Ils discutaient depuis un certain temps, se faisant servir du thé de temps en temps par la femme de Greaves, Tilly, accompagné de scones fraîchement cuits, avec du beurre et de la confiture. Tilly les avait préparés elle-même, comme d'habitude, bien que les réserves de beurre soient de plus en plus critiques. Elle pensait que les hommes le méritaient. Bientôt, ils seraient réduits à utiliser la margarine qu'elle gardait sur une étagère au frais dans le garde-manger. Tilly souhaitait qu'elle et Keith puissent acheter un de ces réfrigérateurs dernier cri, mais leur cuisine était assez petite et elle n'avait aucune idée de la place qu'il occuperait s'ils en avaient un. Pourtant, la plupart des gens semblaient en acheter ces derniers temps, même certains habitants d'Olney, et tôt ou tard, elle et Keith se mettraient au diapason de l'ère moderne. Cela l'aiderait également à conserver les aliments frais plus longtemps. Elle avait entendu dire que la nourriture pouvait être conservée pendant un mois entier ou plus dans les derniers modèles ! Après avoir rempli leurs tasses avec le thé fumant qu'elle venait de préparer, Tilly laissa les hommes en paix pour qu'ils poursuivent leurs délibérations. Ne voulant pas écouter leur conversation, elle ferma la porte de la cuisine en quittant la pièce et se dirigea vers la chambre de devant, celle qu'elle partageait avec Keith. Là, Tilly s'essuya le front avec son mouchoir, et posa une main sur sa poitrine. Elle ressentait une oppression et un essoufflement qui n'étaient pas présents lorsqu'elle avait mis la bouilloire à chauffer quelques minutes plus tôt. Sentant qu'elle avait besoin de se reposer un peu, la femme du policier enleva ses pantoufles roses, monta sur le lit et posa sa tête sur l'oreiller. Elle pensait que cela ne ferait pas de mal de s'étendre, juste pour un moment. Tilly Greaves s'endormit en moins d'une minute. En bas, dans la cuisine, la conversation continuait.

— Alors, que pensez-vous que nous devrions faire, Keith ?

— Je ne peux pas dire que je sais vraiment ce qui est le mieux à faire, Michael. J'ai le téléphone bien sûr, comme le docteur, mais le Colonel a interdit de l'utiliser pour toute autre chose que les affaires officielles de la police, et ils découvriraient rapidement si j'avais dit quoi que ce soit à quelqu'un en dehors du village.

— Mais que diable avez-vous dit à vos supérieurs ? N'ont-ils pas la *moindre* idée de ce qui se passe ici ?

— Oh, ils savent quelque chose, c'est sûr. D'après ce que m'a dit mon sergent en ville, le Ministère de la Santé les a informés qu'une "situation", comme ils l'appellent, s'est développée à Olney St. Mary et qu'ils ont dû isoler le village pour éviter la contamination des environs. Les agents du commissariat qui ont été autorisés à en connaître l'existence ont tous été contraints de signer la loi sur les secrets officiels, de sorte qu'ils ne peuvent en parler à personne sans s'exposer à de graves problèmes. S'ils parlent à des personnes non autorisées de ce qui se passe, ils risquent d'être arrêtés et inculpés en vertu de cette loi, ce qui pourrait les conduire en prison pour une très longue période s'ils sont reconnus coupables.

— Bon sang, dit Sweeney. Ils semblent avoir pensé à tout. Tout le monde a les mains liées, et nous devons rester là pendant que nos amis et nos familles souffrent.

— Les médecins et les infirmières font de leur mieux, vous savez, Michael.

— Oh, je sais. Je ne critique pas ceux qui sont arrivés pour nous aider. Même ce personnage de McKay à l'esprit sanguinaire semble être sincère après tout. C'est le gouvernement Keith, c'est eux qui m'inquiètent.

— Le gouvernement ?

— Oui, enfin, le Ministère de la Santé au moins, ou celui qui a envoyé les militaires pour nous isoler du monde. Écoutez Keith, ce n'est pas la façon britannique de faire les choses. Cela sent la panique quelque part en haut lieu. C'est pourquoi je pense que quelqu'un, quelque part, sait ce qui nous arrive et ne semble pas capable de dire la vérité.

— Je ne suis toujours pas sûr de comprendre où vous voulez en venir, Michael. Pourquoi notre gouvernement voudrait-il cacher le fait que les gens d'Olney sont malades ? Quel est l'intérêt d'une telle chose ?

— Je vous ai dit que je n'avais pas les réponses, Keith, juste beaucoup de questions sans réponses. Écoutez, on a déjà perdu la moitié de la population du village à cause de la peste. Vous ne croyez pas qu'ils auraient déjà dû évacuer tout le monde d'Olney, nous déplacer dans un hôpital d'isolement sûr et sécurisé quelque part ? Demandez-vous pourquoi ils ne l'ont pas fait, Keith. Soit ils ne le feront pas, parce qu'ils savent qu'ils ne peuvent pas contenir la peste, soit ils ne le peuvent pas, parce qu'ils savent que nous sommes tous condamnés de toute façon, et quelqu'un a donné l'ordre de garder cette foutue chose en bouteille ici dans le village.

— Vous parlez d'une conspiration de haut niveau à ce qu'il semble, Michael. C'est un peu tiré par les cheveux si vous voulez mon avis.

— C'est exactement ce que je fais, Keith, pour l'amour de Dieu. Je veux que vous vous demandiez si c'est bien, ce qui se passe ici.

— Bon sang, Michael, vous êtes sérieux, n'est-ce pas ?

— J'en ai bien peur. Quelque chose pue ici en ce moment, Keith, et ce ne sont pas les égouts, laissez-moi vous le dire.

Alors qu'il prononçait ces derniers mots, une pensée naquit au fond du cerveau de Michael Sweeney, une pensée qui mettrait un peu de temps à atteindre sa pleine conscience. Il n'arrivait pas à la formuler au début, mais quelque chose commençait à titiller le croque-mort, et ne voulait pas s'en aller.

— Hé, vous m'écoutez, Sweeney ?

Michael Sweeney revint au moment présent. Il n'avait pas réalisé qu'il s'était éloigné de Greaves et de leur conversation alors que la pensée avait commencé à germer dans son esprit. Il réalisa que Greaves lui avait dit quelque chose et qu'il n'y avait pas prêté la moindre attention.

— Eh, oui, désolé Keith, j'étais en train de réfléchir. Qu'est-ce que vous avez dit ?

— Je disais juste que nous devrions essayer d'aider les experts un peu plus que nous ne l'avons fait jusqu'à présent. Après tout, personne ne connaît le village et ses environs comme nous.

— Je suis d'accord avec vous, mais accepteront-ils notre aide ?

— Ils n'ont pas vraiment le choix, n'est-ce pas, Michael ? Ils doivent sûrement être prêts à nous écouter. Ce sont toutes nos vies qui sont en jeu après tout. Ils ont même perdu une de leurs propres infirmières, pour l'amour de Dieu. Ils courent partout comme des poulets à qui on a coupé la tête et n'arrivent pas à trouver la source de l'infection. D'après ce que j'ai entendu en parlant à certains médecins, jusqu'à ce qu'ils trouvent la source, il n'y a pas grand-chose qu'ils puissent faire pour empêcher le nombre de cas d'augmenter. Nous pourrions tous y être exposés chaque jour sans nous en rendre compte.

— Mais que pouvons-nous faire qui n'ait pas déjà été fait par eux ?

— Nous connaissons la région mieux qu'eux. Nous pourrions être en mesure de trouver quelque chose qu'ils ont manqué.

— Mais quoi ? Et où ? Ce ne sont pas des imbéciles après tout, et ils doivent avoir une idée des types d'endroits à fouiller pour trouver ce qu'ils cherchent.

— Je ne sais pas exactement Michael, mais je sais que si nous restons assis et attendons, il y a de fortes chances que nous soyons tous morts à la fin de la semaine prochaine.

Ce fut à ce moment-là que la pensée qui avait germé dans l'esprit de Michael Sweeney prit enfin naissance dans sa conscience.

— Bon sang, Keith. Je pense que je sais où chercher. Quelque chose me turlupine depuis un moment et je viens de réaliser ce que c'est.

— Dites-moi. À quoi vous pensez ?

— Les égouts Keith, c'est ce à quoi je pense.

— Ils ont déjà fouillé les tuyaux d'égout sous le village, vous le savez, et ils n'ont rien trouvé.

— Oui, je le sais, Keith. Je ne suis pas stupide, mais écoutez. Quand nous parlions tout à l'heure et que j'ai dit que quelque chose puait, mais que ce n'étaient pas les égouts, quelque chose a commencé à germer dans mon esprit. Les tuyaux d'égouts à Olney ont tous été refaits après la guerre si vous vous souvenez bien. Vous le savez et je le sais, mais les médecins et les gens de la RAF le savent-ils ? Il y a Dieu sait combien de mètres de tunnels et de tuyaux désaffectés qui ont dû être scellés ou simplement abandonnés lorsque les travaux ont été effectués. N'oubliez pas que le champ en bordure du village qui appartenait à Simon Parkes a été transformé en terrain de jeu pour les enfants, et je me souviens avoir vu toutes sortes de tuyaux lorsque les tracteurs et les machines y travaillaient. Ce que je veux dire, c'est qu'il y a des endroits qu'ils ne connaissent pas où il pourrait y avoir un indice de ce qu'ils cherchent.

— Pour l'amour de Dieu, Michael, vous pourriez être sur quelque chose. Bien sûr, les égouts d'avant-guerre étaient les égouts d'origine, posés au début du siècle. Ils menaient à une vieille fosse d'égout à ciel ouvert à environ vingt kilomètres du village si je me souviens bien. Les eaux usées étaient ensuite régulièrement transportées dans des camions et emmenées à l'usine de retraitement des eaux d'Ashford. Après la guerre, ils ont posé les nouveaux tuyaux qui transportaient les eaux usées brutes directement à la station d'épuration, sous terre tout du long.

— Exactement ! Les vieux tuyaux, ou même la vieille fosse, pourraient abriter l'infection pour ce que nous en savons. Il faut leur en parler tout de suite.

— Vous avez raison. Allons ensemble voir le Docteur Trent.

— Et McKay ?

— Je préférerais parler à Trent. Il peut le dire à McKay, n'est-ce pas ?

— Eh bien oui, bien sûr, il le peut, je suppose.

Les deux hommes se levèrent , attrapant leurs vestes qui pendaient lâchement sur les dossiers des chaises.

— Je ferais mieux de dire à Tilly où nous allons, dit Greaves. Tilly, Tilly, nous allons traverser pour parler au Docteur Trent.

Comme sa femme ne répondait pas à son appel, Greaves dit :

— Pauvre amour. Elle se sent fatiguée ces derniers temps. Je parie qu'elle s'est endormie. Je vais monter la réveiller et le lui dire.

Deux minutes plus tard, Keith Greaves, le visage blême, se précipitait dans l'escalier où Michael Sweeney l'attendait. Dès qu'il vit l'expression de son ami, Sweeney sut instinctivement ce que Greaves allait dire, mais il attendit qu'il le dise quand même.

— Michael, je pense que vous feriez mieux d'aller chercher le docteur Trent, si vous voulez bien. Je crois que ma pauvre Tilly a attrapé la peste. Elle est endormie et je ne peux pas la réveiller, et elle brulante. S'il vous plaît allez-y, s'il vous plaît dépêchez-vous.

Sweeney ne dit rien, il hocha simplement la tête et sortit rapidement. Dès qu'il fut dehors, il se mit à courir. Il savait que le temps était compté si l'on voulait faire quelque chose pour Tilly Greaves. Son entretien avec Trent devrait attendre encore un peu. Keith Greaves remonta les escaliers, s'assit sur le côté du lit qu'il partageait avec sa femme et lui tint la main, parlant doucement à la seule femme au monde qui comptait pour lui. Le policier était bien conscient de l'effroyable taux de survie parmi les personnes infectées par la peste, et des larmes chaudes lui coulaient sur son visage tandis qu'il attendait, pendant ce qui lui sembla une éternité, que Sweeney revienne avec le médecin.

CHAPITRE 31

— Vous êtes sûr, absolument sûr Doc ? demanda Keith Greaves après que Trent eut effectué un examen d'une demi-heure sur Tilly.

— Il n'y a aucun doute là-dessus, agent. Votre femme *n*'a certainement *pas* la peste.

— Mais ses symptômes...

— Je vous accorde qu'à première vue, vous pourriez penser qu'elle a la même maladie que les autres, mais je vous assure que ce n'est pas le cas. Comme je l'ai dit il y a une minute, Tilly est très enrhumée et a une température élevée, et je soupçonne votre femme de souffrir également des premiers symptômes d'une angine, ce qui expliquerait ses douleurs thoraciques, mais, je le répète encore une fois, elle n'a *pas* la peste pneumonique!

Keith Greaves avait été tellement soulagé d'apprendre que sa femme ne souffrait pas de la peste qu'il n'avait pas pris en compte le fait qu'elle pouvait souffrir d'une angine de poitrine, ce qui aurait un effet sur son cœur pour le reste de sa vie.

— Dès que le village sera libéré de son statut actuel de quarantaine, nous ferons vérifier son cœur à Ashford et, avec les bons médicaments, elle devrait pouvoir mener une vie relativement normale, poursuivit Trent.

— Oui, oui, bien sûr. Tu as entendu Tilly ? Tu vas t'en sortir, ma petite chérie !

Le policier avait les larmes aux yeux en parlant, mais son sourire était aussi large que son visage.

— Bien sûr que je l'ai entendu, Keith. Je suis dans la même pièce que toi, tu sais. Je ne suis ni morte ni sourde, espèce de grand dadais.

— Je sais, je suis juste si heureux que tu ailles bien. Docteur, pourquoi je n'ai pas pu la réveiller ?

Trent sourit à Greaves, qui était incapable de rester immobile et semblait au bord de l'épuisement nerveux, tant il était soulagé.

— Elle était simplement épuisée, c'est tout. Vous m'avez dit qu'elle avait travaillé très dur ces derniers temps et qu'elle était restée debout tard hier soir pour préparer ces scones dont vous avez parlé. Avec toute l'inquiétude que suscite ce qui se passe dans le village, il n'est pas surprenant qu'elle ait eu besoin de se reposer un moment. Le virus du rhume lui-même peut être assez débilitant quand il frappe fort, vous le savez.

— Bien, je suis sûr que vous avez raison, docteur. Je ne peux pas vous remercier assez pour ce que vous avez fait.

— Je n'ai pas vraiment fait *quelque chose,* Agent.

— Bien sûr que si, Docteur. Vous avez mis mon, notre esprit en repos, c'est ce que vous avez fait, n'est-ce pas, Tilly ?

— Oui Keith, répondit-elle. Maintenant, ne penses-tu pas que nous devrions laisser le docteur Trent retourner soigner les personnes qui ont vraiment besoin de son aide ?

— Oh, mon Dieu, oui. Je suis vraiment désolé, Docteur Trent. Je suis là à me plaindre et à vous retenir ici alors que vous devriez être à l'hôpital à vous occuper de ces pauvres gens.

— Ce n'est pas un problème, vraiment, dit Trent. Il y a beaucoup de gens là-bas qui s'occupent de la salle. Il est tout aussi important que nous contrôlions tout le monde, comme votre femme, pour nous assurer que la peste ne se propage pas. Nous devons nous rappeler que les gens peuvent tomber malades, comme Tilly, avec d'autres maladies que la peste, et nous ne devons pas paniquer et penser que tous ceux qui tombent malades sont infectés par la peste.

—Je suppose que j'ai paniqué, n'est-ce pas ? Ce n'est pas très bon pour un policier, pas vrai ?

— Ne soyez pas stupide. C'est votre femme qui était malade, et vous étiez naturellement inquiet. Vous avez fait ce qu'il fallait, Greaves, croyez-moi.

— Eh bien, si vous êtes sûr, docteur.

— Croyez-moi, vous avez fait ce que n'importe qui d'autre aurait fait dans les mêmes circonstances.

—Je suis juste content qu'elle aille bien, c'est tout.

— Bien sûr que vous l'êtes. Maintenant, gardez-la au chaud, donnez-lui deux aspirines et beaucoup de boissons chaudes, et elle devrait aller mieux dans quelques jours. Quant à l'angine, je vous donne des comprimés de nitroglycérine. Si Tilly se plaint de douleurs dans la poitrine ou dans le bras gauche qui durent plus de deux minutes, faites-lui mettre un comprimé sous sa langue. Il fondra rapidement et fera disparaître la douleur. Je préfère la traiter comme ayant une angine plutôt que d'attendre la confirmation de l'hôpital, ce qui pourrait prendre du temps avec tout ce qui se passe.

Trent fouilla dans son sac noir et en sortit un petit flacon de pilules. Il en prit quelques-unes et les plaça dans une petite enveloppe brune qu'il avait également sortie du sac. Il les donna à Greaves, qui les plaça instantanément sur la petite table qui se trouvait de son côté du lit. Il s'occuperait de sa femme si quelque chose arrivait, Trent en était certain.

Lorsque Greaves reconduisit Trent dans les escaliers quelques minutes plus tard, Michael Sweeney les attendait devant la porte d'entrée.

— Comment va-t-elle ? demanda-t-il.

— C'est un rhume Michael, juste un foutu rhume. J'ai paniqué, c'est ce que j'ai fait, répondit Greaves.

— Oui, mais ça aurait pu être quelque chose de bien pire, n'est-ce pas ? Vous ne pouviez pas le savoir, n'est-ce pas, Keith ?

— C'est exactement ce que j'ai dit, Mr Sweeney, dit Trent. Essayez de dire à votre ami ici présent qu'il n'a rien à se reprocher en m'appelant. Il a fait ce qu'il fallait.

— Bien sûr que oui. Ne vous inquiétez pas, Doc, je ne le laisserai pas s'inquiéter longtemps.

— Brave homme, dit Trent et il posa sa main sur la poignée de la porte pour quitter la maison.

Mais avant que sa main ne rencontre la surface en laiton poli de la poignée, Michael Sweeney posa sa propre main sur le bras de Trent.

— Avant que vous ne partiez, Docteur Trent, Keith et moi pourrions-nous vous parler dans l'intimité du salon ? Je pense que nous pourrions être en mesure de vous aider dans votre recherche de la source de cette peste sanglante.

Trent n'eut pas besoin d'autre invitation et, en une minute, les trois hommes furent installés dans la chaleur du salon de l'agent de police, où Sweeney commença à raconter au docteur son histoire d'égouts reconstruits et remis en état après la guerre. Dix minutes plus tard, Trent était convaincu que les deux hommes étaient sur la bonne piste.

— Donc vous dites qu'il y a peut-être des tunnels et des tuyaux d'égouts désaffectés enterrés dans les environs et que nous n'avons pas la moindre idée de l'endroit où ils se trouvent ?

— Oh, il y aura beaucoup d'indices, dit Sweeney. Tout ce que vous avez à faire, c'est de parler au responsable des travaux du conseil municipal d'Ashford et il aura sûrement tous les plans et dessins utilisés lors des travaux. Ils doivent avoir des diagrammes ou quelque chose qui montre l'emplacement des égouts d'origine ainsi que la disposition des nouveaux tuyaux.

— Et ce n'est pas tout, ajouta Greaves. Lorsque je suis arrivé au village, ils étaient en train de transformer l'un des champs qui bordaient le village en une aire de jeux pour enfants, celle que vous voyez maintenant à la périphérie. Il appartenait autrefois à Simon Parkes.

— Le grand-père d'Evan ? demanda Trent.

— Oui. En tout cas, ils ont déterré beaucoup de vieux tuyaux autour de ce champ, et c'est là que les gars de la RAF ont trouvé les rats.

— Je croyais que c'était un fossé de drainage ou d'irrigation.

— Ça l'était. Enfin, le drainage en tout cas, du temps où la terre était un champ. Ce que je veux dire, c'est que le fossé aurait probablement rejoint le système d'égouts à un moment donné, donc il devrait y avoir une ouverture, ou un point de jonction quelque part, n'est-ce pas ?

— Et vous dites que les rats d'aujourd'hui auraient pu trouver cette ouverture et entrer en contact avec... quoi exactement ?

— Avec ce que vous cherchez, voilà ce que c'est. Ne me demandez pas de vous dire ce que c'est Docteur, c'est votre travail après tout. Nous avons juste pensé que vous seriez capable de faire quelque chose avec cette information, c'est tout.

— Je suis sûr que oui, agent. Merci, et vous aussi Mr Sweeney. Votre aide pourrait s'avérer précieuse.

— Nous voulons juste aider à empêcher que quelqu'un d'autre ne meure, c'est tout Docteur, déclara Greaves.

— Eh bien, cette information pourrait le faire, répondit Trent. Je suis sûr que le Colonel Forbes vous en sera également reconnaissant lorsqu'il rentrera de sa réunion avec le Docteur Ryan.

Trent avait utilisé le nom du chef virologue sans réfléchir. Il ne s'attendait pas à la réaction qu'il recevait maintenant de Michael Sweeney.

— Ryan ? Vous avez dit Docteur Ryan ? Ce ne serait pas le même Docteur Ryan que j'ai rencontré dans ce même village juste après la guerre, n'est-ce pas, Doc ?

Trent était stupéfait.

— Quoi ? Je ne vois pas ce que vous voulez dire, Mr Sweeney. Je pense qu'il y a beaucoup de docteurs appelés Ryan dans le pays.

— Peut-être qu'il y en a, mais ça semble être une sacrée coïncidence.

Trent le pensait aussi, mais pour le moment, il ne dit rien, attendant d'entendre ce que Sweeney avait à dire.

— Dites-m'en plus sur le Docteur Ryan que vous avez rencontré, dit-il à Sweeney.

— Eh bien, je venais d'être démobilisé à la fin de la guerre, et je suis revenu ici dans mon ancienne maison. Il y avait un peu d'agitation parce qu'un avion allemand s'était écrasé ici pendant la bataille d'Angleterre et la RAF était en train de retirer les restes de la carcasse du champ où le terrain de jeu a été construit. J'ai entendu dire que l'épave est maintenant exposée dans un musée quelque part. Quoi qu'il en soit, lors de l'excavation de l'avion sur le terrain, une partie de celui-ci s'était enfoncée profondément dans le sol. Ils ont dû arrêter le travail pendant quelques jours. Il semblerait qu'ils aient trouvé des munitions non explosées, c'est-à-dire des bombes, et qu'ils aient demandé aux démineurs de venir régler le problème. Quoi qu'il en soit, comme je venais de quitter l'armée, les gars de la RAF n'étaient pas opposés à une petite conversation autour d'une pinte ou deux au Beekeepers après le travail. En tout et pour tout, ils sont restés ici trois jours, et ils ont même dû arrêter le travail pendant un certain temps parce qu'ils avaient trouvé quelque chose d'un peu louche.

— Comment ça, louche ? demanda Trent.

— Je ne l'ai jamais vraiment découvert. Je ne pense pas que les gars du déminage l'aient su non plus. Ils m'ont dit qu'ils avaient trouvé des bombes qui ne ressemblaient pas à celles de la Luftwaffe et que leur chef avait demandé une "seconde opinion". La personne qui a donné cet avis a dû demander de l'aide supplémentaire, car de ce que j'ai appris ensuite, c'est que tout le site, et pas seulement la partie où les bombes ont été trouvées, a été bouclé jusqu'à ce qu'il puisse être totalement nettoyé. Ensuite, ce gros bonnet du Ministère de l'Air est arrivé accompagné de nul autre que ce Docteur Ryan. Aucun des gars ne savait qui il était ou ce qu'il faisait là, ni même quel genre de médecin il pouvait être, mais ils en ont conclu qu'il devait être une sorte de scientifique employé pour étudier de nouveaux types de bombes ou quelque chose comme ça. Je ne l'ai rencontré qu'une fois, alors que j'observais les hommes au travail sur le site depuis l'extérieur de la zone délimitée. Il devait s'être arrêté pour faire une pause, car il s'est approché de moi et m'a dit bonjour. Il m'a demandé depuis combien de temps je vivais dans le village, et si j'étais là quand l'avion s'était écrasé. Quand je lui ai répondu que j'étais parti servir dans l'armée, il s'est détourné et est reparti vers le lieu de l'accident, sans même me dire "je prends congé", bougre grossier. Le jour suivant, ils étaient tous partis. Le champ était vide, et Simon Parkes a eu la gentillesse de vendre le terrain au village pour un prix modique, afin de l'utiliser comme terrain de jeu pour les enfants. Le conseil paroissial a fourni les fonds nécessaires à la construction de l'équipement qui se trouve encore aujourd'hui sur place.

Trent était maintenant plus que préoccupé par le fait que sa possible "coïncidence" de noms n'était pas une telle chose.

— Avez-vous réussi à connaître le prénom du Docteur Ryan, Mr Sweeney ?

— En fait, je l'ai fait, Doc. Deux gars du service de déminage de la RAF discutaient au pub la veille au soir et j'ai entendu l'un d'entre eux dire à l'autre quelque chose à propos du "grand et puissant Docteur Douglas Ryan.

Le cœur de Paul Trent se serra. Maintenant, plus que jamais, il savait que le Colonel Forbes était sur la bonne voie. De plus, Trent se rendit compte que Ryan pouvait être un homme dangereux. Il était évident que quelque chose de très grave s'était produit à Olney, et que Ryan était apparemment prêt à faire des efforts considérables pour le dissimuler, quels qu'ils furent. Forbes pouvait se mettre en danger sans même s'en rendre compte. Alors que son esprit se concentrait sur ce qu'il venait d'entendre, il fut soudainement ramené au présent par la voix de Michael Sweeney.

— Eh bien Doc, c'était lui ? Est-ce le même Ryan que votre Colonel est allé voir ? A-t-il un lien avec ce qui se passe ici à Olney ?

Pendant un moment, Trent ne fut pas sûr de ce qu'il devait révéler à Sweeney et Greaves. Puis, décidant que les deux hommes étaient les plus solides et les plus fiables du village, il prit sa décision.

— Oui, M. Sweeney, je pense qu'il s'agit du même homme, et non, ce n'était pas un scientifique qui travaillait sur de nouveaux types de bombes allemandes. Il était à l'époque, et il l'est toujours, le plus grand virologue de ce pays, et il est maintenant le chef virologue du gouvernement pour le Ministère de la Santé.

— Mais qu'est-ce que la virologie, quoi que ce soit, a à voir avec la peste pneumonique et ce qui se passe à Olney en ce moment ? demanda Keith Greaves.

— Oh, agent, dit Trent avec un très gros soupir. Je pense que nous sommes sur le point de découvrir que ça a *tout* à voir avec ce qui se passe à Olney St. Mary. Permettez-moi de vous expliquer ma théorie à tous les deux...

CHAPITRE 32

GUY DEARBORN SE TENAIT À CÔTÉ DU LIT DE LA DERNIÈRE admission dans le chapiteau de l'hôpital assiégé par la peste. Le pasteur Timothy Grafton s'efforçait de rester de bonne humeur tandis qu'Edith Kinnaird tentait de faire baisser sa température en lui appliquant des flanelles froides sur le front. Dans le lit voisin gisait le braconnier Billy Wragg, dont l'infirmière Christine Rigby essayait de lui faire prendre un peu de soupe chaude, sans grand succès.

— Je suis désolé de vous déranger, dit le pasteur.

— Vous ne me dérangez pas du tout, pasteur, répondit Dearborn. Vous avez fait votre part du travail auprès de ces pauvres gens ces derniers jours. Il est juste que vous receviez la meilleure attention maintenant que vous en avez besoin.

— Je suppose que vous pensez que c'est ma propre faute, pour m'être placé dans une position aussi délicate en visitant tant de malades, et maintenant c'est un juste retour des choses.

— Balivernes ! grogna Dearborn. Vous êtes un homme courageux, Pasteur Grafton, voilà ce que vous êtes. Beaucoup de gens, hommes de Dieu ou non, auraient reculé à l'idée d'entrer dans une salle de peste alors qu'ils n'en avaient pas vraiment besoin. Vous avez montré à quel point vous vous souciiez de vos ouailles en étant là pour elles quand elles avaient besoin de vous, sans penser à vous. Donc, ne revenons pas sur le sujet, n'est-ce pas infirmière ?

— Bien sûr, docteur. Il a raison, vous savez, Pasteur. La plupart des villageois se sont barricadés chez eux pour essayer d'éviter la contamination, mais vous avez continué à travailler comme d'habitude. Le Docteur Dearborn l'a dit pour nous tous. Vous êtes un homme très courageux.

— Par ici aussi, fit écho Christine Rigby du côté du lit de Wragg.

Grafton sourit au médecin et aux infirmières. Il se sentait plus mal qu'il ne l'avait jamais été dans sa vie, mais sa foi et sa résolution à ne pas se laisser abattre lui donnaient la force de penser aux autres, même dans un moment comme celui-ci.

— Comment va Billy ?

— Oh, je suis sûre que M. Wragg va très bien, n'est-ce pas, infirmière Rigby ?

— Bien sûr, docteur, répondit Christine.

Bien qu'en vérité, il n'y avait pas grand-chose qu'ils pouvaient faire pour le malheureux braconnier du village. Dearborn se dit que les prières du pasteur et l'intervention du Tout-Puissant étaient peut-être les seules choses qui pouvaient sauver Billy Wragg maintenant.

— Écoutez-moi, pasteur, dit-il. Je suis le médecin et vous êtes le patient, donc c'est moi qui commande, et je veux que vous vous reposiez, c'est clair ?

— Si vous insistez, docteur, acquiesça le pasteur, qui parvenait toujours à garder son sourire face à l'adversité. Vous savez, vous faites un joli couple.

— Quoi ? Je vous demande pardon, pasteur.

— Vous et l'infirmière Kinnaird, ici présente. Oh allez, vous pensiez vraiment que vous pouviez le cacher. C'est écrit sur vos visages. Je suis heureux et content pour vous, et qui sait, quand j'irai mieux, vous voudrez peut-être que je fasse un service pour vous un jour.

Dearborn et Edith rougirent tous deux de façon incontrôlable. Christine Rigby se tourna et les regarda avec un sourire entendu. Il semblait que tout le village, malade ou non, avait été mis au courant des sentiments qui s'étaient développés entre le jeune médecin et l'infirmière.

— Oui, eh bien, nous en parlerons quand vous irez mieux, n'est-ce pas, Pasteur ? dit Dearborn.

Edith Kinnaird sourit à Guy. Elle aimait bien l'idée que les gens soient conscients de leurs sentiments. Maintenant qu'elle s'était habituée à ses propres sentiments pour le jeune médecin, elle se sentait moins gênée par leur relation, et après leur séance d'amour improvisée dans la maison d'Hilary Newton, elle se sentait plus proche de Guy Dearborn qu'elle ne l'avait jamais été de quiconque dans sa vie.

— Reposez-vous, pasteur, ordonna une fois de plus Dearborn.

Edith et lui s'éloignèrent lentement du lit et se déplacèrent dans la salle, vérifiant les autres patients au passage.

— Tu crois qu'il va s'en sortir, Guy ? murmura-t-elle alors qu'ils atteignaient la fin de la rangée de lits.

— Qui peut le dire ? répondit-il. Nous n'avons pas eu beaucoup de succès jusqu'à présent, n'est-ce pas ? Peut-être que son Dieu peut l'aider ; nous ne pourrons pas faire grand-chose tant que nous n'aurons pas découvert pourquoi la peste a changé par rapport à ce que nous avons toujours connu. Il doit y avoir quelque chose qui nous a échappé, c'est obligé !

Angus McKay sortait de son bureau lorsqu'ils passèrent.

— Bonjour Docteur Dearborn, Infirmière Kinnaird.

— Docteur McKay, bonjour, répondit Dearborn.

— Le docteur Trent vient de me rendre visite. Il a des informations assez importantes qu'il veut partager avec nous tous. Il pense que nous devrions avoir une réunion dans le cabinet dès que nous pourrons en organiser une. Vos patients sont-ils aptes à être laissés aux soins de mon équipe pour le moment ?

— Aussi en forme qu'on peut l'espérer. Que ce soit moi ou vos propres médecins, je doute que ça fasse une grande différence pour ces pauvres âmes. Nous n'en savons pas assez sur ce à quoi nous avons affaire, Docteur McKay.

— Ouais, eh bien, c'est ce dont Trent veut nous parler apparemment. Il semble qu'il ait reçu de nouvelles informations qui pourraient nous aider dans notre recherche de la source de cette maudite peste.

Guy Dearborn se mit instantanément en alerte. Ses frustrations commençaient à l'épuiser. Peut-être Trent avait-il enfin découvert la clé qui permettrait de percer le mystère du changement de la peste qui avait frappé Olney St. Mary.

— Très bien, je suis à vous tout de suite. Docteur. Je reviens dès que je peux. Infirmière, gardez un œil sur le pasteur, d'accord ?

— Oui, bien sûr, Docteur, répondit Edith d'une voix aussi professionnelle que possible.

Mais aucun des deux ne pouvait duper les autres, car McKay se tourna vers la jeune infirmière, lui fit un clin d'œil et lui dit, avec son pur accent écossais pendant quelques secondes :

— Oui, c'est ça, jeune fille, et je m'assurerai de vous ramener votre petit-ami dès que les circonstances le permettront.

———

Paul Trent s'affairait à préparer une théière en attendant l'arrivée des autres. Hilary avait fait une série de visites à domicile dans le village, pour vérifier l'état de santé général des habitants. Elle voulait s'assurer que personne n'évitait de se faire soigner à cause d'un faux sentiment de "je vais m'en sortir" , ce qui pourrait s'avérer désastreux pour toute la population. Heureusement, aucun des survivants restants de la population initiale du village ne présentait de signes d'infection, de peste ou d'autres infections mineures. Dès son retour, elle aida Trent à préparer des biscuits pour accompagner le thé, puis ils n'eurent plus qu'à attendre.

McKay et Dearborn furent surpris de voir Michael Sweeney et Keith Greaves dans le salon du cabinet à leur arrivée. Trent expliqua que les deux hommes étaient à l'origine de ses nouvelles informations et qu'ils devaient être présents pour corroborer ce qu'il s'apprêtait à dire à la petite assemblée. Une fois que tout le monde fut servi par Hilary et Trent, il commença :

— Il semble que vous aviez raison dans votre première supposition, Guy. La racine du problème semble en effet se trouver dans le passé, mais pas aussi loin que vous l'aviez envisagé.

Cela avait certainement attiré l'attention de tout le monde. McKay, Hilary et Guy restèrent bouche bée, sans quitter des yeux le visage de Trent pendant qu'il continuait.

— Il nous suffit de remonter un peu plus de 10 ans en arrière, pendant la guerre. M. Sweeney et l'agent de police Greaves sont, je pense, tombés sur la clé du mystère. Un avion allemand s'est écrasé ici pendant la guerre, et ce n'est qu'après la fin des hostilités que les restes de cet avion ont été enlevés par la RAF. Au moment de l'enlèvement, il semble que des munitions non explosées aient été découvertes dans l'épave. M. Sweeney, qui était dans l'armée pendant la guerre, a reconnu l'avion comme étant un Messerschmitt Bf110, qui était en fait un chasseur et non un bombardier. C'était déjà assez inhabituel au départ, mais avec le recul, pourquoi un chasseur transporterait-il des bombes alors qu'à l'époque de la bataille d'Angleterre, les Allemands envoyaient des tas de bombardiers presque tous les jours ?

>> Quoi qu'il en soit, l'avion était manifestement suffisamment intéressant pour susciter l'intérêt d'un haut placé du Ministère de la Défense, car une équipe de spécialistes n'a pas tardé à arriver pour désarmer les bombes. Malheureusement, quelque chose n'allait pas, et ils ont fait appel à d'autres experts. L'un de ces hommes qui s'est rendu sur le site du crash est le virologue en chef du gouvernement, Douglas Ryan, l'homme qui coordonne l'opération de traitement de cette épidémie à Olney.

Trent espérait qu'il en avait dit assez. Sans autres faits à leur communiquer, il se sentait incapable et non préparé à répondre aux questions qui pourraient découler de sa déclaration, d'où la présence de Sweeney et Greaves. Après tout, ils en savaient plus que lui sur l'étrange avion qui s'était écrasé dans le champ non loin de l'endroit où ils étaient assis. Il n'avait pas besoin de s'inquiéter. McKay fut le premier à prendre la parole.

— Les misérables bâtards, hurla-t-il presque dans sa colère. Les Allemands devaient avoir une sorte d'arme biologique à bord de cet avion, mais quelque chose a mal tourné, et il a été abattu avant de pouvoir libérer son chargement.

—J'ai dit que ça pouvait être une arme biologique, dit Dearborn, mais tout le monde s'est moqué de moi.

— Oui, ils ne se moquent plus de toi maintenant, mon garçon, dit McKay, intérieurement et extérieurement furieux.

Une prise de conscience soudaine frappa Dearborn.

— Attendez, Docteur Trent. Ce que vous dites, c'est que ce Douglas Ryan était au courant des bombes ou de ce que c'était depuis le début, depuis les années de guerre. Si c'est vrai, alors le bougre savait depuis le commencement ce qui se passait ici, et pourtant il semble avoir choisi de nous laisser dans l'ignorance.

— C'est ce qu'il me semble, déclara Trent, et s'il savait ce que contenaient ces bombes, il aurait pu dire ou faire quelque chose qui nous aurait permis d'évacuer ce village avant que les choses ne deviennent incontrôlables.

— Bâtard ! dit Dearborn, dans une démonstration inhabituelle d'émotion et de blasphème.

— Mais pourquoi ? questionna McKay. Pourquoi voudrait-il garder le secret et mettre le village et nous en danger comme cela ?

— Je soupçonne, Docteur McKay, que votre patron a ses propres soupçons sur ce qui se passe ici, et que c'est précisément la question que le Colonel Forbes pose au fichu Docteur Douglas Ryan en ce moment même.

Personne ne parla. Il semblait y avoir peu de choses à dire jusqu'à ce que Forbes leur donne des nouvelles à son retour. Pour l'instant, un sentiment de trahison et d'impuissance s'installait dans l'esprit du personnel médical. Que pouvaient-ils faire contre un ennemi inconnu, probablement fabriqué par l'homme, chimiquement ou biologiquement ? En l'état actuel des choses, ils connaissaient la réponse, et cela les inquiétait tous.

CHAPITRE 33

SI UN HOMME DE SON AUTORITÉ POUVAIT ÊTRE DÉCRIT COMME se tortillant, alors c'était exactement ce que Douglas Ryan était en train de faire à ce moment précis, alors qu'il faisait face aux trois hommes assis en face. Malgré la chaleur du soleil qui pénétrait dans le bureau par les grandes fenêtres, l'atmosphère de la pièce était résolument glaciale.

Forbes avait décidé qu'il avait besoin de renfort avant d'affronter Ryan et avait appelé en avance depuis l'hélicoptère, et son propre patron, l'Air Commodore George Bright, s'était arrangé pour le rencontrer avant que Forbes n'entre dans le bâtiment du ministère de la Santé. Ce que le Colonel ne savait pas avant d'arriver, c'était que Bright avait lui-même appelé des renforts sous la forme de Sir Robert Blake, qui faisait désormais office de porte-parole du trio.

— Vous êtes un foutu menteur, Ryan, voilà ce que vous êtes. Vous saviez ce qui causait la peste à Olney St. Mary, et pour une raison que ni moi ni personne ne peut comprendre, vous avez décidé de vous taire. J'aurai votre tête sur un plateau pour ça, mon vieux. Qu'est-ce que vous pensiez faire ?

—Je ne savais pas, Sir Robert, et bien, rien n'était certain.

— Bon Dieu. Soit vous l'avez fait, soit vous ne l'avez pas fait. Arrêtez de tergiverser et dites-nous la vérité, voulez-vous ? Qu'est-ce que vous essayez de cacher ?

— Ce n'est pas une couverture, Monsieur, je vous assure...

— Alors qu'est-ce que c'est, Ryan ? Allez-y, dites-moi, et convainquez-moi que je ne devrais pas vous faire arrêter pour avoir mis Dieu sait combien de personnes en danger !

— C'est une longue histoire, et je ne pensais vraiment pas que quelqu'un serait un jour blessé par ce qui s'est passé à Olney il y a toutes ces années. Même maintenant, je ne peux pas être sûr qu'il y ait un lien, pas avec certitude en tout cas, mais je devais prendre des précautions, vous devez le comprendre.

— Qu'est-ce que vous voulez dire ? Il y a toutes ces années ? Ce que vous dites n'a aucun sens, Ryan. Les Russes ont-ils lancé une attaque biologique contre ce pays ? êtes-vous un foutu traître, de mèche avec les Soviétiques ?

— Ce n'étaient pas les Soviétiques, Sir Robert. C'étaient les Allemands.

Les mots tombèrent presque des lèvres de Ryan dans un bafouillage. Blake et les autres avaient l'air stupéfait. Ils n'étaient pas encore au courant de ce qui se passait au village, et ils ne s'attendaient pas à entendre cela.

— Expliquez-vous, Ryan. Comment les Allemands sont-ils impliqués ? C'est ce que vous vouliez dire par "toutes ces années" ?

Ryan poussa un gros soupir et ses épaules s'affaissèrent. Soudain, il n'avait plus l'air aussi puissant et sûr de lui qu'à l'accoutumée. Sa voix semblait venir de très loin lorsqu'il se remit à parler, cette fois sur un ton monocorde qui laissait entendre que ses pensées étaient loin de l'enceinte de son confortable bureau aux panneaux de chêne. L'esprit de Douglas Ryan voyagea dans le temps et son public ne pouvait que rester assis et écouter son incroyable histoire.

— Cela semble très loin, commença Ryan, mais c'était il y a un peu plus de dix ans. Pendant la bataille d'Angleterre, un Messerschmitt Bf110 a été abattu par l'un de nos Spitfire et s'est écrasé dans un champ du Kent, à Olney St Mary pour être précis. Bien sûr, les principales cibles de nos chasseurs étaient les bombardiers allemands, et lorsqu'ils étaient abattus, les responsables de l'artillerie intervenaient rapidement pour se débarrasser des bombes non explosées qui pouvaient se trouver à bord d'une épave de taille importante. Les chasseurs abattus n'étaient pas considérés comme dangereux, et les épaves d'un certain nombre de Messerschmitt 109 et 110 sont restées dans les champs du pays pendant des années, dans certains cas. La plus grande partie de l'avion qui s'est écrasé à Olney à heurté le sol si violemment qu'il s'est presque enterré dans le champ où il a été laissé jusqu'à la fin de la guerre, et la RAF est intervenue pour éliminer les restes. Vous devez comprendre que personne n'avait la moindre idée de ce qui allait se passer lorsque les équipes de la RAF sont arrivées pour fouiller l'épave et la retirer pour l'exposer dans un musée quelque part. La première chose qu'ils ont trouvée était que l'avion avait plusieurs bombes attachées à des supports sous les ailes. C'était tout d'abord inhabituel, car le Bf110 était, comme vous le savez, un chasseur et n'était généralement pas armé de bombes. Ils étaient principalement utilisés comme escorte de bombardiers, bien que le 110 soit lent et encombrant par rapport au 109, et ne pouvait tout simplement pas rivaliser dans un combat aérien avec nos Spitfire et Hurricane. Nos pilotes de chasse les appelaient "chair à canon", et ils avaient raison. Je doute qu'un 110 ait jamais abattu un Spitfire ou un Hurricane pendant toute la guerre.

— Pour l'amour de Dieu, allez droit au but, dit l'Air Commodore Bright.

— Oui, je suis désolé. Où en étais-je ? Oh oui, quand ils ont trouvé les bombes, ils ont fait venir les démineurs, qui sont rapidement arrivés sur les lieux. Mais ils ont tout de suite vu que les bombes ne ressemblaient à rien de ce qu'ils avaient rencontrées pendant la guerre. C'est également à ce moment-là que nous avons peut-être eu notre seul coup de chance dans toute cette affaire. Le chef d'escadron qui dirigeait l'équipe de démineurs ce jour-là avait passé un certain temps pendant la guerre à travailler dans les services de renseignements et il a reconnu certaines marques sur les bombes qui l'ont immédiatement averti qu'il pouvait avoir affaire à quelque chose de très, très dangereux.

— Des marques ? demanda Sir Robert. Quel genre de marques ?

— Il y avait des mentions sur les bombes, en allemand bien sûr, qui les identifiaient comme ayant été fabriquées à l'usine Straub.

—Je n'en ai jamais entendu parler, dit le Commodore.

— Je serais surpris que ce soit le cas, répondit Ryan. L'usine Straub était un établissement hautement secret créé par les nazis dans les profondeurs des forêts bavaroises pour mener des recherches sur l'utilisation d'armes biologiques et chimiques. Seules quelques personnes du renseignement étaient au courant de son existence.

— Pourquoi n'a-t-elle pas été bombardée et détruite à l'époque ? demanda Bright.

— Parce que le Ministère de l'Air avait peur de ce qui pourrait être déclenché si le contenu de l'usine était libéré dans l'atmosphère. Ils ne pouvaient pas être sûrs de ce que les Allemands avaient produit dans l'usine, et tout bombardement aurait pu provoquer une catastrophe aux proportions bibliques, ou du moins, c'est ce que l'on pensait à l'époque. On considérait qu'il valait mieux laisser faire et espérer que les nazis pourraient être vaincus avant qu'ils ne mettent au point des armes pouvant être utilisées contre nous. Des tentatives d'infiltration ont bien sûr été faites, mais toutes se sont soldées par la perte d'agents hautement qualifiés et très précieux.

>> Pour continuer, le démineur savait ce que les bombes pouvaient contenir, et il a donc fait appel à une équipe spécialisée qui existait pour enquêter sur tout incident de ce type. Je faisais partie de cette équipe !

— Maintenant, il semble que nous arrivions à quelque chose, dit Bright.

Ryan poursuivit.

— En plus des marquages de l'usine Straub, je dois ajouter que chacune des bombes portait un emblème de tête de mort. Nous connaissions suffisamment la psyché allemande pour deviner qu'une telle marque identifiait les bombes comme étant d'une nature différente des types habituels d'explosifs ou d'incendies que nous avions l'habitude de voir, et qu'elles n'avaient rien à voir avec les bombes "butterfly" que les Allemands avaient lâchées sur nos villes pendant la guerre. Elles libéraient beaucoup de minuscules bombettes qui explosaient longtemps après le largage de la bombe et mutilaient ou tuaient des centaines de civils innocents, comme vous le savez.

Les autres acquiescèrent, tous connaissant les effets des hideuses bombes "butterfly" que les Allemands avaient déployées avec un effet dévastateur. Ils attendaient que Ryan poursuive son récit. Après une courte pause, il reprit.

— La raison pour laquelle j'ai fait partie de cette équipe, c'est parce que j'avais été mis en disponibilité pendant les deux dernières années de la guerre pour parer à une telle éventualité. On soupçonnait les Allemands d'essayer un largage expérimental d'un agent neurotoxique, d'un gaz chimique ou biologique ou d'une substance similaire, et j'étais donc l'un des nombreux spécialistes prêts à faire face à une situation comme celle qui se présentait. Je n'étais pas le seul, voyez-vous. Il y avait des chimistes, des physiciens, des ingénieurs, des experts en munitions, des scientifiques de tous les domaines qui étaient détachés dans cette équipe. Quoi qu'il en soit, lorsque nous sommes arrivés sur place et que nous avons vu ce à quoi nous étions potentiellement confrontés, la décision a été prise de retirer les bombes du site de l'accident et de les mettre en sécurité dans une installation gouvernementale sécurisée. Elles ont été emmenées dans un établissement souterrain secret...

— Où ? demanda Sir Robert.

— Je suis désolé Sir Robert, mais cet endroit était et est toujours couvert par la loi sur les secrets officiels.

— J'ai dit *où,* Ryan ? Tout le monde dans cette pièce a une autorisation de niveau Top Secret et vous le savez très bien.

— Sur une île écossaise isolée appelée Magavin. Elle ne fait que 3 km de long sur 1 km de large et n'a jamais été habitée par autre chose que des oiseaux de mer. C'est un établissement de recherche et de développement.

— Pour les armes biologiques ? demanda Blake.

— Non monsieur, loin de là. Magavin existe dans le but de trouver des antidotes à ce que nous pensons être la prochaine génération de toxines chimiques, biologiques et nerveuses. Son existence est gardée secrète en raison de la nature de certains des éléments stockés et expérimentés à l'intérieur de ses murs. Si un ennemi découvrait ce que nous y avons stocké, vous pouvez imaginer ce qui pourrait se passer.

— En effet, dit son homologue. Allez-y, Ryan.

— Magavin était nouveau lorsque nous y avons déplacé les bombes. Cela n'existait que depuis la fin de la guerre et son personnel était composé d'un petit groupe de scientifiques et de médecins dévoués qui savaient à quel point il était important de protéger le pays contre les attaques d'armes aussi terribles. Le problème, c'est que nous étions relativement inexpérimentés dans les procédures de manipulation sûres nécessaires pour traiter certains des échantillons qui passaient entre nos mains. Il y a eu un certain nombre de, comment dire, d'accidents ? Le pire d'entre eux a eu lieu lorsque nous avons essayé de désassembler les bombes d'Olney St. Mary. Heureusement pour moi, je n'étais pas dans le laboratoire à ce moment-là, mais je regardais la procédure à travers un écran en verre.

>> Un démineur et deux de nos scientifiques ont commencé à ouvrir la première bombe. J'avais l'intention de les rejoindre lorsque la bombe serait sécurisée. Le détonateur et le déclencheur ont été retirés en toute sécurité, mais lorsqu'ils ont essayé de retirer une fiole de liquide de l'enveloppe de la bombe, un piège s'est déclenché. Ils avaient oublié un mince fil fixé à la base de la fiole, et lorsque l'expert en déminage tira sur la fiole, le fil s'est rompu, entraînant l'ouverture du mince récipient en verre. Il n'y a pas eu d'explosion, mais une fine vapeur a été libérée dans la pièce.

— Une vapeur ?

Forbes rompit enfin le silence.

— Oui, comme une brume exceptionnellement fine, mais définitivement visible à l'œil. Nous avons tous su tout de suite que quelque chose d'épouvantable avait probablement été libéré dans cette pièce, et nous n'avions aucune idée si les masques et les blouses que nos hommes portaient leur assureraient une protection suffisante.

— Que leur est-il arrivé ? demanda Bright.

— Eh bien, la pièce était scellée de l'extérieur bien sûr. Il y avait deux sas qu'il fallait traverser pour entrer ou sortir de la pièce. Ils ne pouvaient pas être ouverts simultanément, ce qui empêchait toute exposition accidentelle aux toxines présentes dans le laboratoire. En plus de cela, l'air était filtré de la meilleure façon possible avec la technologie de l'époque. L'ensemble de l'endroit était un peu comme un sous-marin sous l'océan. L'air était nettoyé, filtré, puis soumis à nouveau à l'ensemble du processus afin de filtrer tous les contaminants. Les filtres eux-mêmes n'étaient jamais touchés par l'homme mais éjectés de la nettoyeuse dans un conduit qui les acheminait directement vers un incinérateur situé sous le laboratoire. De nouveaux filtres remplaçaient automatiquement les anciens avant l'éjection, de sorte que le risque était toujours minimal. Tout résidu de contaminants réels était ainsi envoyé directement dans les feux de l'enfer.

Bright reprit la parole, avec une pointe d'impatience dans la voix.

— Je vous ai demandé ce qui était arrivé à ces pauvres hommes dans le laboratoire, Ryan.

— Une fois la procédure de nettoyage terminée et la pièce entièrement ventilée, les trois hommes ont été extraits du laboratoire et emmenés directement dans la salle d'isolement que nous gardons sur place pour parer à cette éventualité. Ils ont été gardés sous observation constante pendant les quelques jours suivants. Le deuxième jour, le premier est tombé malade. Deux jours plus tard, les trois étaient infectés. Nous avons rapidement identifié les symptômes comme étant ceux de la peste pneumonique, mais nous n'avons rien pu faire pour enrayer sa progression. Elle était si rapide que nous ne pouvions qu'assister, impuissants, à la mort de ces hommes. Il était déjà évident que le bacille avait été modifié ou augmenté d'une manière ou d'une autre pour le rendre encore plus mortel que d'habitude, mais nous ne savions pas comment, et nous ne pouvions pas non plus accéder au liquide toxique réel pour l'étudier, pas sans risquer une autre libération de la vapeur. Le pire, c'est que deux des médecins qui avaient initialement traité les trois hommes ont également contracté la maladie. Il n'y avait aucun survivant. Vous devez comprendre, Sir Robert, que nous ne pouvions rien faire. Ne m'accusez pas d'être sans cœur ou sans compassion, car ces hommes étaient tous mes amis et collègues, mais ils connaissaient les risques qu'ils prenaient, comme nous tous.

— Mais comment avez-vous dissimulé les cinq morts ? demanda l'Air Commodore.

— Nous avons mis en scène un crash aérien en mer, en eau profonde, juste au large de la côte. Officiellement, les hommes étaient à bord lorsque l'avion s'est écrasé sans laisser de survivants.

— Et le pilote ?

— Un de nos hommes, il a sauté en parachute avant de laisser l'avion amerrir en mer. Les corps ont été incinérés sur place à Magavin. Nous avons suivi les procédures correctes pour un sauvetage air/mer et des recherches ont été lancées mais, bien sûr, aucun corps n'a pu être ou n'a été retrouvé. Les familles n'auraient sûrement pas voulu savoir quelle mort horrible leurs hommes ont subie. Cette façon de faire était plus douce.

— Et un paquet de mensonges, dit Bright d'un ton accusateur.

— Tout cela pour une bonne raison, Air Commodore. Le gouvernement de l'époque, ou du moins quelqu'un qui avait le pouvoir de décider de ce qu'il fallait faire, a ordonné que l'incident soit discrètement "enterré", pour ainsi dire. Rien ne pouvait ramener ces hommes et cela aurait provoqué un énorme scandale politique si l'affaire avait été rendue publique. C'était la dernière nouvelle dont le pays avait besoin à ce moment-là.

— Il n'y a donc pas eu d'autres cas ? demanda Sir Robert.

— Aucun. Nous pensions que les Allemands avaient formulé la toxine de manière à ce qu'elle ait une durée de vie limitée lorsqu'elle atteignait l'air. Ainsi, s'ils l'avaient utilisée lors d'une attaque à grande échelle, ils n'auraient eu qu'à attendre un certain temps pour que l'infection se propage dans la population, puis leurs troupes d'invasion auraient pu intervenir en toute sécurité.

— C'est monstrueux, interjeta Forbes.

— Mais probablement vrai, dit Bright. Ils ne voudraient pas mettre leurs propres troupes en danger, n'est-ce pas ? Faire en sorte que la maladie s'autodétruise après un certain temps serait logique.

— Qu'est-il arrivé au reste des bombes, Ryan ? demanda Sir Robert. Pourquoi n'avez-vous pas effectué d'autres tests ?

— On nous a ordonné de les éliminer, elles étaient trop dangereuses pour que l'on effectue d'autres tests sur elles. Elles ne mesuraient que 30 cm de long chacune et étaient facilement enfermables dans des conteneurs en béton qui furent ensuite chargés dans une torpille spécialement adaptée, embarqués dans un sous-marin et amenés au milieu de l'Atlantique où elles furent tirées en eaux profondes, et où elles reposent probablement encore aujourd'hui. Il y a peu de chances qu'on les retrouve un jour, ou qu'elles se frayent un chemin hors du béton.

— Mais pourquoi personne n'a contacté les Allemands. Il doit sûrement y avoir des gens qui ont travaillé sur le projet à Straub et qui auraient pu nous dire s'il y avait un antidote à la toxine ?

— La guerre était terminée, Sir Robert, et le pays était en pleine reconstruction. L'Allemagne aussi. Il a été jugé inopportun d'aborder le sujet de la guerre biologique avec la nouvelle administration démocratique allemande. N'oubliez pas que les manœuvres entre les Russes et les Occidentaux avaient déjà commencé, et que l'Allemagne n'était plus considérée comme l'ennemi. Avec la disparition des bombes, l'affaire était close, du moins le pensions-nous.

— Jusqu'à maintenant, dit Blake. Vous saviez depuis le début pour les bombes, et pourtant vous n'avez rien dit.

— Je viens de vous dire, Sir Robert, que nous ne pouvions rien faire pour les hommes de Magavin, pas plus que pour les habitants d'Olney St. Mary. C'est pourquoi j'ai envoyé une si petite équipe au village et j'ai bouclé la zone. Vous ne comprenez pas que tout l'endroit est probablement infecté ?

— Espèce de salaud sans cœur, dit Forbes avec véhémence. J'espère que vous vous rendez compte que j'ai passé les derniers jours là-bas, donc je suis peut-être moi-même infecté, et je pourrais bien vous transmettre la maladie à vous aussi, Ryan.

—Je n'avais pas...

— Vous n'avez pensé à cela ? Non, je parie que vous n'y avez pas pensé, poursuivit Forbes. Si vous saviez tout cela, pourquoi vous être donné la peine d'envoyer quelqu'un à Olney ? Pourquoi ne les avez-vous pas laissés mourir, espèce de vermisseau insensible ? Vous auriez pu retourner à votre petite vie confortable derrière votre bureau comme si rien ne s'était passé.

— Je devais être vu en train de faire quelque chose, s'excusa Ryan.

— Et vous avez très probablement condamné beaucoup d'innocents à la mort, dit Sir Robert d'un ton accusateur.

Ryan se tut tandis que les autres le fixaient avec une réelle menace dans les yeux.

L'Air Commodore Bright était resté silencieux pendant un moment, perdu dans ses pensées. Il parla à nouveau, avec une sorte d'urgence dans sa voix.

— Il n'est peut-être pas trop tard pour faire quelque chose. Combien y en avait-il, Ryan ?

—Quoi ?

— Des bombes ! Combien en avez-vous extrait d'Olney ?

— Six. C'est tout ce que nous avons trouvé, et il y avait des râteliers à bombes sous les ailes de l'avion pour trois bombes sur chacun, donc c'est tout. On les a toutes récupérées.

— Non, espèce d'idiot. Si c'était le cas, nous ne serions pas confrontés à cette fichue crise maintenant, n'est-ce pas ?

Ryan regarda le Commodore d'un air étonné.

— Écoutez, si vous les aviez toutes récupérées, il n'y aurait plus rien pour infecter les gens d'Olney. Ce que vous n'avez pas pris en compte c'est l'efficacité et l'ingéniosité des allemands. Ils auraient utilisé chaque espace disponible pour placer une bombe sur le 110. Cela aurait signifié un autre support de bombes sous le ventre du fuselage, un peu comme sur le bombardier en piqué Stuka. Avez-vous examiné le dessous du fuselage, peut-être près du dessous du cockpit ?

— C'était la zone la plus endommagée de l'épave. Il n'y avait plus grand chose à identifier.

— Alors c'est là que vous l'avez manquée, dit Bright. Je vous parie que quelque part sous le champ d'Olney, il y avait une autre de ces bombes. Elle est restée là, dormante et en attente pendant plus de dix ans, jusqu'à ce que quelque chose la dérange et ouvre le boîtier, libérant la toxine dans l'air. Nous devons la trouver, et vite, et ensuite nous devons trouver quelqu'un qui a travaillé sur le projet allemand original. Ils devaient avoir un antidote disponible en cas d'infection accidentelle de leurs propres troupes. Ils n'auraient pas osé prendre le risque de l'utiliser autrement. Vous avez été un sacré idiot, Ryan. Vous auriez dû y penser vous-même.

Sir Robert se leva.

— Vous savez, je pense que vous pourriez avoir raison, Air Commodore. Vous me laissez la partie allemande. Le côté diplomatique relève de ma responsabilité. Ne vous inquiétez pas que je tourne autour du pot. Cela n'arrivera pas. J'aurai le soutien du Ministère de la Défense. Nous mettrons autant de pression sur le gouvernement allemand qu'il le faudra pour trouver quelqu'un avec les connaissances dont nous avons besoin. Vous et Forbes feriez mieux de mener la recherche pour trouver la bombe et prendre toutes les précautions possibles. Il se peut que la toxine se soit consumée d'elle-même comme Ryan pense qu'elle a été conçue. Si c'est le cas, vous ne devriez plus avoir d'incidences de la peste, mais vous avez encore beaucoup de personnes malades sur les bras.

— Très bien, Sir Robert, répondit Bright, se levant lui-même de sa chaise, suivi de près par Forbes.

Alors que les trois hommes se dirigeaient vers la porte, Douglas Ryan se leva derrière son bureau.

— Que voulez-vous que je fasse, Sir Robert ? demanda-t-il.

— Vous Ryan ? Ce que je veux que vous fassiez ? Je veux que vous vous asseyiez derrière votre bureau et que vous contempliez le peu de temps qu'il vous reste dans ce bureau. Ce que je veux que vous fassiez ? Je pense que vous en avez déjà fait plus qu'assez, n'est-ce pas ?

CHAPITRE 34

Bright et Forbes regardaient la Bentley avec chauffeur transportant Sir Robert Blake disparaître le long de Whitehall. Le trafic était fluide et le bruit de la circulation minimal. Un bus à impériale rouge vif passa en trombe, bondé d'acheteurs et de banlieusards, puis tout redevint silencieux. La matinée était chaude, le soleil jetant un éclat automnal rougeoyant sur les rues de Londres. Même les bâtiments les plus gris se paraient d'un éclat joyeux ces jours-là, et c'était le cas de la majorité des bâtiments gouvernementaux et autres immeubles de bureaux qui entouraient l'endroit où ils se trouvaient. Pour les deux hommes en uniforme, cependant, il aurait pu aussi bien souffler un coup de vent de force 10 et neiger, telle était l'humeur qui régnait en eux.

— Comment a-t-il pu faire cela, Monsieur ? Ryan, je veux dire. Il aurait pu nous parler des bombes biologiques dès le début, et nous aurions au moins su à quoi nous avions affaire.

— Je suis d'accord avec vous Donald, mais ce qui est fait est fait, j'en ai peur. Autant je peux condamner Ryan, autant je dois admettre qu'il n'a fait qu'agir selon les ordres qu'il a reçus il y a des années. Il a dû penser qu'il faisait ce qu'il fallait. Je ne peux tout simplement pas croire qu'un homme de son expérience et de sa position puisse rester assis et laisser tous ces gens mourir sans rien faire.

— N'aurait-il pas pu vérifier auprès de la personne qui a donné ces ordres en premier lieu ? Cette personne lui aurait sûrement donné le feu vert pour nous informer de ce qui se passait ?

— Cela dépendait de certains facteurs, Donald. Premièrement, cette personne est-elle toujours impliquée dans le gouvernement ? Il y a eu des changements depuis 1945, rappelez-vous. Il est possible qu'il s'agisse d'un député, quelqu'un qui n'est plus en fonction. Un fonctionnaire peut être encore à son poste ou avoir changé de département. Nos propres employés ont dû être impliqués dans une certaine mesure et j'ai l'intention de me renseigner auprès du Ministère de la Défense dès que nous nous séparerons. Je pense qu'il a peut-être été difficile pour Ryan de trouver quelqu'un qui lui donne l'autorité dont il avait besoin pour révéler la vérité, et son propre sens des responsabilités envers ses payeurs aurait assuré son silence, quel qu'en soit le tragique prix.

— C'est fichtrement stupide, Monsieur, voilà ce que c'est. Il nous a tous mis en danger, juste parce qu'un freluquet gonflé quelque part voulait que tout ça reste secret.

— Comme je l'ai dit, Donald, je suis d'accord avec vous, mais Ryan est maintenant le dernier de nos problèmes. Si, comme il le dit, le bacille modifié n'a qu'une durée de vie limitée, alors nous devons espérer qu'il arrive à la fin de cette période maintenant. S'il y a eu une fuite d'une bombe non découverte à Olney, alors il doit s'agir d'une fuite lente, et la toxine a été libérée sur une longue période, des semaines peut-être, sinon tout le monde aurait été infecté en même temps. Les bombes ne contenaient qu'une petite fiole de la substance, nous devons donc espérer que tout s'est dissipé dans l'air à présent. Nous le saurons si les cas cessent d'être signalés d'ici un jour ou deux.

— Je pense que je ferais mieux de retourner à Olney, Monsieur, si vous êtes d'accord.

— Oui, bien sûr, Donald. Entre-temps, nous ne pouvons qu'espérer que Sir Robert réussisse à trouver quelqu'un en Allemagne qui sache ce que les nazis faisaient. S'il existe un antidote, il pourrait aider à sauver au moins quelques-uns de ceux qui agonisent actuellement dans votre hôpital.

— Nous ne pouvons que prier pour qu'il réussisse. Vous savez monsieur ; j'aurais dû savoir que Ryan jouait un jeu tordu quand je suis arrivé à Olney.

— Oh, comment ça ?

— Il avait dit que les cas graves de peste seraient transportés par avion dans un service d'isolement spécial à Ashford, mais quand je suis arrivé au village, j'ai reçu une enveloppe scellée qu'il avait envoyée à l'avance à mon attention, et il était très clair que tous les cas devaient être traités sur place. Il n'a jamais eu l'intention de permettre à aucune de ces personnes de quitter le village. J'aurais dû savoir tout de suite que quelque chose n'allait pas.

— Peut-être lui avez-vous simplement fait trop confiance au début, Donald, comme nous l'avons tous fait. Après tout, personne ne savait qu'il avait un programme différent du nôtre. Maintenant, oubliez Ryan. C'est à nous autres de régler ce foutu problème.

— Bien monsieur, je vais y aller alors.

— Très bien. Et Donald ?

— Oui, Monsieur ?

— Faites attention, d'accord ?

— Comptez sur moi, Monsieur, ne vous inquiétez pas pour ça.

Sur ce, les deux hommes se séparèrent, Bright parcourant la courte distance jusqu'au bâtiment abritant le Ministère de la Défense, Forbes jusqu'au parking souterrain voisin où son chauffeur l'attendait dans la berline Humber noire. Le voyage se déroula sans encombre et relativement rapidement jusqu'à la RAF Northolt où son hélicoptère l'attendait pour le ramener à Olney St Mary.

Quelques minutes après son arrivée, il était de nouveau dans les airs, les pales de l'hélicoptère Sycamore se frayant un chemin dans l'air chaud, guidant le Colonel vers le village où les prochaines heures pourraient s'avérer cruciales pour les chances de guérison des habitants d'Olney. En regardant de l'hélicoptère l'immense étendue de bâtiments qui constituait la vaste métropole qu'était Londres, Forbes se sentait au moins reconnaissant que la bombe longtemps cachée n'ait pas été laissée à l'abandon dans les décombres d'un site incendié quelque part dans la ville. Le nombre de morts qu'une telle éventualité aurait causé était tout simplement trop horrible pour être envisagée. Mais bientôt, les vues de la ville cédèrent la place à des étendues de vert et de brun, tandis que l'hélicoptère se posait sur les champs du sud de l'Angleterre, au cœur de la campagne du Kent. Bientôt, il savait qu'il se retrouverait sur la terre ferme, au milieu de la plus grande horreur qui ait frappé le pays depuis la déclaration de guerre de Neville Chamberlain, quelques années auparavant. Le problème, c'était que cette fois-ci, personne dans le pays n'était au courant, à part un petit nombre de responsables, ceux qui souffraient des effets de la peste et les quelques personnes qui essayaient de les soigner et d'empêcher la propagation de l'infection.

Des fermes et des villages défilaient en contrebas, beaucoup d'entre eux ressemblant à Olney St. Mary, pensa-t-il. Cependant, ils n'étaient pas isolés de l'extérieur, livrés aux ravages d'une maladie que peu de gens pouvaient envisager, à cause de ce qu'il considérait comme la loyauté malavisée d'un haut fonctionnaire aux ordres qu'il avait reçus il y avait plus de dix ans. Forbes admettait à contrecœur que Ryan avait été très intelligent dans sa gestion de la crise. En ce qui concernait le monde extérieur, Olney St. Mary était simplement au centre d'un exercice militaire top secret, et les téléphones avaient été coupés dans le cadre de cet exercice. Toute personne appelant les télécommunications pour signaler qu'elle n'arrivait pas à joindre un numéro à Olney se voyait raconter la même histoire. Les amis et les parents des résidents pouvaient s'inquiéter de l'absence de contact avec les habitants du village, mais là encore, Ryan savait que la peste avait une durée de vie limitée, et que finalement les téléphones seraient rétablis, les troupes retirées des environs, et le village retrouverait une vie proche de la normale.

Ce fut à ce moment qu'une prise de conscience brutale et terrifiante frappa le Colonel Donald Forbes. Ryan avait voulu que toute l'affaire reste secrète. Il ne pouvait pas se permettre de laisser quiconque savoir ce qui s'était passé à Olney. Si les troupes partaient et que le village était à nouveau ouvert, il y aurait des survivants pour raconter l'histoire. Dans toute épidémie, même si elle était provoquée par l'homme, comme celle-ci, il y avait toujours un petit pourcentage d'êtres humains qui avaient une résistance intrinsèque à l'agent pathogène. Ryan s'attendait depuis le début à ce qu'il n'y ait aucun survivant, il s'attendait à ce que le village entier meure, et si c'était le cas, cela signifiait qu'il s'attendait également à ce que Forbes et la malheureuse équipe médicale rejoignent les villageois sur la liste des morts. Comment avait-il prévu de s'assurer d'un tel résultat ? Forbes se souvenait de la première réunion dans le bureau de Ryan, lorsque l'homme avait déclaré à lui-même et à Macklin qu'il ne laisserait en aucun cas la peste se répandre. L'homme avait été très sérieux. Forbes savait maintenant que si la peste n'avait pas coûté la vie à tous les habitants du village, Douglas Ryan avait prévu de détruire non seulement l'endroit lui-même, mais aussi tous ceux qui seraient restés debout après que la maladie ait suivi son cours. Ce que Forbes n'arrivait pas à décider, alors que le Sycomore franchissait la petite colline qui annonçait son approche du village sinistré, c'était si ce plan existait toujours, si Ryan avait donné des instructions à une ou plusieurs personnes inconnues pour mettre en œuvre sa politique de terre brûlée. Le Colonel réalisa qu'il ne connaissait qu'une partie du plan grotesque imaginé par Douglas Ryan. Pour la suite des événements, s'il y en avait une, Forbes pouvait-il faire confiance à quelqu'un, que ce soit à Londres, au ministère de l'Air ou parmi les siens, à Olney St. Mary ?

Les patins du Sycamore se posèrent en douceur sur l'herbe du village, et le pilote fit un signe de tête vers son passager, qui sortit par la porte latérale, en restant baisser pour éviter le souffle des pales du rotor encore en rotation. Alors que l'hélicoptère décollait, Forbes leva les yeux et salua le pilote. Voyant que Trent et McKay l'attendaient à l'entrée du chapiteau de l'hôpital, il se dirigea résolument vers eux, retournant directement dans ce qu'il croyait être sa propre version d'un enfer moderne sur terre.

CHAPITRE 35

— Ce satané Judas ! s'exclama Angus McKay lorsque Forbes eut terminé son rapport sur sa rencontre avec Ryan.

— Il s'attendait à ce que nous mourions tous, n'est-ce pas ? dit Trent avec de la colère dans la voix.

— Comment a-t-il pu ? demanda Hilary Newton, incrédule.

— Parce que l'homme travaille selon un ensemble de règles et respecte les ordres reçus à ce sujet il y a plus de dix ans, de la part de quelqu'un que nous n'avons pas encore identifié, répondit Forbes.

Il avait demandé que les autres s'abstiennent de l'informer de leurs nouvelles, aussi anxieux étaient-ils, jusqu'à ce qu'il ait transmis sa propre version des événements de Londres. À présent, le petit bureau de l'hôpital de campagne résonnait des mots de colère de toutes les personnes présentes qui exprimaient leurs sentiments à l'égard de Douglas Ryan. La critique la plus véhémente du virologue fut sans doute celle d'Angus McKay, qui avait bien sûr mené l'équipe de secours à Olney, et aurait donc été l'un des premiers à être infecté et à mourir selon le plan de Ryan. Ce fut Paul Trent qui énonça soudainement ce fait jusqu'ici ignoré :

— Mais, vous êtes toujours en vie et en bonne santé, Docteur McKay, comme moi et toute votre équipe. Le seul membre du personnel médical que nous avons perdu est la pauvre Patricia Knowles, et c'était il y a quelques jours. Si ce que le Colonel nous a dit est correct, alors Ryan pensait que nous aurions déjà tous succombé.

— Mon Dieu, Trent ! Je crois que vous avez mis le doigt sur quelque chose ! dit Forbes. Si le bacille est aussi virulent que Ryan nous l'a fait croire, alors nous devrions tous être infectés maintenant. Cela ne peut signifier que trois choses. Soit il n'est pas aussi infectieux que les fabricants allemands le pensaient, soit le bacille a fait son temps avant notre arrivée.

— Et la troisième option ? demanda Trent.

— Il se pourrait que certaines sections de la population soient immunisées. Peut-être des personnes avec certains groupes sanguins, ou avec un mélange particulier d'anticorps déjà dans leur sang, je ne sais pas, répondit Forbes.

— Je suis désolé, mais il y a une faille dans votre théorie, Monsieur, dit Guy Dearborn, qui était resté silencieux jusqu'à présent, préférant écouter et absorber ce qu'on lui disait.

— Allez-y, jeune homme. Qu'est-ce que c'est ?

— Vous avez dit qu'il se pouvait que le bacille ait atteint la fin de sa période d'infection avant notre arrivée, mais si c'était le cas, pourquoi tant de villageois ont-ils continué à tomber malades après notre arrivée ?

— C'est une bonne question, Dearborn. Il se peut qu'ils aient déjà été infectés par la maladie avant notre arrivée, mais qu'elle ait mis plus de temps à se développer et à se manifester par des symptômes physiques chez certains des résidents. Encore une fois, certains d'entre eux ont pu être capables de la combattre plus longtemps que d'autres avant qu'elle ne s'installe durablement dans leur organisme.

— En d'autres termes, le fabricant d'armes allemand n'a pas fait un travail particulièrement bon, déclara Trent. Le bacille n'est que partiellement efficace contre une population importante.

— C'est peut-être pour cela qu'il n'a jamais été utilisé contre une grande ville. Je sais qu'Olney semble avoir été un accident, puisque l'avion allemand a été abattu par l'un de nos chasseurs, mais si c'était la cible visée ? Ils auraient pu la choisir comme site de test idéal pour leur nouvelle arme. Olney est petit, assez isolé, et le Spitfire aurait pu attraper le Messerschmitt juste avant qu'il n'arrive dans la zone-cible. Il semble étrange qu'aucun autre avion allemand n'ait été retrouvé ce jour-là ou par la suite avec ces bombes à bord. Je pense que nous avons trouvé la vérité. Olney était un essai. Les Allemands pensaient avoir échoué parce que l'avion transportant les bombes a été abattu et qu'ils n'ont reçu aucun rapport indiquant que le chargement avait été largué. Peut-être que la quantité du bacille de la peste modifié n'était suffisante que pour un seul essai. Si ça avait marché, ils auraient pu se lancer dans une production en masse et l'utiliser à plus grande échelle. Qui sait ?

Ils prirent quelques instants pour laisser les mots de Forbes s'imprégner. Tout cela était si horrible à envisager. Tout le monde dans le bureau savait maintenant que les Allemands avaient l'intention d'essayer d'infecter le peuple britannique avec une peste mortelle aux proportions bibliques et que seul un coup de chance sous la forme d'un pilote de Spitfire inconnu avait empêché un essai réussi de l'arme effrayante et méprisable.

Mais cette prise de conscience ne contribuait guère à résoudre leur dilemme actuel, comme Dearborn le rappela rapidement à ses collègues.

— Nous devons encore décider laquelle des options du Colonel est la bonne, n'est-ce pas ? Pourquoi certains résidents ont-ils continué à être infectés alors que d'autres, et nous, sommes restés immunisés ?

— Tout à fait correct, Guy, répondit Trent. Nous allons devoir nous pencher sur cette question, et vite.

— Sur ce sujet, avons-nous eu d'autres admissions depuis mon départ ce matin ? demanda Forbes.

— Non Monsieur, répondit McKay. Seulement les deux d'hier.

— Il se pourrait donc que le bacille de la peste soit en train de mourir, comme le voulaient les chimistes allemands, dit Forbes avec espoir.

— Espérons-le, se risqua Trent. Si c'est le cas, nous avons toujours une salle pleine de patients qui ont besoin de notre aide, et nous n'avons toujours aucune idée de l'existence d'un antidote.

— Mais, c'est une autre chose étrange à propos de la peste, intervint une fois de plus Dearborn.

— Allez-y, Guy, qu'est-ce qui est bizarre ? demanda Hilary.

— Eh bien, lorsque la peste a commencé à montrer sa vilaine petite tête, la plupart des victimes ont contracté la maladie et sont mortes dans les deux ou trois jours. Les victimes suivantes ont toutes survécu plus longtemps avant de succomber, et certaines des admissions les plus récentes ne semblent pas être aussi affectées par les symptômes. Je pense qu'il y a une chance que le taux de guérison s'améliore, statistiquement parlant, à mesure que les dernières admissions progressent dans les phases de l'infection.

—Je pense qu'il a raison Monsieur, reprit McKay en accord avec Dearborn. Peut-être que la toxine perd un peu de sa virulence quand elle commence à perdre sa puissance. Cela correspondrait à ce que vous avez dit précédemment.

— Je suis d'accord McKay. Bien vu, Dearborn. Peut-être que nous pourrons encore vaincre cette chose. Maintenant, tout ce que nous avons à faire est de trouver la source de la fuite. Il doit y avoir une douille de bombe quelque part près du village, un endroit qui a permis à la population de rongeurs d'être infectée en premier lieu, puis les gens en second lieu. Peut-être que les deux garçons jouaient régulièrement à un endroit, près de la source, et ont attrapé l'infection de cette façon. Il se peut même qu'il ait été déplacé de son emplacement initial entre le moment où les rongeurs ont été infectés et celui où la population humaine a contracté la maladie.

— Oui, Monsieur, vous pourriez avoir raison, dit Angus McKay. Maintenant, à ce sujet, puisque vous avez dit ce que vous vouliez dire, je pense que vous devriez entendre ce que nous avons découvert pendant que vous vous amusiez à mettre le docteur Ryan sur la sellette.

Forbes se rendit compte que les autres avaient été impatients de lui annoncer leurs nouvelles. Il se détendit un peu et s'assit sur sa chaise tandis que Paul Trent lui racontait les événements du matin, sa conversation avec Greaves et Sweeney, et la corrélation entre leur histoire et ce qu'il avait appris lui-même de Ryan. Lorsqu'ils eurent terminé, il savait qu'ils ne tarderaient pas à trouver ce qu'ils cherchaient. Ce fut Guy Dearborn, une fois de plus, qui leur fournit la pensée inspirante qu'ils recherchaient.

— D'après ce que j'ai entendu ici, et d'après ce que l'agent Greaves et M. Sweeney ont dit, je pense que la solution est maintenant assez évidente. L'avion allemand s'est écrasé dans le champ là-bas.

Il l'indiqua la direction du lieu du crash.

— On peut donc supposer que la bombe est tombée à l'origine assez près de l'avion. Mais, après la guerre, les restes de l'avion ont été emportés, laissant la bombe quelque part sous terre, peut-être. Puis le champ lui-même a cessé d'être un champ et...

— Le terrain de jeu ! Le fichu terrain de jeu des enfants ! s'exclama Forbes. Il faut que ce soit à proximité de l'aire de jeu.

— Mais toute la zone a été fouillée auparavant par les gars du régiment, Monsieur, dit McKay.

— Pas assez bien semblerait-il, M. McKay. Pas assez bien du tout.

CHAPITRE 36

Le lendemain, la situation à Olney semblait s'être quelque peu stabilisée. Aucun nouveau cas de peste ne fut admis à l'hôpital de campagne, et ceux qui occupaient déjà les lits ne montraient aucun signe de détérioration. Même le pasteur Grafton était assis dans son lit, plaisantant avec les infirmières, tout comme son voisin, Billy Wragg, qui avait semblé si proche de la mort le jour précédent. Wragg était moins enclin que le pasteur à croire à une intervention divine, mais il ne pouvait s'empêcher de plaisanter en disant que sa proximité avec Grafton pendant qu'il priait avait peut-être aidé.

— Si Dieu a touché le pasteur, alors peut-être qu'un peu de sa bonne volonté a débordé sur mon lit, avait-il dit à Edith Kinnaird ce matin-là.

Quelle que fut la raison de l'amélioration de Grafton et Wragg, on pouvait en dire autant de presque tous les autres. Le nombre de morts semblait avoir cessé d'augmenter, et les médecins et les infirmières s'autorisaient un bref et prudent espoir que le pire était peut-être passé.

Chaque patient recevait des doses supplémentaires de streptomycine dans l'espoir que l'antibiotique puisse combattre toute infection résiduelle. En outre, sur ordre de Forbes, ils recevaient tous des doses supplémentaires d'une variété de sulfamides, qui avaient été utilisés avec succès pour traiter la peste dans les épidémies mineures depuis les années 1930. Toute personne vivant au-delà du quatrième jour d'infection devait être considérée comme étant en phase de guérison. Bien que l'évolution normale de la maladie voyait les patients mourir au bout de trois ou quatre jours, la nouvelle souche tuait les patients infectés en deux ou trois jours, de sorte que toute survie au-delà de ce point était considérée comme une victoire à la fois pour le patient et pour les médecins.

Alors qu'une sorte de paix s'installait sous le chapiteau de l'hôpital, l'attention se concentrait sur la localisation de la dernière bombe non explosée. Forbes avait demandé à Trent d'organiser une réunion tôt ce matin-là avec Greaves et Sweeney, qu'il estimait être les plus qualifiés pour l'aider, lui et son équipe, à trouver l'arme mortelle qui se trouvait parmi eux.

À présent, les quatre hommes, plus Dearborn et Hilary Newton, étaient à nouveau assis autour de la table de la cuisine d'Hilary, avec des plans du village étalés devant eux. Forbes n'avait pas perdu de temps pour faire envoyer par avion, la veille, des cartes et des plans détaillés d'Olney St. Mary depuis le siège du Conseil du comté à Maidstone. Il disposait également des rapports de la RAF sur l'enlèvement de l'avion de chasse allemand écrasé, provenant des archives du ministère de la Défense et envoyés par le même hélicoptère que les plans du village. Tout ce que lui et les autres avaient à faire à présent était de les comprendre et d'identifier le lieu de repos probable de leur cible.

— Regardez, c'est ici que l'avion s'est écrasé, dit Forbes, en montrant une petite croix sur le plan quadrillé du site de l'accident, établi par la RAF.

— En plein milieu de l'endroit où se trouve maintenant le terrain de jeu, dit Trent.

— Oui, mais il faut se rappeler que c'était un champ à l'époque, ajouta M. Sweeney. Le sol aurait été mou et aurait permis à l'avion et à son épave de s'y enfoncer, comme nous le savons. La bombe aurait pu être projetée depuis l'épave et se retrouver assez loin de l'endroit où le fuselage s'est immobilisé.

— Alors, où pensez-vous que l'on puisse commencer, Mr Sweeney ? demanda Forbes.

— Ce doit être un endroit que nous avons négligé jusqu'à présent, ou du moins un endroit qui n'aurait pas été fouillé de trop près. Je me souviens qu'après la guerre, lorsqu'ils ont nettoyé l'épave, il s'est écoulé plusieurs semaines avant que Simon Parkes n'annonce qu'il allait vendre le champ au village. Puis, quelques mois plus tard, les pelleteuses ont commencé à creuser le champ et les fondations ont été posées pour le terrain de jeu. Je pense que la bombe a probablement été déterrée par l'un des excavateurs, et peut-être enterrée à nouveau dans le sous-sol, là où se trouve maintenant l'aire de jeux.

— Mais le terrain de jeu a été bétonné, dit Hilary. Comment la bombe aurait-elle pu se retrouver à la surface après toutes ces années ?

—Je pense avoir la réponse à cette question, répondit le policier. Il y a environ six mois, le conseil a payé pour qu'un nouveau tourniquet soit installé dans la cour de récréation, vous vous souvenez Michael ?

— Bien sûr que oui, dit Sweeney, et je crois savoir ce que vous allez suggérer, mais allez-y Keith, dites-leur.

— Pour installer le nouveau tourniquet, ils ont dû enlever l'ancien, déclara Greaves. Pour ce faire, ils ont dû faire appel à une pelleteuse pour casser le béton autour de l'équipement existant, qui était enfoncé dans le sol. Ensuite, le nouvel équipement a été installé, et du béton frais a été posé autour. C'est peut-être à ce moment-là que la bombe a été délogée.

— Et, ajouta M. Sweeney, lorsqu'ils ont creusé l'ancien, ils ont déversé une certaine quantité de gravats et de terre argileuse dans l'ancien fossé de drainage, de l'autre côté de l'aire de jeux, juste au-dessus de la clôture, là où cela ne pouvait nuire à personne, aux enfants en particulier.

— Et je parie que si nous regardons attentivement, nous trouverons des fragments de l'enveloppe de la bombe, ou même l'ensemble, s'échappant lentement, quelque part sous ces décombres, où beaucoup d'enfants jouent régulièrement, déclara Forbes.

— Bien sûr, dit Trent en se mêlant à la conversation. Les hommes qui ont cherché auraient regardé tout autour de ces gravats dans le fossé, mais sans être certains de ce qu'ils cherchaient, ils n'auraient pas pensé à regarder *en dessous*.

— Il n'y a pas que ça, il y a beaucoup de gravats, et il leur aurait fallu une pelleteuse ou au moins beaucoup de muscles pour les déplacer. Trois hommes n'auraient pas été capables de le faire, déclara M. Sweeney.

— Eh bien, Colonel ? demanda Trent. Quelle est notre prochaine étape ?

Forbes resta silencieux juste assez longtemps pour que ses pensées formulent un plan d'action. En quelques secondes, il répondit à la question de Trent.

— Est-ce que quelqu'un dans le village ou dans une des fermes locales a quelque chose qui peut faire le travail d'une excavatrice Agent Greaves ?

—Je suis sûr qu'il y a beaucoup de fermes qui ont quelque chose que nous pouvons utiliser.

— Un tracteur avec deux fourches pour soulever les balles, c'est ce qu'il nous faut, lança M. Sweeney. Nous pouvons utiliser les fourches, avec des planches attachées, pour soulever les gravats du fossé.

— Ça ira pour l'instant, dit Forbes, jusqu'à ce que je puisse avoir une pelleteuse normale ici, ce que je vais organiser tout de suite. Entre-temps, Docteur Trent, peut-être pourriez-vous demander à McKay de contacter les gens de Porton Down et de faire en sorte qu'un certain nombre de combinaisons NBC nous soient envoyées par avion.

— Des combinaisons NBC ? demanda Greaves.

— Combinaisons de protection contre la guerre nucléaire, biologique et chimique, agent, répondit Forbes. Elles offriront un haut niveau de protection à toute personne travaillant à proximité de la bombe. Il se peut que le bacille ait épuisé son cycle de vie modifié, mais nous ne pouvons pas prendre de risques. Jusqu'à ce que ces combinaisons arrivent, personne ne s'approche de ce terrain de jeu. Vous pouvez y veiller, Agent Greaves ?

— Laissez-moi faire, Colonel. Je vais m'assurer que c'est bien fermé. Je peux vous emprunter deux de vos gars du régiment de la RAF ?

— Ils sont à votre disposition, dit Forbes, avec une expression de détermination sinistre sur le visage. Maintenant, jusqu'à ce que nous sachions si Sir Robert a eu du succès avec les Allemands, c'est à nous de faire ce que nous pouvons pour résoudre ce problème à sa source. Je suggère que nous nous mettions tous au travail !

La réunion se termina. Greaves partit le premier, en direction de la tente d'hébergement des hommes de la RAF, où il demanda rapidement l'aide de deux des hommes qui s'y trouvaient pour commencer à fermer le terrain de jeu. Hilary accompagna Sweeney à la ferme de Simon Parkes, où ils parvinrent rapidement à convaincre le fermier de leur prêter son tracteur à fourche. Sweeney le conduisit jusqu'au village avec Hilary sur l'un des grands garde-boues arrière du tracteur. Ils étaient impatients de commencer, mais savaient qu'ils devaient attendre l'arrivée des combinaisons NBC. Forbes leur avait assuré que l'hélicoptère arriverait en moins de deux heures, une fois que McKay aurait passé l'appel, ce qu'il fit dans la minute qui suivit l'arrivée de Trent dans le bureau de l'hôpital et la transmission de l'ordre de Forbes.

Un nouveau sentiment de détermination semblait émaner de chacun de ceux qui participaient à l'opération de secours. Même les membres de l'équipe de Forbes qui travaillaient dur à l'hôpital ne tardèrent pas à ressentir l'optimisme et les attentes croissantes. Guy Dearborn commença à siffler un air joyeux pour lui-même alors qu'il s'occupait des besoins du pasteur Grafton.

— Dans la joie et la bonne humeur, Docteur Dearborn ? Mon Dieu, les choses doivent s'améliorer à Olney St. Mary. Je n'ai pas vu quelqu'un d'aussi joyeux depuis des jours, et je soupçonne que ce n'est pas dû à la délicieuse infirmière Kinnaird en cette occasion.

Dearborn rougit à la mention d'Edith mais sourit joyeusement à Grafton.

— Peut-être que je ne devrais pas dire ça maintenant, Pasteur. C'est un peu prématuré, mais, eh bien, nous pensons savoir ce qui a causé la peste dans le village, et nous pensons aussi pouvoir l'arrêter sans perdre d'autres patients.

— Eh bien, eh bien. Alors vous pensez qu'il y a de l'espoir pour moi après tout, hein Docteur ?

—Je pense que oui, Pasteur. Je pense que c'est possible, oui.

— Tu vois, je t'avais dit que ces prières aideraient, dit une voix du lit voisin.

— Oui, Billy Wragg, bien sûr que tu l'as fait, dit Timothy Grafton d'un air sceptique.

Dearborn et lui se regardèrent et se mirent à rire de façon incontrôlable.

Lorsque le soleil perça les nuages épars qui avaient recouvert le village pendant la majeure partie de la matinée et que des rayons illuminèrent le village, Olney St. Mary commença à ne plus ressembler à un camp de la peste et ressuscita lentement des ténèbres du désespoir pour revenir dans la lumière du monde des vivants.

L'espoir renaissait !

CHAPITRE 37

Sir Robert Blake replaça le récepteur téléphonique sur son socle. L'instrument en bakélite noire était chaud d'avoir été en contact avec sa main pendant si longtemps. Suite à sa rencontre avec Ryan la veille, Sir Robert avait mis en marche les rouages qui, espérait-il, mèneraient enfin à une solution au problème de la peste à Olney. Tout d'abord, il avait parlé au Ministre de la Santé, qui s'était déclaré consterné par l'adhésion scrupuleuse et servile de Ryan aux ordres qu'il avait reçus tant d'années auparavant. Le ministre, Andrew Dodson, avait immédiatement ordonné la révocation de Ryan de son poste au Ministère de la Santé, bien que, pour maintenir un niveau de normalité et ne pas éveiller les soupçons, Ryan soit autorisé à démissionner pour "raisons de santé" et à quitter son poste à la fin du mois. Cependant, à toutes fins pratiques, Charles Macklin était maintenant aux commandes du département de Ryan. Ensuite, Dodson s'était entretenu avec le Premier Ministre, qui l'avait autorisé à contacter le gouvernement allemand pour tenter de retrouver toute personne ayant connaissance des bombes fabriquées à l'usine Straub. Un appel à son homologue du gouvernement fédéral de l'Allemagne de l'Ouest entraina une coopération immédiate et mena Blake à un fonctionnaire peu connu du ministère allemand de l'Intérieur, Klaus Haller.

Haller était un expert des programmes d'armement secrets des nazis pendant la Seconde Guerre mondiale, son père étant un scientifique bavarois enrôlé par les nazis pour travailler sur divers projets, et qui avait fini par mourir lorsqu'une explosion chimique détruisit le complexe industriel dans lequel il travaillait. Une fois adulte, le jeune Haller s'était mis en tête de découvrir tout ce qu'il pouvait sur l'industrie des munitions d'Hitler. Il était certain que de nombreux enfants avaient dû perdre leur père ou leur mère dans des circonstances similaires, certains d'entre eux étant des ressortissants étrangers que les nazis avaient déportés de leurs pays pour les faire travailler dans les programmes d'armement. Haller voulait être en mesure de fournir des informations à toutes ces victimes, et sa cause était devenue une sorte de Saint Graal pour le jeune Allemand.

Haller parlait un excellent anglais et au cours d'une conversation téléphonique d'une heure avec Blake, il avait révélé beaucoup de choses que Sir Robert avait trouvées terrifiantes et surprenantes. Les Allemands avaient apparemment une bonne longueur d'avance sur les Alliés dans la technologie des armes biologiques ou chimiques pendant la Seconde Guerre mondiale, un fait qui avait troublé Blake. Haller l'informa qu'il connaissait le type d'armement faisant l'objet de recherches à l'usine Straub, mais qu'il n'était pas au courant d'essais sur le terrain, comme les bombes d'Olney. À un moment de la conversation, il avait laissé Blake en attendre au téléphone, et Sir Robert avait entendu le bruit de tiroirs de classeurs s'ouvrant et se fermant en fond sonore.

Finalement, après ce qui avait semblé être une éternité pour Blake, Haller avait repris le téléphone. S'excusant pour l'attente, il avait expliqué qu'il cherchait des fichiers spécifiques qui ne listaient pas seulement les projets menés à l'usine, mais aussi ceux qui y travaillaient. Ce n'était pas une tâche facile, car chaque projet avait un nom de code, et il n'y avait donc pas de fichier indiquant "Bombes porteuses de peste", par exemple. En fait, expliqua-t-il, le mot "peste" n'apparaissait nulle part dans les dossiers de Straub. Blake avait d'abord été découragé, mais Haller lui avait dit qu'il avait trouvé quelque chose d'intéressant, et que cela pouvait être ce que l'Anglais cherchait. Dans un dossier intitulé "Épissage biologique des bacilles", Haller avait découvert les résultats d'une série d'essais menés par un groupe de médecins sous la direction du docteur Hans Dreschler. Il y avait enfin trouvé une référence à la peste, et une tentative d'introduire une bactérie secondaire dans le patrimoine génétique du bacille de la peste. Cette expérience avait échoué, mais l'équipe de recherche allemande avait trouvé un moyen d'ajouter un catalyseur synthétique dans un environnement contrôlé qui faisait que le bacille de la peste modifiait suffisamment ses caractéristiques pour qu'il agisse presque deux fois plus vite dans son attaque sur les corps de ceux qui étaient infectés. Il avait été testé dans un laboratoire scellé de l'usine Straub, et avait d'abord donné des résultats satisfaisants lorsqu'il avait été utilisé sur des rats, des souris et d'autres rongeurs. Effroyablement, Haller avait rapporté à Blake que le nouveau bacille avait ensuite été lâché sur un certain nombre de prisonniers de guerre russes, transportés à l'usine depuis le camp de concentration dans lequel ils avaient été emprisonnés.

Un document séparé dans le dossier montrait que la plupart des prisonniers étaient morts dans les quarante-huit à soixante-douze heures suivant l'exposition, prouvant ainsi que les scientifiques avaient réussi à accélérer les effets de la peste d'au moins vingt-cinq pour cent. Tous les prisonniers étaient morts, sans avoir reçu de soins médicaux bien sûr, et c'était la première fois que l'on constatait que quelque chose allait mal dans l'expérience. En plus des prisonniers, deux médecins et un aide-soignant participant à l'expérience contractèrent également la peste et en moururent. Les travaux furent alors suspendus en attendant la découverte d'un moyen sûr d'administrer la toxine tout en protégeant ceux qui l'utilisaient comme arme offensive.

La réponse fut trouvée un mois plus tard, lorsqu'un membre de l'équipe travaillant sur le projet ajouta une quantité microscopique de mercure à la suspension liquide qui contenait le bacille. La quantité de mercure était si faible qu'elle n'avait aucun effet sur la bactérie initiale, mais au fil du temps, les cellules de la peste commencèrent à mourir et devinrent finalement inoffensives. Le document rapportait que les scientifiques et les médecins impliqués dans l'expérience furent ravis des résultats de leur travail et un deuxième essai avec des prisonniers fut réalisé presque immédiatement. Une fois de plus, tous les prisonniers moururent, mais cette fois-ci, ils furent laissés sans surveillance par le personnel de recherche. Ensuite, les corps furent laissés sur place pendant six jours, le temps estimé pour que le bacille soit dégradé et tué par l'infusion de mercure. Un nouveau groupe de prisonniers fut envoyé pour enlever les corps, puis ce groupe fut placé dans une pièce scellée et surveillé pendant sept jours. Aucun d'entre eux n'avait contracté la peste, bien qu'ils devaient être dans un état pitoyable lorsque les Allemands les firent sortir de cette pièce, n'ayant eu que de l'eau et une petite réserve de pain et de fromage pour les maintenir en vie tout au long de leur attente angoissante pour voir s'ils allaient eux aussi mourir de la mort horrible imposée à leurs compatriotes.

Haller tenait à dire à Blake qu'il n'était plus fait mention des prisonniers qui avaient dégagé les corps. Les deux hommes pouvaient deviner leur sort ! Ayant survécu à l'expérience, ils n'auraient plus été d'aucune utilité pour les chercheurs et auraient été placés dans le premier transport disponible vers un camp d'extermination.

Sir Robert Blake avait écouté tout cela avec un mélange de choc et de dégoût. Bien que le monde ait appris beaucoup de choses sur la brutalité et l'inhumanité des nazis à la fin de la guerre, certains faits relatifs au traitement cruel des prisonniers russes étaient encore révélés, et la puissance d'un tel témoignage pouvait encore susciter l'horreur chez ceux qui l'entendaient.

Maintenant, cependant, il avait une autre priorité que celle de poursuivre les criminels de guerre nazis. Alors que Haller avait terminé son exposé des faits concernant les expériences sur la peste à l'usine Straub, Blake pouvait posé les questions qu'il attendait de poser.

— Herr Haller, y a-t-il quelque chose dans les documents que vous possédez qui mentionne un antidote au bacille de la peste modifié, et deuxièmement, y a-t-il quelqu'un qui a travaillé dans cette installation qui pourrait nous aider ?

— Je crains qu'il n'y ait aucune mention d'un antidote ou d'un remède d'aucune sorte, Sir Robert. Cela ne veut pas dire, bien sûr, qu'une telle chose n'existe pas. Il se pourrait bien que l'information concernant un tel antidote soit contenue dans un autre fichier, peut-être quelque part ailleurs dans mon registre ou peut-être enfermé dans le coffre-fort de la mémoire de l'un de ceux qui ont participé aux expériences.

— Ce qui nous ramène à ma deuxième question ?

— Ah oui, bien sûr. Je crains que Hans Dreschler ne nous soit d'aucune aide. C'était un fervent nazi qui, plutôt que de se rendre à l'évidence que l'Allemagne avait perdu la guerre, a préféré se faire sauter la cervelle dans son bureau à l'usine le jour où Berlin est tombé aux mains de l'armée soviétique. Nous avons cependant plus de chance avec deux de ceux qui ont travaillé avec lui. Comme mon père, ils ont tous deux été forcés de travailler pour Straub, leurs familles ayant été prises en otage et détenues dans des camps de concentration pour s'assurer de leur coopération. La dernière fois que l'on a entendu parler de Franz Adler, il vivait à... non attendez, je suis désolé, Sir Robert. Adler est mort l'année dernière dans un accident de la route. Il a été percuté par un tram alors qu'il traversait la rue. Il nous reste donc Wilhelm Koenig. Il était jeune, seulement 26 ans, quand il a été forcé de travailler pour les nazis. Il avait un esprit brillant au dire de tous, et son dossier indique qu'il a quitté l'Allemagne après la guerre. Les nazis n'ont pas tenu parole concernant sa famille, bien sûr. Sa mère, son père et ses deux sœurs ont été gazés à Auschwitz.

— Vos dossiers indiquent-ils où il est allé, Herr Haller ?

— Mais bien sûr, Sir Robert. Nous, les Allemands, sommes connus pour notre efficacité à tenir des registres, n'est-ce pas ?

— Tout à fait.

— *Ja*, bien, voyons voir.

Il y eut une courte pause, et Blake pouvait entendre le bruissement des papiers tandis que Haller fouillait dans le dossier devant lui. Puis :

— C'est ici. *Mein Gott* ! Vous n'allez pas le croire, Sir Robert.

— Qu'y a-t-il, Haller ? Dites-moi, s'il vous plaît.

— Eh bien, c'est trop beau pour être vrai. À la fin de la guerre, Koenig a quitté l'Allemagne et a travaillé pour la Rausch Corporation à Zurich. Il avait été absous de toute responsabilité dans les événements de Straub, en raison de sa situation familiale et de sa contrainte par les nazis. Puis, il y a deux ans, il a accepté un poste de chercheur auprès de la Fondation MacKinnon en Angleterre. Il travaille actuellement, du moins d'après mes dossiers, dans leurs laboratoires de recherche et développement près de la ville de Bristol. Il ne doit pas être loin de vous, Sir Robert. Même maintenant, la solution à votre problème pourrait être sur le pas de votre porte.

Blake était impressionné et ravi de la nouvelle et de la coopération qu'il avait reçue de Haller.

— Je ne peux pas vous remercier assez, Herr Haller. Au nom du gouvernement de Sa Majesté, je tiens à vous faire part de ma reconnaissance pour votre aide dans cette affaire. S'il vous plaît, transmettez mes remerciements à vos propres supérieurs. Vos informations ont été d'une immense aide.

— Pas encore, Sir Robert, mais peut-être qu'une fois que vous aurez parlé à Koenig, alors vous aurez une raison de me remercier. D'ailleurs, c'est probablement le meilleur homme pour vous aider avec ce problème. Les archives montrent qu'il travaillait directement sous les ordres de Dreschler. Si quelqu'un connaît les réponses à vos questions, c'est bien lui.

La conversation se termina par les adieux mutuels des deux hommes, et la promesse de Blake de tenir Haller informé des progrès réalisés. Après tout, le gouvernement ouest-allemand serait très embarrassé si la nouvelle de l'attaque biologique contre l'Angleterre venait à se répandre, et Blake avait promis que la coopération totale des autorités allemandes garantirait le silence du gouvernement britannique. Blake avait été surpris de trouver quelqu'un d'aussi désireux et capable de l'aider que Haller. Il considérait comme une grande chance d'avoir été mis en relation avec un homme qui croyait tellement en la nécessité de déraciner les vieux maux qui se cachaient encore dans son pays. Klaus Haller, décida-t-il, était un homme bon.

Maintenant, alors que le téléphone refroidissait sur son socle, Sir Robert actionna un interrupteur sur l'interphone qui le reliait à sa secrétaire. Quelques minutes plus tard, Blake fut de nouveau au téléphone, ayant été mis en relation avec le chef de la police du Somerset, l'autorité policière du comté qui couvrait la région où travaillait Koenig. Blake avait décidé qu'il n'y avait pas de temps à perdre avec les subtilités. L'ordre fut donné d'aller chercher le scientifique allemand et de le transporter jusqu'à la base de la RAF la plus proche, d'où il serait directement envoyé par avion à Olney St. Mary, où le Colonel Forbes et les autres l'attendraient. Si Koenig savait quelque chose, il serait au bon endroit pour fournir les réponses qu'ils cherchaient.

CHAPITRE 38

Bien que Donald Forbes ait été prévenu par le téléphone d'Hilary Newton de l'arrivée du scientifique allemand, il n'était pas du tout préparé à l'apparence physique de l'homme qui descendait du dernier hélicoptère Sycamore à atterrir sur la place du village d'Olney. Des deux hommes qui descendirent de l'hélicoptère, qui se baissèrent et coururent pour éviter le courant descendant des rotors, l'un portait l'uniforme de la police de la RAF, ce qui signifiait que l'autre ne pouvait être que Wilhelm Koenig. Forbes n'était pas sûr de ce à quoi il s'attendait, mais le fait qu'on lui ait dit que Koenig était un dissident des idéaux des nazis qui avait été forcé de travailler sur leur programme de recherches en armement avait conditionné le Colonel à s'attendre à un individu petit, timide et probablement intimidé. La réalité était bien différente.

L'homme qui s'avançait maintenant résolument vers lui, avec le caporal de la police de la RAF à ses côtés, avait l'air jeune, grand, au moins 1,80 m, avec les yeux bleus et les cheveux blonds qui caractérisaient si bien le parfait type aryen vanté par Hitler et ses acolytes. Sa démarche était celle d'un homme sûr de lui, et alors qu'il se rapprochait du Colonel, Forbes pouvait déceler un air de colère sur le visage de l'homme.

— Êtes-vous le responsable ? demanda l'Allemand alors qu'il se trouvait face à Forbes. Peut-être, si vous l'êtes, seriez-vous assez aimable pour m'informer de la raison pour laquelle j'ai été enlevé de force de mon lieu de travail légitime, embarqué dans une voiture de police, puis poussé dans un hélicoptère qui m'a amené sous bonne garde jusqu'à cet endroit, où qu'il soit, sans même un seul mot d'explication !

— Herr Docteur Koenig, bonjour à vous. Tout d'abord, oui, je suis le responsable, et s'il vous plaît, je dois vous demander de vous calmer. Je suis le Colonel Donald Forbes, et je suis, comme vous, un médecin, mais dans mon cas, de type médical. Je suis désolé que vous ayez été traité si brutalement par ceux qui sont venus vous chercher, mais le temps est compté dans l'affaire qui nous a tous amenés ici, qui, soit dit en passant, est le village d'Olney St. Mary.

— Et pourquoi suis-je ici ?

M. Forbes avait espéré que la mention du nom du village aurait pu toucher une corde sensible chez Koenig, si tant est qu'il s'agissait d'une partie délibérée du plan de guerre allemand visant Olney, mais sa réaction laissait penser le contraire.

— Vous avez été amené ici Herr Koenig, parce que nous pensons que vous pouvez nous aider à résoudre un certain dilemme médical, lié au temps que vous avez passé pendant la guerre à travailler sur certaines recherches à l'établissement de munitions Straub.

Le comportement de Koenig changea instantanément. L'agressivité et la colère disparurent, remplacées par un regard triste et un soupçon d'intérêt.

— Âh, c'était une époque difficile, Colonel. Je dois admettre que j'éprouve une grande tristesse chaque fois que je repense aux choses que nous avons été forcés de faire au nom de la patrie.

— Je comprends que vous avez été forcé de travailler là-bas contre votre volonté ?

— C'est exact. Ma famille a été retenue en otage pour s'assurer de ma coopération, et même alors, elle n'a pas été autorisée à vivre. J'ai appris après la guerre que dès que j'ai été mis au travail à l'usine, ils ont tous été tués. Les lettres que je recevais d'eux n'étaient que d'habiles faux, pour essayer de me remonter le moral et me faire travailler plus dur dans la conviction que je les reverrais un jour.

— Je suis désolé pour votre perte, Herr Koenig, mais maintenant nous sommes confrontés aux terribles conséquences de quelque chose qui a été développée à Straub, et nous croyons que vous avez été impliqué dans sa création.

Koenig regarda l'endroit où ils se trouvaient, et comme s'il ne l'avait pas déjà fait, ses yeux scrutaient maintenant le chapiteau, les tentes qui l'entouraient, et la grande croix rouge sur fond blanc qui ornait le toit en toile de l'hôpital lui-même. Son esprit sembla vagabonder, ses yeux devinrent vitreux pendant quelques secondes, puis ils se fermèrent alors qu'il permettait à son esprit de remonter le temps, de se souvenir de choses qu'il avait peut-être voulu oublier. Le visage de Koenig s'illumina soudain d'une lueur de compréhension alors que les mots de Forbes lui parvenaient.

— L'expérience de la peste améliorée ! s'exclama-t-il alors qu'il réalisait l'horreur de la situation.

— La seule et unique, j'en ai peur, confirma Forbes.

— Mon Dieu ! Mais je n'aurais jamais pensé qu'ils l'utiliseraient. C'était trop instable, déclara le scientifique horrifié.

— Vous ne saviez pas alors ?

— Non, je le jure, Colonel, je n'en avais aucune idée. Nous avons essayé tant de façons de le faire fonctionner, mais l'espérance de vie du bacille ne pouvait pas être suffisamment contrôlée. Certaines souches étaient infectieuses pendant quelques jours seulement, d'autres pendant des semaines. Nous n'aurions pas pu envoyer des troupes après une attaque avec une fourchette de temps aussi erratique d'expositions potentiellement mortelles.

— Étiez-vous au courant de tout le travail de Dreschler ?

— Il y avait quelques expériences qu'il gardait pour lui. Peut-être que, même si j'ai été forcé de travailler là-bas sous la menace, on ne me faisait pas totalement confiance. Il semble, d'après ce que vous me dites, qu'il ait trouvé un moyen de stabiliser suffisamment la vie du bacille modifié pour permettre un essai d'attaque ?

— C'est ce à quoi cela ressemble Herr Docteur. Maintenant, la chose que nous avons vraiment besoin de savoir est la suivante. Je dois supposer qu'en plus de la production des bombes, des travaux ont dû être effectués sur un antidote, en cas d'exposition accidentelle ?

— Ah, vous voulez dire Katya !

— Excusez-moi ?

— Katya. Dreschler donnait souvent des noms de femmes à ses dossiers secrets, et il avait choisi Katya pour celui-ci. Je suppose que quelqu'un en Allemagne s'est penché sur la question et n'a trouvé aucune référence à un antidote ? Si c'est le cas, c'est la raison. Qui penserait à consulter un dossier appelé Katya en cherchant un remède contre la peste ?

— Alors, il y a un remède ?

— En quelque sorte, Colonel. Comme vous l'avez si intelligemment supposé, il était impératif que nous trouvions un moyen de contrer toute exposition accidentelle de nos troupes si elles devaient arriver dans une zone encore infectée. Nous avons découvert que la maladie pouvait être arrêtée dans sa progression en administrant de fortes doses d'un médicament synthétique que Dreschler a lui-même mis au point. Il combinait les nouveaux antibiotiques qui venaient d'être découverts avec une petite quantité de mercure liquide, comme celui utilisé dans la fabrication du bacille modifié.

— Bon Dieu, vous voulez dire que vous avez donné du mercure, un poison mortel, à des êtres humains vivants ?

— Oui, nous l'avons fait. La dose était si faible qu'elle n'a pas eu d'effet toxique durable sur les patients, et elle a également servi à tuer le bacille de la peste comme elle l'a fait dans le composé offensif réel, bien sûr. Vous êtes en train de me dire que vous avez des patients sévèrement infectés ici dans ce village ?

— C'est tout le problème, Herr Docteur. Nous ne savons pas à quel point ils sont infectés parce que nous ne savions pas comment la maladie agissait sur le système humain. Aussi, nous ne savons pas si le pire est passé. La plupart des patients du début sont morts en trois jours, mais certains des nouveaux patients semblent tenir le coup, ayant survécu un quatrième ou cinquième jour, et nous espérons que la maladie a atteint son point d'extinction naturelle. Nous avons encore besoin de savoir comment la guérir, car nous n'avons pas encore trouvé les restes de la bombe, et il pourrait y avoir plus de toxine attendant de s'échapper.

— Alors, Colonel, nous n'avons pas de temps à perdre. Avez-vous accès à un téléphone d'où je pourrais parler à la personne qui vous aide en Allemagne ?

Forbes emmena le grand et bel homme au domicile d'Hilary Newton. Là, pendant la demi-heure qui suivit, le scientifique s'engagea dans une conversation avec Klaus Haller. Pour des raisons de rapidité, ils s'exprimaient dans leur langue maternelle et, à part quelques mots et références à "Katya", Forbes n'avait pas la moindre idée de ce dont ils parlaient. Finalement,

Wilhelm Koenig replaça le téléphone sur son socle et se tourna vers l'officier de la RAF qui attendait et vers le docteur Newton, à qui on n'avait rien dit lorsque les deux hommes sont entrés chez elle, si ce n'était qu'il était impératif que Koenig utilise son téléphone.

— Katya existe, dit Koenig en souriant, ou, du moins, le fichier contenant la formule pour sa production existe. Il est impératif bien sûr que la bonne dose soit administrée, pour éviter d'empoisonner les patients, mais je suis sûr que nous pouvons résoudre ce petit problème. Herr Haller envoie le dossier à votre Sir Robert Blake par fax en ce moment même, et vous devez trouver un moyen de le faire parvenir à mon laboratoire de recherche à Bristol dès que possible. Je présume que vous n'avez aucune objection à ce que je travaille à la production de l'antidote dont vous avez besoin, Colonel ?

— Aucune objection, Herr Docteur. Je vous ferai revenir par avion dès que je pourrai appeler un hélicoptère, sans l'escorte de la police cette fois, je pourrais ajouter. Je m'assurerai de demander à Sir Robert de transmettre le fax de Haller directement à votre établissement de Bristol pour que vous puissiez commencer à travailler immédiatement. Je n'ai qu'une seule question.

— Oui ?

— Comment saurez-vous évaluer la force de l'antidote sans connaître la souche exacte du bacille que Dreschler a utilisé dans les bombes ? Vous avez dit que les exemples sur lesquels vous avez travaillé étaient instables, alors comment pouvez-vous être sûr qu'il ne l'a pas modifié d'une manière ou d'une autre avant que ce spécimen d'essai ne soit autorisé à être utilisé ?

— Cela, mon bon Colonel, c'est l'impondérable. Nous devons espérer que l'essence de la toxine n'a pas été modifiée de manière significative avant qu'ils n'autorisent le largage des bombes.

— Les bombes n'ont pas vraiment été larguées, souvenez-vous. L'avion a été abattu, et elles n'ont pas explosé comme prévu.

— Alors nous devons en être éternellement reconnaissants. C'était typique de Dreschler, je dois dire, d'utiliser un avion de chasse comme vous l'avez décrit pour livrer sa cargaison de mort. Vos chasseurs se seraient dirigés vers les bombardiers en priorité. Il aurait espéré qu'un chasseur transportant les petites bombes biologiques aurait atteint sa cible et les aurait larguées sans être abattu. Votre Royal Air Force a sauvé votre pays à plus d'un titre pendant la bataille d'Angleterre, je pense, Colonel Forbes.

— Pensez-vous qu'Hitler savait pour les bombes ?

— Bien sûr. Dreschler le connaissait personnellement et était en fait en bons termes avec le Führer. Il allait souvent à Berlin et rendait compte en personne à Hitler de ses progrès. Vous pouvez compter sur le fait que le Führer a donné le plein pouvoir pour une telle attaque contre l'Angleterre.

— On en apprend tous les jours, déclara Forbes. Sans ce pilote de Spitfire, nous aurions pu être confrontés à une situation d'holocauste d'un autre genre ici même en Angleterre.

— Je crains que oui, répondit Koenig, mais, maintenant, nous avons la chance de mettre fin à ce qui n'aurait jamais dû commencer, n'est-ce pas ?

— Oui, docteur Koenig, en effet, et merci.

— Remerciez-moi plus tard, Colonel. Maintenant, vous avez mentionné un hélicoptère ?

— Oui, bien sûr, dit Forbes en décrochant le téléphone.

Dès que les dispositions furent prises, Forbes et Koenig firent de leur mieux pour informer une Hilary Newton, perplexe quant à l'évolution de la situation. En moins de trente minutes, le bruit des moteurs en approche annonça l'arrivée de l'hélicoptère commandé par Forbes. Tandis que Forbes aidait le scientifique allemand à monter dans le Sycamore et lui souhaitait bonne chance, Hilary courait aussi vite qu'elle le pouvait vers le chapiteau où les autres étaient toujours en train de s'occuper des malades.

En voyant son visage et l'expression animée qu'elle arborait, Trent, McKay et Dearborn arrêtèrent tous ce qu'ils faisaient, et Hilary commença à délivrer les dernières nouvelles en commençant par :

— Vous ne devinerez jamais ce qui s'est passé...

CHAPITRE 39

LE SOLEIL DU SOIR SE CACHAIT LENTEMENT DERRIÈRE LES derniers nuages de la journée et la nuit s'installa dans le village. Le silence s'abattit sur Olney St. Mary, tandis que les quelques villageois qui osaient encore s'aventurer dans les rues verrouillaient leurs portes et se cachaient loin de la terreur qui s'était emparée de leurs vies la semaine présente.

Dans la cuisine de la maison d'Hilary Newton, cette dernière et les deux infirmières, Edith Kinnaird et Christine Rigby, terminaient les restes d'un repas préparé par le docteur en guise de remerciement. Elle avait été témoin du degré d'effort qu'elles avaient mis dans leur travail depuis leur arrivée au village, et, contrairement au personnel qui était arrivé avec Angus McKay, ces filles s'étaient après tout portées volontaires pour le travail dans lequel elles étaient maintenant impliquées, et toutes pleuraient encore la troisième infirmière, Patricia Knowles, qui ne retournerait pas dans sa chambre à la maison des infirmières à Ashford quand tout cela serait terminé.

— Je suis désolée que ce ne soit pas un grand repas, les filles, dit Hilary, s'excusant pour le repas spartiate qu'elle avait pu fournir. Il n'y a plus beaucoup de produits frais dans le village, et même avec les réserves de nourriture que le Colonel a organisées, il est encore un peu difficile de préparer quelque chose de vraiment appétissant.

— Ne vous excusez pas, Docteur, répondit Christine. Nous apprécions l'idée, et de toute façon, j'adore le ragoût.

— Moi aussi, dit Edith.

— Oui, eh bien, c'est juste dommage qu'il y ait plus de légumes que de viande dedans, c'est tout, se risqua Hilary.

— Non, honnêtement, c'était très bon, insista Edith.

— Quoi qu'il en soit, espérons que nous n'aurons pas à supporter cette situation beaucoup plus longtemps, poursuivit Hilary, essayant de changer de sujet.

— Pensez-vous vraiment que la fin de la peste pourrait être en vue, docteur ? demanda Edith.

— D'après ce que j'ai entendu cet après-midi, le scientifique allemand qu'ils ont fait venir travaille sur un antidote au moment même où nous parlons, et les hommes de la RAF ont maintenant une bonne idée de l'endroit où chercher les restes de la bombe qui a causé tous les problèmes en premier lieu.

Christine exprima les sentiments des deux infirmières lorsqu'elle prit la parole.

— Je sais qu'il y avait une guerre en cours, mais j'ai du mal à croire que les Allemands aient pu être aussi insensibles au point d'utiliser une telle arme contre des innocents sans savoir exactement comment elle fonctionnerait.

Hilary avait expliqué toute la situation aux filles pendant le dîner, et elles étaient toutes deux parfaitement au courant de tout ce qui s'était passé.

— Cela montre à quel point le régime nazi était mauvais, répondit Hilary.

— Mon oncle a été tué pendant la guerre, dit Edith. Il était marin marchand et son bateau a été coulé par un sous-marin alors qu'il conduisait un convoi.

—Je pense que nous connaissons tous quelqu'un qui a perdu des parents ou des amis pendant la guerre, répondit Hilary. Le fait est que nous devons tous essayer de nous rappeler que les Allemands ne sont plus nos ennemis. Après tout, le docteur Koenig essaie de nous aider, et un membre du gouvernement allemand fournit à nos hommes toutes les informations qu'il peut dans le même but.

— Je pense que c'est le moins qu'ils puissent faire, déclara Christine Rigby.

—Je suis d'accord, dit Edith.

— Oui, eh bien, quoi qu'il en soit, nous devons tous faire ce que nous pouvons pour essayer de mettre fin à la peste, et sans l'aide des Allemands, nous serions toujours en train de nous battre pour trouver la cause de l'épidémie, et nous n'aurions aucune idée de la manière de combattre le bacille de la peste altéré.

— Nous le savons, Docteur, dit Edith. C'est juste que nous ne serions pas dans cette situation du tout s'il n'y avait pas eu un scientifique allemand fou en premier lieu.

Hilary sentait qu'elle devait détourner la conversation. Elles avaient vécu trop près la situation ces derniers jours, et elle savait que les filles avaient vu beaucoup de gens mourir pendant cette période. Elle ne pouvait pas s'attendre à ce qu'elles soient reconnaissantes envers les Allemands à ce stade. Elle leur proposa de se retirer dans son salon, où la télévision qu'elle avait récemment achetée était posée dans un coin, inutilisée, depuis plus d'une semaine. Le boîtier en bois, avec ses commandes rotatives et son petit écran, n'était pas le modèle le plus cher du marché, mais Hilary avait jugé nécessaire d'évoluer avec son temps. La plupart des gens semblait en acquérir ces derniers temps, aussi avait-elle dépensé une somme raisonnable pour un appareil de prix moyen, et toutes trois attendaient maintenant que la machine chauffe et que l'image apparaisse.

Elles seraient bientôt envoûtées par les images qui jaillissaient du petit écran. Elles regardèrent le jeu télévisé *Take your Pick* présenté par Michael Miles, puis rirent des pitreries de Bootsie et Snudge dans *The Army Game*, et Hilary ne se leva pour éteindre le poste que lorsqu'un épisode de *Emergency Ward Ten* apparut. Elles convinrent toutes qu'elles avaient eu assez de ce genre de choses pour ce jour-là. La réalité de leur situation était déjà assez sombre sans avoir à subir la version d'un producteur de télévision sur ce qu'était leur travail. L'image s'éloigna, devint un petit point blanc au centre de l'écran avant de disparaître complètement.

Alors que le silence s'installait dans la pièce, Christine Rigby regarda Edith avec un sourire malicieux et posa la question qu'elle avait eu envie de poser toute la soirée.

— Edith, comment est-il ? Parle-nous du beau Docteur Dearborn, embrasse-t-il bien ?

Edith Kinnaird rougit.

— Christine, vraiment, tu ne devrais pas demander de telles choses.

— Oh, allez, nous sommes entre filles. Nous savons toutes que tu t'es rapprochée du bon docteur ces derniers jours. Ne nous tiens pas en haleine.

— Docteur Newton, dites-lui, plaida Edith.

— Je suis désolée Edith, mais il semble que tout le monde dans le village sait que vous et le Docteur Dearborn vous êtes rapprochés l'un de l'autre. Mais vraiment Christine, nous ne devrions pas être indiscrètes.

— L'infirmière en chef ferait une crise si elle savait, déclara Christine en faisant référence à la redoutable figure matriarcale qui les surveillait à l'hôpital d'Ashford.

— Non pas que quelqu'un ici dise quoi que ce soit, n'est-ce pas, Christine ?

— Bien sûr que non, dit la jeune femme, mais tu dois nous dire quelque chose, Edith, oh s'il te plaît ! implora-t-elle.

— Oh bien, d'accord alors, mais il ne s'est rien passé de spécial, honnêtement ! offrit Edith.

Elle décida qu'elle pouvait leur dire quelque chose sans tout dévoiler. Elle savait que Christine serait probablement choquée si elle savait qu'elle et Guy avaient réellement couché ensemble. Pendant les quelques minutes qui suivirent, elle donna à Christine et Hilary une version très aseptisée de sa relation avec Guy Dearborn, et au milieu de nombreux rires et clins d'œil, Christine en particulier arracha des bribes d'informations à Edith, bien que cette dernière réussît à garder son secret le plus intime. Hilary, bien sûr, l'avait découvert elle-même, bien qu'elle n'ait rien dit devant Rigby. C'était elle qui avait trouvé le lit après que les deux jeunes amoureux aient quitté la maison. Ils l'avaient refait, bien sûr, mais personne ne faisait un lit comme Hilary, et le lit au carré arrangé de main de maître par Edith s'étaient révélés un peu différents de celui fait plus tôt ce jour-là par Hilary. Elle garda cependant un silence diplomatique, ne voulant pas embarrasser la jeune infirmière devant sa collègue, et le reste de la soirée se passa équitablement dans une pléthore de discussions de filles et de généralités.

———

Au moment où la soirée des filles se terminait, Edith regagnant sa chambre au Beekeepers Arms, Hilary et Christine se retirant dans leur lit, dans son laboratoire non loin de la grande ville de

Bristol, le docteur Wilhelm Koenig, assisté de deux assistants de recherche, était sur le point de terminer sa première tentative de recréer l'antidote au bacille de la peste, aidé par la liasse de documents de Haller, qui avait été faxée depuis Londres.

— Nous n'avons aucun moyen de savoir si ça va marcher, n'est-ce pas, Docteur ? demanda Dave Seddon, son assistant principal. Nous n'avons aucun moyen de le tester avant qu'il ne soit mis à l'épreuve dans le village dont vous nous avez parlé.

Koenig avait été ouvert et honnête avec Seddon et John Fellowes, son autre assistant ce soir-là. Il pensait qu'ils seraient plus que diligents s'ils appréciaient l'urgence de la situation. Il avait eu raison. Aucun des deux hommes ne s'était plaint ou n'avait trouvé d'excuses pour rentrer chez lui ou avoir quelque chose à faire en dehors du laboratoire. Ils travaillèrent avec lui sans relâche depuis que les papiers étaient arrivés.

— Non David, on ne sait pas. On peut seulement espérer qu'il fera l'affaire. Pour le tester au mieux, je vais m'administrer une petite dose pour m'assurer de son innocuité sur les humains.

— Mais vous ne pouvez pas ! protesta Fellowes. S'il vous arrive quelque chose, qui va poursuivre le travail ? Ces gens à Olney ont besoin d'un Willie Koenig vivant, pas d'un chercheur mort. Vous devez me laisser être le cobaye, Docteur.

— Non, je vais essayer, proposa Seddon.

— Messieurs, je vous remercie, mais je ne peux pas vous laisser prendre de tels risques.

— Vous devez le faire, Docteur, répondit Seddon. John a raison. Vous êtes trop important pour toutes les personnes concernées. Vous devez permettre à l'un de nous de le tester.

Malgré ses protestations, Koenig savait que ses assistants avaient raison dans leur évaluation de la situation. S'il lui arrivait quelque chose, le travail de production de l'antidote à partir des vieux papiers écrits de la main de Dreschler, et qu'il pouvait lire assez facilement là où d'autres ne le pouvaient pas, pourrait être désastreux pour les habitants d'Olney.

— Très bien, vous avez gagné, répondit-il enfin. Comme toujours, votre logique est impeccable, vous êtes tous deux d'excellents scientifiques et je vous applaudis.

— Alors, lequel d'entre nous ça va être ? demanda Fellowes. Je me suis porté volontaire en premier.

— Ce n'est pas une façon logique de décider de l'ordre de priorité dans un essai clinique, mon vieux, répondit Seddon.

— Je suis d'accord David, intervint Koenig. Mais dans ce cas, je vais suivre la déclaration de John, qui a été le premier à se porter volontaire. Je vais l'autoriser à être mon cobaye pour cette occasion. Vous m'aiderez à surveiller ses réactions à l'antidote une fois qu'il lui aura été administré.

L'intervention de Koenig mit ainsi fin à la dispute et les trois hommes reprirent la mise au point de leur travail. Une heure plus tard, ils reculèrent et regardèrent le liquide incolore contenu dans un petit tube à essai dans la main de Koenig. Le liquide avait une légère viscosité, causée par la petite quantité de mercure liquide contenue dans sa composition chimique.

— Messieurs, nous l'avons ! John, il est temps de tester le vaccin. Nous n'avons pas le temps pour les subtilités. Toute autocongratulation doit attendre que nous sachions si nous avons réussi et cela n'arrivera pas avant que nous puissions le livrer à Olney. Avant cela, bien sûr...

—Je suis prêt, docteur, dit Fellowes en retirant sa blouse blanche et en remontant la manche droite de sa chemise.

Koenig remplit rapidement une petite seringue hypodermique avec une petite dose de la préparation liquide et, en quelques secondes, l'aiguille pénétra la peau de John Fellowes, le liquide commençant rapidement son voyage dans la circulation sanguine de l'homme. Pour l'instant, les trois hommes traversaient le laboratoire pour se rendre dans le bureau de Koenig où ils pouvaient s'installer confortablement dans les fauteuils en vinyle souple qu'il réservait aux visiteurs. Ni Koenig ni Seddon ne quittèrent Fellowes des yeux pendant une seconde. Ils étaient assis, observant chacun de ses mouvements, chaque battement de paupières, attendant de voir si l'antidote resterait passif, ou s'ils avaient empoisonné leur collègue dans leur tentative d'aider la situation dans le petit village à plusieurs kilomètres de là.

Les aiguilles de l'horloge électrique sur le mur du bureau se déplaçaient silencieusement autour du cadran tandis qu'ils étaient assis, attendant. Il n'y avait rien d'autre à faire pour le moment. Fellowes restait assis sans bouger, craignant intérieurement de ne pas assister à la venue de l'aube, attentif à la moindre sensation dans son corps, se demandant s'il n'était pas sur le point d'être frappé par une crise fatale causée par une erreur dans leur travail ce soir-là.

Si à Olney St. Mary, la lumière de la chambre d'Hilary Newton s'éteignit alors qu'elle posait le livre qu'elle lisait sur la table de nuit et sa tête sur son oreiller. Alors que l'obscurité l'enveloppait et qu'elle sombrait rapidement dans un profond sommeil induit par la fatigue incessante qu'elle éprouvait depuis quelques jours, dans le bureau de Wilhelm Koenig au laboratoire de Bristol, trois hommes étaient assis... et attendaient !

CHAPITRE 40

PAUL TRENT N'ARRIVAIT PAS À DORMIR. SON ESPRIT ÉTAIT rempli de questions pour lesquelles il n'avait pas de réponse. Du moins, pas encore. Le scientifique allemand Koenig trouverait-il le bon mélange de produits chimiques et reproduirait-il le remède au bacille de la peste modifié ? Après tout, cela faisait plus de dix ans que l'homme avait travaillé avec Dreschler à l'usine Straub. Auraient-ils vraiment besoin du vaccin ? Si la peste s'était éteinte d'elle-même, alors peut-être que ceux de l'hôpital se rétabliraient sans. Mais il y avait une chance que la toxine mortelle se trouve toujours sous terre, dans les restes de la bombe biologique. Cela conduisit Trent à sa prochaine question. Seraient-ils capables de localiser ces restes et de les mettre en sécurité sans que personne ne soit infecté par les résidus toxiques de la bombe ? Ils avaient bien sûr les combinaisons NBC, mais offriraient-elles une protection suffisante contre la peste qui se transmettait par les airs ?

Alors que son esprit réfléchissait à ces questions, des pensées concernant Douglas Ryan se frayaient un chemin jusqu'à sa conscience. Bien qu'il n'ait jamais rencontré l'homme, Trent le connaissait de réputation, et il ne voyait pas pourquoi il avait mis en péril toute sa carrière pour garder le secret sur la peste. Après tout, ce n'était pas comme si Ryan avait été responsable du bombardement d'Olney, n'est-ce pas ? Ce seul point était le facteur primordial qui avait fait que Trent n'avait pas arrêté de se tourner et retourner cette nuit-là. Il devait y avoir une raison au comportement de Ryan, une raison qui avait jusqu'à présent échappé à Forbes, Sir Robert Blake, et à tous les autres d'ailleurs.

———

Edith Kinnaird avait également du mal à trouver le sommeil cette nuit-là. Après avoir regagné sa chambre au Beekeepers Arms, elle s'était directement couchée, avait rembourré ses oreillers et avait essayé de se plonger dans un roman que lui avait prêté Hilary Newton. L'histoire d'une jeune Anglaise qui se rebellait contre ses parents autoritaires pendant ses vacances à Athènes et qui finissait par s'enfuir pour vivre avec un pêcheur sur une île grecque idyllique ne l'intéressait guère. Son lit était froid, elle se sentait seule après avoir ressenti les sentiments de camaraderie féminine qui avaient existés plus tôt dans la soirée avec les autres filles, et elle avait envie de parler à Guy Dearborn. Laissant la lampe de chevet allumée, elle posa le livre sur la petite table à côté du lit et reposa sa tête contre les oreillers. Fermant les yeux, elle avait essayé de s'endormir, par pure fatigue, mais le soulagement d'un oubli paisible continuait de lui échapper.

Peu après deux heures du matin, elle entendit des pas sur le palier devant sa chambre. Le bruit de pieds glissants se dirigeait vers la salle de bain au bout du couloir, et elle entendit la porte se fermer alors que l'occupant entrait dans l'installation commune. Quelques minutes plus tard, elle entendit la chasse d'eau, suivie par le bruit de la porte qui s'ouvrait alors que son occupant s'en allait. Lorsque les pas du noctambule s'approchèrent de sa porte, ils s'arrêtèrent, et Edith sentit une silhouette de l'autre côté, l'oreille collée contre le morceau de bois, à l'écoute des sons à l'intérieur. Elle remonta les couvertures autour de son cou, et alors que la peur commençait à monter dans son esprit, elle entendit les douces intonations d'une voix familière de l'autre côté de la porte.

— Edith ? Es-tu réveillée là-dedans ? C'est moi, Guy. Ta lumière est allumée, je peux la voir sous la porte.

Edith sortit du lit en une seconde, elle courut rapidement vers la porte et l'ouvrit, tombant presque dans les bras de Guy Dearborn alors qu'elle sortait de sa chambre sur le palier.

— Hé, qu'est-ce qui ne va pas ? demanda-t-il en la serrant contre sa poitrine.

— Rien, Guy. Rien du tout, du moins, maintenant que tu es là. Je n'arrivais pas à dormir et j'avais froid, et je me sens parfois assez seule là-dedans la nuit et...

— Tu veux de la compagnie alors ? lui chuchota Dearborn à l'oreille.

Sans dire un mot, Edith s'éloigna un peu de lui, mais sa main tenait toujours aussi fermement la sienne. Avec l'index de son autre main pressé contre ses lèvres pour exiger le silence, elle le tira doucement dans sa chambre et en quelques secondes, ils se glissèrent sous les couvertures de son lit, encore chaudes à l'endroit où elle s'était couchée plus tôt. Guy plaça ses bras autour d'Edith qui frissonnait.

— Tu as froid, dit-il doucement.

— Plus pour longtemps, grâce à toi, murmura Edith en se blottissant contre sa poitrine.

Sans parler, Guy passa un bras au-dessus de sa tête et éteignit la lampe de chevet. Edith sentit son souffle près de son visage, puis ses lèvres furent sur les siennes et, très vite, Edith Kinnaird se retrouva une fois de plus incapable de dormir, mais, cette fois, cela ne la dérangeait pas du tout.

———

Wilhelm Koenig avait un peu dormi, ce qui le surprit. Il devait être très fatigué. Il ne se souvenait guère s'être senti somnolent, aussi supposait-il que le sommeil l'avait pris par surprise tant son état d'épuisement mental était grand. Il regarda l'horloge électrique sur le mur. Il se sentait raide et froid et, alors que son esprit un peu confus redevenait pleinement éveillé, il réalisa qu'il s'était endormi sur sa chaise. Tout à coup, il était bien réveillé ! Bien sûr, il y avait Fellowes et Seddon. Comme lui, ils s'étaient endormis à l'endroit où ils étaient assis, et maintenant les deux hommes étaient affalés sur leurs chaises, profondément assoupis. Au moins Koenig espérait que le sommeil était la seule chose qui empêchait Fellowes d'avoir une pensée consciente. Il se leva rapidement de sa chaise et se dirigea vers celle de Seddon, où il eut tôt fait de ramener son chef assistant à un état de veille complet.

— Il va bien ?

Seddon fit un geste en direction de la silhouette endormie dans le troisième fauteuil.

— Je l'espère, dit doucement Koenig.

Ensemble, les deux hommes convergèrent vers la silhouette de John Fellowes et Koenig tendit une main, la posa sur l'épaule de l'homme et le secoua doucement.

— John, John, vous m'entendez ? supplia-t-il en la secouant à nouveau, cette fois un peu plus violemment.

Fellowes sembla s'affaisser sur sa chaise, provoquant la panique momentanée de Koenig et Seddon, puis l'homme toussa, ses yeux s'ouvrirent et ses mains se levèrent dans une réaction instinctive face à la lumière fluorescente du plafond, se frottant vigoureusement les yeux.

— Docteur Koenig ? Est-ce que tout va bien ? demanda-t-il, somnolent.

— Oh oui, John, répondit un Koenig en liesse. Tout va très bien, sans aucun doute.

Se tournant vers Seddon, Koenig sourit et dit à son assistant :

— David, prenez le téléphone immédiatement. Appelez le numéro qui figure sur cette feuille de papier, et dites à l'homme qui répond que nous sommes sur le point de commencer la production de l'anti-virus pour les habitants d'Olney St Mary. Je pense que le Colonel Forbes va se sentir beaucoup plus heureux qu'il ne l'était hier matin.

Seddon sourit à Koenig, mais le médecin était déjà sur le point de quitter le bureau, se précipitant vers le laboratoire où il avait du travail à faire, un travail qui ne pouvait pas attendre !

CHAPITRE 41

L'AGENT DE POLICE KEITH GREAVES RÉPONDIT AU TINTEMENT du téléphone à la deuxième sonnerie. Tilly dormait paisiblement à côté de lui et il voulait éviter de la réveiller. Un sixième sens l'avait réveillé quelques secondes à peine avant que le téléphone ne se mette à sonner, et un rapide coup d'œil au réveil lui indiqua qu'il n'était pas tout à fait six heures du matin.

— Police, répondit-il en frottant faiblement ses yeux avec sa main libre.

La voix étrange à l'autre bout de la ligne exprima sa surprise d'entendre Greaves répondre au téléphone.

— Oh, je suis désolé. Je m'attendais à parler au Colonel Forbes. C'est le numéro qu'on m'a donné.

— Je suis l'agent de police Greaves, et c'*est* le numéro que vous avez demandé pour le Colonel, mais il ne sera pas là avant un moment. Avez-vous une idée de l'heure qu'il est, qui que vous soyez ?

— Oh, je vois, eh bien, oui, il se trouve que je connais l'heure, et mon nom est David Seddon. J'ai un message urgent pour le Colonel Forbes de la part du docteur Wilhelm Koenig.

Greaves avait été informé par Forbes la veille au soir des dernières nouvelles concernant les espoirs pour un l'antidote, et à la mention du nom de Koenig, les dernières traces de sa somnolence s'évanouirent et le policier reprit pleinement conscience.

— Bien, je vois. Quelle est l'urgence du message exactement, M. Seddon ? Si c'est vraiment si important, je peux aller réveiller le Colonel et lui demander de vous rappeler si vous me donnez votre numéro.

— C'*est* vraiment urgent et *particulièrement important*, agent. J'apprécierais que vous fassiez venir le Colonel au téléphone dès que possible.

Greaves ne perdit plus de temps. Il prit note du numéro d'où Seddon appelait et alla immédiatement chercher Forbes. En moins de dix minutes, le Colonel était dans le salon de Greaves et engageait une conversation avec Seddon, qui lui assura que l'antitoxine était en train d'être synthétisée par Koenig au moment même où ils parlaient. Il expliqua qu'ils l'avaient testée sur un volontaire de l'équipe de Koenig et qu'elle n'avait produit aucun effet nocif.

— Mais savons-nous si cela fonctionnera contre la peste ? demanda Forbes lorsque Seddon fit une pause pour respirer.

— Le docteur a utilisé tous ses souvenirs pour reproduire l'antidote, et il dit que la seule façon de savoir s'il fonctionne est de l'administrer à vos patients. Il n'y a pas d'autres options Colonel. Quel que soit le résultat, cela ne leur fera plus aucun mal, c'est certain.

— Dans combien de temps pourra-t-il être prêt à être utilisé, M. Seddon ? Vous l'a-t-il dit ?

— Il espère qu'il sera prêt en quantité suffisante pour votre usage dans l'après-midi.

— Dès que c'est prêt, que le docteur Koenig m'appelle et je m'arrangerai pour qu'il soit transporté par les airs à Olney St. Mary.

— Je suis sûr que je n'aurais pas besoin de le lui dire, Colonel, mais je le ferai quand même.

— Merci, M. Seddon, et à vous tous d'avoir travaillé toute la nuit pour essayer d'aider à résoudre la situation.

— Je transmettrai vos remerciements au docteur et à Mr Fellowes ; c'est à eux que vous devez être reconnaissant. Je n'ai fait qu'assister le docteur dans ses premières tentatives pour produire le vaccin.

— Fellowes ? demanda Forbes, interloqué.

— Le volontaire, Colonel. C'est lui qui a permis au Dr Koenig de le tester. Il aurait pu mourir si les choses avaient mal tourné.

— Alors nous sommes tous extrêmement redevables à votre Mr Fellowes. J'espère avoir la chance de le remercier en personne un jour.

— Je suis sûr que vous le ferez, Colonel. Maintenant, s'il n'y a rien de plus, je devrais retourner aider le Dr Koenig.

— Bien sûr. Je vous en prie, M. Seddon, et merci encore.

La ligne fut coupée et Forbes se retourna pour regarder Greaves qui attendait avec une expression d'impatience sur le visage.

— Nous avons une chance, agent Greaves. Koenig produit un vaccin en ce moment même. S'il fonctionne, nous pourrons guérir les malades et empêcher quiconque de contracter la maladie.

— Oui ! fut le seul mot d'exclamation presque crié par Keith Greaves.

Si fort en fait que la porte du salon s'ouvrit quelques secondes plus tard et qu'une Tilly Greaves aux yeux bleus et endormie jeta un coup d'œil derrière la porte et demanda :

— Tout va bien, Keith ? Oh, bonjour, Colonel. Qu'est-ce qui se passe ?

Greaves regarda Forbes pour un signe de permission de parler à sa femme et reçut un hochement d'assentiment.

— Eh bien, Tilly, dit-il, il semble que nous soyons enfin en train de gagner. Les choses commencent à aller dans notre sens. Maintenant, sois gentille et va mettre la bouilloire en route, veux-tu ? Je suis sûr que le Colonel apprécierait une bonne tasse de thé bien chaude. Je sais que moi oui.

— Ce serait très aimable à vous, si cela ne vous dérange pas, Mme Greaves, acquiesça Forbes.

Tilly disparut dans la cuisine où le gaz fut rapidement allumé, la bouilloire remplie et, en quelques minutes, ils étaient tous les trois confortablement assis autour de la table de la cuisine, serrant des tasses de thé chaudes entre leurs mains. Sachant que le reste de l'équipe était probablement encore endormi, à l'exception de ceux qui étaient en service dans le chapiteau de l'hôpital, Forbes passa une agréable demi-heure avec le policier et sa femme, avant de prendre congé et de traverser la route pour se rendre là où il savait qu'il trouverait McKay, Trent et les autres.

En entrant dans l'espace du chapiteau qu'ils appelaient tous "le bureau", Forbes pouvait voir qu'Angus McKay et Paul Trent étaient en pleine conversation, si proche que les têtes des deux hommes se touchaient presque. Ne voulant pas être considéré comme interrompant ce qui pouvait être un dialogue très privé, il toussa poliment en s'approchant des hommes, qui n'avaient pas remarqué son arrivée, tant ils étaient concentrés sur ce dont ils discutaient. Les deux têtes se tournèrent comme une seule et ils le saluèrent. Forbes pouvait presque sentir une certaine tension dans l'air, non pas entre les deux hommes, mais ailleurs.

— Messieurs, dit-il, vous semblez être agités par quelque chose.

— Oui monsieur, on peut dire ça. Le docteur Trent m'a fait part de certaines préoccupations dont vous devriez être informé, si ce n'est déjà fait.

— Je vois, McKay. Lequel d'entre vous, messieurs, va m'éclairer sur ces préoccupations ?

Forbes avait besoin de savoir ce qui avait déstabilisé les deux médecins les plus expérimentés du village, en plus de lui-même. Il décida que pour le moment les nouvelles de Bristol pouvaient attendre.

— Je pense que ça devrait être vous, Paul, dit McKay à Trent.

Forbes haussa un sourcil de surprise, c'était la première fois qu'il entendait McKay utiliser le prénom de l'autre homme.

— C'est vous qui me l'avez rapporté après tout.

— Alors, s'il vous plaît, dites-moi ce qui vous préoccupe, Docteur Trent.

— Très bien, Colonel. Je sais que notre principale préoccupation est à juste titre les patients dont nous nous occupons ici à Olney, mais vous devez admettre que depuis que tout cela a commencé, il se passe beaucoup de choses qui semblent avoir leurs racines ailleurs. Jusqu'à présent, nous avons réussi à en savoir beaucoup sur le comment et le pourquoi de cette épidémie, mais il y a une chose qui n'a pas été expliquée à ma satisfaction, ou devrais-je dire une personne.

— Continuez, encouragea Forbes.

— Douglas Ryan, dit Trent. Il y a quelque chose qui ne colle pas dans ce que vous nous avez dit de lui, à la fois de votre contact personnel avec l'homme et de ce que vous a dit Sir Robert Blake. Tout le raisonnement derrière les motifs qu'il a donnés pour essayer de couvrir l'épidémie et de condamner, pour ainsi dire, à mort tous les habitants du village, nous y compris d'ailleurs, semble très illogique. Le fait de ne pas vouloir alarmer la nation et de devoir rester discret pour éviter une perte de moral de la population est, franchement, un tas de foutaises ! Si tous les habitants d'Olney mouraient de la peste, ainsi que l'équipe médicale envoyée pour les assister, j'aurais pensé que cela aurait conduit à une perte de moral encore plus grande parmi le public britannique, non ? De plus, tout le monde dans ce village, enfin, la plupart d'entre eux j'imagine, ont des amis et des parents dispersés dans tout le comté, si ce n'est le pays ! Que pensait Ryan qu'ils allaient faire ? Garder le silence sur l'affaire parce qu'un homme à Whitehall leur a dit de le faire ? Non, si vous voulez mon avis, Douglas Ryan n'a pas seulement essayé de cacher l'épidémie initiale, mais je crois qu'une fois qu'elle a commencé, il voulait qu'elle se propage sans contrôle dans le village. C'est pour cela qu'il a limité l'aide disponible, qu'il ne vous a donné plus de pouvoirs que lorsque votre propre chef est intervenu, et qu'il n'a jamais pensé que quelqu'un découvrirait les bombes biologiques utilisées par les Allemands pendant la guerre. Il aurait pu nous en parler dès le début et nous aurions pu sauver plus de vies que nous n'avons pu le faire, simplement en évacuant le village et en isolant les habitants dans un véritable hôpital.

— Que suggérez-vous exactement, Docteur Trent ?

— Je n'en suis pas sûr, mais si Ryan voulait que la maladie se propage dans le village, alors il devait être possédé par un motif que nous n'avons pas encore pu découvrir.

— Et l'un d'entre vous a-t-il une idée de ce que pourrait être ce motif ? demanda Forbes, intrigué par la direction qu'avaient pris les pensées de Trent.

Forbes lui-même avait bien sûr essayé de comprendre pourquoi Ryan avait agi comme il l'avait fait, sans succès. Peut-être que Trent et McKay avaient une nouvelle vision des choses.

— Eh bien, dit Angus McKay, avant que vous n'arriviez, nous avions déjà eu une ou deux pensées sur le sujet, n'est-ce pas Paul ?

— En effet. Vous voyez, Colonel, la seule raison pour laquelle nous avons pu comprendre que Ryan était heureux que la peste ne soit pas contrôlée, c'est qu'il *voulait* voir ce qui se passerait. Lorsqu'il a été forcé de fournir une aide médicale, il s'est contenté du strict minimum, et a continué à attendre et à observer la situation alors que nous luttions pour faire face au bacille de la peste modifié. Nous nous sommes demandé quel genre d'homme pouvait faire ça, et nous n'aimons pas les réponses que nous avons trouvées.

— Lesquelles ?

— Soit Ryan est fou, une théorie à laquelle nous n'adhérons pas, soit il était à la solde de quelqu'un d'autre qui voulait savoir ce qui se passerait si la bombe allemande était lâchée sur une population sans méfiance.

— Bon Dieu, Trent. C'est une sacrée conclusion à laquelle il faut arriver. Cela équivaut à accuser Ryan de meurtre.

— Oui, eh bien, peut-être que c'est juste ce que c'est, Monsieur. Vous savez, la solution la plus simple est toujours la meilleure.

Forbes regarda attentivement Angus McKay. Le petit Écossais travaillait sous ses ordres depuis deux ans, et Forbes ne l'avait jamais vu aussi véhément sur aucun sujet. L'attitude normale, calme et réservée, avait été remplacée par une attitude qui plongeait ses racines dans une profonde colère et un sentiment de trahison.

— Vous savez, messieurs ? Il y a peut-être une part de vérité dans votre argument, je dois l'admettre. Si Ryan était à la solde d'une personne extérieure, alors nous devons faire ce que nous pouvons pour découvrir qui est ou était cette personne. Cependant, ce n'est pas notre travail. Nous sommes des médecins, pas des policiers. Les personnes les mieux placées pour accomplir ce genre de tâche sont probablement l'une des branches moins publiques des forces de police, la branche spéciale peut-être, et je pense que Sir Robert Blake sera l'homme idéal pour mettre ces rouages en mouvement. Je vous remercie d'avoir porté cela à mon attention. Au milieu de tout ce qui s'est passé, je soupçonne que Ryan a été tiré d'affaire un peu trop tôt et qu'il est temps de le faire pendre à nouveau.

Trent et McKay se déclarèrent satisfaits de la suggestion de Forbes et celui-ci retourna chez Keith Greaves, d'où il appela Blake, qui convint immédiatement avec Forbes que la théorie d'une connexion extérieure était logique en ce qui concernait Ryan. L'homme contacta immédiatement les services spéciaux et insista pour qu'une enquête très rapide et approfondie soit menée sur les affaires de Douglas Ryan. La discrétion serait de mise, assura-t-il à Forbes, car la dernière chose que l'on souhaitait était que Ryan disparaisse parce qu'il pensait que les chiens se rapprochaient de leur proie.

Après avoir parlé avec Blake, Forbes retourna à l'hôpital où il informa Trent et McKay du résultat de sa conversation avec Blake. Ils étaient heureux que l'homme ait accepté d'agir. Tous deux avaient décidé que quelqu'un devait être tenu responsable de ce qui s'était passé à Olney, et tous deux avaient convenu que cet homme devait être Douglas Ryan.

Forbes passa ensuite une bonne demi-heure à informer les deux hommes des événements survenus à Bristol, et lorsqu'il eut terminé et regardé sa montre, il se rendit compte que la matinée était vite passée. Dans quelques heures à peine, ils devraient avoir le vaccin de Koenig entre les mains, et l'épreuve décisive des deux derniers jours de travail commencerait vraiment. En attendant, une visite du service montra que plusieurs patients restaient extrêmement malades, même si un tiers de ceux qui étaient alités montraient quelques signes de résistance aux ravages de la peste. Timothy Grafton et Billy Wragg, par exemple, étaient tous deux assis sur des chaises d'écolier en bois à côté de leur lit respectif, et Guy Dearborn déclara qu'il espérait qu'ils iraient suffisamment bien pour être libérés peut-être dès le lendemain.

Alors qu'il terminait le tour du service avec Trent et McKay, Donald Forbes pensait que peut-être un tournant avait été pris, que la fin était enfin en vue, mais même lui n'avait pas de boule de cristal pour voir l'avenir. Si cela avait été le cas, il n'aurait peut-être pas été aussi confiant.

CHAPITRE 42

Donald Forbes avait des raisons d'être modérément optimiste après avoir parlé à Sir Robert Blake. Le fait que Blake ait accepté d'impliquer l'Unité Spéciale dans l'enquête sur les activités de Douglas Ryan signifiait que l'homme était d'accord dans une certaine mesure avec Forbes et Trent. Après tout, l'Unité Spéciale était la division de la Metropolitan Police chargée de la protection de la sécurité nationale, des infractions à la loi sur les secrets officiels et de la protection rapprochée de personnalités publiques telles que la famille royale et le Premier ministre du Royaume-Uni. Le fait de les faire intervenir confirmait à coup sûr que Blake avait également compris que Ryan n'avait peut-être pas été tout à fait honnête lors de leur dernière rencontre, et que l'homme travaillait peut-être sous les ordres de quelqu'un d'encore non identifié, quelqu'un qui n'avait peut-être pas à cœur les meilleurs intérêts du pays.

Cela fait, il n'avait plus que quelques heures à attendre avant de recevoir ce qu'il espérait être le remède à la peste hybride qui avait frappé les villageois d'Olney. Si, comme il le soupçonnait fortement, Wilhelm Koenig avait mémorisé toutes les étapes de la mise au point du bacille par son ancien employeur nazi et avait suivi avec précision la formule détaillée dans le dossier nommé

"Katya" pour produire l'antidote, alors les patients qui attendaient actuellement dans les lits de camp qui constituaient le service des infectés allaient bientôt commencer à se rétablir complètement.

Maintenant, tout ce qu'ils avaient à faire était de trouver les restes de la bombe qui avait vraisemblablement été dérangée et avait libéré sa charge toxique dans l'air, infectant ainsi tant de personnes. Malheureusement, ce fut alors que le premier revers de la journée vint entamer l'optimisme retrouvé du Colonel.

Alors que Forbes quittait le poste de police et commençait à traverser la place en direction de l'hôpital de campagne, le sergent-chef Eric Taylor, responsable de la petite équipe de chercheurs du régiment de la RAF, se présenta devant lui, se mit au garde-à-vous et le salua. Forbes fut surpris de voir cet homme. Plus d'une heure auparavant, il avait demandé à McKay d'envoyer l'équipe de trois hommes à la recherche de la bombe dans les zones indiquées par Greaves et Sweeney.

— Bonjour sergent-chef, dit Forbes. Je peux faire quelque chose pour vous ? Je pensais que vous seriez bien avancé dans votre recherche de la bombe maintenant.

— C'est justement cela, Monsieur, nous y sommes, ou plutôt nous y étions, et puis...

— Alors quoi ? Soyez clair, qu'essayez-vous de me dire ?

— Eh bien Monsieur, pour gagner du temps, j'ai donné à chacun des hommes et à moi-même une petite grille de recherche à ratisser, pensant que cela rendrait le travail encore plus efficace, plutôt que de nous rassembler tous au même endroit. De cette façon, je pense que nous pourrions couvrir toute la zone en un tiers du temps.

— C'était bien pensé, Sergent-chef, mais je suppose que vous allez me dire que quelque chose a mal tourné en cours de route.

— Vous pouvez le dire, Monsieur. Les Lieutenants Grove et Bennet ont disparu !

— Disparus ? C'est un petit village. Où ont-ils pu aller ? Qu'est-ce que vous entendez par "disparus", exactement ?

— Le pilote Grove était censé fouiller la zone derrière le terrain de jeu, Monsieur, pas là où les décombres sont empilés, là où l'ancien champ descendait dans le fossé de drainage, vous voyez ce que je veux dire ?

— Oui, j'ai vu les plans. Continuez.

— J'ai envoyé le Lieutenant Bennet fouiller l'autre fossé de drainage, autour de la crevasse où nous avons trouvé un des cimetières de rats plus tôt. Il y a tellement de trous et de petits recoins le long du fossé, j'ai pensé qu'il était possible qu'un rat ait trouvé les restes de la bombe et l'ait peut-être traînée dans son nid et rongée, ce qui aurait pu conduire à la libération de la peste.

— C'était une très bonne réflexion. Maintenant, dites-moi pourquoi vous pensez qu'ils ont disparu.

— Tout à fait, Monsieur. Je me suis donné pour tâche de chercher là où les décombres étaient les plus concentrés. M. Sweeney a conduit et travaillé avec le tracteur. C'est plutôt aléatoire d'utiliser les fourches au lieu d'une véritable pelleteuse, mais nous semblions nous en sortir. Nous nous sommes arrêtés pour une pause après une demi-heure et pendant que Sweeney allait au poste de police pour nous chercher un thermos de thé, je suis allé voir comment les autres allaient. Il n'y avait aucun signe de Bennet autour du fossé, alors, pensant qu'il était peut-être allé voir Grove pour une raison quelconque, je suis allé de l'autre côté du champ, et Grove était parti aussi. Il y avait des traces de pas qui montraient qu'ils avaient été sur les deux sites, mais je les ai cherchées partout, Monsieur. Même M. Sweeney m'a aidé quand il est revenu avec le thé, et je vous promets qu'ils ont disparu !

Forbes était inquiet, mais il refusait de laisser le sergent-chef le voir.

— Ont-ils pu s'éclipser pour fumer une cigarette ou quelque chose comme cela ?

— Pas depuis si longtemps, Monsieur, et de toute façon, ce sont des hommes fiables. Ils savaient que je ne verrais pas d'inconvénient à ce qu'ils fument "sur le terrain", pour ainsi dire, et il n'était pas nécessaire que l'un d'eux soit absent de son poste quand je suis allé les chercher.

Forbes resta silencieux pendant quelques secondes, alors qu'il essayait de comprendre ce que le sergent-chef venait de lui rapporter. Taylor ressentit le besoin de rappeler à son officier supérieur qu'il était toujours là.

— Monsieur ?

— Oui, c'est bon, j'étais en train de réfléchir. C'est un vrai mystère. Pourquoi diable deux hommes disparaissent-ils en plein milieu d'une recherche importante ? Je veux que vous demandiez à Mr Sweeney de continuer à vous aider dans vos recherches autour du tas de gravats. Je pense toujours que c'est l'endroit le plus probable pour trouver des fragments de bombe. Vous portez ces combinaisons NBC pendant que vous travaillez, n'est-ce pas ?

— Oui Monsieur, selon vos instructions, bien qu'il fasse sacrément chaud dedans, je peux vous le dire, et Mr Sweeney dit qu'il se sent comme un alien venu de l'espace.

— Mieux vaut un alien qu'une victime de la peste, sergent-chef, non ?

— Je ne vous contredirai pas sur ce point, Monsieur, mais qu'en est-il de Grove et Bennet ?

— Laissez-moi m'en occuper. Je vais aller chercher l'agent de police. Il peut organiser une équipe de recherche, bien qu'il n'y ait pas beaucoup de personnes en forme et capables de se joindre à lui. Je pourrais avoir à utiliser certains de nos employés de l'hôpital, mais c'est mon problème maintenant. Allez me trouver cette bombe, Sergent-chef !

— Oui, Monsieur, dit Taylor, se mettant au garde-à-vous et saluant une fois de plus, avant de se détourner et de courir vers l'extrémité du village, où Sweeney attendait, assis à califourchon sur le siège du tracteur, toujours vêtu de sa combinaison d'"alien".

Alors qu'il se dirigeait vers le poste de police, le Colonel Donald Forbes avait la nette impression que quelque chose d'étrange se passait dans le village, quelque chose qui devait être lié à la bombe biologique allemande, mais ce quelque chose, et ce que cela avait à voir avec la disparition de deux de ses hommes, il n'en avait aucune idée. Tout ce qu'il savait à ce moment-là, c'était que sa journée venait de tourner au vinaigre. Un sentiment de légère appréhension l'envahit soudain, et il eut l'impression d'être observé de loin. Ce n'était qu'une impression, se dit-il, mais un frisson lui parcourut l'échine. Donald Forbes était un homme logique, un médecin et un virologue hautement qualifié et expérimenté, mais il se sentait soudain exposé et vulnérable. Quelqu'un, quelque part, tirait des ficelles dont il ne savait rien, et il détestait l'idée que lui et tous les autres habitants du village puissent être utilisés comme de simples pions dans un jeu sur lequel lui et eux n'avaient aucun contrôle. Il fut heureux de voir le visage souriant de Tilly Greaves lorsque la femme du policier répondit à la porte du poste de police.

Greaves posa peu de questions, acceptant sans discuter l'urgence de la situation, et en quelques minutes, une battue fut lancée pour retrouver les aviateurs disparus. Donald Forbes se rendit à l'hôpital de campagne, où il avait l'intention de recruter quelques personnes supplémentaires parmi le personnel médical. Il savait que les hommes disparus, selon ce qui leur était arrivé, pouvaient être la clé de ce qui se passait dans le village. Avaient-ils trouvé quelque chose qu'ils n'auraient pas dû, et avaient-ils été réduits au silence par un assaillant inconnu ? Cela semblait peu probable au Colonel, car les hommes étaient employés pour fouiller différentes zones. Auraient-ils pu être attirés, attaqués et immobilisés pour les empêcher de trouver quelque chose d'incriminant ? Mais incriminant pour qui ? Où auraient-ils pu être emmenés s'ils avaient été enlevés ? Olney était un si petit village. Il n'y avait pas beaucoup d'endroits pour cacher deux hommes adultes. Leur disparition était aussi illogique qu'inquiétante, et bien qu'il n'osât l'admettre à personne d'autre, après avoir pensé plus tôt que la fin de la situation à Olney était en vue, à ce moment-là, Forbes devenait lui-même un homme très inquiet.

CHAPITRE 43

VERS QUINZE HEURES, DEUX CHOSES SE PRODUISIRENT. TOUT d'abord, l'hélicoptère transportant Wilhelm Koenig et son vaccin contre la peste nouvellement distillé se posèrent sur la place du village, et quelques secondes après que le scientifique allemand eut posé le pied sur le sol d'Olney pour la deuxième fois, une bête jaune et lourde sous la forme d'une pelleteuse JCB s'avança dans la rue principale d'Olney, escortée par deux voitures de police noires, une devant et une derrière, les feux bleus clignotant pour annoncer leur arrivée.

Jusqu'à présent, aucun rapport n'avait été fait au sujet de la disparition des deux hommes du régiment de la RAF ce matin-là, et les recherches se poursuivaient, sous la direction de Keith Greaves et d'une petite équipe de volontaires, mais pour l'instant, Forbes devait établir des priorités, et les patients de l'hôpital devaient être la première de ces priorités. Le sergent-chef Taylor et Michael Sweeney étaient en charge de la priorité suivante, celle de "préparer" et de guider le conducteur de la pelleteuse jusqu'à l'endroit précis où se trouvaient les décombres du terrain de jeu. Les deux hommes avaient fait de leur mieux, travaillant sans relâche toute la journée, mais en vérité, ils n'avaient déplacé qu'une petite partie de la montagne de briques, de béton et de matériaux durs qui avaient été laissés dans le sillage de la reconstruction de l'aire de jeux, et ils n'avaient encore rien trouvé.

— Docteur Koenig, dit Forbes en serrant chaleureusement la main de l'Allemand, je suis heureux de vous revoir. Je présume que vous avez obtenu un certain succès ?

Koenig tenait dans sa main un petit étui en cuir noir, pas plus grand qu'un étui à appareil photo, qu'il tapotait légèrement de sa main libre.

— J'ai, ici dans la valise, ce dont j'espère que vous aurez besoin, Colonel. Il y a assez d'anti-toxine pour traiter tout le monde à Olney, y compris vous et vos collègues. Si j'ai fait mon travail correctement, cela ne guérira pas seulement ceux qui sont déjà atteints mais servira de vaccin préventif pour ceux qui n'ont pas encore été touchés par la peste.

— Alors je propose de vous confier aux soins de mon second, le docteur Angus McKay, et de l'autoriser à travailler avec vous pour administrer l'antidote aux patients, puis vous pourrez peut-être tous les deux organiser la vaccination du personnel et des villageois restants.

— Vous ne voulez pas vous joindre à moi pour la procédure ?

— Je crains qu'un ou deux problèmes pressants ne soient apparus dans le village aujourd'hui, Herr Docteur, et ils requièrent mon attention à l'heure actuelle. Rien de ce que je peux dire ou faire n'affectera le résultat de ce que vous êtes sur le point de réaliser. Je serai là cependant pour voir comment les patients réagissent. Combien de temps faudra-t-il avant que vous sachiez si l'antidote fonctionne ?

— Je devrais le savoir d'ici quatre heures environ, Colonel. Si l'antitoxine fonctionne, les patients devraient commencer à respirer plus facilement et les symptômes de la fièvre devraient diminuer sensiblement.

— Alors prions tous pour que vos efforts de cette nuit soient couronnés de succès.

Forbes mena rapidement Koenig jusqu'au chapiteau, où il commença, avec McKay, à administrer l'anti-toxine à toutes les personnes présentes dans le service, les patients d'abord, puis les médecins eux-mêmes.

Pendant ce temps, l'excavatrice jaune s'était rendue à la zone désignée pour le début de son travail. Bien qu'appartenant au conseil du comté local, la machine était conduite par un membre de l'équipe de transport mécanique de la RAF. Forbes n'avait pas l'intention de mettre la vie d'un autre civil en danger, et de cette façon, il pouvait également assurer une plus grande sécurité, en évitant la possibilité qu'une langue mal pendue révèle le secret d'Olney. Contrairement à Ryan, il n'avait aucune envie d'échapper à l'examen public que la divulgation entraînerait, mais pour le moment, il devait éviter de provoquer une éventuelle panique générale. Forbes ne pensait pas à l'avenir. La façon dont ils allaient mettre de l'ordre dans ce gâchis, tant sur le plan public que politique, n'était pas claire, et le soulagement le gagna en pensant que ces décisions ne reposeraient pas sur ses épaules. De retour sur la montagne de gravats, le sergent-chef Taylor demanda au conducteur de la pelleteuse de commencer son travail en retirant les plus gros débris restants, ceux que le tracteur que Sweeney et lui avaient utilisé ne pouvait tout simplement pas déplacer en raison de leur masse et de leur poids. Michael Sweeney venait juste d'aller chercher du thé et des biscuits dans la cuisine de Tilly Greaves quand la prochaine catastrophe qui devait frapper Olney ce jour-là se produisit.

L'explosion qui détruisit l'excavatrice et mis fin à la vie du sergent-chef Taylor et du malheureux conducteur, le caporal Bob Styles, fut entendue à une distance de quinze kilomètres, à travers les champs ouverts de la campagne du Kent. Heureusement, il n'y avait pas de villages à proximité, et à part les habitants du hameau, les fermes des environs et les troupes en service pour faire respecter le cordon autour d'Olney, seuls les moutons et le bétail qui paissaient dans les champs et les oiseaux qui s'élancèrent dans les airs par surprise et terreur furent témoins de l'horrible bruit des hommes, du métal et des gravats qui furent pulvérisés dans le néant !

Les habitants du village, les médecins, les infirmières et même quelques patients ambulatoires de la tente sortirent de leur maison, de leur lit ou de leur lieu de travail à la suite de l'explosion. Au début, personne ne semblait savoir ce qui s'était passé, mais il devint vite évident que quelque chose de terrible s'était produit. Des hommes et des femmes déconcertés regardèrent en direction du nuage qui s'élevait au-dessus de ce qui avait été le terrain de jeu des enfants. La fumée, épaisse et dense, flottait comme un nuage noir au-dessus du site de l'explosion. De l'excavatrice jaune, il ne restait rien, à part les débris d'une de ses chenilles, suspendue comme un crocodile mort au-dessus d'un morceau de clôture métallique verte qui était resté debout, alors que tout autour le reste de la clôture s'était effondré sous le souffle de la détonation. De petites particules de poussière, formées lorsque l'explosion avait détruit le grand monticule de gravats, se mêlèrent au bûcher fumant et tombaient en cendres sur ceux qui s'étaient rassemblés pour assister à la scène.

Lorsque le bruit de l'explosion avait atteint les oreilles des habitants du village et que la secousse avait fait trembler toutes les structures d'Olney, les premiers à réagir, comme on pouvait s'y attendre, furent le personnel médical de l'hôpital de campagne. Guy Dearborn et Paul Trent sortirent les premiers du chapiteau, suivis à la hâte par Hilary Newton, deux des médecins de l'équipe de McKay, Spence et Fielding, et cinq infirmières, dont Christine Rigby et Edith Kinnaird. Ils furent suivis par

Angus McKay, qui était à son bureau. Le Colonel Forbes et Wilhelm Koenig, qui se trouvaient à l'extrémité du chapiteau, le plus loin de l'entrée, fermaient la marche, et tout le groupe était maintenant stupéfait par le spectacle qui s'offrait à ses yeux.

— *Mein Gott* !s'exclama Koenig en revenant à sa langue maternelle.

— C'est quoi ce bordel ? lâcha Trent.

— Que s'est-il passé ? demanda Edith.

— Cela ressemblait à une bombe, déclara Hilary Newton.

— Je pense que nous allons découvrir que c'était une bombe, répondit le Colonel, et que cela a probablement détruit notre dernière chance de trouver ce qui restait de l'arme biologique allemande originale.

— Vous voulez dire, vous pensez que quelqu'un a fait ça exprès ? demanda Guy Dearborn.

— J'en suis certain. Il n'y avait rien dans ces décombres qui aurait pu produire une explosion de cette magnitude. Quelqu'un a posé la bombe pour nous empêcher de trouver ce que nous cherchions. D'abord, deux de mes hommes ont disparu ; maintenant, deux autres ont été tués par un cinglé en liberté dans le village. Quelqu'un a peur que nous découvrions quelque chose qu'il ne veut pas que nous déterrions.

En quelques secondes, toute l'équipe courut à travers le champ jusqu'au bûcher fumant qui marquait la scène de l'explosion. Du sergent Taylor et du caporal Styles, il n'y avait aucune trace. C'était comme si les deux hommes avaient simplement été pulvérisés par l'explosion qui avait secoué le village. De toute évidence, les soins médicaux n'étaient plus nécessaires, mais le professionnalisme avait dicté aux médecins de vérifier la présence de survivants, ou du moins de restes identifiables. Comme il n'y avait ni l'un ni l'autre, la discussion revint sur la bombe elle-même et sur celui qui aurait pu la placer là, prêt à anéantir quiconque empiéterait sur le secret qui, selon les apparences, devait être caché sous les décombres laissés par la modernisation de l'air de jeux. Le regard de Trent se concentra sur un cyprès à l'arrière du lieu de l'explosion. Il pendait follement, incliné sur le côté, ses racines s'accrochant toujours à la terre ravagée, refusant de basculer et de mourir. Hilary ne pouvait détacher son regard du vaste cratère qui s'était ouvert là où les gravats avaient été empilés. De la fumée et de la poussière flottaient au-dessus du trou dans un miasme de la mort. C'est là que Taylor et Styles devaient se trouver au moment de l'explosion. Elle avait l'impression qu'au moins, la mort était venue rapidement et relativement sans douleur pour eux, un instant de douleur fulgurante et ensuite, le néant ! Edith Kinnaird restait là à pleurer, le bras de Christine Rigby autour de son épaule. Rigby était simplement trop choquée pour pleurer ou réagir de manière visible. Son visage était un masque de choc et d'horreur.

Donald Forbes et Wilhelm Koenig s'approchèrent le plus possible de l'épicentre de l'explosion et se tinrent au bord du cratère qui ressemblait maintenant à la caldeira fumante d'un petit volcan.

— Qui a pu faire une telle chose ? demanda un Koenig choqué.

— Quelqu'un qui ne voulait pas qu'on trouve ce qui restait de votre bombe, Herr Docteur.

— Pas *ma* bombe, Colonel. J'ai peut-être aidé à produire l'engin infernal, mais ce n'était pas le mien, c'était celui de Dreschler.

— Bien sûr, je suis désolé. Ce n'était pas votre faute, Koenig. C'était la mienne.

— Le vôtre, mais comment cela pourrait-il être votre faute ?

— Parce que j'aurais dû prévoir toutes les éventualités, Herr Docteur, voilà pourquoi. Si j'avais eu toute ma tête, j'aurais pensé à la possibilité que quelqu'un puisse essayer de nous empêcher de trouver les restes.

— Mais pourquoi ? Qu'est-ce que quelqu'un pourrait espérer gagner en nous empêchant de découvrir quelques vestiges d'un vieil appareil qui a déjà libéré sa cargaison de mort ?

— C'est la partie que je n'arrive pas à comprendre, dit Forbes. S'il s'agissait simplement de nous empêcher de retrouver la bombe intacte et de découvrir ses secrets, je soupçonnerais quelqu'un de l'équipe qui l'a fabriquée de tenter de saboter notre travail ici.

—J'espère que vous ne pensez pas que je...

— Non, et à moins que vous me disiez que quelqu'un d'autre de l'équipe de recherche sur la guerre biologique de Straub pourrait encore essayer de couvrir ce que Dreschler a fait pendant la guerre, alors rien de tout cela n'a de sens.

—Je ne peux pas croire que ce soit le cas, Colonel. Personne de cette époque ne pourrait être assez stupide pour venir en Angleterre et faire une telle chose. De toute façon, comment auraient-ils su où se trouvait la bombe ? Pour autant que je sache, d'après ce que vous m'avez dit, les bombes sont tombées avec un avion qui a été abattu, et donc Olney n'était pas la cible visée. Dans ce cas, personne en Allemagne n'aurait pu savoir où le trouver.

— Vous avez raison, Koenig, et cela signifie que si ce ne sont pas les Allemands, alors ce doit être soit notre propre peuple, soit une autre agence extérieure qui est responsable de ce qui vient de se passer.

— Pas votre propre peuple, sûrement ?

— Alors qui, Herr Docteur Koenig, dites-moi, qui ?

Koenig ne put jamais répondre à la question de Forbes. Une deuxième explosion secoua Olney St. Mary, cette fois dans la direction d'où ils venaient. Quel que fut le degré de choc et d'horreur que les habitants rassemblés autour du cratère de la bombe et dans les rues d'Olney avaient ressentis lors de la première explosion, il fut multiplié par cent lorsqu'ils regardèrent l'incendie qui, il y avait quelques secondes encore, était l'hôpital de campagne contenant plus de soixante-dix patients et membres du personnel médical !

CHAPITRE 44

ALORS QUE L'EXPLOSION SECOUAIT LE CHAPITEAU, LE PASTEUR Timothy Grafton se retrouva projeté au sol par la force du souffle. Alors que les flammes léchaient tout ce qui se trouvait autour de lui et qu'une épaisse fumée étouffante remplissait l'espace clos, Grafton leva la tête pour contempler la scène de carnage. Les patients avaient été littéralement jetés hors de leur lit par la force de l'explosion, et beaucoup gisaient morts ou mourants, se vidant de leur sang sur le sol en caillebotis de la salle. La plupart des morts se trouvaient près de l'épicentre de l'explosion, que Grafton supposait être le poêle à bois qui se trouvait au centre du service. Du poêle, il ne restait rien, et les lits les plus proches brûlaient avec une intensité féroce. Il fut horrifié de voir un homme, à peine reconnaissable, titubant, hurlant à travers la fumée et les flammes, un scalpel chirurgical planté dans l'espace où aurait dû se trouver son œil droit, ses vêtements en feu. Il ne pouvait rien faire d'autre que de regarder avec une fascination horrifiée l'homme aveugle, dans sa douleur, se jeter en avant dans les flammes qui l'engloutirent rapidement. Grafton se souviendra des cris d'agonie de l'homme pour le reste de sa vie.

Un mouvement à sa gauche attira l'attention du pasteur et il se retourna pour voir un bras dépassant de sous un lit assez proche de sa position. Le bras bougeait, la main essayant de se frayer un chemin pour sortir de sous le lit. Grafton s'avança rapidement et prit la main, tirant doucement pour aider la victime à sortir de sous le lit. En quelques secondes, le visage choqué de Billy Wragg le regarda.

— Bon sang, Pasteur, c'était quoi ça ?

— Je ne sais pas Billy, mais nous devons sortir d'ici, *maintenant* !

Wragg regarda autour de lui la scène d'horreur et se tut. Ses cordes vocales se figèrent et ses jambes se transformèrent en coton lorsqu'il vit tant de ses amis et voisins gisant morts autour de lui.

— Pouvez-vous vous tenir debout ? demanda Grafton, en aidant Billy à se redresser.

— Je ne sais pas. Je vais essayer. Ma jambe gauche me fait mal. Elle doit être cassée. Aargh !

Son cri de douleur ne laissait aucun doute sur le fait que la jambe du braconnier était effectivement cassée. Essayer simplement de poser son pied gauche sur le sol lui avait causé une douleur intense. Grafton savait qu'ils n'avaient pas beaucoup de temps. Les flammes se rapprochaient de leur position. Ils n'avaient que quelques secondes pour essayer d'échapper à la douleur fulgurante de la chair brûlée et à l'agonie des poumons lorsque l'air surchauffé brûlerait leurs organes internes et leur apporterait l'inévitable libération de la mort.

— Appuyez-vous sur moi, dit Grafton en plaçant le bras de Wragg autour de sa propre épaule et en prenant le poids de l'homme du mieux qu'il pouvait.

Pendant ce qui semblait être une heure, mais qui n'était en fait pas plus de vingt secondes, le pasteur Timothy Grafton trébucha, tituba et suffoqua dans la fumée dense et la chaleur de la conflagration alors qu'il luttait contre les flammes. Pas une seule fois il n'envisagea de se libérer de son fardeau et de se sauver. Alors que les flammes se rapprochaient de plus en plus, ses yeux remplis de larmes reconnurent enfin la sortie de la salle. La lumière du salut l'attendait s'il pouvait continuer à avancer quelques secondes de plus. À ce moment-là, un bruit horrible venant d'en haut fit lever la tête au pasteur pendant une seconde. Le toit du chapiteau, qui brûlait violemment et dont les langues de flammes léchaient à la fois la surface et le sol, était en train de tomber sur ce qui restait de la salle en dessous. Grafton cria, Wragg lâcha un "bon sang" et le pasteur fit un dernier effort surhumain pour atteindre la sortie insaisissable.

———

— Tous ces gens, cria Hilary Newton. Nous devons faire quelque chose pour les aider !

— Comment le pourrions-nous ? Personne ne pourrait entrer là-dedans avec les flammes et la fumée. Ce serait du suicide d'essayer, répondit Guy Dearborn d'un ton froid et logique, mais avec le même constat.

— Vous avez entendu ? demanda Trent. Il y a eu deux explosions distinctes, j'en suis sûr, l'une après l'autre, mais définitivement deux détonations distinctes, j'en suis convaincu.

— Je pense que vous avez raison, Docteur Trent, dit Forbes. Quelqu'un semble sacrément déterminé à effacer toute trace de la bombe biologique et des personnes infectées par ce qu'elle transportait. Ce quelqu'un essaie d'enterrer à jamais le secret de l'arme de Dreschler, docteur Koenig.

—Je ne comprends pas, Colonel. Ce n'est pas logique. Tous ces gens sont innocents. Nous les avons simplement traités avec l'antidote. Ils se seraient remis, j'en suis sûr. Pourquoi les tuer, quelle est la raison de tout cela ?

— Je ne sais pas docteur. Peut-être que quelqu'un ne voulait pas qu'ils se rétablissent. Bon Dieu, il n'y a pas de foutus pompiers par ici ?

La réponse vint de Keith Greaves. Le policier était arrivé en courant au son de la deuxième explosion.

— La caserne de pompiers la plus proche se trouve dans le village d'East Lewington, à une vingtaine de kilomètres, et ce sont des pompiers à temps partiel, des pompiers volontaires, comme on les appelle.

— Oui, je sais ce que sont les pompiers volontaires, merci, agent. Ils n'arriveront jamais ici à temps pour être utiles. N'y a-t-il rien que nous puissions faire ?

Le chapiteau commença son effondrement final pendant que Forbes parlait, le toit s'écroulant sur lui-même, les flammes et les étincelles s'élevant vers le ciel. Un grondement sourd accompagna l'effondrement et, en quelques secondes, l'édifice entier s'abattit sur le sol, tandis qu'un panache de fumée noire s'élevait pour se mêler aux flammes et créer une vision tout droit sortie de l'enfer de Dante. Pourtant, de l'intérieur du brasier, comme par miracle, deux silhouettes apparurent soudainement, trébuchant à travers les flammes et la fumée. Les spectateurs accoururent pour les aider alors que Timothy Grafton et Billy Wragg émergeaient de la fumée, Grafton boitant et se tordant sous le poids de l'autre homme, qui sautait sur une jambe, son bras s'accrochant fermement au pasteur qui le soutenait. En s'approchant des deux hommes, Guy Dearborn put constater que Grafton luttait terriblement pour continuer à avancer. Son torse et ses pieds étaient nus, il était manifestement au lit lorsque la bombe avait explosé, et sa chair était brûlée et noircie. Chaque pas devait être une agonie pour l'homme, qui continuait à marcher, comme un homme sortant d'un rêve, en soutenant le blessé Wragg. Les sourcils de Grafton avaient disparu, brûlés par les flammes, et ses cheveux étaient également brûlés et fumaient à cause de la chaleur. Wragg avait l'air tout aussi mal en point, les pieds également nus et brûlés, la tête, les mains et le pyjama noircis par la fumée, et sa jambe pendante à un angle qui évoquait peut-être plus qu'une fracture.

Dearborn, Edith Kinnaird et le docteur Roger Spence retirèrent délicatement Wragg de sa béquille humaine et allongèrent l'homme gravement blessé sur le sol. Paul Trent, Hilary Newton et Christine Rigby s'occupèrent des besoins immédiats du pasteur Grafton. Tout le matériel médical présent dans le chapiteau avait été détruit par l'explosion et Hilary jeta les clés de son cabinet au docteur Norman Fielding, qui courut aussi vite que ses jambes le lui permirent pour se procurer tout ce qui pourrait être utile aux deux blessés. Keith Greaves, qui avait besoin de se sentir utile, courut à ses côtés tout le long du chemin. Il ne savait peut-être pas quoi ramener, mais il pouvait aider à porter ce dont le docteur avait besoin.

— Une bombe, c'était... une... haleta faiblement Grafton alors que Trent calait doucement la tête du pasteur dans le creux de son bras gauche.

— Nous le savons, Pasteur. S'il vous plaît, restez tranquille, et nous allons bientôt vous soigner.

— Vraiment ? demanda le pasteur.

Ses yeux s'assombrirent rapidement, puis il sombra dans le néant de l'inconscience.

— Il m'a sauvé la vie, dit Billy Wragg de l'endroit où il se trouvait, à deux mètres à peine de la silhouette inconsciente du pasteur. Il m'a tiré à travers les flammes et la fumée, il l'a fait. Il doit être l'homme le plus courageux que j'ai jamais connu. Il va s'en sortir, n'est-ce pas, Doc ?

— Je pense que oui, M. Wragg, répondit Trent. Je pense qu'il s'est juste évanoui à cause de la douleur et du choc.

Lorsque Fielding revint sur les lieux, accompagné de Keith Greaves, tous deux chargés de tout le matériel médical qu'ils pouvaient emporter, la petite bande de médecins commença à traiter les blessures et les brûlures des deux hommes qui avaient miraculeusement émergé des flammes du chapiteau. Aussi reconnaissants qu'ils furent que Grafton et Wragg aient pu sortir de l'hôpital de campagne en feu, tous ceux qui s'occupaient de leurs blessures et ceux qui portaient les expressions choquées des spectateurs des scènes de désastre autour d'eux n'étaient que trop conscients du fait que personne d'autre n'avait échappé aux flammes. Sur un total de soixante-douze patients et cinq membres du personnel médical, Grafton et Wragg furent les seuls survivants.

Forbes et Koenig regardaient l'équipe médicale commencer son travail. L'Allemand avait le regard d'un homme en état de choc, ce qui était le cas. Les yeux de Forbes semblaient enfoncés dans son visage et ses lèvres étaient figées dans un rictus de détermination sinistre. Quelqu'un allait payer pour ce qui s'était passé au cours de la dernière heure à Olney St. Mary, et il allait trouver le responsable, même si c'était la dernière chose qu'il ferait, et il s'assurerait que le prix des vies perdues aujourd'hui soit payé en totalité !

CHAPITRE 45

LE LIEUTENANT JAMES ROSE CONDUISAIT SON CONTINGENT DE troupes dans Olney avec un air de totale incrédulité sur le visage. La scène qui l'accueillait, lui et ses hommes, ressemblait à une zone de guerre, tout droit sortie d'un champ de bataille. Un épais panache de fumée continuait de s'élever du site de la première explosion, et de la fumée et des flammes s'échappaient encore des restes de l'hôpital de campagne. Mais ce qui horrifia le plus les nouveaux arrivants, c'était l'odeur inimitable de la chair brûlée. La puanteur flottait dans l'air, et la vue des villageois abasourdis regardant, comme en transe, le personnel médical qui travaillait à ciel ouvert donnait à l'endroit une apparence surréaliste. Il n'est pas nécessaire d'être un génie pour comprendre qu'un certain nombre de personnes avaient trouvé la mort de la manière la plus terrible qui soit.

Rose et son équipe avaient été envoyés au village par son commandant, le Colonel Leo Martin, dès que l'officier supérieur avait entendu l'explosion qui annonçait le début de la dévastation du village. Agissant de sa propre initiative, Martin avait immédiatement compris qu'une tragédie s'était abattue sur le village et qu'il avait dû passer outre ses ordres de maintenir le cordon de sécurité dans de la campagne environnante. Rose et ses hommes furent envoyés pour enquêter sur la cause des explosions et apporter tout le soutien possible en cas de besoin.

Rose marchait droit vers la personne la plus proche qu'il vit en s'approchant du centre du village. C'était l'agent de police, Keith Greaves, qui avait vu le petit contingent de troupes marcher le long de la route menant au village et était allé à leur rencontre.

— Qu'est-ce qui s'est passé ici ? demanda Rose, sans prendre le temps de faire des civilités.

Dans un moment comme celui-ci, de telles attentions étaient inutiles.

— Un salaud a posé des bombes dans le village. Nous en avons eu une là-bas.

Greaves désigna le site de la première explosion.

— Et ensuite ce satané hôpital de campagne a explosé ! Presque tout le monde à l'intérieur a été tué, seuls deux en sont sortis.

— Combien en avez-vous perdu ?

— Plus de soixante-dix personnes, d'après ce qu'on peut voir.

Le visage de Rose se durcit à l'idée que quelqu'un avait délibérément assassiné tant de personnes.

— Que pouvons-nous faire pour aider ?

— Vous feriez mieux de vous présenter au responsable. Le Colonel Forbes est au cabinet, il passe un coup de fil, je crois, dit Greaves en désignant le domicile d'Hilary Newton.

— Caporal, mettez les hommes au repos et attendez ici jusqu'à ce que je revienne, ordonna Rose à son sous-officier, laissant ses hommes debout à regarder la scène de dévastation tandis qu'il marchait vers le cabinet.

Une demi-heure plus tard, Rose et ses hommes étaient à pied d'œuvre pour retrouver les corps, ou ce qu'il en restait, de ceux qui avaient péri dans les flammes de l'hôpital. Forbes avait été heureux de l'arrivée des troupes. Ceux du village, résidents et médecins survivants, étaient tous dans un état de choc profond, et les nouveaux venus allaient au moins pouvoir accomplir leur sinistre tâche sans que les terribles images de ce que les autres allaient voir ne viennent troubler leur esprit pendant qu'ils travaillaient. Le Colonel avait passé une série de coups de téléphone et avait été étonné, en parlant à Sir Robert Blake, de découvrir que les services spéciaux avaient déjà fait une découverte étonnante à la suite de leurs premières enquêtes sur le passé de Douglas Ryan. Blake n'était cependant pas prêt à en parler au téléphone et avait promis de se rendre lui-même à Olney au lendemain des attentats pour éclairer Forbes. En ce qui concernait les attentats eux-mêmes, Blake fut horrifié et exprima une véritable tristesse à l'annonce de la nouvelle. Quant aux auteurs, il ne pouvait que partager la conviction de Forbes que quelqu'un d'encore inconnu était responsable des horreurs de la journée, et que les raisons des meurtres aveugles et de la destruction du village resteraient inconnues jusqu'à ce qu'ils puissent être identifiés et appréhendés.

— Nous ne pouvons certainement pas garder tout cela secret plus longtemps, avait dit Forbes, pensant que Blake allait ordonner une opération de secours à grande échelle pour le village.

— Pour l'instant, Donald, j'ai bien peur que nous devions essayer de maintenir une sécurité totale. Trop de choses se sont déjà passées à Olney qui ne peuvent pas être facilement expliquées au public. Si nous essayons de rendre les choses publiques maintenant, il y aura trop de questions posées auxquelles nous ne pourrons pas répondre. La presse s'en donnerait à cœur joie aux dépens du gouvernement et de l'armée, voyant des "rouges" à chaque occasion. Ils penseraient que nous sommes tous impliqués dans une vaste opération de dissimulation de quelque chose de hautement illégal ou suspect et...

Forbes interrompit soudainement le Pair du Royaume.

— Attendez, Sir Robert !

— Qu'y a-t-il, Donald ?

— Ce que vous venez de dire, à propos des "rouges" m'a donné une idée.

Blake resta silencieux au bout de la ligne.

— Monsieur, vous m'avez entendu ? demanda Forbes.

La voix de Sir Robert Blake n'était presque plus qu'un chuchotement lorsqu'il répondit finalement à l'officier de la RAF.

— Colonel Forbes, ne dites plus un mot jusqu'à mon arrivée à Olney St. Mary. J'appelle ma voiture en ce moment même et je devrais vous rejoindre dans les deux heures. Faites ce que vous pouvez pour les gens là-bas jusqu'à mon arrivée, mais ne discutez pas, je le répète, ne discutez pas de vos théories, quelles qu'elles soient, avec qui que ce soit dans le village. Est-ce que c'est clair ?

Se demandant ce qu'il avait bien pu dire pour provoquer une telle réaction de Sir Robert, Forbes ne put que dire un "Oui, Monsieur, si vous le dites" précipité avant que la ligne ne soit coupée.

Donald Forbes était debout, le combiné à la main, lorsque Rose frappa à la porte et, pour le moment, il devait mettre de côté sa conversation avec Sir Robert.

Bientôt, alors qu'il regardait les membres restants de l'équipe médicale travailler côte à côte avec les troupes nouvellement arrivées pour essayer de localiser et d'identifier ceux qui avaient péri dans l'explosion, Forbes laissa son esprit dériver vers la conversation avec Blake. Il avait coupé Forbes à la seule mention des "rouges". Cela signifiait-il que Sir Robert croyait que les soviets étaient d'une certaine manière impliqués dans ce qui s'était passé ? Après tout, le terme était utilisé assez librement à l'ouest pour indiquer la possibilité d'une infiltration communiste russe dans les nations démocratiques, mais si c'étaient les Russes, alors comment avaient-ils placé les bombes à Olney, et dans quel but ? Après tout, c'était une arme expérimentale allemande du temps de la guerre qui avait provoqué l'explosion à Olney, et non une arme secrète russe. Leur implication frappa soudain Forbes comme un coup de massue. Et si ce n'était pas la bombe allemande qui avait causé la peste dans le village ? Et si les Russes eux-mêmes étaient en quelque sorte responsables ? Mais comment auraient-ils pu le faire ? Comment auraient-ils pu s'assurer de placer un engin à l'endroit exact où un avion allemand transportant une telle arme s'était écrasé toutes ces années auparavant ? Il aurait fallu qu'ils soient au courant du crash du Messerschmitt, ce qui impliquait une connaissance interne. Un espion, peut-être ? Cela expliquerait certaines choses, notamment pourquoi les restes de la bombe allemande, si elle existait, avaient été détruits, ou s'agissait-il du propre système de livraison du bacille de la peste caché sous les décombres ? Une fois de plus, Forbes trouva son esprit rempli de plus de questions qu'il ne pouvait fournir de réponses. Et encore une fois, pourquoi l'hôpital ? Il ne pouvait y avoir aucune raison logique pour détruire autant de vies juste pour assurer une dissimulation, sûrement. Forbes ne pouvait pas répondre à ses propres questions. Il devait attendre l'arrivée de Sir Robert, qui semblait savoir quelque chose que Forbes ne savait pas, quelque chose de si secret qu'il ne pouvait le divulguer par téléphone.

Sa tristesse face à la situation actuelle s'accentua lorsqu'il regarda Guy Dearborn transporter délicatement un torse humain déchiré et meurtri des restes de ce qui avait été l'hôpital. Les chances d'identification semblaient minces, il y avait si peu de choses reconnaissables. Dearborn déposa la macabre découverte sur une bâche verte, où Hilary Newton et Christine Rigby firent de leur mieux pour nettoyer le cadavre afin que quelqu'un puisse au moins essayer de mettre un nom sur le défunt. Tout près, d'autres avaient été placées, un bras, une jambe, un tas de vêtements, et même un ours en peluche, rappelant de façon poignante que beaucoup de ceux qui étaient morts appartenaient à la jeune génération d'Olney. Alors même qu'il regardait la triste collection de restes s'agrandir, de plus en plus de morceaux de chair carbonisée et à peine reconnaissable s'ajoutant à ceux qui se trouvaient déjà sur la bâche, une voix venant de derrière fit se retourner Forbes, surpris.

— Regardez ce que j'ai trouvé, Colonel, dit la voix de Michael Sweeney, tandis qu'il poussait vers Forbes une silhouette échevelée en uniforme de la RAF.

À la surprise du Colonel, la silhouette couverte de terre n'était autre que l'aviateur Grove, l'un des deux aviateurs disparus ce matin-là.

— M. Sweeney, Lieutenant Grove, que diable signifie tout cela ? Expliquez-vous !

— Oh, ce rat a beaucoup d'explications à donner, dit Sweeney, la voix pleine de véhémence. Je l'ai trouvé essayant de s'éloigner du village. Il s'est un peu battu, mais je me débrouille très bien, merci beaucoup. Il a fallu le persuader de revenir avec moi, c'est pourquoi il s'est retrouvé un peu dans la boue comme vous pouvez le voir, mais à la fin je l'ai convaincu qu'il n'irait nulle part ailleurs qu'ici avec moi. Colonel Forbes, permettez-moi de vous présenter le meurtrier du Lieutenant Bennet, et probablement le responsable de la mort de toutes les personnes présentes sous le chapiteau !

Forbes regardait fixement l'homme qui se tenait maintenant devant lui, tremblant de peur. C'était l'un de ses propres hommes, l'un de ceux chargés de servir la Reine et le pays, portant le même uniforme que Forbes. Le regard du Lieutenant Grove montrait cependant à Forbes que Sweeney avait raison. Il n'avait jamais vu un tel regard de haine dans les yeux d'un homme auparavant. En plus de cette haine, il comprit que Grove savait que son temps était compté. Il avait été attrapé, et l'homme n'avait plus nulle part où aller. Qu'il parle et explique ses actions était une autre question bien sûr.

— Eh bien, Colonel, que voulez-vous que je fasse du petit lézard à tête de rat ? demanda Sweeney, en poussant vicieusement Grove dans le dos pendant qu'il parlait.

— Je pense qu'avant de faire quoi que ce soit avec lui, on devrait avoir une petite discussion avec Grove, non ? Et comment savez-vous qu'il a tué le Lieutenant Bennet si je puis me permettre, M. Sweeney ?

— Oh, c'est assez facile. Je l'ai trouvé en train d'enterrer le corps, avec la tête défoncée, Colonel. Ce n'est pas le genre de chose que vous feriez si un de vos camarades venait d'être tué accidentellement, n'est-ce pas ?

Sur ce, Grove se retourna soudainement et se jeta sur Sweeney, son expression étant un masque de haine et d'émotion violente. Il aurait pu faire quelques dégâts au croque-mort du village si Sweeney n'avait pas simplement fait un pas en arrière, remonté son bras droit en un instant et frappé le traître avec le plus beau coup de poing circulaire que Forbes ait vu depuis longtemps. Grove vacilla sur ses pieds pendant une seconde ou deux, puis ses yeux devinrent vitreux et il tomba sur le sol, inconscient, avant que sa tête ne cogne sur la place du village.

— C'était un sacré coup de poing, Mr Sweeney. Si je peux me permettre, où avez-vous appris à vous battre comme ça ?

— Oh ça, et bien j'ai fait un peu de temps dans l'armée pendant la guerre, Colonel. C'est incroyable ce qu'un homme apprend quand il se bat pour sa vie contre l'ennemi.

C'était la première fois que Sweeney faisait référence à son service en temps de guerre à quelqu'un depuis longtemps. Forbes fut impressionné.

— Eh bien, j'ose dire que vous avez pris le Lieutenant Grove par surprise. Il ne s'attendait pas à se retrouver face à quelqu'un comme vous, M. Sweeney, c'est certain. Maintenant, pendant qu'il est hors-jeu, je suggère que l'agent de police vienne l'emmener et l'enfermer quelque part et que vous me disiez ce que vous avez découvert sur ce qui s'est passé ici aujourd'hui. J'ai l'impression que vous en savez beaucoup plus que moi en ce moment, et cela ne peut pas aller, n'est-ce pas ?

— Je vous dirai tout ce que je sais, mais ce n'est pas une bonne histoire, c'est sûr.

Sweeney disparut pendant moins de deux minutes, avant de revenir avec Keith Greaves. Les deux hommes portèrent, puis traînèrent le lieutenant inconscient jusqu'au poste de police, où Greaves disposait d'un petit local à l'arrière, habituellement utilisé comme cellule de détention pour les ivrognes occasionnels ou les petits criminels qui lui tombaient sous la main. Ce n'était pas aussi sécurisé que Wormwood Scrubs, mais cela ferait office de prison temporaire pour Grove.

Sweeney revint rapidement auprès du Colonel, avec Greaves à ses côtés. De toute évidence, le policier voulait savoir ce qui s'était passé et comment le lieutenant Bennet avait trouvé la mort. Forbes était tout à fait heureux que Sweeney partage l'information avec le policier, et ensemble les trois hommes traversèrent lentement la route jusqu'au cabinet d'Hilary Newton, où ils pouvaient parler en privé.

— Maintenant, M. Sweeney, je crois que vous avez une sacrée histoire à raconter, dit Forbes, alors qu'ils s'asseyaient autour de la table de la cuisine.

— Vous pouvez le dire, Colonel, répondit Sweeney.

Et il commença à raconter les événements qui avaient mené à la capture de Grove aux deux hommes qui étaient assis et écoutaient attentivement chaque mot.

CHAPITRE 46

L'HISTOIRE QUE MICHAEL SWEENEY RACONTA ÉTAIT EN FAIT assez simple. Lorsque la première bombe avait explosé, tuant le sergent-chef Taylor et le conducteur de la pelleteuse, il était allé chercher des rafraîchissements pour lui et les deux hommes. Lorsque l'explosion s'était produite, Sweeney était sorti immédiatement de la maison de Graves avec l'intention d'aider de quelque manière que ce fut. Cependant, alors qu'il courrait hors de la maison de la police, il avait vu quelque chose qui l'avait arrêté dans sa course.

— J'ai vu quelqu'un sortir par la porte arrière de la maison de Mavis Thorndyke. Elle n'avait pas de famille, donc il n'y avait aucune raison pour que quelqu'un soit là. Puis j'ai vu que, qui que ce soit, il portait l'uniforme de la RAF. Il s'est penché, puis je l'ai vu hisser un corps inerte sur ses épaules. Je savais que quelque chose n'allait pas, alors je l'ai suivi pendant qu'il trimballait le corps le long de la petite allée qui passe derrière la rangée de maisons de ce côté de la rue. Je me suis caché derrière le mur latéral de la maison de Mme Elder et j'ai attendu de voir ce qu'il allait faire ensuite. Il n'est pas allé loin, et quand il a atteint le bout de l'allée, il a en quelque sorte jeté le corps par-dessus la haie, dans le bosquet de l'autre côté. J'ai attendu de voir ce qu'il allait faire ensuite, et il a couru jusqu'au cottage et est ressorti quelques minutes plus tard avec une bêche. Il a escaladé la clôture du bosquet et je l'ai entendu commencer à traîner le corps plus loin entre les arbres. Je n'osais pas sortir trop tôt, sinon il aurait pu me voir, et je voulais être sûr de ce qu'il faisait avant de bouger. Si je m'étais montré trop tôt, il aurait pu s'enfuir et je l'aurais perdu.

>> J'ai rampé aussi silencieusement que possible jusqu'à la clôture et j'ai regardé dans le bosquet. Je ne pouvais pas le voir, mais je pouvais encore entendre le bruit qu'il faisait en traînant le corps sur le sol. Il venait de commencer à creuser quand j'ai entendu l'explosion qui a anéanti l'hôpital de campagne. Mon Dieu, comme j'avais envie de me retourner et de courir pour vous aider tous, mais je savais que je devais rester là et essayer d'attraper ce petit monstre. Je savais qu'il devait avoir un lien avec la bombe, et j'ai résisté aux sons au loin, j'ai commencé à me frayer un chemin dans le bosquet aussi silencieusement que possible. Après avoir fait une trentaine de mètres, j'ai vu ce salaud en train de creuser ce qui devait être une tombe. J'ai alors pensé que le pauvre bougre qui gisait sur le sol devait être déjà mort, et que je ne mettrais pas sa vie en danger si j'agissais, alors j'ai utilisé mon vieil entraînement militaire et j'ai essayé de m'approcher de lui le plus discrètement possible. J'ai dû me faufiler d'arbre en arbre pour rester caché. Je ne savais pas qui je traquais jusqu'à ce que je me rapproche. J'ai alors vu que c'était Grove, et j'ai dû supposer que le corps était celui de l'autre aviateur disparu. Pour faire court, quand j'ai été assez près, j'ai sauté sur lui, et nous sommes tombés au sol en nous battant jusqu'à ce que je le maîtrise. J'admets que je l'ai peut-être frappé un peu plus souvent que nécessaire, mais je ne voulais pas prendre le risque qu'il ait la force d'essayer de s'enfuir quand je l'allais le ramener. J'ai traîné le petit bougre jusqu'ici et je vous ai rencontré sur la place, et c'est tout.

— Tout ce que je peux dire, Mr Sweeney, c'est merci. Vous avez fait un excellent travail, et peut-être sauvé des vies. On ne sait pas combien d'autres personnes il aurait pu tuer si vous n'aviez pas mis la main sur lui, déclara le Colonel.

— J'ai trouvé étrange que vous ne vous montriez pas après l'explosion de la première bombe, dit Trent. Pendant une minute ou deux, j'ai pensé que peut-être vous aviez été tué dans l'explosion aussi. Puis quelqu'un a dit qu'il vous avait vu vous diriger vers le poste de police avant l'explosion, alors j'ai supposé que vous étiez en sécurité, mais je n'avais aucune idée de l'endroit où vous étiez allé. Dans la foulée de tout ce qui s'est passé ensuite, je suppose que je vous ai oublié. Je suis content que vous ne nous ayez pas oubliés, Mr Sweeney. Comme le dit le Colonel, nous vous devons tous des remerciements. Mais savez-vous pourquoi il a tué le Lieutenant Bennet ? Vous a-t-il dit quelque chose ?

— Il n'a jamais dit un mot après que je l'ai arrêté. Je lui ai demandé pourquoi il avait tué Bennet, il a grogné et m'a traité de salaud qui se mêle de tout, ce qui équivaut à un aveu, selon moi. Je suppose que Bennet a vu quelque chose qu'il n'aurait pas dû voir, ou a surpris Grove en train de faire quelque chose, et Grove l'a tué pour le faire taire. J'espère que vous trouverez pourquoi ce salaud a fait ça. Tous ces gens, mes amis et mes voisins, morts à cause de lui ! Cela n'a aucun sens pour moi. Il n'y a presque plus personne en vie dans ce foutu village à cause de lui et de sa foutue bombe !

— Nous trouverons pourquoi il a fait ça. Vous pouvez être rassuré sur ce point, lui garantit Forbes. En fait, je veux commencer à interroger le Lieutenant Grove dès que nous aurons terminé ici.

Avant que l'on puisse en dire plus, on frappa à la porte du cabinet, et Trent ouvrit pour trouver un chauffeur, resplendissant dans toute la livrée du métier, debout devant lui, une Bentley noire étincelante sur la route à quelques mètres de là.

— Je cherche le Colonel Forbes. On nous a dit qu'il serait ici, dit l'homme, le visage figé comme dans la pierre.

— Je suppose que c'est Sir Robert Blake dans la voiture, n'est-ce pas ? demanda Trent en guise de réponse.

— Vous avez raison. Je suis le chauffeur de Sir Robert. Le Colonel est-il là ou non ?

— Oui, bien sûr qu'il est là, dit Trent, à quoi l'homme tourna le talon sans dire un mot de plus à Trent.

Il retourna à la voiture, ouvrit la porte du passager arrière et la tint pendant que l'homme à l'intérieur descendait. Le conducteur toucha sa casquette en signe de déférence envers son passager. Vêtu d'un costume bleu à rayures, ses chaussures noires brillantes reflétant le soleil de l'après-midi, Sir Robert Blake s'approcha de Trent, se présenta avec une poignée de main ferme et entra directement dans le cabinet sans y être invité. Le chauffeur retourna du côté conducteur de la Bentley, se plaça derrière le volant et prit la posture d'une statue. Trent supposa qu'il resterait ainsi jusqu'à ce que son employeur sorte du cabinet, alors il se tourna vers l'intérieur, ferma la porte et suivit le chevalier du royaume dans la cuisine où Blake avait déjà trouvé les autres et s'était présenté.

Sir Robert avait été informé de la cause de la dévastation qui l'avait accueilli à l'approche d'Olney par deux soldats qui avaient croisé sa voiture à l'entrée du village, ayant été prévenus que quelque chose de terrible s'était produit par les troupes qui surveillaient le cordon à une dizaine de kilomètres de là. Bien qu'horrifié par le spectacle qui s'offrait à ses yeux à son arrivée, il ne pouvait qu'exprimer sa sympathie par une série de mots qu'il savait dénués de sens. Rien ne pouvait compenser le choc et l'horreur de ce que les gens avec qui il était assis avaient enduré, et il en était douloureusement conscient. Forbes l'informa rapidement des événements entourant les explosions et la capture de Grove, même s'il devait admettre qu'il manquait des détails pour le moment. Blake ne pouvait rien faire de plus maintenant que de faire ce pour quoi il était venu à Olney, et il demanda donc que les personnes présentes dans la pièce écoutent attentivement ce qu'il était sur le point de leur raconter, ajoutant que cela était de nature hautement sensible et secrète, et que tout le monde, Sweeney inclus, serait tenu par la loi sur les secrets officiels de ne pas révéler le moindre mot à qui que ce soit.

Ainsi, après avoir entendu le récit de la capture du Lieutenant Grove par Michael Sweeney, le groupe rassemblé était sur le point d'entendre une autre histoire, cette fois-ci encore plus surprenante, et d'une ampleur encore plus grande en ce qui concernait les événements récents dans le village.

———

— Je suis désolé de vous avoir interrompu si brusquement tout à l'heure, Donald, commença Blake, mais je ne voulais pas prendre le risque qu'une conversation sur une ligne téléphonique ouverte soit entendue dans les mauvais quartiers. Votre dernier commentaire sur les "rouges" était un peu trop proche de ce que j'avais appris récemment, et je savais que je devais venir ici et vous expliquer toutes les dernières informations dont j'avais été mis au courant.

Après cette ouverture, Sir Robert fit une pause pour respirer, s'éclaircit la gorge, et, comme tous les yeux de la pièce le fixaient infailliblement, il poursuivit :

— Dès que l'ombre d'un soupçon est tombée sur notre ami Douglas Ryan, j'ai lancé une enquête complète sur ses antécédents et ses activités récentes, qui devait être menée par la branche spéciale de la police. Comme vous le savez tous, j'en suis sûr, la police métropolitaine travaille de temps en temps en étroite collaboration avec diverses agences gouvernementales, et dans les heures qui ont suivi le lancement de son enquête, le commissaire Arthur Garside a pu me communiquer des informations plutôt inquiétantes concernant notre virologue en chef. Il semblerait que ce ne soit pas la première fois que Douglas Ryan apparaisse sur le "radar" des services spéciaux, pour ainsi dire. Il s'avère qu'ils ont été contactés par le MI5 il y a quelques mois au sujet d'une cellule communiste présumée, ayant des liens avec Moscou, qui a vu le jour à l'université de Cambridge bien avant la guerre. Parmi les noms figurant sur cette liste, on trouve celui de Douglas Ryan, qui a étudié à Cambridge dans les années 20. Les services spéciaux ont effectué une vérification sommaire de Ryan lorsqu'ils ont été alertés par le MI5, mais ils n'ont rien trouvé qui puisse le relier à des éléments "subversifs", comme on les appelle dans les milieux du renseignement. Ils ont cependant laissé un drapeau rouge à côté de son nom, avec l'instruction de le surveiller de près à la lumière de tout développement futur. Lorsque j'ai contacté l'Unité Spéciale, Garside a immédiatement trouvé le dossier contenant le nom de Ryan, et le Commissaire a immédiatement donné l'ordre de faire venir Ryan pour l'interroger. Il soupçonnait que Ryan pouvait être un "agent dormant", en d'autres termes un sympathisant communiste ayant une allégeance à long terme à la cause soviétique, mais qu'on laisse se construire une carrière et mener une vie normale dans son propre pays jusqu'à ce qu'il soit activé par son contact, probablement quelqu'un de l'ambassade de Russie.

>> Eh bien, il semble que notre ami Ryan soit un gars intelligent et un expert dans son propre domaine de la médecine, mais quand il s'agit d'un interrogatoire par la police, et par les services spéciaux en particulier, l'homme cède en quelques minutes. Comme beaucoup de traîtres, l'homme est un lâche abject au

fond, et même maintenant il se confie à ses interrogateurs à Scotland Yard. Garside me dit que dès qu'il a mentionné la possibilité que Ryan soit pendu pour trahison, l'homme est devenu instantanément coopératif.

— Ah, typique, ricana Sweeney.

— J'ai bien peur qu'il y ait plus à venir, poursuivit Blake. Il semble que l'homme que vous détenez, Grove, était lié à Ryan, et était probablement son "fantassin", l'homme qui faisait le sale boulot pour lui.

— Mais Grove porte l'uniforme de la Royal Air Force, protesta Forbes. Comment et pourquoi serait-il impliqué dans un complot communiste ?

— D'après Ryan, Grove est un soldat du service national, pas un volontaire. Une fois qu'il aura été entièrement contrôlé, je pense que vous découvrirez que sa véritable allégeance se trouve bien plus à l'est que le Ministère de la Défense. Avant d'être appelé pour son service militaire, Ryan dit que Grove avait suivi une formation pour travailler dans une entreprise de démolition, afin qu'il sache exactement où placer un engin explosif pour causer un maximum de dégâts.

— Mais comment Grove a fait pour introduire les explosifs à Olney, Sir Robert ? demanda Trent.

— Maintenant, c'est la partie la plus triste de toute l'histoire, dit Blake, sa voix devenant un faible murmure de sorte que tout le monde dut se concentrer pour entendre la suite de sa déclaration.

— Ryan a admis à Garside qu'il avait un second agent à Olney, en quelque sorte son lieutenant dans la cellule communiste. C'est le seul homme qui avait les moyens et la possibilité d'introduire les explosifs et les engins incendiaires dans le village avant votre arrivée ici, Colonel. Dites-moi, qui a organisé l'approvisionnement et l'emballage des boîtes qui sont arrivées avec l'équipe de secours de Porton Down ?

— McKay ! bafouilla Forbes, incrédule, alors qu'il prenait conscience de la trahison de son assistant.

— Exactement, Colonel. Angus McKay est de mèche avec Ryan et sa cellule depuis le début. Il a été recruté par les Soviétiques il y a des années et leur a transmis régulièrement des informations de Porton Down, par l'intermédiaire de Ryan, pendant longtemps.

— Mon Dieu, dit Forbes. Ces maudits Russes ne finiront-ils jamais de nous infiltrer pour nos secrets ? McKay a même parlé de complots communistes présumés il y a un jour ou deux, j'en suis sûr. Il est ensuite venu me voir avec le Docteur Trent pour exprimer ses soupçons sur Ryan. Il a parlé comme s'il avait lui-même des soupçons.

— Un écran de fumée pour se couvrir, dit Blake. Il devait savoir que nous étions sur le point de découvrir leur complot, et il devait faire croire qu'il était innocent de toute implication. Quel meilleur moyen que de décrier le chef de sa propre cellule communiste, sans rien révéler qui puisse incriminer Ryan, bien sûr ?

— Mais, attendez, interrompit Sweeney. Si la bombe originale de la guerre était un engin allemand, alors pourquoi les Russes sont-ils si désireux de nous empêcher de la trouver, si désireux qu'ils l'ont fait exploser pour nous empêcher de la localiser, et comment l'ont-ils su ?

— Bonne question, Mr Sweeney, répondit Blake. Vous m'avez amené au cœur de la situation. Les Russes connaissaient la bombe biologique allemande depuis le début, bien sûr. Ryan leur aurait signalé son existence lorsqu'il avait été appelé à Olney à la fin de la guerre. Les Russes ont leur propre programme d'armes biologiques, comme nous le savons, mais la perspective de mettre la main sur un exemplaire fonctionnel d'une bombe à peste aurait été très tentante pour eux. Ainsi, lorsque Ryan a entendu qu'une épidémie de peste avait commencé ici même à Olney, où il savait que les premières bombes avaient été larguées, l'occasion était trop belle pour qu'il la laisse passer. Il a dû se rendre compte tout de suite qu'il avait manqué une bombe lorsqu'il avait fait le travail ici après la guerre. Il a alors fait tout ce qu'il pouvait pour sceller l'endroit, puis il a envoyé ses propres hommes avec pour instruction de mettre la main à tout prix sur les restes de la bombe, afin de l'envoyer à Moscou.

— Mais la bombe a été détruite quand Grove l'a fait exploser, dit Hilary Newton.

— Je ne pense pas, Docteur, répondit Blake. Si nous fouillons les effets personnels d'Angus McKay, nous découvrirons probablement que sa mallette contient ce qui reste de l'appareil original. Il espère pouvoir le faire sortir clandestinement d'Olney à son départ et le transmettre à ses commanditaires russes, par l'intermédiaire de Ryan bien sûr. Faire exploser le site de la cachette supposée de la bombe n'était qu'une façade, un moyen de vous convaincre qu'il n'y avait plus rien à trouver.

— Mais il ne sait pas encore que Ryan a été démasqué comme traître, n'est-ce pas ? Donc il va continuer avec son plan à moins que nous ne l'arrêtions, ajouta Trent.

— Oh, nous allons l'arrêter, dit Blake. Ce jeune officier de l'armée, très efficace, et ses hommes ont suffisamment de fusils pour arrêter M. Angus McKay, je n'en doute pas. Nous découvrirons bientôt où il cache ce qui reste de l'appareil de Dreschler.

Hilary Newton posa une dernière question.

— Mais, Sir Robert, pourquoi ont-ils tué tous ces gens à l'hôpital ? Ce n'était qu'un meurtre gratuit et sans discernement, non ?

— Oui, j'en ai bien peur, Docteur. Ils devaient faire quelque chose pour concentrer toute l'attention sur l'hôpital afin que Grove puisse se débarrasser de l'autre pauvre homme de la RAF, et donner à McKay la chance de cacher les restes de la bombe Dreschler sans être découvert. Je doute qu'ils aient prévu une détonation aussi importante et destructrice, mais le temps jouait contre eux et ils ont probablement paniqué et posé le tout en une seule fois. Même ainsi, la mort de plus de soixante-dix personnes n'a eu aucune conséquence pour eux.

— Attendez, dit Dearborn. Cela expliquerait la seconde explosion que nous avons entendue dans la salle. C'était probablement le reste des explosifs qui ont explosé par accident, déclenchés par la première explosion. McKay était l'un des derniers à quitter le chapiteau après la première explosion. Il avait quelque chose sous son bras.

— Un fourre-tout en cuir marron, avec le symbole de la croix rouge dessus, ajouta Hilary. Il espère faire sortir la bombe allemande du village dans sa trousse médical.

— Je peux vous assurer qu'Angus McKay ne va nulle part, jeune fille, dit Sir Robert Blake, très fermement. Maintenant, allons trouver ce jeune officier de l'armée, d'accord ?

CHAPITRE 47

Avant de quitter le cabinet, Hilary vérifia l'état du Pasteur Grafton et de Billy Wragg. Le docteur Fielding et Christine Rigby s'occupaient des deux hommes dans les chambres de l'étage, qu'Hilary avait proposées comme salles de soins temporaires jusqu'à l'arrivée des ambulances. Son appel téléphonique à Ashford avait souligné l'urgence de la situation, et elle avait demandé qu'une équipe de spécialistes des brûlures soit envoyée avec le véhicule d'urgence. Satisfaite que les deux hommes soient aussi confortablement installés et stables qu'ils pouvaient l'être dans ces circonstances, elle rejoignit les hommes en bas.

En sortant du cabinet, Blake fit un signe de tête à l'homme au visage impassible qui était assis au volant de sa Bentley. L'homme acquiesça en retour, sortit de la voiture et s'approcha de Blake, qui le présenta aux autres.

— Voici l'inspecteur Lennard, des services spéciaux. Il m'a accompagné à la place de mon propre chauffeur. J'ai pensé qu'il pourrait être utile pour accomplir la tâche qui nous attend.

Trent comprit immédiatement pourquoi l'homme avait été si impassible à son arrivée. Le policier n'aurait pas su à qui il s'adressait quand Trent avait ouvert la porte. Il aurait pu s'agir de McKay pour ce que Lennard en savait, aussi Trent était-il prêt à lui pardonner son comportement brusque. Lennard salua d'un signe de tête le groupe, tout en restant silencieux. Trent se demandait si l'homme pouvait vraiment parler !

Blake s'adressa maintenant au groupe avant de se diriger vers le poste de police, où il savait que McKay se trouverait, ainsi que Greaves et les autres membres survivants de l'équipe de Forbes.

— Quand nous y serons, je préférerais que seuls l'inspecteur Lennard, moi-même, le Colonel Forbes et le docteur Trent entrent dans la maison au début. Je suis désolé Docteur Newton, Docteur Dearborn, et vous, Mr Sweeney, mais je ne veux pas que tout le monde entre là-dedans comme une troupe d'un film d'Hollywood. Peut-être pourriez-vous attendre dehors quelques minutes, le temps que McKay soit maîtrisé.

Les deux médecins et Sweeney grognèrent leur déception d'avoir été écartés du dénouement avec McKay, mais ils n'avaient d'autre choix que de se conformer à l'ordre de Sir Robert. Ils accompagnèrent cependant les autres jusqu'au poste de police, où ils restèrent consciencieusement devant la porte pendant que les autres entraient. L'inspecteur Lennard resta en arrière, assumant à nouveau son rôle de chauffeur de Sir Robert, du moins pour le moment. De cette façon, toute personne observant leur approche de l'intérieur ne se douterait de rien.

Blake laissa le Colonel Forbes prendre la tête du groupe lorsqu'ils entrèrent dans la maison. McKay était l'assistant de Forbes après tout, et, comme il ne s'attendait pas à des problèmes, l'homme se sentirait moins menacé par la vue de son propre patron entrant dans la maison.

— Rebonjour, agent, dit Forbes, ignorant volontairement McKay pour le moment. Comment va votre prisonnier ?

— Pas un mot de sa part, Monsieur, répondit Greaves. Je pense qu'il a trop de choses en tête en ce moment pour faire des histoires là-dedans.

— Tout à fait, répondit Forbes. Permettez-moi de vous présenter Sir Robert Blake. Sir Robert, voici l'agent de police Greaves, et voici mon assistant Angus McKay.

Il fait signe au petit écossais qui se levait et allait serrer la main de Sir Robert. Au moment où il le faisait, le Lieutenant Lennard s'avança avec une vitesse trompeuse depuis l'arrière du groupe et passa une paire de menottes au poignet de McKay. L'Écossais réagit avec un choc total.

— Qu'est-ce que... ? Qu'est-ce que cela signifie Colonel ? Qui est cet homme ? Pourquoi avez-vous... ?

— Je pense que vous savez exactement pourquoi, M. McKay, répondit Forbes de manière sinistre. Votre petit jeu est terminé, je suis heureux de le dire. Votre patron, Douglas Ryan, est déjà en détention, et il chante comme un canari. Je pensais que vous étiez un membre loyal et digne de confiance de mon équipe, et pourtant, pendant tout ce temps, vous avez divulgué des secrets aux ennemis de ce pays, espèce de reptile gluant.

Si l'un des membres du groupe s'attendait à des dénégations et à une lutte de la part de McKay, il fut déçu dans ses attentes. Le traître écossais se tenait simplement là où il était, une expression choquée et d'incompréhension. De toute évidence, l'idée d'être exposé ne lui avait jamais traversé l'esprit, et maintenant qu'une telle éventualité s'était produite, McKay ne savait absolument pas comment réagir.

— Eh bien ? Vous n'avez rien à dire, McKay ? On vous a fait confiance pour prendre soin des gens ici à Olney, et au lieu de ça vous êtes responsable des meurtres de plus de soixante-dix âmes innocentes. Essayez au moins de le nier, ou de trouver une excuse à votre comportement de traître, pourquoi ne le faites-vous pas ?

— Je n'ai rien à vous dire, Colonel Forbes. Ce que j'ai fait, je l'ai fait en fonction de mes convictions personnelles et politiques. Je ne m'attends pas à ce que vous, ou l'un de vos amis décadents ici présents, compreniez mes motivations. Je dirai cependant que j'ai la conscience tranquille.

— Tranquille ? Misérable petit homme ! s'écria Sir Robert. Vous n'êtes rien d'autre qu'un espion communiste, un infiltré et un meurtrier. Vous pensez que le fait de tuer toutes ces personnes va inciter vos payeurs russes à vous offrir une médaille quelconque. Non, laissez-moi vous dire McKay, ils vont nier votre existence, ou avoir jamais entendu parler de vous, c'est ce qu'ils vont faire. Quant aux fragments de bombe pour lesquels vous avez travaillé si dur, ils ne quitteront jamais cette pièce. L'inspecteur Lennard, pourriez-vous avoir l'amabilité de m'apporter la mallette de McKay, s'il vous plaît ?

Lennard fit le tour de la table au centre de la pièce et prit la mallette des mains de l'agent Greaves qui l'avait attrapée dès que Sir Robert l'avait demandée. Lennard la posa sur la table, et Blake demanda à Forbes d'en inspecter soigneusement le contenu.

— C'est fermé, Monsieur, dit Forbes. Où est la clé, McKay ?

McKay haussa simplement les épaules en signe de défi.

— Dois-je le fouiller, Monsieur ? demanda Lennard.

— Ce n'est pas une grande affaire, Inspecteur. Avez-vous un bon couteau solide, agent ?

— Oui, Monsieur, répondit Greaves, et il se dirigea rapidement vers la cuisine, revenant quelques secondes plus tard avec un couteau à découper à l'aspect vicieux, qu'il donna à Donald Forbes.

— Vous ne devriez pas porter un masque ? demanda Trent alors que Forbes commençait à manipuler le couteau dans la serrure de la mallette.

— S'il y avait quelque chose de mortel là-dedans, je ne pense pas que McKay le transporterait sans une forme de protection, Docteur, n'est-ce pas ?

— Un bon point, Colonel, convint Trent.

Malgré la confiance de Forbes, tout le monde dans la pièce, à l'exception peut-être de McKay, retint son souffle pendant les quelques secondes qui suivirent, jusqu'à ce que, avec un claquement audible, la serrure de la mallette cède sous la pression du couteau. Forbes ouvrit la mallette, le cuir usé grinçant, et le Colonel se pencha sur la table pour regarder à l'intérieur. Lentement, sa main droite disparut dans les entrailles de la trousse, puis, tout aussi lentement, elle revint à la lumière, tenant cette fois un morceau de feuille de plastique d'où il tira une fine fiole de verre contenant une petite quantité d'un liquide presque incolore.

— Voilà, messieurs, ce que McKay, Ryan et Grove cherchaient depuis le début, déclara Forbes, triomphalement.

Tous fixèrent la minuscule fiole. Les pensées de chacun dans la pièce se concentrèrent sur le contenu, sachant que tant de gens étaient morts juste pour que la bande de traîtres puisse l'obtenir et l'envoyer à leurs suzerains russes. Sir Robert Blake fut le premier à rompre le silence.

— Les Russes voulaient absolument cette fiole, dit-il. S'ils avaient mis la main dessus, ils auraient eu des années-lumière d'avance sur nous, les Américains et n'importe qui d'autre, dans le perfectionnement d'une arme biologique qui non seulement fonctionne, mais se dissipe dans un laps de temps déterminé, permettant ainsi aux troupes de l'agresseur de se déplacer et de prendre le contrôle d'une population malade et mourante. Ils seraient en mesure d'envahir et d'occuper n'importe quel pays de leur choix et de rencontrer une résistance minimale une fois la maladie installée. Grâce à vous, messieurs, nous pouvons être reconnaissants qu'une telle chose ne se produira plus.

— Pour l'instant, dit Trent, avec une pointe de scepticisme dans la voix. Ce n'est pas parce que nous les avons arrêtés cette fois-ci qu'ils vont renoncer à produire l'un de ces affreux engins, et ni nous ni les Américains n'y parviendront. Le monde devient fou, Sir Robert, et il y a peu de choses que nous puissions faire pour l'empêcher. Les Russes, les États-Unis et notre propre pays fabriquent des bombes atomiques, des avions et des missiles plus grands et plus rapides chaque jour. Ils peuvent même lancer leurs missiles nucléaires depuis des sous-marins, j'ai entendu dire. Il suffirait d'un seul fou pour mettre le monde entier sur la voie de l'Armageddon.

— Vous avez peut-être raison Docteur Trent, mais au moins avec des hommes et des femmes de qualité de notre côté, nous pouvons continuer à nous battre pour empêcher les fous de prendre complètement le pouvoir, n'est-ce pas ?

Trent acquiesça, puis se tut en regardant avec dégoût le visage d'Angus McKay, un homme dont le rôle dans la vie avait ostensiblement été de sauver et de promouvoir des vies, mais dont l'idéologie politique l'avait au contraire poussé à assassiner des dizaines d'innocents. *C'est de la folie*, pensa Paul Trent.

— Allons-nous le mettre en cellule avec Grove ? demanda Keith Greaves, toujours aussi professionnel, en faisant référence à McKay.

— Non, répondit Blake. L'Inspecteur Lennard et moi allons ramener M. ou devrais-je dire *le docteur* McKay directement à Londres avec nous. Les services spéciaux ont beaucoup de questions à poser à notre ami traître. Grove peut rester dans votre prison pour un jour ou deux, si cela vous convient. C'est du menu fretin, il ne nous dira sans doute pas grand-chose, mais on va le laisser mariner un peu. Ensuite, la perspective d'être pendu pour meurtre et trahison s'il ne coopère pas devrait lui délier la langue et il nous dira au moins ce qu'il sait. Je vais demander aux services spéciaux d'envoyer une voiture pour lui après-demain.

— Je veillerai à ce qu'il ne soit pas trop à l'aise là-dedans, dit Greaves, avec un clin d'œil complice.

— Et qu'en est-il du reste d'entre nous ? demanda Trent.

— Ah, oui, dit Blake. Eh bien, je vous demanderais de continuer à faire ce que vous pouvez pour les survivants du village pendant un jour ou deux, jusqu'à ce que des dispositions soient prises pour fournir un autre logement aux résidents. Nous devrons également organiser une séance de débriefing complète avec l'ensemble de votre personnel médical et militaire, et bien sûr, je vous rappelle que la loi sur les secrets officiels s'applique à tout ce que vous avez vu et entendu ici à Olney St. Mary.

— En d'autres termes, nous devons nous taire, dit Trent.

— Absolument, Docteur Trent. En dehors de ceux qui connaissent déjà la vérité, je ne veux pas que les autres résidents reçoivent des informations qui pourraient compromettre la sécurité de la situation dans le village, ou dans le cadre plus large de la diplomatie internationale. Maintenant, Inspecteur Lennard, nous devrions y aller.

Sur ce, Sir Robert Blake se retourna et se dirigea vers la porte, Lennard poussant fermement McKay dans le dos pour propulser le traître sur son chemin, derrière Sir Robert. Alors qu'ils quittaient la maison, Michael Sweeney, et les docteurs Newton et Dearborn, qui avaient attendu patiemment dans le jardin, s'avancèrent vers le groupe. Wilhelm Koenig suivit le groupe à une distance respectueuse. L'Allemand avait observé avec une fascination détachée lorsque Forbes avait retiré la fiole de la mallette de McKay. Il n'avait rien dit, mais avait plutôt laissé ses pensées s'égarer vers l'époque où il avait participé à la mise au point du liquide visqueux contenant le bacille de la peste modifié que Forbes avait brandi à la vue de tous. Il s'était également souvenu de sa propre famille, tuée par les nazis, et peut-être tout autant victime de la peste que ceux qui avaient péri à Olney. À présent, il se demandait ce qu'il adviendrait de la dernière fiole, dont il savait qu'elle était miraculeusement restée intacte malgré le crash de l'avion qui avait transporté son chargement mortel jusqu'ici, avant d'être abattu avant qu'il ne puisse larguer le fléau sur sa cible. Il était étrange de penser qu'après plus de dix ans, le bacille avait enfin été libéré pour accomplir son œuvre mortelle, avec des conséquences plus que tragiques. Koenig fut ramené à la réalité et par le son d'une voix qui criait.

— Espèce de salaud ! s'écria Michael Sweeney.

Il s'avança si vite que personne n'eut le temps de l'arrêter. Il asséna un violent coup de poing en plein dans le menton d'Angus McKay, qui s'effondra sur le sol.

— C'est pour mes amis et mes voisins, espèce de porc meurtrier, cria-t-il à la figure de McKay.

Ce n'est que lorsqu'il leva son pied droit et se prépara à donner un coup de pied à l'homme au sol que Guy Dearborn s'avança soudainement et le retint en plaçant ses deux bras autour de lui.

— Laissez-le Michael, il n'en vaut pas la peine, dit Dearborn.

Ses paroles eurent au moins pour effet de retarder Sweeney, donnant le temps à l'Inspecteur Lennard de tirer McKay en arrière et de l'aider à se relever.

Plutôt que d'adresser à Sweeney la réprimande verbale à laquelle il aurait pu s'attendre pour son attaque contre le prisonnier, ni Blake ni Lennard ne prononcèrent un mot. Au lieu de cela, le Colonel Forbes sourit à Sweeney avant de lui adresser un bref applaudissement.

— Je pense que vous venez de faire ce que nous avions tous en tête, Mr Sweeney. Je dois dire que vous l'avez plutôt bien fait. J'espère que vous ne l'oublierez pas de sitôt, McKay.

Angus McKay se contenta de lancer un regard noir à Forbes. Il avait peut-être été pris sur le fait, pour ainsi dire, mais l'homme était déterminé à ne pas trahir ses émotions ou à donner à ses ravisseurs la satisfaction de le voir brisé dans la soumission.

—Je pense que vous feriez mieux de l'emmener maintenant, Sir Robert, si cela ne vous dérange pas, poursuivit Forbes, avant qu'un ou deux autres d'entre nous ne soient tentés de répéter les actions de Mr Sweeney.

— Oui, je pense que vous avez raison Colonel. Allons-y, Inspecteur.

Sur ce, Lennard fit monter à l'arrière de la Bentley le malheureux mais provocant Angus McKay, toujours menotté. Sir Robert s'installa sur le siège passager avant à côté de l'Inspecteur de l'Unité Spéciale et, en quelques secondes, la voiture s'éloigna presque sans bruit. Alors que l'élégante Bentley noire disparaissait au loin, le silence plana sur le petit groupe qui fut récemment impliqué dans tant de situations de vie et de mort. C'était comme si, avec le départ de l'homme dont les actions avaient conduit à tant de chagrin et de tragédie, il n'y avait plus rien à faire pour eux. L'hôpital de campagne avait disparu, les patients qui s'y trouvaient avaient été tués. Grafton et Wragg vivraient, mais, comme pour la peste, le taux de survie aux explosions était effroyablement bas.

Il n'était plus nécessaire de chercher la source du fléau maintenant disparu, ainsi que ceux qui l'avaient créé. Tout ce qui restait était le bûcher encore fumant où se trouvait le chapiteau, et celui, plus petit, où la première bombe avait détruit l'excavateur et pris deux autres vies.

Un petit nombre de survivants parmi les habitants du village commencèrent à se rassembler dans la rue, regardant les restes pitoyables de l'endroit où leurs amis, parents et voisins avaient péri peu de temps auparavant.

En les voyant, Donald Forbes se redressa de toute sa hauteur, assumant le rôle d'un officier supérieur de la Royal Air Force dans toute sa grandeur, et se tourna pour parler à ceux qui se tenaient à ses côtés.

— Je pense que nous avons encore du travail, docteurs, dit-il en désignant les villageois stupéfaits. S'il n'y a rien d'autre, nous avons un grand nombre de chocs et de traumatismes à affronter. Je suggère que nous fassions ce que nous pouvons pour ces gens, jusqu'à ce qu'une autre aide soit disponible.

Sans un mot, Trent, Dearborn, Hilary Newton et Edith Kinnaird, qui était apparue aux côtés de Dearborn, se dirigèrent lentement vers les habitants stupéfaits d'Olney St. Mary Le processus de guérison mentale et physique, de réparation des cœurs et des esprits commençait à cet instant précis, et ils savaient tous que cela prendrait beaucoup, beaucoup de temps.

Comparé à l'ère de l'Internet et de la liberté d'information dans laquelle nous vivons aujourd'hui, il peut être difficile d'imaginer l'Angleterre d'il y a seulement soixante-cinq ans. Avant les téléphones portables et les informations télévisées instantanées, les gens de l'époque avaient un bien plus grand respect pour l'autorité et les édits du gouvernement qu'ils ne le font peut-être aujourd'hui. C'est ainsi qu'à la suite de la peste qui a frappé tant de personnes à Olney St. Mary, et des actions ultérieures des agents soviétiques qui ont fait de leur mieux pour détruire cette petite partie de l'Angleterre dans leur avidité pour une technologie d'armement avancée, de nombreux événements étranges se sont produits.

Deux jours après le départ de Sir Robert Blake, une voiture de police arriva, avec à son bord deux officiers des services spéciaux, pour ramener le lieutenant Grove à Londres afin de l'interroger. Grove fut ensuite incarcéré à la prison de Wormwood Scrubs en attendant son procès pour espionnage. Aucun des médecins ne se retourna alors qu'ils quittaient le village.

Une heure après que la voiture transportant Grove eut quitté le village, un convoi de camions de l'armée entra dans Olney St. Mary. Les habitants survivants, Hilary Newton, seize adultes et cinq enfants, furent emmenés et transportés vers une base militaire désaffectée près de Douvres, où ils furent informés qu'ils seraient temporairement logés jusqu'à ce qu'ils puissent retourner chez eux. Ils eurent la surprise, le lendemain, de recevoir la visite du Premier ministre lui-même, qui leur assura que les autorités s'occuperaient d'eux, mais qu'un retour dans leur village était impossible dans un avenir proche. Ils furent encore plus surpris lorsqu'il leur annonça qu'ils recevraient chacun la magnifique somme de cinq mille livres, une fortune en 1958, avec laquelle ils pourraient reconstruire leur vie et leur entreprise. La seule condition, leur dit-on, était de signer la loi sur les secrets officiels et d'accepter de ne jamais divulguer la vérité sur ce qui s'était passé à Olney St. Mary. L'histoire officielle était qu'une conduite de gaz avait explosé au centre du village, déclenchant une bombe incendiaire allemande non explosée qui n'avait pas été découverte pendant la guerre, et que le village avait été pratiquement détruit dans la tempête de feu qui avait suivi et qui avait coûté la vie à la plupart des habitants. Lorsque certains exprimèrent la conviction que l'histoire serait critiquée dans certains milieux, le Premier ministre leur assura que personne ne mettrait l'histoire en doute, car un black-out médiatique avait été imposé sur le sujet et un avis de censure avait été émis à l'intention de la presse, ce qui l'empêchait effectivement de rendre compte de l'affaire. En bref, il n'y aurait personne pour remettre en question la version officielle des événements. Face à une demande de silence et de coopération de la part du Premier ministre, les habitants d'Olney estimèrent qu'il était de leur devoir patriotique de faire ce qu'on leur demandait et acceptèrent de suivre la version officielle. Les effets personnels furent collectés par l'armée et envoyés aux familles dans le camp de transit. Aucune d'entre elles ne revit sa maison.

Le gouvernement organisa un service funéraire très privé en souvenir de ceux qui étaient morts, dans une petite église de la banlieue d'Ashford, et le service fut célébré par Timothy

Grafton à son rétablissement, en présence des résidents survivants et du personnel médical, ainsi que de la famille et des amis invités de tout le pays, dont aucun, bien sûr, n'apprit jamais la véritable cause de la mort de ceux qui avaient péri. Grafton évita soigneusement toute allusion à la peste et aux espions soviétiques.

Sam Bradley ne tarda pas à créer une nouvelle entreprise, et son salon d'exposition de voitures à Folkestone se transforma en une chaîne de six concessionnaires, et il prospéra jusqu'à sa mort en 1999, s'éteignant tranquillement dans son lit avec sa femme à ses côtés. Emily vit toujours dans la maison qu'ils avaient partagée dans la ville balnéaire, et leur fille Carol dirige l'entreprise familiale. Keith Greaves eut la surprise d'être promu au rang de sergent peu après les événements d'Olney, et lui et Tilly emménagèrent rapidement dans leur nouvelle maison du village d'Ashburnham. Tilly fit remarquer que cela ressemblait beaucoup à Olney St. Mary.

— J'espère bien que non ! plaisanta Greaves, et tous deux partirent dans un rire nerveux.

C'était la première fois qu'ils riaient depuis l'incendie d'Olney, et ils se sentaient coupables de l'avoir fait. En réalité, le nouveau village était beaucoup plus grand, et avec deux policiers travaillant sous ses ordres, Greaves trouva un nouveau souffle, et finit par prendre sa retraite et vivre jusqu'à un âge avancé. Il est mort à la veille du millénaire à l'âge de quatre-vingt-huit ans. Tilly Greaves vit toujours dans le village, dans un cottage qui n'est pas sans rappeler celui qu'habitait Mabel Thorndyke à Olney St. Mary, bien des années auparavant.

Simon et Ellen Parkes quittèrent définitivement la Grande-Bretagne pour les grands espaces de la Nouvelle-Zélande, où il devint un éleveur de moutons prospère. Quant au Pasteur Timothy Grafton, il fut nommé à un nouveau ministère peu après, et on entendit parler de lui pour la dernière fois en tant que missionnaire chrétien dans la forêt amazonienne, travaillant avec les tribus locales. Le plus surprenant était peut-être qu'il avait été rejoint lors de son départ d'Angleterre par son ami Billy Wragg, qui avait trouvé Dieu après ses expériences à Olney, et qui avait ensuite suivi l'homme qui l'avait tiré des flammes, pour l'aider dans son travail.

Parmi le personnel médical qui avait été impliqué dans les événements d'Olney, Paul Trent retourna à Ashford, où il reprit finalement le poste de son patron à la retraite, Malcolm Davidson. Hilary Newton trouva un nouveau poste de médecin généraliste dans un cabinet de l'East End de Londres, où elle épousa l'un de ses partenaires et vit désormais à la retraite.

Comme on pouvait s'y attendre, Guy Dearborn épousa sa belle Edith et devint consultant principal à l'hôpital bien nommé de Guys à Londres. Edith abandonna son métier d'infirmière pour s'occuper des trois enfants nés de leur mariage. Ils sont maintenant de fiers grands-parents.

Le Colonel Donald Forbes quitta Porton Down deux ans plus tard et obtint le rang de commodore de l'air avant de prendre sa retraite et de vivre le reste de sa vie aux États-Unis avec sa sœur et son mari dans l'Utah. Wilhelm Koenig fut récompensé pour ses efforts à Olney en étant nommé au poste laissé vacant par Douglas Ryan, et malgré sa nationalité allemande, il devint aussi anglais qu'il était possible de l'être, et finit par être naturalisé citoyen du Royaume-Uni. Charles Macklin resta son adjoint jusqu'à sa mort dans un accident de voiture cinq ans plus tard.

Quant au trio de traîtres, lors d'un procès tenu à huis clos, sans présence du public ou de la presse, Douglas Ryan et Angus McKay furent tous deux condamnés à la prison à vie pour meurtre, trahison et conspiration. La peine de mort ne fut pas envisagée car il aurait été impossible de garder les exécutions secrètes et le gouvernement voulait éviter un scandale. Il aurait fallu que trop de choses soient révélées pour justifier une telle sentence. Les deux hommes moururent derrière les barreaux, mais pas avant que Ryan n'ait identifié son contact à l'ambassade de Russie, le nom de code "Oncle", de son vrai nom Boris Petrov. Petrov fut ensuite "invité" à quitter le pays par les services de sécurité, et partit immédiatement, bien qu'en ces années de guerre froide, la communauté du renseignement savait qu'il serait instantanément remplacé par un autre contrôleur du KGB. Personne ne se trompa en pensant que la guerre contre l'espionnage soviétique était gagnée, malgré cette seule victoire. Peu après le procès, on sut que la femme de Ryan avait embarqué sur un vol Aeroflot à destination de Moscou. Elle ne remit plus jamais les pieds au Royaume-Uni.

Martin Grove, soumis à un interrogatoire "intense" par les enquêteurs des services spéciaux, avoua avoir tué son camarade aviateur, le Lieutenant Bennet, lorsque celui-ci avait découvert les fils qui reliaient le dispositif de détonation de Grove à la bombe qu'il avait placée stratégiquement sous les décombres à côté du terrain de jeu. Bennet avait innocemment appelé Grove pour enquêter sur sa découverte, et Grove avait battu l'homme à mort avec une grosse pierre qu'il avait ramassée en allant rejoindre son camarade. Grove avait ensuite fait exploser la bombe, enlevé toute trace du détonateur et, alors que l'attention de tous était concentrée sur les conséquences de la première explosion, il avait traîné le corps dans le jardin de la vieille maison de Mabel Thorndyke, s'était introduit par la porte arrière et avait laissé le corps là pour qu'il soit éliminé ultérieurement. Lorsque les bombes de l'hôpital de campagne furent déclenchées, toujours par Grove, il retourna au cottage et était en train d'enlever et d'enterrer le corps lorsque Sweeney l'avait découvert. En échange de sa coopération pour témoigner contre ses confédérés communistes, il ne fut pas condamné à mort mais à vingt ans de prison. À sa libération, il ne put trouver de travail et finit ses jours comme vagabond dans les rues de Londres, avant d'être retrouvé mort un matin sous les arches du chemin de fer près de la gare de Paddington.

Olney St. Mary n'existe plus. Dans une démarche qui aurait pu obtenir l'approbation de Douglas Ryan, le Premier ministre ordonna la démolition du village à la suite des événements qui s'y étaient déroulés. Il n'avait pas voulu prendre le risque que d'autres fioles du bacille de la peste se trouvent quelque part sous le sol et approuva à la hâte les plans de construction d'un nouvel aéroport régional sur le site du village. Ce qui était autrefois un village prospère repose aujourd'hui sous des milliers de tonnes de béton et les voyageurs d'aujourd'hui qui arrivent et partent de l'aéroport de St Mary n'ont que peu ou pas d'idée de l'existence du village qui s'y trouvait autrefois.

Et qu'en est-il du héros d'Olney St. Mary ? Par consentement populaire, il fut convenu d'attribuer ce titre à Michael Sweeney. Ses efforts au fil des jours, depuis les premiers signes de la peste jusqu'à l'arrestation du meurtrier Grove, et son coup de poing au visage de McKay, sont devenus légendaires parmi les survivants. Comme toujours, Sweeney fuyait les feux des projecteurs et, bien qu'il ait reçu une citation pour bravoure du Premier ministre, formulée en termes applicables à la version officielle des événements, le croque-mort local et ancien héros de guerre disparut rapidement de la circulation. Il fut aperçu quelques années plus tard par Hilary Newton, travaillant comme humble fossoyeur dans un cimetière de Londres, et elle avait passé quelques minutes à converser avec lui, mais lors de sa visite suivante, Sweeney avait disparu. Des mois plus tard, elle apprit qu'il était mort d'un cancer du poumon, et sa tombe se trouve désormais dans le cimetière même où elle l'a vu vivant pour la dernière fois. En mémoire d'un homme courageux, et en souvenir de ceux qu'il avait sauvés, Hilary Newton dépose des fleurs fraîches sur la tombe chaque dimanche.

Bien que le village qu'il appelait sa maison ait disparu depuis longtemps et soit tombé dans l'oubli, Michael Sweeney, lui, n'est pas oublié.

———

Post-scriptum :

La fiole de bacille de la peste modifié découverte dans la mallette d'Angus McKay fut ramenée à Londres par le Lieutenant Lennard de l'Unité Spéciale, dans la Bentley, avec Sir Robert Blake et McKay menotté. Du quartier général de la police métropolitaine, la mallette fut transportée sous surveillance jusqu'à un avion de transport de la Royal Air Force qui l'attendait et fut acheminée sous haute surveillance jusqu'à un aérodrome de la côte ouest de l'Écosse. De là, il fut transporté par hélicoptère jusqu'au centre de recherche de l'île de Magavin, où, aujourd'hui encore, les scientifiques du ministère de la Défense continuent à effectuer des tests sur le bacille...

Cher lecteur,

Nous espérons que vous avez passé un agréable moment avec *Pestilence*. N'hésitez pas à prendre quelques instants pour laisser un commentaire, même s'il est court. Votre avis est important pour nous.

Bien à vous,

Brian L. Porter et l'équipe de Next Chapter

Brian L Porter est un auteur primé, et sauveteur de chiens, dont les livres sont également régulièrement en tête du classement des meilleures ventes Amazon, dont vingt-deux à ce jour. Le troisième livre de sa série Mersey Mystery, *A Mersey Maiden,* a été élu Meilleur livre de l'année 2018 par les organisateurs et les lecteurs de Readfree.ly.

Last Train to Lime Street a été élu meilleur roman policier du Top 50 des meilleurs livres indépendants 2018. *A Mersey Mariner* a été élu meilleur roman policier du Top 50 des meilleurs livres indépendants 2017, et *The Mersey Monastery Murders* a également été élu meilleur roman policier du Top 50 des meilleurs livres indépendants 2019. Entre-temps, *Sasha, Sheba : From Hell to Happiness, Cassie's Tale* et *Remembering Dexter* ont tous été récompensés par le prix du meilleur ouvrage non romanesque. En écrivant sous le nom de Brian, il a remporté le prix du meilleur auteur, le prix du poète de l'année, et ses thrillers ont reçu les prix du meilleur thriller et du meilleur mystère.

Son recueil de nouvelles *After Armageddon* est un best-seller international et son émouvant recueil de poésie commémorative, *Lest We Forget,* est également un best-seller d'Amazon.

Sous le nom de Harry Porter, ses trois livres pour enfants *Wolf, Alistair the Alligator et Charlie the Caterpillar* sont tous des best-sellers Amazon, tout comme son livre de poésie romantique, *Of*

Aztecs and Conquistadors, écrit sous son pseudonyme, Juan Pablo Jalisco.

Rescue Dogs sont des best-sellers !

S'écartant récemment de ses habituels thrillers, Brian a écrit six livres à succès sur la famille de chiens sauvés qui partagent sa maison, et d'autres suivront.

Sasha, A Very Special Dog Tale of a Very Special Epi-Dog est maintenant un best-seller international n°1 et lauréat du Preditors & Editors Best Nonfiction Book, 2016, et a été classé 7ème des meilleurs livres indépendants 2016, et *Sheba : From Hell to Happiness* est aussi un best-seller international n°1, et lauréat de prix comme détaillé ci-dessus. Sorti en 2018, *Cassie's Tale* est instantanément devenu la meilleure vente de nouveautés dans sa catégorie sur Amazon aux États-Unis, et par la suite un best-seller #1 au Royaume-Uni. Plus récemment, le quatrième livre de la série, *Penny the Railway Pup*, s'est hissé en tête du classement des meilleures ventes au Royaume-Uni et aux États-Unis. Le cinquième livre de la série, *Remembering Dexter,* a remporté le prix Readfree.ly du meilleur livre de l'année 2019. L'ajout le plus récent à la série est *Dylan the Flying Bedlington.*

Si vous aimez les chiens, vous adorerez ces six offres illustrées qui seront bientôt suivies du tome 7 de la série, *Muffin, Digby et Petal, Together Forever.*

Sous le nom de Harry Porter, ses livres pour enfants ont atteint trois places dans le classement des meilleures ventes sur Amazon aux États-Unis et au Royaume-Uni.

En outre, sa troisième incarnation en tant que poète romantique, Juan Pablo Jalisco, lui a apporté une reconnaissance internationale, ses œuvres rassemblées, *Of Aztecs and Conquistadors,* ayant atteint le sommet des ventes aux États-Unis, au Royaume-Uni et au Canada.

Plusieurs de ses livres sont maintenant disponibles en édition audio et plusieurs traductions sont disponibles.

Brian vit avec sa femme, ses enfants et une merveilleuse meute de dix chiens sauvés.

Son blog est à l'adresse suivante :
https://sashaandharry.blogspot.co.uk/

Pestilence
ISBN: 978-4-82411-320-7

Publié par
Next Chapter
1-60-20 Minami-Otsuka
170-0005 Toshima-Ku, Tokyo
+818035793528

9 novembre 2021

www.ingramcontent.com/pod-product-compliance
Lightning Source LLC
LaVergne TN
LVHW041451170726
843492LV00005B/1179